# 绞刑架之舞

［英］安娜·戴(Anna Day)／著

姚箐箐／译

天地出版社 | TIANDI PRESS

## 图书在版编目（CIP）数据

绞刑架之舞 /（英）安娜·戴著；姚箐箐译. —成都：天地出版社，2022.9
（狮鹫文学）
ISBN 978-7-5455-5701-5

Ⅰ.①绞… Ⅱ.①安…②姚… Ⅲ.①幻想小说—英国—现代 Ⅳ.①I561.45

中国版本图书馆CIP数据核字（2022）第030534号

Text copyright Anna Day © 2017
From an original idea by Angela McCann © The Big Idea Competition Limited
All character and place names used in this book are © GEMMA FOWLER and cannot be used without permission
Simplified Chinese translation copyright © Beijing Huaxia Winshare Books Co., Ltd.
The Author/Illustrator has asserted his/her moral rights.
All rights reserved

著作权登记号　图字：21-2017-725

JIAOXINGJIA ZHI WU
**绞刑架之舞**

| | |
|---|---|
| 出 品 人 | 杨　政 |
| 作　　者 | [英]安娜·戴 |
| 译　　者 | 姚箐箐 |
| 责任编辑 | 袁静梅 |
| 装帧设计 | 挺有文化 |
| 责任印制 | 王学锋 |

| | |
|---|---|
| 出版发行 | 天地出版社<br>（成都市锦江区三色路238号　邮政编码：610023）<br>（北京市方庄芳群园3区3号　邮政编码：100078） |
| 网　　址 | http://www.tiandiph.com |
| 电子邮箱 | tianditg@163.com |
| 经　　销 | 新华文轩出版传媒股份有限公司 |
| 印　　刷 | 北京文昌阁彩色印刷有限责任公司 |
| 版　　次 | 2022年9月第1版 |
| 印　　次 | 2022年9月第1次印刷 |
| 开　　本 | 880mm×1230mm　1/32 |
| 印　　张 | 13 |
| 字　　数 | 290千字 |
| 定　　价 | 58.00元 |
| 书　　号 | ISBN 978-7-5455-5701-5 |

版权所有◆违者必究

咨询电话：(028) 86361282（总编室）
购书热线：(010) 67693207（营销中心）

如有印装错误，请与本社联系调换

# 序幕

今天正好一个星期，我要上绞刑架了。

我要上绞刑架了，为了我的朋友，我的家人，和最重要的——爱。我想到我脖子上缠绕着绳索、脚探寻着坚实的地面、腿在半空中乱舞的景象……意外的是，这个景象并没有给我带来丝毫安慰。

今天早上，我毫无头绪。今天早上，在动漫展，我闻到了热狗、汗水和香水的气味，看到了色彩鲜艳的服装、照相机的闪光灯，听到了低音鼓和小提琴。昨天我还在学校，因为一个愚蠢的英语演讲而紧张不已，恨不得自己身处的是另外一个世界。

要小心你的愿望，因为有时候，现实真的会教训你。

# 1

我慢慢站起来。我感觉身上的长裙粘在了大腿上,于是轻轻地将它拉了下来。

"去吧。"凯蒂小声说。

我没有回答。为什么我自愿做这个愚蠢的演讲呢?当众演讲并不是我的强项。坦白地说,任何需要面对众人的事情都不是我的强项。

"只要你准备好了就行,维奥莱特。"汤普森小姐说。

我最后拉了一下裙子,走到教室前面。我突然觉得自己很渺小,仿佛我的同学们都眯起了眼睛。畏首畏尾的维奥莱特。想到这里我笑了——现在的我看起来肯定是精神错乱了,也很紧张吧。

汤普森小姐在摇摇欲坠的桌旁对我微笑:"那么,维奥莱特,告诉我们你最喜欢的小说吧,是……"

"莎莉·金的《绞刑架之舞》。"我回答。

后排的男孩们同时"噢"地叫了一声。但他们只是假装失望罢了。不到一年前,电影上映时,我可是在电影院看见了他们的。现在回忆起来,我怀疑当时他们的眼睛都红了。

我深吸一口气,开始演讲。

"很久很久以前,有个叫作'人类'的种族。人类很聪明,又有野心,但也很贪婪。贪婪让他们越来越痴迷于完美——完美的身体、完美的大脑和完美的生活。在二十二世纪初,这种痴迷带来了第一批基因强化了的人类。"

讲到这里,我突然停顿了一下,环顾了一下教室。我希望他们听得入迷、睁大眼睛、全神贯注,但他们一个个看上去似睡非睡。

"也就是'玉人'。他们是基因强化了的人,高大、强壮,有颜值,智力指标超过了130。没过多久,这些玉人就迁移到了美丽的乡下,那里叫作'牧场',没有疾病,也没有犯罪。"

我站稳了,重心移到双脚之间,拂开眼睛上的头发,继续讲了下去。我觉得自己的脑子似乎从来没有用过,简直是一团糨糊,而在故事里,我不得不以自己为原型塑造女一号——想到这里,我难以心安。

"但是那些基因没有增强的人类呢?像你和我这样的普通人,他们有瑕疵,叫作'瑕人'。他们被封闭在古老城市里——伦敦、曼彻斯特、巴黎、莫斯科——这些城市疾病蔓延,犯罪频发。他们被困在绵延数公里的围墙里面,在炸弹的狂轰滥炸之下,他们不得不投降。只有强壮和有能力的瑕人才能进入牧场当仆人,伺候玉人。

"再也没人说'人类'这个词,它成了一种禁忌。

"只有玉人和瑕人。"

"所以我是瑕人咯,"赖安·贝尔打断了我的演讲,"你是这个意思吗?"

太好了。这正是我需要的——一个质疑者。我希望我有勇气能戳破他,他一定已经知道了这个故事,因为他坐了两个小时,将电影看完,全程都用舒洁纸巾捂着鼻子。

"闭嘴,贝尔,你个捣乱的。"凯蒂说。她转过身去,面对着他,红色的波波头划出了一道完美的弧线。我看不见她的容貌,但我知道她是要给他看的。她眯起她那绿色的眼睛,紧抿着嘴唇。

"我身上没什么瑕疵。"赖安说。

凯蒂发出一种奇怪的声音,像是大笑,又像是在咳嗽。

汤普森小姐皱着眉头:"我觉得维奥莱特想说的是我们都是瑕人,赖安。除非你是未来的超人——我对此非常怀疑。"

深呼吸吧,别理会那些无动于衷的嘴唇。

"为确保对瑕人进行持续镇压,玉人们每周都要聚集在大剧场里,观看瑕人被绞死,这就是所谓的"绞刑架之舞"。但一些瑕人拒绝接受这一命运。他们组成叛军,决心夺回瑕人的基本权利。叛军首领叫索恩。"

我摸索着我的讲稿,找到了他的照片。这是打印出来的电影剧照。汤普森小姐将它从我指间拿了过去,钉在了墙上。索恩的照片完全没有捕捉到他的力量和动力。在这幅小图片上,他看起来就像动作片中被奴役的海盗,从头到脚披着黑色皮革,脸上戴着一个眼罩。

"为获取玉人政府的秘密,索恩策划了一个周密的计划,并要求两个他最信任的叛军招募一名年轻的女性瑕人。他们招募了罗丝。"

罗丝,故事的女主角,她热情、冲动、勇敢,每天都激情满满,从不失败。真希望我是她。到目前为止,我是这么评价的……

激情:我的绰号是处女维奥莱特。

冲动:我花了两天时间计划这次演讲。

勇气:我的脸都开始出汗了。

事实上,我们仅有的共同点是我们苍白的皮肤和对男人的品味。

我朝汤普森小姐点了点头。她得到了提示,走向交互式电子白板。YouTube 上的一段视频开始播放了——电影的开场。摄像机镜头对准了大剧场的外石墙。她看起来棒极了,长长的黑发从后背上滑落。伴随着小提琴声,她到达了墙顶。

镜头切换到大剧场里的观众——一群玉人——一张张俊俏的面孔正在等待那血腥的一幕。九名有罪的瑕人被带到一个木头搭成的舞台,脖子上戴着绞索。我知道过一会儿他们就会被解放了,但我感觉肚子一阵绞痛,这是因为焦虑。我偷偷看了一眼我的同学们。他们看起来很专注。我的嘴角泛起一丝微笑。

玉人总统出现在舞台后面的大屏幕上。他陈述了这些瑕人的罪名:盗窃、强奸、谋杀。镜头回到了罗丝身上,她的黑发在眼睛前面飞舞,她知道这些瑕人唯一的罪过是贫困和饥饿。她从腰带上拔出一枚手榴弹,用它碰了碰自己的嘴唇,然后扔向下面的人群。

炸弹快要爆炸时,视频结束了。

我转身面对同学们。他们突然感兴趣了,这支撑着我继续往下讲。

"玉人被炸弹分散了注意力,叛军趁机发起救援行动,从绞刑架上救下了瑕人。罗丝顺着外墙滑了下去,没有被人发现。她堪称是叛军的保护者。所以索恩给罗丝分配了一项最危险的任务:哈珀行动。罗丝溜进了哈珀家族位于牧场深处的庄园,假扮成房子的主人——杰里米·哈珀的奴隶。这是个有权有势的玉人官僚。罗丝很快就认识了杰里米的儿子,这样她就可以找到玉人的绝密信息。杰里米的儿子也是玉人,名叫威洛。"

"威洛。他就是我希望成为罗丝的主要原因。尽管我的双手仍在颤抖,肾上腺素在我血管里流动,我仍然紧握着他的照片,举着让全班同学观摩。我无法忍受哪怕是在他那张完美的脸上戳个洞的想法。我盯着这张照片看了好几个小时,记住了他五官的每一个轮廓,他那焦糖色的皮肤,还有颧骨。我听到几个女孩先是叹息,接着发出咯咯的笑声。我把他的照片塞进一堆笔记里,一种占有欲正折磨着我。

"间谍罪、串通玉人罪:这是瑕人可能会被判处死刑的两种罪行。但威洛善良而且英俊,罗丝很快意识到,她最大的威胁是自己对他的爱。她无法做到背叛他,于是她逃走了,并没有暴露自己是叛军的真实身份。她回到了瑕人的城市,告诉索恩哈珀任务失败了——"

"无聊。"赖安说。

"赖安,说真的,"汤普森小姐很生气地说,"别插嘴了,你现在是六年级,希望你的表现能好一点。"她转向我,微笑着说:"我认为故事刚到转折点,是这样吗,维奥莱特?"

我点点头。

"为了保护他,罗丝逃离了庄园。她把威洛排在了叛军之前。她选择了爱情。"

"是的。现代小说仍然遵循传统的情节结构,这是一个很普遍的现象……继续吧。"

"威洛假扮成一个瑕人,跟着罗丝穿过城市,希望能把她赢回来。但他被叛军俘虏了,最后,他得知罗丝的最初计划是要背叛他。他心碎了,又身陷囹圄,似乎失去了所有的希望。但罗丝告诉他她真的爱他,他们一起逃出了叛军所在的城市,决定一起开始新的生活。

"然而,有时候,爱是无法战胜一切的。

"玉人当局对他们进行了跟踪,罗丝被带到了绞刑架上,罪名是引诱单纯的玉人男孩。"

又是一段YouTube剪辑视频。罗丝在"绞刑架之舞"上,但这一次,她站在大剧场前面的木头台上,脖子上缠着绞索,玉人喊着要放她的血。

"住手!"威洛出现在台上。"我是威洛·哈珀。你们要绞死的瑕人也有名字——罗丝。她是我所认识的最勇敢、最善良的人。不论是瑕人还是玉人,她是一个人。她既不是妖妇,也不是罪犯。她是我最好的朋友。我全心全意地爱着她。"他坚定地凝视着她。"我爱你,罗丝。"

"我也爱你。"她哭着说。

我知道会发生什么,我当然知道了,但我还是感觉到了我下睫毛上眼泪的重量,我强烈地想进入那个二维图像,想剪断那根绳子。

罗丝脚下的活板门打开了。她的身体垂了下来,踢着腿,跳着最后的舞蹈。

视频结束了。没人说话。

最后，汤普森小姐打破了沉默："作者创造了一个多么美妙的黑暗瞬间。但肯定有某种解决办法，是吗？"

我点点头，然后翻到我那皱巴巴的笔记本的最后一页。

"威洛抱着罗丝的尸体，泪水滴在了她的脸上。他斥责那些玉人居然允许政府继续实施谋杀，恳求他们加入自己反对这一做法。在这悲剧性的场景中，玉人们把绞刑架撕成了碎片。

"绞刑终于被禁止了。

"罗丝的死引发了一场革命。

"瑕人和玉人再次自称是人类。"

教室的墙壁似乎吸收了我最后的话语，尽管我嘴里没有唾液，我还是设法吞了一下口水。又是一阵沉默。我希望爱丽丝在这里。她会鼓掌欢呼，喊"再来一次"，其他人也会加入进来。

我看了看凯蒂的眼睛。她眨了眨眼。虽然她不像我希望的那样公开表示支持我，但这也让我感觉好多了。

"谢谢你，维奥莱特。"汤普森小姐从眼镜后面凝视着我，"讲得真精彩。"

"谢谢，我想写正义的书。"

汤普森小姐笑了："你用了那么多颜色，我当然知道了。我们会让你当上作家的。"

我高兴得脸都红了。写作一直都是爱丽丝的事——直到现在我碰都不敢碰。"谢谢，汤普森小姐。"

"拍马屁。"

"老师的小宠物。"

嘘声从教室后面传来。

我又回到了椅子上。凯蒂轻轻地推了我一下,低声说:"讲得真不错。"但我仍然可以听到赖安一伙人在窃笑,他们说话的声音交织在了一起,我开始觉得脸颊又热又痒,该死的笔记本就是非要粘在我手掌上。罗丝是不会这样狼狈不堪的。我让头发垂在眼前,形成一个黑暗的波纹状盾牌。

"就这样吧,"汤普森小姐说,"我们已经听过三部非常不同的小说的情节,但它们都遵循着大致相同的结构。"

伴随着摸索书本、钢笔和背包的声音,铃声响了起来。

凯蒂帮我从湿冷的手掌上剥下那些纸张,说:"天呐,你真的喜欢那本血腥的书?"

"是的。"

"提到威洛的时候,你该看看你的脸。"

"我的脸就是那样的。"

她的眼睫毛忽闪忽闪的:"威洛善良而且英俊,维奥莱特——对不起,我是说罗丝——很快意识到,她最大的威胁是她泛滥的荷尔蒙。"她噘起嘴唇,鼻子上的雀斑拉得更长了。

"滚开。"我笑着说。凯蒂总是让我发笑。紧张的情绪已经消失了,我终于把那些乱七八糟的笔记本塞进了包里。凯蒂是去年夏天从利物浦搬到伦敦的,所以我认识她的时间并不长,但我们立刻就心有灵犀。她有一种枯燥的幽默感,总是用一些带着滑稽的侮辱字眼,如"卑鄙小人"和"白痴",说话时带着温和的利物浦口音,这让她看起来很接地气——"诚实",我爸爸曾经这么说她。然而,她似乎是简·奥斯汀小说中的人物,有着布娃娃一样的脸庞和一头红发……她真的会拉大提琴。我则只知道玩Xbox游戏。

"别担心贝尔,他只是喜欢你。"她说。

"是啊,没错。他很尴尬,因为我和爱丽丝去年看见他在电影院里哭。"

她把椅子往后推,说:"拜托,你知道的,你很正点。"

我笑了起来:"是的,那次车祸后我就像猪一样流汗了。"

"只是因为你不像某人那样身高一米八、一头金发。"

她指的是爱丽丝。我不回答。当你最好的朋友看起来像下一个英国超模,你就知道我为什么不回答了。我心里有一种莫名的嫉妒,我讨厌我自己这样。我们加入了走廊里的一群学生,他们都急着回家。

我改变了话题。"我不相信你还没读过《绞刑架之舞》,这是必读的书目。"人群再次淹没了我的声音,我又一次感到了自己的渺小。

"我现在不需要了。你应该来个剧透警告的。"

"你甚至都没看过这部电影。"

"再说一遍。剧透警告。"

我们从一群十来岁的女孩中挤了过去,她们似乎并不知道要为六年级学生让路的规则。

我不小心踩到一个金发女孩的脚指头。"是的,但是拉塞尔非常合适。"我说的是拉塞尔·琼斯,饰演威洛的电影演员。

"真的吗?你从来没有提到过。爱丽丝来了。"凯蒂的嘴并没有停止微笑,但她的眼睛已经全然不笑了。像我一样,她学会了通过读懂别人来辨别爱丽丝。每个男孩都会回过头来看，每个女孩都沉默不语，眉头紧皱。

果不其然，人群像红海一样分开，但这个摩西有一双古铜色的长腿，当她大步走向我们的时候，瓷砖地板仿佛被她吞没了。一个微笑照亮了她完美的椭圆形脸。自从我在小学第一天见到她，她就一直保持这种微笑——这种微笑会让你原谅她的美丽。

她在走廊中间停了下来，确信自己不会被人推搡。"讲得怎么样？"

"就是一堆垃圾。"我说。

凯蒂拍了拍我的背，说："不，才不是呢。很棒。"

"就是垃圾。"我回答。

爱丽丝把她的浅黄色头发甩到一边。"别担心，维奥，他们显然没有体会到《绞刑架之舞》的美，不过是一群庸俗的人罢了。"她意味深长地看了看凯蒂。

"可不能和莎士比亚相提并论。"凯蒂低声说。

爱丽丝叹了口气："真希望我上过老汤普森的课，你们现在学到的东西比我们多多了。情节结构，我可以做点贡献。"她总是提醒我们她是同人小说新星。她的写作素材都是基于《绞刑架之舞》，只是她会改变情节，使人物屈从于她的意志。讽刺的是，她在现实生活中成功地让人们去做了她想要的事情，她感觉她需要这样写小说——也许写作就是她的艺术之所在。我又一次抑制住小小的嫉妒心。

"汤普森小姐说，维奥莱特可能会成为一名作家，是不是，维奥？"凯蒂说。

爱丽丝看着我，眨着一只蓝色的眼睛。"废话。你没有想象力，就一次又一次地重写《绞刑架之舞》。"她搂着我的肩膀，捏了我一下。这显然是件好事。她头发的香气——樱花和柠檬草——充斥着我的鼻孔。我突然感到非常特别——爱丽丝居然在公共场合抱着我。

凯蒂看了看手表："我说，伙计们，我得走了，我五岁就上大提琴课了。明天见，好吗？"

"动漫展。"爱丽丝和我异口同声地说。我们看着对方，微笑着。我们已经等了好几个月了，我们要去见拉塞尔和威洛。我再次感到口干舌燥，心里激动不已，这感觉就像我的皮肤已经被毛巾擦得快破了一样。

"我们去的时候，穿成《绞刑架之舞》中的人物，同意吗？"爱丽丝说。

"当然，内特已经为他的服装计划了好几天了。"我回答。内特是我的弟弟，他喜欢《绞刑架之舞》，比我还喜欢，妈妈也坚持让他跟着我。谢谢你，妈妈。

凯蒂走开了。"明天见，姑娘们。"她回过头喊道。

## 2

  今天早上,当我穿上戏服,我突然明白了克拉克·肯特是怎么飞起来的,也明白了彼得·帕克是怎么用黏糊糊的手掌徒手攀墙的,那感觉就像你可以成为任何人,可以做任何事情。我想象自己以某种方式获得了罗丝的力量和美貌——只要穿上她的衣服——穿上那件粗麻布针织衫,让它成为我的一部分。

  今年我真的很喜欢角色扮演。棕色束腰外衣,绿色打底裤,军靴,我黑色的头发可以卷起来。

  我甚至在脸上抹了橄榄色的眼影,看上去像是做好了战斗的准备。我唯一认可的、可以自负的地方是腰间的红色腰带,它突出了我纤细的腰身。我觉得我做好了准备:战斗的准备,参加动漫展的准备,击败玉人的准备。

  但是现在,我随着《地下》的节奏摇摆着,觉得自己像个白痴。

  当我们冲向肯辛顿奥林匹亚地铁站时,地铁的隧道仿佛从铸铁变成了砖块。我感到有几十双眼睛在盯着我的后背,我的手指紧紧握着冰凉的扶手。但当我最终不再盯着脏兮兮的车厢地板时,我注意到大多数乘客在看凯蒂——她看起来比我更傻——或者爱丽丝。

　　当然，爱丽丝总是引人注意的，但是今天，她穿着铁蓝色超短连衣裙，背靠一根笔直的黄色杆子，看起来像要表演一套动作，所以比平常更受人关注。她的头发在后背垂下来，我暗自窃喜地发现她戴了一条中间断开的心形项链。我用手指抚弄着心形的另一半，它锯齿状的边缘刺入我的指尖。爱丽丝看着窗户里自己那幽灵般的映像，咬了咬描过的嘴唇，似乎有什么东西不对劲。当你光彩夺目的时候就是这样：你会失去点什么。

　　我摸着她的手，这是从小养成的习惯。"你看起来很迷人。"

　　"你也是。"她那完美的笑容又闪现了。

　　"我看起来像个淘气鬼吧。"

　　"我认为就是这样的，罗丝很顽皮，所有的瑕人都有一点。"

　　凯蒂咕哝了一声，评价起了她那显得有些男孩子气的骨架。她穿着一件黑色紧身衣，腰身上是斜穿着的迷彩长筒袜——就像奇怪的藤蔓绕在一棵树上。"至少你的紧身衣不会一直往下掉。"她在腋下放了一只黄色尼龙袜，想用安全别针把它别住。

　　内特瞟了她一眼，说："你知道DNA螺旋是什么样子吧，凯蒂？你看起来更像个螺旋滑梯。"他十四岁，但看起来像十二岁，有时会模仿《生活大爆炸》里的谢尔顿·库珀说话。他打扮成了他的英雄——索恩的样子，但那样子很傻——他的脸棱角分明，但差点被眼罩全部遮住，皮衣空荡荡地挂在他那消瘦的身躯上。他那稚嫩的样子连送比萨这样的活都干不了，更别说解放瑕人了。

　　凯蒂盯着他夹克的轮廓。她紧闭双唇，因为她得克制自己，免得又说出什么侮辱性的词语。她嘴里嘟囔着"我知道，我知道"，直到列车剧烈地动了一下，把她的大头针弄乱了。她一定是把手指头扎了，因为她咕哝了一声，吸了吸上面的血，又转向内特："但我不想成为瑕人。每个人都会当瑕人。"她瞥了我一眼，她那秀气的五官下面有一种内疚感，"对不起，维奥。我没有玉人那么好，不像爱丽丝那么高大，我只有一米五七高。"

爱丽丝摸了摸头发，好像又在想什么法子哄骗她："那儿有很多身材高挑的美女……小叮当……蓝妹妹。"

"谁会喜欢蓝精灵呢？"

"另一个蓝精灵。"我说。

地铁平稳地行驶着，凯蒂终于扣上了扣子，说："哎呀，我不是蓝精灵好吗？我是个螺旋，我很骄傲。"

"你应该受宠若惊，"内特说，"谁想看起来像个芭比娃娃呢？"他指了指爱丽丝。

"啊，谢谢，内特。"爱丽丝说，她的脸颊泛着红色。

他拉起眼罩，狠狠地瞪了她一眼。"这可不是什么夸奖你的话。所谓玉人，不过是卑鄙的弗兰肯斯坦。"

"太棒了……玉人，卑鄙的弗兰肯斯坦……而且这不是原著里的……不是原著里的吗？"她总是以《绞刑架之舞》作为标准，再次提醒我们她是同人小说作家，这是她的地位。她甚至开始说自己的作品代表了潮流，仿佛原著小说比较起来就像学校里的老教材。她不知道她这么说显得多么自大。她从迈克高仕（Michael Kors）包里掏出苹果手机，开始在屏幕上输入内特刚才说的那几个词，"卑鄙的弗兰肯斯坦，玉人——在下一章里，我要把这几个词全部用上。"

内特的呼吸急促起来："你还是写自己的素材好了。"

地铁减慢了速度，我们听到了金属大门打开的声音。一群史酷比装扮的人进来了，他们闪闪发光，在地铁的灰色背景下，就像几张色彩缤纷的塑料圆片。我知道我们快到了。动漫展。我呼吸困难。再过几个小时我就要遇到拉塞尔·琼斯了，威洛，我打扮成他心仪的对象——罗丝。就像朱丽叶之于罗密欧，就像斯嘉丽·奥哈拉之于瑞德·巴特勒。我感觉自己正穿着超大的瑕人靴子跳舞。

"你知道他今天会见到几百个罗丝吗，姐姐？"

讨厌，内特总是懂我的心思。

奥林匹亚站的对称有些过时，似乎与五月灿烂的天空以及朝入口挥手的卡通形象完全不一致。我们走到队伍的后面。

"我突然感觉自己穿得太多了。"我说。我无法把目光从那大片暴露的肉上面移开。莉亚公主，神奇女侠，丹妮莉丝·坦格利安——都是大腿和乳沟，还有抗衰老美黑露。我看了看我苍白的前臂，发出一声叹息，"穿得太多了，我的意思是还不够暴露。"

"这是当弟弟的永远不该听到的。"内特说。

凯蒂哈哈大笑："啊，可怜的维奥莱特。你认为我看上去怎么样呢？"

"你应该穿成劳拉·克罗夫特，"爱丽丝说，"说真的，姑娘们，还有内特——如果我是唯一一个穿了神奇文胸（Wonder-bra）的呢？"她挺了挺她那大胸脯，眨了眨眼。

"我有一件文胸，"内特说，"索菲·温赖特的……红色的。"

他一定是看到了我脸上的恐惧，因为他很快就说，"没什么好怀疑的。我敢打赌，我是从她的晾衣绳上取下来的。"他拂去额头上的金发。他看起来更像个小精灵，而不是一个男孩子。

队伍移动得很慢。时间过得很慢。我检查着印第安纳·琼斯背心上的每一针，钢铁侠胸前每一个深红色的笔触。我想象着拉塞尔·琼斯的脸，他上唇的弯曲部分，我们肩并肩拍照时他的手掠过我的手的情形。到达入口的时候，我的手已经汗湿，手里的票也快被汗水化掉了。

几个月前，我在一次学校旅行中参观了奥林匹亚。凯蒂和爱丽丝也来了，那次，我们还算正常，没这么兴奋。我还记得阳光斜照在玻璃幕墙上，穹顶天花板下方灰尘飞舞，还有金属横梁搭成的白色格子框架。它看起来很漂亮，就像一个被遗忘的巨大舞厅。今天，它被布置成生动而略带迷惘的角色扮演的世界，感觉像是走进了电影布景，或者置身于另一个不同的世界。

"太棒了。"凯蒂说。这是我第一次发现她对与《绞刑架之舞》有关的东西感到激动。

我点了点头：她终于明白了。

我尽情感受着这氛围，那种激动的颤抖又回来了。扮演角色的和穿着普通衣服的粉丝们从厅里拥了出来，聚在一楼。他们说说笑笑，摆姿势拍照——他们的数量让我觉得自己无足轻重。横幅从天花板上垂了下来，就像五颜六色的船帆，上面写着标语，印着修饰过的人脸图片。《权力的游戏》《星球大战》《绞刑架之舞》……我感觉空气潮乎乎的，夹杂着热狗、汗水和香水的味道。照相机的闪光灯环绕着我,我感觉自己好像站在了一个巨大的闪光球里。

"威洛在那儿。"爱丽丝抓住我的胳膊,手指像魔爪一样缠着我的肉。那一刻,我想她可以看到他,拉塞尔·琼斯,我的胃痉挛了。但后来我才意识到她指的是头顶上的横幅,他的脸朝下,盯着我们,就像巨大的圣特罗佩兹天使。

"来吧,让我们看看《绞刑架之舞》的展位。"像往常一样,爱丽丝大步向前,人群从中间分开,给她让路。

我能感觉到内特的胳膊挽着我的胳膊,仿佛害怕和我走散了。我突然前所未有地感觉到了作为家长的责任,妈妈的话在我脑海里回荡着:"必须照顾好你弟弟,维奥莱特。"我勾起他的胳膊,将旁边的人推开,跟在爱丽丝身后,胳膊肘碰到了几个斯波克的肋骨,还从几个美国队长的脚尖上跳了过去。我避开了另一个罗丝,她怒视着我。我从波巴·费特身旁经过。他把头盔夹在胳膊下面,黑色的头发用胶水粘在额头上。他对我眨了眨眼睛——我是说他真的眨了眨眼,就像他不是一个超大的银色甲壳类动物似的。他对我眨眼睛,而不是爱丽丝,私底下我非常受用。也许我可以成为任何人……做任何事。我嘴角露出一抹微笑。

"你能不能不要再想拉塞尔?"凯蒂一边说,一边打量着我的脸。

我看了看表:"还有不到一个小时。"

"注意了,要排队,"爱丽丝说,"威洛是反乌托邦的未来中最炙手可热的角色。"

"那肯定就是乌托邦的,如果有威洛的话。"我回答。

爱丽丝表示不屑:"盖尔……傅尔……他们都是我心目中的乌

托邦人物。"

"不过这些名字都好愚蠢啊,"内特说着,躲开了蜘蛛侠,"这是所有反乌托邦小说中一个不成文的规则:意中人一定得有个愚蠢的名字。"

凯蒂笑了:"都以大写字母开头,即使只是个普通的单词,目的就是听起来很吓人。"

"那是真的。"内特说。

"政府总是坏蛋,"凯蒂说,"从不失手,总能预测到要发生的事。难怪我没看过《绞刑架之舞》,我敢打赌,它和其他的没什么两样。"

"你真无知。"爱丽丝厉声说。

"无论怎么说,威洛可不是个愚蠢的名字。"我说,他们刚才说的有点儿伤我的感情,"它很自然……朴实。听起来就像树叶,正扫过草地,或者彼此碰撞,在水面泛起涟漪。"

"阿门。"爱丽丝说。

内特把我的胳膊拉近一点儿,说:"天呐,你真可怜。"

我嘲笑他,但他说得有点道理。一说到威洛,我就显得那么可怜,虽然我知道他是虚构的——只是已经死去的作者的臆想。我也知道拉塞尔·琼斯是个傲慢的演员,睡过很多模特,还吸食可卡因。但即使没有威洛,我也会与他的阿凡达拍照。

说到这里,阿凡达走过来了。他高大,魁梧,身材匀称。他一身蓝色,看起来却是那么引人注目。

"哦天呐,"凯蒂尖叫起来,"性感的蓝精灵。"

## 3

我们在一个又大又黑的房间里等着见拉塞尔。队伍比我预想的要短,只有几个十几岁的女孩在用手机自拍。

一位拿着笔记板的女士记下了我们的名字,从我们手里接过一张张皱巴巴的十元纸币。她带着自拍的女孩们通过后面的一扇门。我伸长脖子,看能不能看拉塞尔一眼,要知道这可是我第一次见到他本人啊。但她们走得真快啊。

爱丽丝握着我的手说:"真不敢相信这即将成真。"

"我知道。"我回答。

"我看起来还行吗?"她问。

我甚至懒得看她,说:"是的,当然了。"

"你认为拉塞尔有没有听说过我?"

内特笑了:"不可能。他是超级巨星,他才不会看莎莉·金的崇拜者随意写的同人小说。"

"谢谢,但我没问你。"爱丽丝回答道。她的声音有点发酸,"还有法伊,她想成为莎莉·金,这个可怜的女人写了一本小说之后居然自杀了。我要写个三部曲。"

"哇,你真是太用心了,"内特说,"安息吧,可爱的莎莉·金。"

"到底是谁邀请你来的,喷子?"爱丽丝戳了戳他的肋骨,他像个五岁孩子似的尖叫了起来。他们这样子,任何人都会认为他俩才是姐弟。

拿着笔记板的女士再次出现了:"好啦,下一个就是你们。"

爱丽丝抢在我们前面走了过去,她的高跟鞋在地板上发出咔嗒咔嗒的声音。我们跟着进入了另一个光线昏暗的房间。我看到拉塞尔·琼斯站在后面,他结实的身体被自拍的女孩们挤在中间,手指有力地绕在她们的腰上。他微笑着。相机闪烁,照亮了头顶上方脚手架后面的帆布。我脑海里响起了主题曲,那小提琴音乐和鼓声,我感觉肾上腺素正在激增。

茱莉亚·斯塔林——饰演罗丝的女演员——坐在一张桌子上,正在和几个保安交谈。在翡翠色的舞台灯光下,她看上去比平时显得更轻盈。她纤瘦的手在脸前面抖动着,发出银铃般的笑声,黑色的头发像波浪一样从后背倾泻下来,却没有鬈发。我注意到她穿着蓝色牛仔裤和一件白色衬衫。我突然觉得自己像个冒牌货,居然穿着束腰外衣假扮罗丝。我知道,从某种程度上说,我还算漂亮——至少有人曾经这么对我说过,虽然他们说得有些勉强——但我从来都比不上茱莉亚的优雅,比不上她那精致的面孔。

自拍的姑娘们离开了。我看到拉塞尔喝了一大口水。我能看到他喉结的形状像刀片的尖端一样。

"尽情玩吧。"笔记板女士把我们引了过去。

拉塞尔朝我们点点头，目光立即停在了爱丽丝身上。那颗小小的嫉妒心膨胀到了我的全身。

他脸上掠过一丝微笑，牙齿白得差点发光。"一位玉人。这并不是一个受欢迎的选择，但如果你能成功，为什么不这么选择呢？"

爱丽丝笑了——紧张的笑，带着颤音："我知道，没错。"

他从眼里抹去焦糖色的头发，注意力转移到了我身上。"啊……罗丝，亲爱的，你终于找到我了。"他的眼睛看上去和威洛的一样——瞳孔里射出琥珀色的光，就像太阳光正要离开一个黑色的球体，也就是日食。但他的眼睛里没有威洛的善良。

"茱尔，"他喊道，"嘿，茱尔，这是我们今天见过的最棒的罗丝。"

茱莉亚回过头看了一眼，咧嘴一笑。"你想干我的工作，是吗，姑娘？"

我张开嘴想要回答，但没有出声。

她笑了："我是在跟你开玩笑呢。你看起来很棒，真的。我喜欢这腰带。"

"谢谢。"我的微笑似乎要把我的脸分成两半了。

拉塞尔对内特伸出一只手，说："你一定是索恩了。"

内特和他握着手，有点激动："超级粉丝，超级粉丝，超级粉丝……"

拉塞尔指着内特上衣上的饰针——一个用橡木雕刻出来的蓟头，说："漂亮的徽章——瑕人叛军的象征。"

"砍了我们，我们会更强壮。"内特面露喜色，"你知道的，就像野草。"

拉塞尔拍了拍内特的背,我想他是在让他闭嘴。拉塞尔接着转向凯蒂:"还有……你是谁?"

"DNA 螺旋。"凯蒂说。

"聪明,我喜欢。"

我看见爱丽丝皱了皱眉,脸上的粉底露出了裂纹。在粉底的修饰下,她的皮肤向来完美无瑕。

头顶有东西吱吱作响。翡翠色的灯光波动着,在拉塞尔接近完美的脸上投下一个巨大的阴影。他说:"那么,你们想怎么做呢,伙计们,是一起,还是一个个来?"

"一起。"凯蒂和我异口同声地说。

但爱丽丝一定是没有听见,因为她说:"一个个来吧。"

我又听到了。我的眼睛扫过脚手架,它看起来很结实。一定是小提琴在扰乱我的思绪。

"那就来吧,超人。"拉塞尔用一只胳膊搂着爱丽丝的腰,但我并不嫉妒,我只是头晕——就像喝了伏特加和红牛。

直到现在我才注意到摄影师。他不知道是从哪儿冒出来的,仿佛是从黑暗中出来的。我又听到了那个嘎吱嘎吱的声音,又是一道翡翠色的光。

"那么,你叫什么名字?"拉塞尔说。

"爱丽丝。"

"好吧,你现在真的在仙境中了。"

威洛是永远不会这么说的。失望的情绪涌上我的心,让我嘴唇麻木。镜头闪过,他们的脸变白了,在帆布上投下了另一个影子,时上时下。我的眼睛眨了好几下。

爱丽丝咯咯地笑了："爱妮美·爱丽丝，这是我的笔名。我写了很多《绞刑架之舞》同人小说，你可能听说过我吧？"

拉塞尔看上去有些吃惊。"你就是爱妮美·爱丽丝？爱妮美·爱丽丝。我当然听说过你了。你越来越像网络红人了。嘿，茱莉亚，给我和爱丽丝在这儿拍张照片，放到照片墙上去会很不错的。

爱丽丝忍不住轻轻地扬了扬眉毛，这是做给内特看的，接着露出了具有感染力的笑容。

茱莉亚从口袋里掏出苹果手机。"我希望他给你付这个钱，爱丽丝，是吗？"她拍下照片，"嘿，下一个动漫展你应该过来，坐在同人小说展位那里。你的脸很适合进行宣传推广。"

爱丽丝张开嘴想要回答她，但鼓声似乎越来越大，淹没了她的话。一种奇怪的气味充斥着我的鼻孔——一股药味和纤维燃烧的味道。我的双手捂在太阳穴上，脉搏在不断地加速。

"维奥莱特？"凯蒂说。

那个嘎吱嘎吱的声音又回来了，而且更大了——绝对不是小提琴声。翡翠色的灯光开始闪烁，就像灯泡要爆炸，又像一千只飞蛾卡在了玻璃橱后面。

"维奥莱特，你没事吧？"凯蒂说。她的脸从绿变白，又从白变绿。

地板似乎向左转了一英尺，我开始觉得我在走华尔兹——今天早上喝的粥又烫又稠，卡在我喉咙底部。我想，我听到了有人在尖叫我的名字。我转过身，发现内特张大了嘴巴，那双棕色的眼睛睁得大大的。我本能地睁开眼睛,就在那时我看到了:翡翠色的光旋转着,脚手架在向前倾斜。接着,整个金属架子向我们袭来,我甚至没时间遮住自己的脸。

## 4

醒来时,我感觉就像是从沼泽地里往外爬。每当我看到沼泽表面,感受到皮肤上的新鲜空气,就会有个黑暗的幽灵将我再次拉下去。继续往下沉很容易,但一想到脚手架把我打倒,想到它囚禁了内特、爱丽丝、凯蒂……甚至拉塞尔和茉莉亚……我就会继续往上爬。不知怎的,我把身体从泥里拖了出来,强迫自己睁开眼睛,强迫我的大脑运转起来。

防火门上发出的光使房间里充满鬼魅的色彩。我看到了脚手架上的金属杆,像一件插进了地板的后现代雕塑。那种味道——药物和燃烧的纤维——充斥着我的鼻孔,我的眼睛感觉一阵刺痛。

"内特?"我用手肘支撑着身体。一阵疼痛穿过我的头骨。

"维奥莱特?"我听到了他那模糊不清的声音,背景是低沉的主题音乐和金属的碰撞声。

我伸出手指,好像这样就能把他拉到我旁边。"内特,你没事吧?"

我看到了他的脸,他是那么恐惧,在黑暗中俯视着我。"维奥莱特,你流血了。"他把手伸到我腋窝下,把我拉到半站立的姿势。

我的脑袋好像要爆炸。

"爱丽丝？凯蒂？"我把手放在自己湿漉漉的额头上。

"我很好……我想。"爱丽丝蹒跚着向我们走过来，她的衣服和大腿上沾着灰，"到底发生什么事了？"

但我没回答。我需要找凯蒂。我四肢着地，开始拍打地面。刚才，她就站在我旁边，不可能走远。"凯蒂？凯蒂？"

我听到了右边的呻吟声。我的头旋转着——疼痛蔓延到了我眼睛后面——我看到了她的霓虹紧身衣在黑暗中闪闪发光。内特先找到了她。他们摇摇晃晃地跪着。

"我没事，我很好。"她咕哝着，几乎是在自言自语。

那个陌生的气味越来越浓，我们又听到了嘎吱嘎吱的声音，这次更大了。

"防火门。"爱丽丝说，她听上去已经惊慌失措。

我们一行四人摇摇晃晃地朝出口标志走去，不时撞倒金属设备。我们破门而出，踢着地上的东西，吐着唾沫，互相扶着。阳光刺痛了我的眼睛，我觉得自己像个食尸鬼，眯着眼睛，往后退缩。我感觉很冷，我的皮肤越来越粗糙，起了鸡皮疙瘩。我们滑到地上，背靠着冰凉的石墙。

"我们这是在哪儿？"我说。至少，我的嘴巴形成了发音的形状，但我听见的只有震耳欲聋的噪声，好像我正站在隧道里，火车轰隆隆地驶过，扬起尘土。起初，我认为这是严重的耳鸣，是我的大脑对刺激做出的反应，但我的眼睛慢慢地辨认出了色彩和形状。人。成千上万的人，身材高大而苗条，穿着定制的衣服，拳头在空中挥舞着。声音响起,跺脚的震动从我大腿的后面穿过。

"我们需要帮助。"内特大声喊着,从口袋里掏出手机。他的眼罩一定是在某个时刻掉了,因为我注意到他双眼闪着泪光。"没有信号。"他说。

我点了点头。那一刻,我后悔了,我的脑袋上似乎糊了一层黏糊糊的有毒物质,让我疼痛不已。

"拉塞尔和茱莉亚还在那里……"内特说。

还有保安和拿着笔记板的女士。我想要说出来,但我的声音被嘹亮的号角声淹没了。

"这是动漫真人秀事件吗?"爱丽丝喊道。

我用袖子抹去脸上的血,快速眨了眨眼睛。现在,我认出这个场景了。我们在《绞刑架之舞》中的大剧场上,在地面,就在后面。在这个有坡度的礼堂里,到处都是完美对称的脸,从四面八方将我们围住,一个个眼睛向上,看着环形石墙的墙顶,中间还有几名全副武装的玉人卫兵。在我们面前,愤怒的人群奋力向前推进,他们身体完美,头发浓密而有光泽。我看不见,但我知道舞台和绞刑架都放在前面,被人群挡住了。

"这像是有史以来最好玩的角色扮演。"爱丽丝脱掉坏了的高跟鞋,站了起来,想看得更清楚一点。

她是对的——甚至气味都是对的。大剧场坐落于瑕人之城和牧场之间的边界,我能闻到牧场的甜蜜气息,也能闻到瑕人之城的臭味。花粉和鲜草的香味与死肉和醋的味道碰撞着。

"去他的角色扮演,"凯蒂喊道,"我们得找个安全的地方。"

她离开了火灾安全出口,朝人群后面冲去。

"去他的安全,"爱丽丝说,"我们得确保拉塞尔发了那张照片。"

内特扶我站起来,即使我感觉脑袋就要散架了,但一想到拉塞尔和茱莉亚被困住了,而且可能受伤,我的四肢就不得不动起来。我张开手指,抓住了一个高大宽阔的肩膀。我立刻注意到我手指上有血。一个男人回头看着我。他那张对称的脸让我惊得说不出话来。

"我们需要帮助。"我的声音就像受损的模拟录音。

他看起来困惑了片刻。"快走,瑕人,不然我就叫卫兵了。"

"听着,我知道你在扮演角色,"内特说,"但发生了意外。这血是真的。"

那人轻而易举地把内特推倒在地。"我说了,走开,瑕人。"

"天呐,内特,你还好吗?"我在他身边坐下,掸去他手上的灰尘。

"我还认为自己对《绞刑架之舞》够入迷呢,"他说,"这位可真是铁杆影迷。"

我站起来,抓住了另一个人。这次是个四十多岁的女人,也许更老一点,很难判断。她依然美丽,脸上的皮肤像面纱一样平滑,赤褐色的头发向一边卷曲着。她看着我,眯起一双杏仁眼,面带厌恶。"别碰我,你……你个下流的瑕人……你个猿猴。卫兵!"她开始大叫,"卫兵!"但她的声音被人群以及跺脚声淹没了。

"算了吧。"内特说着,拉着我的胳膊。

我们环视着人群的后面,眼睛从一边扫到另一边,想找一个人,任何人都行,只要穿着正式的制服。凯蒂似乎并没有什么好运气,她抿着嘴巴,一个金色头发的苗条美女正朝她劈头盖脸地吼着。但是一群角色扮演的人围在爱丽丝周围,护理着她前臂上的小伤口,拂去她脸上的金发。这一次,爱丽丝真的融入了进去。他们一定联系了每一家模特经纪公司,伦敦的、英国的……就为了让这次的角色扮演看起来真实。

我爬上了最下面的几个台阶,它们通向大剧场后面的座位。内特在我旁边。我们刚好可以看到人群上方。当然,我还可以看到前面的台子。一个摇摇晃晃的木头架子,上方是宽横梁。九根绳子打成环,晃动着,分别套在九个瑕人的脖子上。在后面巨大的屏幕上,他们的脸一一闪过。我能分辨出他们脸上的每一个缺陷。那些轻微的歪斜,奇怪的灰色胡须,混杂着黄色的牙齿。但他们的不完美即使在远处也很明显。他们体格不是很好:太瘦,有点驼背,不该长得宽的地方偏偏长得很宽。我感觉可以松口气了,因为我从他们回望着我的眼神中看到了些许人性。

"这是第一个场景,"内特激动地说,"天呐,他们可真是使出了浑身解数。这些有罪的瑕人和电影中的演员看上去一模一样。"

他说得对。我对这九张脸上所有的雀斑和线条都了如指掌。其中有个眼睛充满了血丝的女人,她不断地抚摸着自己的耳朵,仿佛这个动作能给她带来某种安慰。还有个男人,前臂上还有淤青,从头到尾,他大部分时间都闭着眼睛。而一个年龄不超过十六岁的女孩,却咬紧牙关,似乎要把牙齿咬碎。我可以告诉你每一个瑕人的细节——这电影我看了四十六次。

我使劲咽了咽口水。"内特。集中注意力。我们要寻求帮助。"

舞台背后的大屏幕上出现了玉人总统的面孔:斯通伯克总统。

他看起来极不自然,那张完美的脸像是在一张鼓皮上画出来的,并且用看不见的别针固定着。他的眼睛看起来像巨大的玻璃球体,完全空洞,里面没有任何温暖或仁慈。就像在电影里那样,他以他那尖利的语气向人群讲话:"玉人同胞们,我们今天聚集在这里,见证这些瑕人的死亡。他们犯了偷窃、强奸和谋杀罪。"

人群欢呼起来。

"为了让我们的世界变得完美,我们必须消灭这些不完美的人……这些危害世界的人。"

鼓声开始响起。一个穿黑衣服的刽子手走向控制杆。我知道这只是为了表演,但一种不安的感觉蔓延到了我的腹部……有些事不太对劲。我正要把内特从台阶上拉下来,这时凯蒂向我们跑了过来。她把双手举过头顶,摆动着,嘴型像是在说一个名字:茱莉亚。

我们抬起头,看到了茱莉亚·斯塔林。她站立在高高的墙头,双手放在屁股上,黑发在风中飘荡。在灰色天空的衬托下,她看起来真的很恐怖。太可怕了。那种不安的感觉开始变成恐慌,我感觉自己像头困兽,心脏不时地撞着我的肋骨。肯定有什么不对劲。她一定是安全逃生了,想方设法打扮成了罗丝。束腰外衣,紧身裤,军靴。我看着她用拳头碰了碰嘴唇。她对自己说了些什么,然后将胳膊举过头顶。接着,她放下胳膊,在空中划出一道优美的弧线。

不用我就知道那是什么。一枚手榴弹。但不会造成死亡和破坏。不。是蓟头弹。它的设计象征着叛军的希望。当然,它也是为了分散人群的注意力。它在人群头顶上方盘旋着,就像一只黑色的猛禽。接着,随着响亮的噼啪声,它在大剧场里炸开了。数以百计的白色蓟种在空中飘散,就像碎屑。我听到了奇怪的喘气声,人们指着天空,追着那些种子。

"太神奇了,"内特的喊声盖过了鼓声,"一个蓟头弹,和原作里的一样。"

"太神奇了。"我回答。这气味,这些演员,这布景的规模,都太真实了。我开始感到头晕,鼓声越来越大,填满了我脑子里的每一个空隙。

突然,鼓声停止了。剧场里安静下来。人们仍然痴迷,像雕像一样,完美无瑕的下巴高高地抬着。这是电影中瑕人叛军出现时的情景:他们释放烟雾弹,冲上舞台,将有罪的瑕人从绞刑架上放开。这时,罗丝神不知鬼不觉地溜走了,消失在灰蒙蒙的瑕人之城,证明了她是一名瑕人叛军。

我屏住呼吸,等待着叛军的战斗口号。

但是相反,我听到凯蒂在拼命呼叫:"茱莉亚!茱莉亚!你还好吗?"

此时,我们最不需要的就是引起别人的注意了。

"凯蒂,不!"我喊道。

她向看台跑去,胳膊举过头顶:"茱莉亚,小心点,你会摔下来的。"

"凯蒂,停下。"我喊道。

但是已经太迟了。指挥台上的卫兵转过身,他们已经意识到了茱莉亚的存在。他们架起枪,瞄准。茱莉亚转过身,脸上露出奇怪的表情,既欣然受命,又视死如归。枪声差点让我的头盖骨开裂,一串红点在她的束腰上蔓延开来,汇聚成一个大斑点。它形成了一条血带,让我想起了自己的腰带。她瞥了一眼自己的腹部——她花蕾状的嘴巴露出困惑的微笑——然后开始倒下。她纤细的双手在空中转来转去,像是要抓住一个看不见的男人,但她却像个洋娃娃一样倒下了,黑色的头发像披风一样垂在她后背上。她倒在路面上,没有了生气。就像一袋砂砾。我看着她死去,两只红宝石蝴蝶在路面上张开了翅膀。

这不可能是真的。

我正要从台阶上跳下去,正要跑向她,这时另一个声音吸引了我的注意。那是九扇活板门打开的声音。内特抓着我的手,抓得我生疼。我知道我会看到什么,知道我应该把目光移开,但是我不能,我做不到。九个身体垂了下来,九根绳子绷得紧紧的,九双腿踢打着,扭动着。那个前臂上有瘀伤的男人,那个眼睛充血的女人,那个咬牙切齿的女孩——他们所有人——都在跳最后一支舞。

我本能地看着凯蒂。她站着,一动不动。她捂着自己的脸,指关节已经脱臼。接着我发现了爱丽丝,她描过的嘴巴半张着,眼里含着泪水。我还能感觉到内特,他捏着我的手,拽着我的上衣,就像个五岁的小男孩。

我知道我们只有一个想法:这已经不再是动漫展了。

# 5

  一个男人从人群中挣脱出来,向茱莉亚扭动的身体跑去。他穿着灰色的工作服,监管着当奴隶的瑕人——在牧场为玉人工作的瑕人。我忍不住地想着,在现实生活中,他们看上去该多么让人不舒服啊,粗糙的布料,粗糙的做工。他走进她的血泊当中,跪了下来,以一个简单的动作将她搂在自己宽阔的胸膛上。她的手垂了下来,开始抽搐,仿佛她正处于梦境的边缘。她的抽搐越来越明显,我开始怀疑她是否还活着,然后我发现她那小小的骨架已经被淹没在那个瑕人的动作中。他伤痛欲绝,浑身抽搐。我突然觉得我应该把目光移开,装出我是贸然闯入的。
  卫兵开火了,他周围的地面开始爆炸。我想对他喊:跑,跑啊,但是我的嘴唇就是动不了。他抬起头,不知是什么原因,他的眼睛发现了我。我们凝视着对方。我看清了他的脸。赤褐色的皮肤,上面的泥巴已经形成了裂缝,鼻子上显然挨过许多拳头。我认出了电影中的他。马修。索恩最信任也是最具责任心的叛军之一——至少是他把罗丝招募进去的。他脖子上的筋像杆子一样突出,他也认为我是贸然闯入的。

听到枪声，一些玉人转过身来。他们俊俏的面孔从喜悦变成了恐怖，纷纷捂住脸颊。人群的后面出现了恐慌。一些玉人朝大剧场通往牧场的金属大门跑去。

射击停了下来，因为卫兵担心误伤他人。趁着这会儿，一个穿着灰色工作服的女人跳到了那个男人旁边。她拉扯着他的衣服，薄薄的嘴唇发着命令，乌黑的头发挡住了她的脸。这是萨斯基亚，另一个负责将罗丝招募进去的叛军。她的脸和电影里的女演员一样冷峻，但看起来有点不同。

马修站着，把茱莉亚紧紧抱在怀里，仿佛她是个正在熟睡的孩子。他停顿了一下，又一次注意到了我，接着他看了看内特。我注意到他的黑眼睛里有了变化，好像有股电流从他身上穿过。他把茱莉亚放回血泊中，对她说了些什么，然后向我们跑过来，伸出胳膊。我并没有因为不相信而躲闪或者防卫，但在他抓住我的束腰外衣的时候，我注意到了他手上的血。

"快，"他咆哮着，"跟我来。"

我望着内特，以为他会若无其事地耸耸肩，但他的脸上依然写满了焦虑和不安。我们在《绞刑架之舞》里面。他的眼睛告诉我。我差点笑出声来。我们在《绞刑架之舞》里面。

马修抓住我的肩膀，说："看在老天爷的分上，你们不能再和这些玉人待上哪怕是一秒钟了。"他把我向前拉着，我俩的鼻子差点碰到了一起。

他和我一样高，这让我觉得很奇怪——在银幕上，他显得那么高大。接着我记起来了,我还站在台阶上。但我没动,这让我既震惊又想笑。离他这么近,我发现他和电影里的形象有点儿不一样——他的脸看起来更硬朗,眼睛里的褐色更深一些。

他沮丧地把我推开,用温暖而又光滑的手指摸着我的脸颊。"你看。"他强迫我看着台子。九具尸体悬挂在绳索上,他们的脖子像天鹅一样弯曲着,脚不再跳舞了,而是垂向地面。

萨斯基亚在他身后跑着。"别管他们,马修。该死的,别管他们。"

但是马修没有动摇。"你们想像他们那样了结吗?"他捏着我的脸颊,我的嘴唇被他捏得噘了起来。"如果你们不立刻改变立场,那就是你们的结局。"

他的话显然激怒了内特。内特拽了拽我的上衣。"拜托,维奥莱特。"

正是这个动作终于解开了我的腿。如果我们真的在《绞刑架之舞》里面,那么我们正置身于最危险的地方……玉人正要绞死基因没有强化的人类:我,内特。我把脸从马修手中抽了出来,紧握着他的手,另一只胳膊搂着我弟弟。我们在人群后面跑了起来,一些人已经蹲下,以躲避更多的子弹。

"我们要去哪儿?"凯蒂喊叫着赶上了我们。

看见凯蒂,我才想起来我们是四个人一起进入这场梦魇的。我心里一阵内疚。

"爱丽丝,"我尖叫着,"爱丽丝。"

但我到处都找不到她。我的胸口一阵恐慌。马修开始带着我们从玉人中间穿过,我撞上一个又一个"完美的身材"。他们看着我们,脸上分明写着厌恶，但这厌恶让我们得以安全，因为他们一个个往后退缩，就像我们得了传染病。我听到几声喊叫："猿猴，下流的猿猴。"但还是没看见爱丽丝。在某个时刻，我慢了下来，想看一眼她那金黄色的头发，因为她在人群中至少高出一个头。但平日里这个让她与众不同的特点此时却让她难以被人发现。

"卫兵，"一个玉人喊道，"卫兵，大剧场里有几个瑕人流氓。"

"快点。"马修说着，把我抓得更紧了。

"爱丽丝。"我的声音在人群上方回荡着。

萨斯基亚在我们身后跑着。"给我闭嘴，你个小傻瓜。你会害死我们的。"

接着，我隐约听到了一个声音。我想说的是，我对它很熟悉，某种根深蒂固的东西辨认出了这个声音的音高和音色，但实际上她在叫我的名字。"维奥莱特，维奥莱特。"她摇摇晃晃地朝我们走来，脸上的烟煤和恐惧让她十分显眼。

她向我猛扑过来。"我们到底在哪儿？到底发生了什么事？"

"我们得走了。"我回答。

我并不认为她能在人群中听到我的声音，但她一定注意到了我急切的表情。她一句话也没说，开始跟着我们——蜷缩着身子——穿过人群。

我们到达了一扇小木门，它一定通向瑕人之城。腐肉的味道越来越强烈，我的胃也翻腾着。瑕人监狱就在我们旁边，一个木质的笼子里关着瑕人罪犯的亲属，让他们见证亲人的死亡。他们从栅栏的缝隙中看着我们，脸上还有泪痕。

马修把我们带向那扇小木门,从腰带上拔出枪。他预计卫兵会赶来。"快点。"

我伸出颤抖的双手,在门把手周围的木头上摸索着。就在我的手指快把把手握住的时候,我听到了一个玉人卫兵的合口元音:"别让他们逃跑了。"我想象着激光的红点在我脖子上颤动,就像一群愤怒的萤火虫。又一阵恐慌席卷了我。

但我没回头看。我只注意手下方的金属格栅。我摇了摇把手——我的胳膊差点脱落了——门仍然紧闭着。萨斯基亚把我推到一边,用她那灵巧的手指调着门把手,她的手出奇地稳。门终于开了,我们来到了城里。

# 6

马修把身后的门关上了。

"我们在《绞刑架之舞》里。"内特说,他的声音颤抖着。

"现在不是了,"萨斯基亚说,"我们刚把你们从那儿带出来了。"

内特摇着头,好像萨斯基亚并没有听懂他的话:"不,不,我们在《绞刑架之舞》的时空里。"

萨斯基亚甚至并不承认他在说话:"快,趁卫兵还没跟上来。"

我知道为什么她看起来不一样了。她左眼上方有一处形状像非洲的鲜红色斑痣。想想看,罗丝看起来并不是很像茱莉亚·斯塔林,我这么说并不仅仅是由于她的血泊和断肢——她的头发是卷曲的,形体更像孩子。好像这些角色是从作者的想象中走出来的。但我没时间去搞清楚,尤其是卫兵离得这么近。我跟着萨斯基亚和马修走过一条小巷,我的腿快跟不上了,我听到我们一伙的其他几个正在喘息。

我是从书中了解瑕人之城的,然后又从电影中知道了一位评论家说过的"大气和烦扰"。伦敦,在未来的几个世纪里,将被夷为平地,毫无生机和色彩。屏幕中显示了倒塌屋顶的全景，倒塌的灯柱，大雾笼罩着垃圾堆。看到破旧的路标时，我和内特喊了起来。塔桥的残骸和倒塌的伦敦眼已经生锈，就像一个巨大的仓鼠轮；大本钟只剩一半，钟面早就不见了。记得我在柔软的沙发上看到了电影中的这一幕时我抱着胸口，想着：天呐，未来的伦敦真的很糟糕，太好了，我并没有生活在未来的伦敦。但是当我跟着两个瑕人穿过一个迷宫般的小巷时，我的脚像是在燃烧，首先击中我的是一股恶臭。

这让我想起了我和内特发现的一只受伤的画眉。那骨碌碌的眼睛，折断的翅膀，皱巴巴的羽毛，还有厨房窗户上模糊的血迹——那是它撞到窗格上留下的。内特当时只有四岁，只知道哭个不停。于是我把画眉捡了起来，放进一个鞋盒，在它脑袋下面塞了一团棉絮，在它身上盖上一块手帕，再将一串浆果放在它脚边，等它醒过来时觉得饿了再吃。我们用铅笔在鞋盒的盖子上挖了个洞，把它藏在我的衣柜里，这样妈妈就不会发现。当然，我们忘记了它。大约一个星期后，我闻到我衣橱里散发出一种奇怪的气味，就像泡菜和烤焦了的面包。当我把盖子拿开，我才闻到那股臭味。

腐烂的鸟，就像这座城市。

"跟上，"萨斯基亚回过头来喊道，"除非你们想被那些杂种抓住。"

我们跑过拐角，钻进迷宫一样的胡同，最终，我们进入一条狭窄的巷子。我们头顶上方晾着衣服，它们在风中飘扬着，就像一面面被遗忘的彩旗。我真想知道为什么有人会把洗干净了的衣服晾在这么脏的空气里。萨斯基亚停下来歇口气，我们都停了下来。我把手放在膝盖上，感觉自己岔气了。

不知何故，萨斯基亚突然转过身来，将凯蒂猛地推到墙上。我听到了她的脊柱撞在墙砖上的声音，紧随其后的是一阵剧烈的喘息。

"你到底在玩什么，小贱人？"萨斯基亚冲凯蒂吼道。

我走过去，想把萨斯基亚拉开，但马修拦住了我。"罗丝的死就是因为她。"他说着，伸出手，接着翻过来，好像这是他第一次见到她的血——那血已经由鲜红色变成棕色的鳞片。

我看了看马修，又看了看萨斯基亚。他们两个都狼狈不堪，但略有不同：马修看上去还能扛住悲伤，萨斯基亚则一脸愤怒，我甚至看见她的皮肤差点裂开了。在原作中，他们与罗丝之间的背景故事很长，在这次蓟头弹任务之前的几个月就遇到了她。索恩曾要求他们找个漂亮的瑕人姑娘，让她渗透到哈珀家族并勾引一个英俊的玉人男孩。当萨斯基亚和马修把罗丝从一场街头斗殴中拉出来时，立即发现了她身上有种让人无法抗拒的矛盾组合：既脆弱，又具有勇气。这让她成为哈珀任务的头号人选。于是他们带走了她，夜以继日地训练她。他们慢慢将她视作朋友、女儿，同时也是战友。她的死对他们来说是个沉重的打击，这并不奇怪。

一颗巨大的泪珠顺着马修的脸流了下来，挂在他下巴上。他把手伸向自己的胸口，就像要抱住她的鬼魂。

"看在老天爷的分上，马修，别哭了，好吗？"萨斯基亚回过头抛出这句话，但并没有松开凯蒂，"罗丝不希望我们崩溃。她希望我们搞清楚这些瑕人究竟是什么人。"

爱丽丝看着我，她的眼睛仿佛在说：现在该怎么办？

"对不起,"凯蒂说,"我不知道发生了什么,真的不知道。我以为她是茱莉亚……"

"那不是茱莉亚,"我说,"那是罗丝。真的罗丝。"

凯蒂没看过这部电影,难怪她这么困惑。

"茱莉亚?茱莉亚是谁?"萨斯基亚又把凯蒂推到了墙上。

"放开我。"凯蒂反抗着,但她不是萨斯基亚的对手。

"她的意思是,她看起来像我们的一个朋友,"我说,"凯蒂只是想警告她。"

"警告她?"萨斯基亚叫道,"她不需要警告。要不是你,她不会有事的。还有那些被处决的瑕人,我们本来可以救出他们的。我们来,就是为了救他们。"她的声音颤抖着,"他们都是因为你才死的。"

"你不知道。"爱丽丝说。她的脸在努力掩盖谎言。

萨斯基亚看着爱丽丝,好像是头一次见到她,她松开凯蒂,走到爱丽丝旁边,抓起她的一缕金发,用手指慢慢地转动着,把玩着。"你看起来像是他们中的一个。"说出"他们"这个单词时,她的语气带着憎恶。

爱丽丝站在那里,像雕塑一样僵直。她只有鼻孔在动,随着她颤抖的呼吸轻轻地翕动着。

"我说了,你看起来像他们中的一个。"萨斯基亚将手里的头发猛地拉了一把,我仿佛听到它从爱丽丝头皮上被扯下来的声音。

爱丽丝发出一声惨叫,一只手捂住痛的地方。"什么人中的一个?"她说。她义愤填膺,假装自己并不知道。但她看起来很傻,穿着迷你裙,背靠摇摇晃晃的墙,就像《城市摄影》中的模特。我们眼睁睁地看着她的金色头发在空中飘荡着,最后落在铺路板上。

"你告诉我,为什么我不该宰了你。就现在。"萨斯基亚轻轻拍了拍腰带,我第一次注意到那下面有个已经生锈的刀把。"一刀插进你的肚子,就可以看着你这个玉人流干最后一滴血。"

爱丽丝的脸色像粉笔一样惨白。

我想说话,想干预,但感觉嘴巴像是被粘住了,腿也不能动。

"我想今天的血已经够多了。"马修一只手放在萨斯基亚胳膊上。

她躲闪着,好像不习惯被人触摸。"玉人的血不算。"

"我不是玉人。"爱丽丝说。

"哦?"萨斯基亚抓住爱丽丝的小包,把里面的东西倒在地板上。一支唇彩,一盒口香糖,一个莱德利钱包,一个小镜盒,镜盒背面是一张蜻蜓的图片,还有一部苹果手机。萨斯基亚捡起手机,在手里把玩着。"这到底是什么?你以为瑕人有这样的垃圾玩意儿吗?"

"只是部电话而已。"爱丽丝抬起手,想要抓住它,但在最后一刻改变了主意。

萨斯基亚皱起眉头。"还有像这样的垃圾吗?或者我需要搜一搜你们吗?"

我们很不情愿地把手伸进口袋,掏出自己的东西。钱包,手机,唇膏。我觉得自己再也没有比这更脆弱的时候了,如果没有手机,没有了打出租车的钱和家人的照片,我会觉得自己全身赤裸。我想我们都一样。我们把胳膊叉在胸前,保护着自己的器官——心脏。

但萨斯基亚似乎并不在乎。她把这些装进爱丽丝的小包,直到小包接口的缝线绷得紧紧的。"对我来说,这看起来像是玉人的。"

"我不是玉人。"爱丽丝重复了一遍。

"她不是。"内特说。他说出这句话时,沉着而有力,听上去他已经有了主意。他的胳膊展开了,胸膛似乎也挺了起来。

萨斯基亚向他转过身,飞快地举起刀,我差点没看见她这个动作。"闭嘴,年轻人。"

内特看着刀刃,声音还是那么有力:"她是个间谍,瑕人的。我们利用她,是因为她看起来像玉人。"

我感到有点不舒服。我是姐姐,应该是我拿主意。爱丽丝说得没错,我是缺乏想象力。

萨斯基亚开始笑:"胡说!"

马修看着内特,眼睛里充满了同情:"没有哪个间谍是我们不知道的。"

"那不是真的,"内特说,"问索恩。"

萨斯基亚皱起眉头:"嘿,你怎么知道索恩?"

内特连停顿都没有:"我为他工作啊。我们都是。"

"内特。"我小声叫着他。但凯蒂制止了我,她的表情好像在说,相信他吧。

"不然她为什么要追我们啊?"他说,"她又不傻,她知道跑进这个城市无异于自杀,但她必须回叛军总部。"

我感到很骄傲,内特把他的元音压平了一些,听起来更像个瑕人。我很惭愧,我从没想过利用对原作的了解来占据优势。我们知道叛军的许多秘密——过去两年里,我们一直在看关于他们的电影,读关于他们的小说，讨论他们的细节。有时我不得不提醒自己：他只有十四岁。

"是吗？"萨斯基亚现在看上去有点不安了，"那么，叛军总部在哪儿呢，聪明人？"

"不要告诉他们。"凯蒂插话了。显然，目前这种力量对比的变化让她很受用，"他们可能不是叛军，只是想找到那里。"

萨斯基亚和马修回过头，哈哈大笑，露出了他们有棕色污垢的脏兮兮的牙齿。这是我第一次看到他们笑，但只有嘴巴还记得该怎么笑起来。

"哦，你这是在取笑我们。"马修说道。他的笑容很快就消失了。

我看了看爱丽丝。她的拳头紧握，微微发抖。我深吸一口气："如果你们放了我们，我就告诉你。做个交易吧？"

萨斯基亚缓慢地向我走过来，似乎想诱导我："继续说。"

"总部在被炸毁的教堂里。"

萨斯基亚的五官聚拢到了一起。"好吧。"她的声音变了，突然有了戒心，好像害怕泄露什么。但她知道我是对的。

"萨斯基亚？"马修说。

"闭嘴。我在思考。"她把手指盖在眼睛上，似乎这样就能摸到她的脑子并安排她自己的想法，"好吧，但这并不意味着你的这个玉人朋友是个间谍。你能告诉我们什么，公主？"

爱丽丝看起来很紧张，声音颤抖着："在断桥的旁边。泰晤士河下游。"她畏缩了，因为她意识到自己说错了：瑕人不再这样称呼它了。

"什么河？"萨斯基亚说。

"河，河的下游。"爱丽丝只说了一半。

萨斯基亚抬起眉毛："好吧，你知道的太多了。我们去见索恩。然后他可以捅进你们的肚子。"她的手指把玩着锁骨上方的衣服。我记得这个背景故事——几年前，她没有完成好一项任务，索恩伤过她。她好像也在回忆，顺着工作服摸索着残留的伤疤。出人意料的是她笑了，"我们本来打算今天将他介绍给罗丝，她会是我们叛军的新成员。但现在，他要见的人是你。你这个幸运的混蛋。"

"但你说过会让我们走。"我说。

"永远不要相信瑕人说的话。"她又笑了，这次她是笑逐颜开，蓝宝石般的眼睛闪闪发光。

内特用手轻轻碰了碰我，没有人看到："没关系，维奥莱特。不管怎样我们还是要见他的。我们可以一起去。"

我不知道为什么内特想见到索恩。如果索恩认为我们不可信，他会马上把我们捆起来。也许我们可以骗过萨斯基亚和马修，但骗不过索恩。

马修咧着嘴猛吸一口气，好像在检验空气。"我们要怎么做？"他向爱丽丝示意。她颤抖着，我看不出她是因为寒冷还是焦虑。

"他是对的，"萨斯基亚说，"只要在主街道上待两分钟，就会被玉人处以私刑。如果你们死了，对索恩没什么好处。"

爱丽丝的颤抖越来越明显。我想用胳膊抱住她，但我担心这样做会让她显得虚弱。

萨斯基亚将胳膊伸进工作服里，从里面拉开了拉链。它掉到了地板上,在她脚周围摊开,就像一条巨蟒蜕下的皮。原来在工作服里面,她还穿了灰色的粗麻布裤子和一件有棕色污渍的米色衬衫。直到这时我才发现她是那么瘦,我甚至可以隐约看到她肩膀和屁股上的骨头顶着衣服。真不知道她上一次吃东西是什么时候。

她用穿靴子的脚将工作服踢到爱丽丝脚旁。"呃,把这些穿上,尽量入乡随俗吧。"她转过身去,咕哝着说,"你的奶头都要被冻掉了吧。"

我挤出一丝微笑,这是我们来这儿之后第一次看到她的善意。她对待罗丝应该比这好很多吧。

凯蒂和我帮爱丽丝穿上工作服。我注意到她的脚上没穿鞋,因为之前在这个城市里一阵疯跑,她的脚已经血迹斑斑了。

"天呐,爱丽丝,你的脚。"我说。

"哦,是啊,我没注意到。"她的声音听起来有点麻木。她在脚底戳了一下,好像那是别人的,也许是哪个人体模特的。这件工作服对她来说实在太小了,她想把肩膀钻进去,但衣服只能围在她胯部。"我觉得我太高了。"

萨斯基亚跪在她面前,撕开她双腿之间的布料。爱丽丝看起来有些吃惊,这简直是对她的侮辱。但她没作声,而是设法让肩膀钻了进去。她两腿之间的布料裂开了一点,露出了一道铁蓝色。

内特哈哈大笑:"你看起来像个巨婴,这样打开你就能看到尿布了。"

爱丽丝看上去要哭了。

"闭嘴,"萨斯基亚呵斥着内特,"不然我就把你放在膝盖上打你屁股,看看到底谁看上去像个婴儿。"

马修推了推萨斯基亚。"这是什么?"他指着凯蒂。她仍穿着螺旋外套。

他们又开始大笑起来。

凯蒂皱起鼻子:"这话说起来就长了。"

"你说话很有意思。你是从哪个城市来的?"马修问。

她的眼睛扫视了我一下,有点惊慌失措。

"利物浦。"我说。我敢肯定,利物浦仍然是原作中尚存的瑕人城市之一。我看了看内特,他点了点头。

"这是数字。"马修猛地拉了一下那塞进螺旋里的紧身衣。

"嘿。"她说——这充其量是象征性的反对。安全别针打开了,紧身衣掉在了地上。她穿黑色看上去并不那么惹人注目。

经过刚才那么一动,马修咕哝了一声,肩膀向前倾斜着。血从他的手指上滴落下来,洒在地板上。他扮了个鬼脸,把手搭在肩膀上。他衬衫的袖子上沾满了鲜血,新鲜的血液——他一定是中了一颗子弹。他甚至都没眨一下眼睛。"至少她是个瑕人。"他忍住痛,说话的声音有点小。

"我们得找人看看你的肩膀。"萨斯基亚说。

"我没事,"他说,"我们去总部吧,那儿会有人看的。"

"不,我们还没到那儿你就会晕倒的。而且你太重了,我们搬不动你。我们可以在路上处理。来吧,我知道谁可以处理伤口。"萨斯基亚向我们转过身,黑着脸,"你们跟着我们,明白了吗?如果敢逃跑,我就会大声尖叫,说这个公主是个玉人,到时候看你们还能撑多久。"

我们都点头同意。

"尽量入乡随俗吧。"马修绝望地摇了摇头,"这是我见过的最差劲的间谍。"

"间谍个屁啊。"萨斯基亚嘟囔着。

我们开始沿着一条古老的主干道往前走,由于没有交通工具,只能全程步行。我看到了电影中宽阔的柏油马路。

"这地方真可怕。"凯蒂低声说。

我点了点头。建筑物的残骸中,光秃秃的横梁让人触目惊心。门框上还挂着聚乙烯塑料或者破布,在街道中间,黑色的痕迹表明曾经有人在这里生过火。但最突出的是没有绿色,这一点甚至比电影里的更甚。树木瘦弱干枯,枯黄的树丛中点缀着些许杂草。我没看到花,没看到色彩,只看到了一个灰色的世界。

"怎么这么安静?"内特低声问。

他说得对。这里安静得出奇。在电影里,这里可是熙熙攘攘的,营养不良的瑕人彼此寒暄或者辱骂。我环顾四周,发现所有的瑕人都静静地站在那里,瞪着我们,更确切地说是在瞪着爱丽丝。

"把你的头发塞进工作服里。"我低声对她说。

爱丽丝没有争辩,按照我说的迅速做了,眼睛紧紧地盯着她那双踩着沥青路面的光脚,就像她不能抬起头来正视危险。内特、凯蒂和我走到她身边,将她围在中间,这样瑕人就没有那么容易看见她。渐渐地,噪声越来越大,瑕人也就失去了兴趣。我们看着萨斯基亚和马修走在我们前面。

"发生了什么事?"凯蒂说,"我们这到底是在哪儿?"

"我们在《绞刑架之舞》里。"我说。

"好吧,我总算明白了。我的意思是,我们怎么会在电影或者书里的地方?"

内特吸了吸鼻子:"在动漫展上,当布景倒塌时,现实中肯定发生了某种时间上的转变。我们进入了一个平行宇宙,《绞刑架之舞》这个宇宙。"

"是英语的吗?"凯蒂回答。

"我不是个吹牛的人,对吧?"内特回答道。他笑得有点狂躁。

我把一只手放在他胳膊上:"我想你是对的。这是平行宇宙——如果我们在电影里,情况看上去就不会这么不一样了。"我意识到这么说显得很荒谬,但是现在,我们周围是瑕人和坍塌的建筑,我们呼吸着腐烂的鸟儿散发出来的味道。

"我觉得我在做梦,"爱丽丝低着头自言自语,"这只是个噩梦,醒来的时候,我会穿着睡衣躺在床上。"

"你太自恋了,"内特说,"这可能是我的梦。不要以为什么都是你的。"

"争吵无益,"我说,"我们要安静,别招来杀身之祸。"

"我认为这并不是梦。"凯蒂说。她的声音有点空洞。

爱丽丝叹了口气:"我也不知道。我的脚太疼了,所以这不是梦。"

"索恩会怎么帮忙呢?"我问内特,"我知道他是你的英雄,但你可能忘记了,他有点疯疯癫癫的。"

他笑了:"索恩不会帮忙的。"

"别再打谜语了。"爱丽丝说。

凯蒂点点头:"是的,说真的,如果你有什么计划,可要告诉我们。"

"不是索恩,"内特说,"是芭芭。她会告诉我们该怎么回去。"

"内特,太棒了。"我说。

"呃,恕我问一句,"凯蒂说,"芭芭是谁?"

内特看了看萨斯基亚和马修,确保他们不会听见。不过他们正在交谈,顾不上听。他们并不知道芭芭的存在——我是从原作中知道的——我想内特想继续保持这一点。芭芭的预知能力是索恩对付玉人的最厉害的武器,知道她的人越少越好。如果内特泄露了天机,索恩会非常生气。

内特转向凯蒂。他压低了声音,但表情更丰富了:"她是个让人恶心的家伙,长着灰色的长发,看上去像一具灰色的僵尸。她的皮肤盖住了眼睛和鼻孔,嘴巴只有一条口子,但是没有牙齿。她弯腰驼背,就像这样……"他弯下腰,学着芭芭的样子。

"是的,但是她是谁?"凯蒂低声问。她有点不耐烦了。

我忍不住要插嘴了。我爱芭芭,她是我最喜欢的角色之一。她看起来是很可怕,但她总是那么神秘。她是最初的一批玉人中的一个,是第一轮实验中唯一幸存下来的,那还要追溯到人类改进基因增强技术的时候。他们过于强化了她的同情心和生命力,所以她能读懂心灵、看到未来,而且活了好几百年。她还记得城墙建起来、玉人扔下炸弹之前的那个世界。

内特咧嘴笑了:"她能做到的这件事情很酷,叫作心灵交融。

她把手放在你头上,就能吸收你大脑中的想法,就像吸泥巴一样。"

"这个僵尸灵媒在叛军总部吗?"凯蒂问。

我点点头:"索恩把她藏在了一个地下密室里。"

"但她是个玉人,"凯蒂说,"她是囚犯还是别的什么?"

爱丽丝嘲笑道:"你听懂了没有啊。她是瑕人的一员,他们创造了她,照顾着她——她讨厌玉人。"

"这僵尸会告诉我们怎么回去吗?"凯蒂问。

"就是这个计划。"内特说。

"她是我们最好的计划吗?"凯蒂说,"我们回家的最好机会就是这个?一个名叫宝贝的老女人?"

我看了看内特和爱丽丝。他们俩僵硬地点着头,喃喃地说:"她叫芭芭。"

凯蒂笑了——悲伤的笑:"我们都完蛋了。"

# 7

我们在一幢摇摇欲坠的大楼前停了下来。我从看过的电影中认出了它：祖拉酒馆。罗丝丢下蓟头弹后，萨斯基亚和马修把她带到这里，庆祝她第一次成功完成任务，并且鼓励她，很快她就要见到索恩了。至少我认为是同一家酒馆，而且看起来更脏，就要倒塌了——门上到处都是木头蠕虫，砖墙里还长出来像树一样的东西。事实上，它更符合我看到小说时的想象，那时小说还没有到好莱坞制作人手里。我注意到墙上挂着斯通伯克总统的海报，因为雨水和风的作用，这张海报已经变软了。但这位总统头上长着犄角，脖子上挂着一根绞索。小说里并没有这两个细节，电影里也没有，我自己也没有想象过。但这两个细节让这一切看起来真实得可怕。

"祖拉会护理你的胳膊的。"萨斯基亚对马修说。

这证实了我的怀疑。我意识到我站在了罗丝曾经站过的位置，就在那扇门的左边。一种毛骨悚然的感觉向我袭来，好像我在追寻某个鬼魂的足迹。

马修朝爱丽丝点点头："你认为这样明智吗，让一个玉人模样的人在他们面前招摇过市？有时街上会有一些坏家伙，尽管穿着工作服，我认为她骗不过那些人。"

"你还有更好的主意吗？"萨斯基亚回答道，"你正在流血，怎么可能穿过这个城市。"她将爱丽丝上下打量一番，"他说得没错。你看起来还是像个玉人。"

"穿着这个就不像了，真的。"爱丽丝扫了一眼工作服，厌恶地皱起鼻子。

"我们要将你的牙齿敲掉两颗。"萨斯基亚说。

爱丽丝的手飞快地捂住嘴巴，一部分原因是震惊，一部分是为了保护它。

"这有点极端，不是吗？"我说。

萨斯基亚笑了："如果瑕人把她当成玉人，你就不会那么说了。你会希望我把她的牙齿敲掉。"

"悠着点，萨斯基亚，"马修说，"如果你让她嘴角带血，她会吸引更多注意的。"他把手搭在爱丽丝肩膀上，"你可以弯拉着，是吗？"

爱丽丝调整了一下姿势，矮了大约一英寸。

萨斯基亚笑了。"干得好，真是太好了。"她避开了马修，这样她可以更近地检查爱丽丝，"你的头发得整理一下。像那样，把它塞进工作服……相当于把头顶藏起来。"

我想爱丽丝可能在呜咽："别动我的头发。"

"金发在这个城市里并不常见，在必需品的清单上，染发剂也不重要，不过我们可以把它剪掉。"她从腰带上抽出一把刀，在她的衬衫下摆上擦着。

爱丽丝大惊失色,脸上只剩两条腮红,就像战士出征前涂在脸上的颜料。"你不是认真的吧?"

"只是头发,"凯蒂说,"比另一种选择好多了。"

"是啊,来吧,芭比,"内特说,"让我们看看你头发剪成一个盆是什么样的。"但他听起来也有点害怕。

萨斯基亚拿着刀靠近爱丽丝,而这一次,马修没有干预,显然,他认为这主意很明智。

我看到爱丽丝珊瑚色的嘴唇颤抖着,整个身体蜷缩起来。突然间,我仿佛回到了七岁,坐在她身后,编着她的头发,我闻到了樱桃花和柠檬草的香气,几缕头发从我指尖滑过,像金色的丝线一样,在阳光下发光。我真想抓住那把刀,把它扔进泥巴里,但什么东西阻止了我。是恐惧,我认为,那些街上的瑕人正在看着她,眼里充满了仇恨。

"别动。"萨斯基亚将爱丽丝的头发捆起,将她的头拉了回来。

爱丽丝开始挣扎,在空中挥舞着双手:"不,不,求求你了。"

"见鬼,"萨斯基亚说,"抓住她,马修,让她闭嘴。"

但马修还没来得及动,我已经抓住了爱丽丝的胳膊,开始在她耳边低声说话:"你总是想要短发,还记得吗?就像《滑稽的脸》里的奥黛丽·赫本。短发可以展示你的骨架和你漂亮的长脖子。等我们回去了,我带你去托尼和盖伊,再把你的头发好好拾掇拾掇。我保证,看起来会很棒。"我感觉她的身体放松了一点儿,"这样最好——你现在需要融入这里。"

在她那漆黑的眼睛里，眼泪在闪闪发光，但她不再挣扎了，紧握着我的手。"好吧，好吧，我明白了。我太漂亮了，不适合这个垃圾场。"她跪下来，展开了合作的架势。

萨斯基亚拉起那金色的辫子，开始一通猛剪。头发飘向地面，像黄色的羽毛。萨斯基亚剪完了，爱丽丝用手指摸了摸她的短发，她的脸僵硬了。接着，她用手捂住脸，开始哭了起来。

"哦，看在老天爷的分上，"萨斯基亚说着，把刀放回腰带里，"你要是哭个不停，脸上的脏东西会被冲掉的，我还得把你的脸按进泥巴里。"

我和凯蒂帮爱丽丝站了起来。她似乎受了内伤，就像圣经里的参孙。甚至内特也知道这对她来说有多难。他微笑着说："说老实话，你这样很好看，"尽管他忍不住加了一句，"如果写作生涯失败，你还能在下一部乐高电影中找到个角色。"

"那个适合你。"马修说。

萨斯基亚皱起眉毛，双手重重地拍了拍屁股。"好了，保持安静，你们所有人。如果你们想逃跑，你们知道我会怎么做，是吗？"她将打成缕的长发梳成一个松散的圆发髻，好像准备大干一场。在电影中，她也是这么做的。这让我觉得很奇怪，尽管我们的到来引起了一些变化——罗丝死了，九个瑕人被绞死了——我们似乎仍与原作保持同步。我的思绪就像多米诺骨牌：在原作里，酒馆的门后藏着一个管理员。我从小说的后面知道了这一段。管理员，瑕人之城里自封的执法员。法律当然是不存在的，有的只是他们的贪婪和扭曲的欲望。他们一开始就喜欢上了罗丝，对她十分友好，最后她用蓟头弹作为诱饵,她、萨斯基亚和马修才得以逃走。最后,他们躲在一条小巷里,以避免被瑕人们的私刑处死。现在引起管理员注意的不是罗丝,而是爱丽丝。我的心沉到了谷底。

萨斯基亚想冲进门去。

"等一等。"我说。

内特睁大了眼睛,我能看出来,他也把这些点连起来了。

"现在怎么办?"萨斯基亚停了下来,身体一半在门里,一半在门外。

"我们不知道里面都有谁……他们可能很危险。"我说。

萨斯基亚更愤怒了,脸上的污渍少了一半。"别废话了,否则我要剪掉的可不止是你们的头发。"

我还没来得及反对,马修就把我们挤进了门。

一股熏天的臭气向我袭来,那是爸爸前一天晚上喝醉酒时的味道。过期的啤酒,但是和其他的气味混在了一起:卷心菜和洋葱,还有别的东西,我想可能是尿液吧。当然,这房间看上去应该有尿骚味。地板上的锯木屑、墙上的霉斑和破烂的垫子都已经褪色,像芥末一样发黄。看起来像老旧的电影布景。

几个瑕人坐在凳子上,盯着我们。他们大多穿灰色工作服,提示了他们的奴隶身份,但有几个穿着普通的衣服——褪色的牛仔裤,破旧的衬衫。我们跟着马修和萨斯基亚走进酒吧,他们窃窃私语。我以前去过几家酒吧,用的是假身份证。那次我点的是非法的伏特加和可卡因,但当时的焦虑感和现在没法比——我的心脏似乎要在胸膛上打洞。

我寻找那名管理员,但没看到他。我的肌肉开始放松。

柜台后面的瑕人用沾满了尼古丁的手指拧着一块布。是祖拉。她的皮肤皱成一条一条的,我分不清她是在微笑还是皱起了眉头。我发誓,在电影里,她从来没有过这样的皱纹。

"你怎么了?"她问马修。

"战争创伤。"他回答。

她点点头,斜靠在吧台上,胸脯顶着胸衣。"你的朋友都是些什么人?"

我张嘴要回答,但萨斯基亚打断了我。她的声音很轻,显然她要骗他们一下。

"他们只是上晚班的瑕人,新来的跟我和马修一起在牧场工作。"

祖拉打量着我们的脸。"哦,是吗?"

我摆弄我的头发:"是的。"

她看了看爱丽丝,眯起了眼睛:"我不想惹麻烦,好吧?"

"我们上了个时间很长的班,"萨斯基亚说,"我们只需要给马修包扎一下,然后就可以上路了。"

祖拉微笑着,眼睛周围的皱纹像个矩阵。"你想去后面吗,宝贝?我可以给你解决。"

马修咧嘴笑了,好像从来没有被这样优待过。"谢谢,你是最棒的。"

"我可不是为了你才这么做的……你的血滴到我地板上了。"

他举起手,让血滴到衬衫的前面,接着跟着祖拉进了里屋。

萨斯基亚带我们来到酒吧的一个柜台后面,尽量让我们远离那些瑕人。她倾身向前。"等马修包扎了,我们就要走了,去总部。"

我想起了电影里那个被炸毁的教堂。那是索恩和芭芭的家,是叛军开大会的地方。我在激动和恐惧之间摇摆,我感觉到了我的肚子紧了一下。我不敢相信我们会去真实的总部,不敢相信我们会见到真实的索恩和芭芭。这就像发现了真龙一样。你跑到外面,看到它们在空中盘旋,你惊叹不已,激动万分,直到它们把你点燃,把你吞噬。

"我们的漂亮朋友吸引了太多关注。"萨斯基亚说着,看了看其他的瑕人。爱丽丝虽然穿着工作服,头发也被剪掉了,但还是吸引了好几个瑕人的目光。

"要适应。"凯蒂说。

我在桌子底下踢了踢她。

"你说得对,姑娘。"萨斯基亚的目光移到了一个鬼鬼祟祟走过来的人影上。这是原作里的管理员。只有这个版本里的管理员脸上才长了这么多雀斑:脸颊,额头,眼睑和嘴唇上到处都是。他看起来轮廓更加分明,面部收缩起来,只留下了尖的部分,活像一只黄鼠狼。我的肚子又紧了一下。

他站到爱丽丝旁边。"哦,这是谁来了啊?一个走错了地方的漂亮姑娘,总是这么有意思。"

"休息一下而已,"萨斯基亚说,"她刚上完一个时间很长的班。我们都是。"

就像电影里一样,管理员拍了拍他的星形徽章。"我需要更多的尊重,女士。"他把注意力转回到爱丽丝身上,"那为什么我以前没见过你呢?"

爱丽丝看着萨斯基亚。

管理员笑了:"我想,你可以自己说话,既然长了这么漂亮的嘴巴。"

要是萨斯基亚敲掉了爱丽丝的两颗牙齿就好了,我禁不住想。

"听着,我们要走了,好吗?"萨斯基亚说。

"你们才刚到。"管理员说。

"我们现在要走了。我去叫我的朋友,他在里屋,和祖拉一起。他被几个玉人士兵击中了。"她想赢得他的信任,但听起来很急切。

管理员笑了。我看到了他粉色的舌头,好像他在舔一大块硬糖。

"那么,你们不是英雄咯?"

萨斯基亚向吧台走去,但管理员并未离开。他拖出一把椅子,将内特推开,坐到爱丽丝旁边。"她是你妈妈还是你上司?"

爱丽丝勉强地笑了一下,依然紧张。

"是姑妈。"我把元音压平,这样听起来和他更像,但我的声音有点颤抖。

"是的,她让人头疼。"凯蒂说。她没能掩盖住她那轻快的利物浦口音。

管理员的一只胳膊揽住爱丽丝的肩膀,说:"好吧,也许你应该扔下你姑妈,和我们坐在一起。"

爱丽丝看上去很坚决。"我想她不会同意的。"但是她的声音变了一点,听起来更像个瑕人,而且直视他的眼睛。有那么一瞬间,我以为她会成功。

"你在发抖。"长着雀斑的管理员说。他斜靠在她身上,我想象他呼吸的气味。"这儿并不冷,你知道吗?你为什么发抖呢?"他伸出下唇,像是在担心她,"是我让你紧张了吗,亲爱的?"

她张开嘴,我以为她想回答,但管理员没给她机会。"呃,特里。"

另一个胸前钉着星形徽章的瑕人走了过来。他灰色的头发往后梳着,结实的身材表明在这座饥饿的城市里他并不难找到食物。

满脸雀斑的管理员笑了:"这么漂亮的姑娘居然瑟瑟发抖。虽然我想认为这是因为我长得英俊,但我还是怀疑因为她是个该死的玉人。"

一切似乎都变慢了。内特在桌子下面抓住我的手,他手掌上满是汗水。我真希望手里有罗丝最后的蓟头弹,我们一定会用引爆装置。

特里盯着爱丽丝的脸看了一会儿,有点困惑:"她甚至都没想过要看起来像个瑕人。没有假发,没有假伤疤,只是在脸上擦了一点灰,然后剪了头发。这真是个糟糕的表演,有点侮辱人的意思。我的意思是,我知道我们瑕人笨,但还是……"

那个满脸雀斑的管理员摇了摇头,好像很失望似的:"玉人间谍很圆滑。"

"她不是玉人。"我说。我的声音听起来尖细,很不真实。

"是的,放了她。"凯蒂说。

满脸雀斑的管理员看了看我,然后看了看内特和凯蒂:"我想,跟着瑕人旅行是个很不错的主意,可以帮她融入这里。"

"她不是玉人。"内特重复了一遍,用尽了全部的力量。

"小声点,年轻人。你可能是个瑕人,但如果你帮玉人,你会和他们一样倒霉的。"

"那这个呢？"特里的手指戳着我的胸骨，"她和玉人很相近——足够相近了。"

雀斑管理员仔细看着我："颧骨没有增强，嘴唇太薄了，他们应该让这两个部位丰满一点。她脸颊上有颗痣，他们应该割掉。"

我不知道是该感到被冒犯了，还是该感到如释重负。

他向我靠了过来："别那么痛苦，谁想当一个臭烘烘的玉人呢？"他呼吸的味道很像潮湿的木头和杜松子酒。突然，他抓住我的头发，猛拉我的头，我感到他要把我的头皮从头骨上扯开。我的嘴自动地张开了，他的一根手指放在了我的牙齿上，他的手指感觉就像鼻涕虫，尝起来味道也不太好。我听到我的朋友们喊叫着，但雀斑管理员没理会他们。

他摇了摇头："干净但是虚弱，绝对是个瑕人。"

特里也检查了一下爱丽丝，所以她只能动眼睛。她的眼珠在眼眶里转动着，很大，但充满了恐惧。

更多的瑕人走了过来。有几个站在凯蒂和内特后面，双手向下，按着他们的肩膀。

特里近乎温柔地抬起爱丽丝的下巴："她的牙齿很完美。"

他们点头示意，把我们从椅子上拉了起来。我只能够到雀斑管理员的胸部。他放声大笑。"我想我们可以相信这个瑕人，我们喜欢矮子。"他把我丢在地上：我笨拙地倒下了，把椅子撞倒在地板上，尾骨一阵刺痛。内特想帮我，但有个魁梧的瑕人还按着他的肩膀。

我转而看着爱丽丝，即使没穿高跟鞋，她也比特里高一些。

特里有点不怀好意地笑着，仿佛知道他一定能赢。"好吧，差不多一米八高，我说了。你知道如果没有经过基因调整，这是多么罕见吗？"

一阵可怕的停顿。我想爱丽丝张开了嘴想说点什么，但她没这个机会。因为在一系列剧烈的动作中，两名管理员扯掉了她的工作服，露出她纤细的四肢和她在动漫展上穿的服装。裙子被扯破了一块，挂在她肩膀上，就像一条长长的蓝舌头。

"放开她，你们两个混蛋！"凯蒂喊道。

爱丽丝想把"舌头"收回去，但她的脸扭曲了，一副惊恐的表情。

"最后的检查，"特里紧握着她的胳膊说，"你穿着工作服，你认为你是个奴隶，那么你应该有编号。"

在牧场工作的瑕人都有奴隶刺青，背上的数字显示了他们工作的地方。这意味着只有通过了力气和健康审查的瑕人才能进入牧场工作。当然，这也意味着玉人并不需要使用他们的名字——还有什么办法更能否认他们的人性呢。我和爱丽丝对视了片刻。我们都知道她现在已经准备好了。管理员向她冲过来，撕下她后背的衣服，露出了白皙的皮肤——那里原本应该有刺青的。

我站起来，想靠近她，但我的胳膊笨拙地撞在了倒下的椅子上。我听到"砰"的一声巨响，一扇门开了，撞在了墙上。马修从吧台后面冲了过来，他肩膀上缠着绷带，血已经渗出来了。"滚开，你个笨蛋。"他左一脚右一脚地踢着向我们走过来。

瑕人堵住了他的路，我听到了拳打脚踢的声音。酒吧中的每个人似乎都参与了进来——嘈杂声，脚步声，喊叫，戳膝盖。我感觉有人在拍我的后背，似乎有一对发烫的胳膊紧紧地抱住了我。我慌乱地向爱丽丝爬去。一个硬东西撞上了我的耳朵，我想这是只靴子。一切都变得模糊了，我感觉自己正在水里爬行。但我没有停下来。我够到了爱丽丝的脚踝，用尽全力拉着她的小腿。她蹲在我旁边，近乎绝望地把脸颊贴在我的脸颊上。

"我们得把你弄出去。"我对着她的耳朵说。

她没有回应，但我们开始向门口爬去。一个瑕人摔倒在我面前，他的鼻子塌陷了。他想喊，但我把手按在他脸上，膝盖压着他的肋骨，直接从他身上爬过去了。不管怎么说，在混乱中，我站了起来，跟跟跄跄地走向门口，爱丽丝在我旁边。

"拦住他们。"有人喊道。

"内特！"我尖叫着，"凯蒂！"

"我在这儿。"凯蒂从一片模糊的肢体中出现了，挣扎着向我们跑过来。她那红色的短发现在就像一块垫子，粘在她头上。

我抓住她的手。"内特呢？"我问着，把她拉向我。

她摇了摇头，眼睛睁得大大的，惊恐万分。

"内特！"我尖叫着，想从混乱中找到他，"内特！"但我只看到了一张张愤怒的面孔正向我们扑过来。

爱丽丝抓住我的肩膀："我们得赶紧走了。"

我站在中间，举棋不定。是去找内特，还是跟朋友们一起离开呢？但凯蒂的眼神和她被撕裂的衣服让我不得不优先考虑她们。我们冲到阳光底下，跑啊，跑啊，跑啊。我的耳朵在燃烧，我的背在尖叫，但我的腿知道该怎么做。我只是不停地跑。我挥动着胳膊，紧握着拳头，我的肺刺痛，而我唯一能想到的是：我把内特丢下了。

# 8

我们从几栋排屋后面绕过,停了下来,大口吸着空气,擦着眼睛里的汗水。

"她往那边走了。"

那只靴子一定对我的耳朵造成了损伤,因为那声音听起来有点乱,但我还是能听出管理员的鼻音。我们又开始奔跑,在晾衣绳下面躲闪,跳过成堆的垃圾。爱丽丝腿长,跑在了前面,那一刻我甚至以为她会把我们丢下。

"爱丽丝。"我喊了一声。

她慢了下来,我们追上了她。

"我们不能把内特落下太远。"我说。

"不会的,别担心,维奥,"凯蒂说,"我们一会儿就回去找他。"

我又听到了那个管理员的声音:"来吧,小子们,把她们赶出来。"他的声音更大了,感觉离得更了。

我急忙在小巷里寻找藏身的地方。这时我看见了一个用砖头砌起来的门廊,在原作中,罗丝、萨斯基亚和马修就是藏在这里的,砖头已经摇摇欲坠，抹着灰泥。我和爱丽丝四目相对，彼此心照不宣。我们开始把砖搬开，发现了一窝木虱。凯蒂蹲了下来，开始帮忙。

"他们到这儿来了。"有人喊道。

我听到爱丽丝吃了一惊，但我们没有停下来，恐慌驱使着我们继续搬砖。

靴子落地的声音越来越密集了，特里的声音从上面传来。"来吧，你们这些没用的白痴。"

我们钻进洞里，慌乱地将砖头搬了回去。

我屏住呼吸，手颤抖着，抱着膝盖。瑕人经过时，地面震动了。空气在我的脸颊上翻腾，他们的影子挡住了光，我看着自己的手由粉色变成黑色，再变成粉色。良久，我发现我的手不再变黑了，才恢复了呼吸。

"他们走了，"爱丽丝低声说，"和原作里的一样。"

"你这是什么意思？"凯蒂问。

"罗丝、萨斯基亚和马修就是藏在这个门道里的，躲避的也是这样的一群暴徒。"我说。

"这很奇怪。"凯蒂说。

我点头。"你说得对。似乎最初的情节……"我停顿了一下，寻找着合适的字眼，"缠上我们了。"

爱丽丝的脑袋靠在墙上："我们到底是怎么死在这个地方的？"在墙的阴影下，我看到了她脸上的泪痕。

"这太疯狂了。"我把重心移到膝盖上。

"我想回家。"爱丽丝说。

"我也是。"凯蒂说。

多么希望我们能永远待在这个门道里,就这样挤在一起,温暖而又安全。

爱丽丝用手背擦了擦鼻子,我从没见过她这样。"你知道,这很有意思,"她说,"我曾经希望,希望我能出现在《绞刑架之舞》里面……但现在我们就在这里。"她的声音断了,也许是因为情绪,"这真的很糟糕。"她说得轻松而且有节奏,既像在笑,又像在呜咽。

"至少你看过这本书,看过电影。"凯蒂说,"我们为什么没在《纳尼亚》或《梦幻岛》呢?或者……或者……《仲夏夜之梦》呢?那样至少我知道发生了什么。"

我没有回答。我只注意到了疼痛,我的脑袋、耳朵、后背都在疼。这有点让我分心。我们听到附近有个东西落了下来,传来一阵窸窣的声音,以及猫的叫声。

"我们得找到内特。"我最后说。我知道我们可能已经将这些愤怒的瑕人都诱离了酒馆,尽管如此,除非看到内特还安然无恙地活着,我才能真正高兴起来。

爱丽丝点了点头。"再多等一会儿,等到那些混蛋都走开。我想罗丝等了大概一个小时吧。"

我摇着头:"他才十四岁……"

凯蒂按了按我的腿:"但他非常聪明,什么办法他都能想出来。"

我们难过地笑了笑,开始把砖头推开。我们从门道里出来,脚指头踩在瓦砾堆上,砖块上的灰尘扬了起来,粘在我的喉咙上,我忍住了,没咳嗽。

也许我们等的时间不够长,也许是因为咳嗽,总之有人发现了我们。

"她们在那儿,"一个瑕人叫道,"我告诉过你们她们来这边了。"

我的肚子在翻腾。但我们没有停下来,甚至不回头,又开始跑起来。我们绕过拐角,看到更多瑕人——一堵愤怒而又丑陋的墙。他们把我们围住,把我们关在里面。我觉得天旋地转,因为我意识到墙正在把我们围起来,有肉体组成的墙,也有砖墙。我抓住爱丽丝和凯蒂的手,站稳了,准备随时伺机逃走。

那个满脸雀斑的管理员微笑着——他笑了很久,笑得很缓慢——好像他知道我们有多害怕似的。"好啊,看看这儿都有什么。"

我没有回应,不敢说话。在衣服下面,我的皮肤起了鸡皮疙瘩。

"一个玉人和她的两个朋友——两个瑕人叛徒。"

我张开嘴,但只是呜咽了一下。

"看在老天爷的分上,"凯蒂喊道,"她不是玉人。"

管理员没理会她:"你知道我们会怎么对付叛徒吗?"

另一个瑕人从后面叫道:"把她们绑起来。"

在电影和小说中,瑕人是好人,是受到支持的,所以面对他们的仇恨,我感到很奇怪。我希望能向他们解释,让他们坐下来看这部电影,他们的电影,让他们看到这不是真实的。这些都不是真的。

突然,我感觉不到耳朵里的灼热和后背的疼痛了。我无暇顾及朋友们的手如何——此刻,我自己的手已经湿漉漉、汗涔涔。我只是觉得全身都融化了。我的腿软了,肺再也不喘气,心脏再也不跳了。我像死尸一样落在了地上。

"她又抢先了一步。"

"你能绞死一个已经死了的叛徒吗？"

"对于叛徒，杀他多少次都不为过。"

我听到了爱丽丝的声音，她好像在捂着嘴巴："维奥莱特，醒一醒，维奥莱特。"

颜色消失了，形状越来越模糊，声音渐渐没了。

我的脚尖向下，伸着腿，飞向云层。我到达了一个看不见的穹顶，向下瞥了一眼——蹦床摆动着，就像拉在树中间的紫红色床单。妈妈笑了，内特拍着手："跳啊，维奥莱特，跳。我们不会让你掉下来的。"然后我听到一个低沉的声音，像是从水中传来。那是爸爸的："就是这样，维奥莱特，加油啊，宝贝女儿。醒一醒，醒一醒。"我的眼睑颤动着，我想睁开，却感觉像在举起重物。我能闻到些东西，很干净，不再是腐烂的鸟儿，而是新鲜的，带着药味。但是树木消散了，腐烂的鸟也不见了，爸爸的声音变成尖叫。爱丽丝的尖叫。

我一下子清醒过来，意识到我在朝云层飞去并不是因为跳了蹦床，而是因为有几双手抓着我的胳膊和腿，把我往上举。大地消失了，我像玩偶一样在空中停留了片刻。然后，瑕人拖着我沿着一条路往前走，我的高跟鞋敲击着地面，鹅卵石弹了起来。头顶狭长的天空变成一片蔚蓝的天空。我又回到了一条主街。

我转过头去，看了看爱丽丝。她被几个瑕人举在头顶，因为恐惧，她的脸已扭曲。我听到了喊叫和嘲笑。声音越来越大，人群正在聚集。好几双手抓住了我。"我们发现了一个玉人。我们抓到了一个叛徒。把她们绑起来。让她们付出代价。"他们把我翻过来，面朝下，我再也看不到爱丽丝了。

"爱丽丝！"我对鹅卵石尖叫着。

瑕人没有理会我，而是把我拖向一个桶。爱丽丝已经被放在了一个桶上。她站得很高，下巴抬起，可能因为害怕跌倒，但我忍不住想：她怎么看起来像我的音乐盒里走出来的小仙女呢？我甚至以为她会旋转起来。接着我意识到了，她脖子上挂着绞索，所以才站得那么高。

我还没来得及尖叫或哭泣，便感觉一根绳子从我脑袋上滑下来，在我下巴下面收紧。我试着举起手，我拉着，抓着，我想挣脱，但瑕人一定是捆住了我的手腕。这又让我感到一阵恐慌，似乎我能徒手解救自己。

瑕人把我的脚放在爱丽丝旁边的桶上，绳子另一端从我耳边呼啸而过，就像子弹，掠过一盏破旧的街灯，拍打着地面。接着轮到凯蒂了。我看着他们把她推到另一个桶上，她的绳子在我的后面。我低头看了看那些可恶的脸，支着我的腿，拼命地想站起来——我知道，只要掉下来我就会死。但绳子在我的喉咙那里系得更紧了，切断了我的吸气，而且越来越紧。我闭上眼睛，不知道套索能不能阻止我呕吐出来。多希望我的手没有被绑住啊，这样我就能最后一次和朋友们握手了。

一个长着鹰钩鼻的瑕人上前一步，抬高了声音："安静，玉人伙计，总统要讲话了。"

观众们笑着鼓起了掌。

总统挥了挥手。人群安静下来。

"欢迎来到绞刑架之舞。"他故意发元音,像公鸡一样鼓起胸脯,"我们来到这里,是为了见证这些……瑕人的绞刑。"

"她们的罪行是什么?"有人喊道。

他仰望天空,似乎在与更高的权力交流:"她们的罪行是在勉强度日,养家糊口,对抗你们的厌恶、你们的迫害和你们提出的性要求。"

人群中发出刺耳的声音。一个瑕人冲上前来,拖着我的束腰外衣。我感到身体在摇晃。

总统哈哈大笑:"她们的罪行是贫穷。"

我试着呼吸,但空气稀薄。每过一秒,我的腿都会变软。

"她们的罪行是疾病。"

当一个人死去的时候,他会想些什么呢?反正我最后想的是:真可惜啊,大老远来到这儿,却没见过威洛。

"她们的罪行是饥饿。"总统的两只手绕了一个大圈子,"她们的罪行是,拿起一面镜子,看到的是丑陋。"

人群突然活跃起来,笑着叫着。

总统举起双手,做出投降的姿势。"但是等一等。这些都不是瑕人。他们是披着羊皮的狼。"他伸出一根手指头指着爱丽丝,"这是个臭烘烘的玉人。"他接着指着我和凯蒂,"还有这两个……天知道她们是什么,出身是瑕人,但又忠于玉人,是彻头彻尾的叛徒。"

"她不是玉人,"凯蒂急了,"她的中等教育证书数学考试得了个C,上周还感冒了。"

"闭嘴，叛徒。"总统说。

我盯着他的眼睛，想从中寻找一丝怜悯。电影中，瑕人的眼睛里流露出了同情。但从他眼中，我只看到了厌恶。

他冷笑："那么，我们要对这臭烘烘的玉人做些什么呢？还有她这些同样臭不可闻的朋友。"

一段吟唱开始了，起先很柔和，但越往后越有力。"让她们跳舞。让她们跳舞。让她们跳舞。"

总统鞠了个躬，吟唱停了下来。就是这样，我们就要死了。瑕人将手从我身上移开，我在桶的边缘，摇摇欲坠。不知怎的，我设法从套索中挤出了几个词："我们只想回家。"

管理员笑了："你还是说给在乎的人听吧。"他看了看桶，把靴子穿了回去。

"住手！"这声音不是从水中传来的。它清晰而有力，就像悬在半空中的蓟花。

我斜视人群，看见一个瑕人正往前面挤过来，脸上写满了坚决。一头浓密的黑发从他那瓷器般的肌肤上倾泻下来，虽然我的视线已经模糊，还是可以看出他的眼睛是我见过的最蓝的。

"看在老天爷的分上。"他走上前来，坚挺的鼻子高高抬起，"你们认为这是在干什么？我知道这些姑娘，她们是瑕人，全都是。你们要绞死的是三个瑕人。"

满脸雀斑的管理员焦虑地用手捂着额头："个子小的两个是瑕人没错，但个子高的那个肯定是玉人。"

"她绝对是瑕人，我和她住马路对面，从小看着她长大。她长得太美了。我一直在告诉她要折断鼻子或者剪掉头发,不然总有一天她会像条鱼一样在桶上面翻转。"

一段尴尬的停顿。人群的气氛紧张凝重。

特里先动了一下,一巴掌拍在黑头发瑕人的后背上:"没事的。我认识这孩子——我可以告诉你:他没问题。他是妈婆的儿子,既然他说她是个瑕人,那她就是。"

"那么,她的刺青在哪儿?为什么要在工作服下面藏件衣服?"长雀斑的管理员问。他的声音透出了失望。

爱丽丝设法嘶哑着说出几个关键词:"我在为叛军工作。"

"当然,"黑头发的瑕人说,他很快就接上了话,"她假装成玉人,为我们刺探秘密。"他的眼里闪烁着一种神奇的淡蓝色,"她冒着生命危险去救你们这些笨蛋,本应该得到嘉奖,但看看你们在干什么?居然把她当作怪物吊了起来。"

人群开始窃窃私语,彼此面面相觑。总统的手又转了个圈,他急着想看到表演的最终结局。"无辜是从什么时候开始变得重要的?"

但已经有几只手切断了绳子,帮我们从桶上下来。黑头发的瑕人钻到我的胳膊下面架着我,另一只胳膊搂着爱丽丝的腰。凯蒂的情况好一点,她尽量走在我们后面,一只手搭在我肩上,好像她已经看不清楚了。

我忍不住留意着黑头发的瑕人到底有多强壮。但他的骨节透过衬衫,刺进了我的肉里。我几乎走不动,他却轻而易举地带着我们往前走。我们在困惑的观众中间穿梭着。

"继续前进。"他说。

爱丽丝小声叫了一下。

"内特。我得回去。"我故意把这几个词融在一起说,但黑发男孩似乎听明白了。

他把我举高了一点,摇了摇头:"你还有什么死前愿望?继续前进!趁他们还没改变主意。"

"我们会找到他的,维奥。"凯蒂低声在后面说道。

"你是谁?"我问黑头发的瑕人。

"看样子,我是你们的英雄。"他回答。

## 9

我们消失在一条小巷里,绕过几个迷魂阵一样的弯路后,他把我们拉进一道门。

"你们在这里很安全。"

听到这话,我一屁股坐在了地上,就像母亲腹中的胎儿。我想我一定会作呕,因为我嘴里灌满了胆汁。我想我开始哭了,因为我听到了一个吓破了胆的女孩在抽泣。我的双手摇摆着,抓着我自己的脖子,驱赶着假想中的恶魔——一群在我身上爬来爬去的蚂蚁,咬着我,在我身上钻洞。凯蒂坐在我旁边,轻轻拍着我的手,黑头发的瑕人将我的头发从脸上拂去,以防我呕吐。这些善意的动作将我从深渊中拉了回来。我努力转变成坐姿,靠在爱丽丝旁边的墙上。我转过身,看着她的脸——她的脸苍白而憔悴,还涂着睫毛膏。

"你没事吧?"她问道。

我摇了摇头,感觉到了一股新的疼痛:仿佛有一团熊熊烈火围着我的脖子烧了起来。我用手指抚摸着脖子,感觉有一种温暖而潮湿的东西滴在了我的心形项链上。

"维奥莱特的套索真的很紧，"凯蒂说，"我甚至看见那套索割进了她的皮肤。"她尽量用正常的语调说话，但她说完的时候，我听到了波动。

黑头发的瑕人递给我一杯热气腾腾的液体："来，喝点吧。"

我双手颤抖着，握住了杯子，让我的气息慢慢平稳下来。我饮了几小口，脖子上的疼痛消失了。它的味道有点像红茶。他递了一杯给凯蒂，然后是爱丽丝，我听见她们说了句谢谢。爱丽丝闻了闻，把杯子放在地板上。

我逐渐看清了周围环境——这是个小房间，里面没什么东西，地毯也没铺。房间里有几个箱子，角落里有个小水池，另一个角落还生着火。黑头发的瑕人从身旁一个箱子里拿起一条被子，扔到我肩上。这时我才感觉到很冷。

"那么，讲讲你们的故事吧。"他说。

一个名字穿透了我的困乏：内特。我记得上次见到他时，他焦虑地紧绷着脸。"我得找到我弟弟。"我想支起身体，但两条胳膊一弯，世界旋转了起来，最后我狠狠地靠到了墙上，茶溅了我一腿。

黑头发的瑕人从我手里接过杯子，抚摸着我的手指。"你暂时哪儿也不能去。你受了惊吓，那些该死的管理员可能还在那儿。"他的声音听起来是那么温暖，好像认识我很多年了，我感觉我的肌肉放松了一点。

"他说得对。"爱丽丝说。

凯蒂点了点头："内特不会有事的，他和萨斯基亚在一起，她可是个母老虎。"

我咬住下嘴唇,尽量不让它颤抖。在光秃秃的墙壁之间,沉默蔓延开来。

"我是艾什。"他终于说话了,并碰了碰我的胳膊。

我的脖子猛地直了起来。"艾什?"

他看上去有点困惑不解:"我就是这么说的——艾什。"

"原作中的艾什?"

他摇了摇头,好像我疯了似的。"什么?"

"现在,你知道我的感受了吧。"凯蒂低声说。

"你在哈珀庄园工作?"爱丽丝问他。

他点了点头:"是啊,我值夜班。"

爱丽丝和我四目相对。

"是原作里的艾什。"爱丽丝说完哈哈大笑。

原作中的艾什是个瑕人,负责在哈珀庄园里照看罗丝,不过不知道她是叛军。他带着她四处看,帮她熟悉家务,经常盯着她。我有点儿为艾什感到难过:他就像《暮光之城》中的雅各布,像一条流浪狗一样追着贝尔。甚至电影中的艾什看上去也像条小狗——大大的蓝眼睛,松软的黑色毛发。但现在的艾什看上去更像小说里描写的,像一只猫,而不是狗,更诡计多端,更迷人。我忍不住想:不知道是不是因为拉塞尔·琼斯不想让屏幕上呈现生存竞争?我敢打赌,拉帕茨第一次见到泰勒·洛特纳时,他的心肯定往下沉了。

"但你看上去是……这么不一样。"我说。

"收起你的舌头,维奥。"凯蒂低声说。

艾什可能没听见,也可能听见了但没理会她。"我们以前见过面吗?"

我用力地摇了摇头,疼痛加剧了。"不,不……我搞错了。"

他笑了:"你是?"

"维奥莱特。"我说。

"紫罗兰,是一种颜色还是一种花的名称?"

"都是。"

他看着我脖子上的伤口:"你介意我看一下吗?"

"你看吧。"

他把手伸到我头发下面。他锋利的指甲抓住了我的锁骨,我感觉身体里生起了一股暖流。

"一定很疼吧。"他歪着头笑了笑。我感觉他在触碰我时有点尴尬——他才十八岁,比我大一岁而已。他把我的血抹在他的工作服上,脸一沉,"我受不了那些管理员随意决定别人的生死。"他穿过房间来到水池边,在水龙头下放了块布,将水池和地板上的排水孔连了起来,没有接任何管道。即使从远处看,我也能看到里面的棕色斑点。未经处理的污水臭气向我飘来。

爱丽丝皱起了鼻子。

艾什假装没看见。"他们只是一些权欲熏心的白痴。如果你问我的话,他们并不比玉人好。"他的眼睛转向爱丽丝,"抱歉。"

"我不是玉人。"她露出新剪的头发下方的脖颈,那里依然光洁无瑕。凯蒂是正确的,我的套索特别紧。这个想法又让我感到一阵恶心。

他抬起他黑色的眉毛(现在的艾什皱起眉的样子比原作中的好

看)："真的么？你只是看起来像么？"

她笑了："是的，我想。"

"哦，拜托了，"凯蒂说，"她的脑袋已经够大了。"

"等一下，"我对艾什说，"如果你认为她是个玉人，为什么要救她呢？"

他把布拧干，耸了耸肩："我们都只是动物而已。"

"所以你……并不恨玉人？"我问。

"当然恨了，但我不会杀他们。"他向我走来，他注意到了我头发和白皮肤之间的鲜明界线，"应该把这儿清理干净。"

他轻轻拍着我的脖子。在昏暗的房间里，他的皮肤几乎是半透明的，这让他显得非常脆弱，与他那宽阔的胸膛完全不搭。

"所以，你们是从哪儿来的？"他的呼吸掠过我的耳朵。

我结结巴巴地说："我们来自另一个不同的宇宙。"

他哈哈大笑，"让我猜猜看——一个瑕人统治的世界。"

现在轮到我笑了，"那会不会太离奇了？"

"没什么。我们以前不就是吗，在基因增强技术出现之前。"

他轻轻托起我的下巴。我直视他的眼睛。那清凉的蓝色让我想起了冬天。他把布围在我脖子后面的头发下面，擦来擦去，我闻到了他身上汗水和肥皂的气味。

"所以也许我们来自过去。"我说。

"时间旅行者，剧情越来越复杂了。"他停顿了一会儿，我们微笑着对视。他的微笑占据了整个脸，那高高的鼻子都快被挤掉了。

凯蒂转向爱丽丝："我突然觉得自己隐形了。"

"你好。"爱丽丝挥了挥手,"你知道,我们仍然存在。什么时候可以洗个澡呢?"

艾什和我笑了,有点紧张,我们的呼吸混合了起来。

他又站好了。"你们一定饿了吧?"

我的肚子自发地咕咕叫着,早餐后我就没再吃过东西了。

他穿过房间,走到一个大锅前,点燃炉火。"妈婆临走前炖了一锅汤。"

"妈婆是谁?"我记起了管理员的话:他是妈婆的儿子,如果他说她是瑕人,那她就是。很明显,妈婆很受尊重。

他搅动着锅,热量和搅动释放出了炖肉的味道,盖过了下水道的气味,我口水直流。

"她是这里的瑕人接生婆,"他说,"每个人都喜欢她,瑕人需要她,你知道的。"

"我猜这里没有医院吧?"凯蒂说。

艾什笑了:"你真的来自另一个星球吗?"

我想象不出这些妇女得经历什么,在这样的条件下分娩,墙上沾满了污泥,水里有棕色的污点。

他一边搅动,一边跟我说着话,我差点被他催眠了:"那帮暴徒之所以放了你,就是因为她。我是她儿子,也受人尊重,甚至管理员也得给她面子,因为她救过他们的情妇和孩子。她只失败过一次,死去的可能是宝宝也可能是母亲,接下来一个星期里,她做梦都在哭。"他停顿了一下,看着锅里,好像在看某个他曾经失去再也无法回来的东西。

"她听起来很了不起。"我说。

但更让我吃惊的是,小说里并没有这个背景故事,电影里也没有这个情节。似乎这个宇宙已经超越了原作的范围。我想跟爱丽丝和凯蒂讨论这一点,但又担心艾什认为我疯了。

他把自己从思绪中拉了出来,开始把炖肉放进碗里。变色的水中浮起了棕色的肉块。"是啊,妈婆太棒了。"他递给我们每人一个碗。

闻起来越来越香了。

"维奥莱特,"爱丽丝嘘了一声,把碗放在她的杯子旁边,"你知道这是什么,对吧?"

我的脑海里回放着电影——饥饿的瑕人抓住老鼠,剥皮,穿插着玉人大快朵颐的片段。

"是老鼠吗?"我问他。

"老鼠?"凯蒂说,"真的吗?"

他看起来有点困惑:"还能是什么呢?"

一想到吃老鼠,我的肚子当然会翻腾了。我还记得大约一年前在谢弗德林区发生过的一桩丑闻:一家餐厅用老鼠替代鸡肉,结果关门了。当时我一个星期没吃肉,当我终于吃上的时候,爸爸和内特把一只塑料老鼠藏在我的火鸡三明治里。我朝他们尖叫。我的意思是真正的尖叫。然后我又一个星期没吃肉。

但我看着艾什,他把头侧向一边,和我对视着。我勉强一笑。"是的,当然了。谢谢。"我把盘子放在地板上,用手把那稠乎乎的东西铲进嘴里。

爱丽丝和凯蒂默不作声地看着,手里拿着碗,迟迟不肯动手。

当我吃完，爱丽丝和凯蒂开始咯咯地笑了起来。

"你刚刚吃了只老鼠。"爱丽丝说。

"一只真正的老鼠。"凯蒂说。

我也开始笑了："味道还不错嘛。"

"这是断桥这边最好的老鼠。"艾什说。

有件事在我的脑子里一闪而过。"我们得去断桥。"

"你确定吗？"艾什说，"去河那边，你只会遇到麻烦。"

我点头："是的，内特会去那里。"

艾什看起来又糊涂了："我可以把你们带到这里，但我得在公共汽车离开之前回到城里。今晚我要去牧场。"

我第一次注意到他的灰色工作服在他胸前绷得紧紧的。

爱丽丝坐直了。"牧场？"她强调了"牧场"一词，和去年度假后她说夏威夷时一样。从那儿回来后，她的头发更黄了，晒得更黑，有点自鸣得意。她靠了过来，"当然，你在牧场干活，不是吗？"

"是啊，我值夜班，我想我已经把这说清楚了。"

"是什么样子的？"

我几乎能听到夏威夷四弦琴的声音，还有草裙舞动的"嗖嗖"声。

"什么，上夜班的瑕人吗？"他皱起眉头，"终日不见阳光，苍白，缺维生素 D。"

爱丽丝笑了，似乎没听出这自嘲背后的悲伤："不，不。牧场是什么样子的？"

"好吧。你知道……有现成的食物和干净的水，这些都是奢侈品。"他扫了一眼她的脸，但眼里流露的不是爱慕，而是不信任，"你怎么这么感兴趣?"

她用手捂住嘴,想笑但没有笑出来:"哦,你知道的,我只是想聊聊天,做个好客人。"

他瞥了一眼她那没有动过的食物:"要是个好客人,一定会把老鼠吃掉。"

听到这里我哈哈大笑。他的目光转向我。"你确定要去断桥那儿吗?"他说,"只是……我真不能和你一起去,不能去那么远的地方。如果我丢了工作,我的家人就活不下去了。"

我装出同情他的样子,也想好了谎言:"别担心,我们不会一直走下去的,往大致的方向就行了。我们不会有事的,有朋友在等我们呢。"

"只是这次我不能保护你们了。"他垂下黑色的睫毛,这时我才发现他的睫毛扫到了颧骨上。

"还以为你是我们的英雄呢。"爱丽丝说。

他没理会她那卖弄风骚的神情,而是抬起目光,与我的目光相遇,他那温暖的微笑让他那双冰蓝色的眼睛显得没那么冷漠了。接着,他拿起爱丽丝和凯蒂的碗,将里面的汤和肉倒回锅里。"是的,但是班车不会等任何人,也不会等我们这些英雄。"说完,他从房间里冲了出去。

凯蒂向我转过身:"你是怎么知道内特在哪儿的?"

"萨斯基亚和马修正带我们去叛军总部,还记得吧?"我说。

"总部就在断桥上吗?"

"没错。"我说。

"我不记得艾什有这么可爱啊。"爱丽丝插话了。

"他绝对不是这样的。"我回答。

"艾什是谁?"凯蒂说,她的声音听起来越来越沮丧。

"想一想《暮光之城》里的雅各布吧。"我回答。

她耸了耸肩。"你以为我看过《暮光之城》吗?你了解我吗?"

"哦,看在老天爷的分上,"爱丽丝说,"我奶奶都看过《暮光之城》好吗?"

"好吧,想一想《灰姑娘》中的巴顿斯,"我说,"艾什像只流浪狗一样跟着罗丝。"

凯蒂面露喜色:"哦,像《皆大欢喜》中的西尔维乌斯。"

爱丽丝翻着白眼:"或者是《书呆子的袭击》中的格基·麦克格森。"

艾什回来了,手里一双破旧的皮鞋晃来晃去,其中一只鞋底还有个洞,插着干稻草。他将鞋子递给爱丽丝,爱丽丝将两只鞋夹在拇指和食指之间,不想碰。

凯蒂忍不住笑了:"不是很像吉米·周,对吧?"

可怜的艾什看起来彻底糊涂了,他看起来真的很可爱,额头都擦破了。"这鞋不是吉米的,是我的。"他指着爱丽丝的脚,"但这双鞋应该挺适合你的,别看你是女孩子,脚板倒挺大。"

我看着凯蒂的眼睛,忍住了没笑出来。

"我们最好现在就走,去找你弟弟。"艾什冲我笑着,那种温暖躁动的感觉蔓延到了我全身。

## 10

我原以为这不可能，但随着我们越走越远，这座城市越来越破。没了围墙的建筑，裂成两半的街道，用金属和聚乙烯残片搭成的小屋。这比电影里的糟糕多了，比我看小说时的想象还要糟糕。臭味越来越浓，我用袖子捂住鼻子，希望能把臭味过滤掉。我发现凯蒂和爱丽丝也在这么做。

我往住所里看了看，看到了奇怪的行为：喂宝宝的母亲，正在劈回收木头的父亲。在我看来这些瑕人都有背景故事，但莎莉·金并没有在作品中写过他们的生活。还有艾什。这怎么可能呢？难道莎莉·金在死去之前详细描写过每一个瑕人吗？还是说，这个世界直接来源于莎莉·金的想象？

"那么，你有什么故事呢？"艾什问我，"为什么你弟弟在断桥那里？"

"弟弟"这个词燃起了我内心的愧疚。我已经忘了为什么把他留在酒馆，为什么没把他放在第一位。

"维奥莱特？"艾什声音里的关切让我有些伤感。

"如果我告诉你,我就得杀了你。"我说。

他笑了:"啊,你的故事现在越来越有趣了,不是吗?时间旅行者,刺客……"

我们撞着彼此的前臂。他似乎很高兴,不再打探了。他走在我身边,胳膊搭在我的胳膊上,好像我们很亲近似的。

所到之处,穿工作服的瑕人越来越少。穿便衣的瑕人即便对于瑕人来说也显得消瘦而绝望,凹陷的眼睛,棱角分明的颧骨,手指像一根根细树枝。我记得原作中有这些。在牧场工作的瑕人住在城门附近,是这座城市的统治者。他们饭来张口,衣来伸手,还有津贴。但河附近的瑕人看上去快要死了,嘴唇都成了蓝色。

我看着太阳从天上落下。在家乡,现在还是春天——空气沁人心脾。这里正是初秋时节,寒意开始在我的束腰外衣中涌动,就要入侵我的骨头。我想知道什么时候能回家,不知道爸爸妈妈是否已经准备好茶,等着我和内特从动漫展上回去。我想象着他们的脸随着时钟的嘀嗒声越来越焦虑,想到这里我就如鲠在喉。

空气变了,风刮起来,鱼和污水发出刺鼻的臭味。

"我们越来越靠近河边了,"艾什说,"我要回到城门那里去。如果跑起来,我还能赶上最后一班班车。"他的手抓着我的手肘——这个部位是太阳炙烤过的地方,"我可不想把你留在这里,在那个漂亮的地方,你差点就被吊死了。"

"那地方还漂亮?"爱丽丝说。

他笑了笑:"继续往南走,你很快就会到河边。离叛军远点,好吗?他们不是什么善类。我知道解放瑕人是伟大的事业,但他们是群冷酷无情的混蛋——如果被认为是玉人,他们连自己的亲奶奶都会杀。"他指了指爱丽丝,"而且你很难让他们相信这个大脚怪没有把她的螺旋给弄掉。"

爱丽丝叹了口气:"天呐,大家能不能不要议论我的身高了。"

他转过身来,双唇紧紧贴住我的面颊。我的身体里聚集了一种奇怪的感觉,一种扭曲的渴望。

"谢谢。"我说。

他把头歪到一边,用那双鲜亮的蓝眼睛看着我。然后他转过身,跑回了街上。

"我需要一位英雄。"凯蒂唱道,声音大得足以让我听见。

"哦,滚开。"我说。

爱丽丝也掺和进来了:"我在等待一位英雄,直到今夜尽头——"

"伙计们,严肃点!"我说。

凯蒂捂住胸口,猛一回头:"他一定很强壮,他有个大……"

我们开始大笑,真的很大声,就像回到了家里,我们三个在沙发上坐成一排,一边看电视、吃爆米花,一边羞辱西蒙·考威尔。但是,在这个陌生而具体的世界里,我们的笑声听起来是那么不合时宜——就像战区里的鸟鸣——渐渐地,它变成了沉默。

"我想我们还是继续走吧。"爱丽丝说。

柏油路上的碎石粘在了我的靴子底上,我动了动脚。

"爱丽丝?"我问。

她咕哝了一声。

"你写同人小说的时候,有没有交代瑕人的所有背景故事?"

"你想说什么?"

我尽量整理着思绪。"只是,艾什这丰富的经历对我来说是全新的,而且我们见过的大多数瑕人并不是电影里的,小说里也没有……"我的声音越来越小。

"是很奇怪。"凯蒂说。

爱丽丝点了点头:"我明白你的意思。不过我认为同人小说没有答案。我想也许内特是对的。"

"平行宇宙吗?"我说。

爱丽丝带着呼吸笑了:"这是意念中的。"

"那接下来会发生什么呢?"凯蒂问。

爱丽丝拉着她的一头乱发,仿佛想让它长起来。"我敢打赌,你现在希望当初听进去维奥莱特的演讲。"

"我听了啊,"凯蒂说着,看着我,整洁的脸上一脸的关切,"我确实听了,维奥。这里的一切都是如此混乱,让人想不起来。你说过是原作缠上我们了,所以再听一遍可能有些帮助。"

"那就看一些狄更斯之外的作家的作品吧。"爱丽丝说。

我插话了:"萨斯基亚和马修带着罗丝去叛军总部见索恩。我们就要去那里找索恩。然后索恩带着罗丝去见芭芭。"

"那个僵尸灵媒吗?"凯蒂说。

我点了点头:"芭芭读懂了罗丝的心,并告诉索恩罗丝可以担当拯救瑕人的重任。"

"通过自我牺牲和爱。"爱丽丝说。她忍不住插话了。

我继续讲:"所以索恩信任罗丝,命令她领导迄今最重要的叛军任务——哈珀任务。"

"她就是在那里遇到威洛的?"凯蒂说。

爱丽丝点了点头,叹了口气:"啊,威洛。想想看,我们呼吸着同样的空气,站在同样的天空下。"

我同样激动得发抖,就像之前在动漫展上想到了拉塞尔·琼斯。这一路奔波,一路担心内特,我全然忘记了威洛。

最终,路面开阔了。被炸毁的建筑物坐落在两旁,地基依稀存在。杂草从柏油路上的裂缝中挤了出来,有那么一瞬间,我松了口气,因为看到了绿色。然后我看到了它们:蓟草。成百上千的蓟草。它们在铺路板之间奋力生长着,在砖块之间丛生,从成堆的碎石中向外张望。

"叛军的标志。"我说。

"砍了我们,我们会更强壮。"爱丽丝回答说。她有点恍惚,就像我们在电影院看电影似的。

我点头:"我们快到了。"

罗丝就是沿着这条路跟萨斯基亚和马修一起去初见索恩的。她第一次成功完成任务的刺激正在消退,紧张的神经也松弛了。我记得她看到了蓟草时说:"他跟他最喜欢的野草一样尖刻吗?"萨斯基亚笑了笑,回答说:"比这更尖刻。"

现在,有点可笑的是罗丝感到紧张了。她没有破坏蓟头弹任务,没有丢失她弟弟,没有被送到另一个宇宙。我又开始感到如鲠在喉。

爱丽丝一定想到了同样的问题,因为她按了按我的手。"他没那么尖刻。记住,他爱露丝,不是吗?"

"露丝是谁?"凯蒂问。

爱丽丝向我转过身："你告诉她,趁我还没叫出声来。"

"她是索恩背景故事中的主要人物,"我说,"多年前,她是他所爱的人。那时他和我们年纪差不多。他们打算私奔,但没来得及逃走就被绞死了。索恩再也没有从中走出来。"

凯蒂叹了口气:"这太悲惨了。可怜的索恩。"

"是的,"我说,"目睹所爱的人被玉人绞死造就了他易怒的脾气。他是个冷酷的疯子。"

爱丽丝咯咯笑了:"没了露丝,他就是这样,明白吗?"

凯蒂勉强笑了笑:"如果我们还在讨论一本书,那就太有意思了。"

但我笑不出来。我能想到的是我弟弟可能在总部了,跟索恩一起。

"对,对不起。"爱丽丝嘟囔着。

我们继续向南走,右边是惨淡的太阳。蓟草越来越多,腐烂的鱼散发着恶臭,最终,我的目光落在了教堂上。它屹立在废墟之中,破旧不堪,但几乎完好无损。小说中说这是神的干预的证明。

"内特。"我开始向教堂奔去。

道路突然到了尽头,柏油路面开裂了,出现了一个又一个隆起。我停了下来。眼前的建筑,说它是"断桥"都只能算是轻描淡写。这座桥不是断了,而是没了。被炸得所剩无几。看到它的真容,而不是在电视屏幕前——在舒适的家里——真的让我无法呼吸。我沿河望去,并没有什么桥,城市被河水分成两部分。并没有什么比例均匀的建筑照亮天际线,也没有像湖面的灯笼一样倒映在河里的灯光,只有残垣断壁。我不禁为这个我所熟悉和热爱的城市感到失落。

凯蒂和爱丽丝走到我旁边。

"天呐。"凯蒂低声说。

我感受到了一种强烈的冲动,想跪在地上哭泣。但我想起了内特,此时此刻他可能跟索恩在一起,我的力量又回来了。我吞下一口散发着鱼腥味的空气,继续朝教堂跑去。

"维奥莱特,慢一点。"爱丽丝喊道。

我没有停下来。鱼和污水的臭味让我力量倍增,当我跳过石头、裂缝和蓟草时,我的肺里充满了腥臭。

我走进教堂的阴暗处,气温下降了一两度。我到了叛军总部。我耳边没有响起砰砰的鼓声和小提琴声,一切看起来是那么平静。它依据圣玛格纳斯殉道者教堂建成,看过这部电影之后,我们去参观过那座教堂。花窗被聚乙烯和抹布取而代之,屋顶不见了,但没有背景中塔楼林立、蓝光闪烁的碎片大厦。这座教堂看起来更大,也更壮观。

一道结实而紧闭的木门矗立在我面前。我试了试铁把手,是锁着的。我用拳头狠狠地击打着木头,开始大叫:"内特!"

爱丽丝抓住我的手,想让我安静下来。"维奥莱特!你疯了吗?不能砸叛军的门。他们会杀了你的。"

我捶得更用力了:"内特?你在里面吗?"

凯蒂和爱丽丝想把我拖走,但在肾上腺素的作用下,我力大无比。

"快停下,你这个疯子,"爱丽丝说,"还记得索恩吗?他将那个侮辱他死去女友的玉人的头皮给剥了下来。"

"是的,我们不要惹毛了那个疯子。"凯蒂说。

恐慌再次包围了我,就像一条蛇一样压迫着我的胸膛,我的心脏。"如果我弟弟落在了那个疯子手里呢?"我把手掌放在木头上,闭上眼睛,试着感知内特。我感觉我的身体放弃了——喉咙闭上了,肺不动了,精神空虚。最后,我的胳膊撑不住我的重量,我的脸颊压在了门上。它冰凉、粗糙而真实。真希望我能沉下去。但这门还有别的想法,它咯吱咯吱地打开了。我看到一个女人正从门缝里往外看,她额头上有明显的污渍。

萨斯基亚。

"你找到我们了。"她低声说。

我还没来得及把脚塞进门缝,她就跑到外面把门关上了。我试图从她身边转过去,但她笨拙地抱住了我的身体。这来得太突然了。我只能垂下两只胳膊。

"我们一直在为你担心。"她说。

"内特还好吗?"我试图避开她,但她不肯让开。

"是的,当然了。他很好。"

我感觉像被抛到了空中,仿佛悬浮在不能再高的地方——抛得最高的时候,下方是紫红色的蹦床——等待着重力的作用。悬浮,失重,自由。

"真的吗?"我低声说。

"是的,他很好。他在和叛军会面。来吧,我带你进去。"

"我不喜欢这样,"爱丽丝说,"你以前对我们可从没这么友好过。"

萨斯基亚严厉地看了她一眼:"闭嘴,公主。"

"爱丽丝说得对,"凯蒂说,"事情的进展有些蹊跷。"

我用袖子擦了擦眼睛,笑了。我的笑声是一种奇怪、波动的颤音,这种颤音不属于我。

萨斯基亚走到一边,指着木门。"进去吧。"她笑着说。

我感觉很奇怪,仿佛我的两只脚没再着地,但我命令身体动起来。我推开门向前走去。凯蒂站在我旁边,抓着我的手,我差点没注意到爱丽丝,她在后面拖拉着,颤抖着恳求我们不要进去。

教堂里面的空间很开阔。一根根精致的柱子伸向白色的扇形天花板,午后的阳光从花窗中穿过,从破布的缝隙中穿过,在聚乙烯的作用下变得柔和起来,就像大理石般色彩斑斓。我没看见长凳,只看见一排排桌子。这里看起来和电影里的相似,但某些细节是电影里没有的——石头和熏香混合的味道,空气中像金色斑点一样悬浮的尘土,绊到我的石板。我的皮肤汗湿了。

"维奥莱特!"我听见了内特的声音。他向我跑来,张开双臂抱住了我,差点把我撞倒。

他重复着我的名字,但听起来并不开心——他听上去很害怕。

这时我看到了其他瑕人。他们站在暗处,面带微笑,伸出胳膊,似乎拿着礼物。但他们拿的不是礼物。他们拿的是枪。每个金属玩意儿都对着我的脑袋。

一个身材魁梧的男人从叛军后面走了出来。是索恩。他戴着标志性的眼罩,也许是因为他的另一只眼睛太有力,太锐利,似乎这一只眼睛能当两只用。他的笑容是那么完美,像网格一样,英俊得让我猝不及防。他甚至比电影里那个演员更引人注目,更不可冒犯。他的皮肤散发着咖啡豆一样的光泽,头发是深蓝色的。他身上的衣服也与电影里的不一样——皮裤和风衣换成了破旧的灰西装和黑牛仔裤，这让他看起来并不那么像是在演戏。

凯蒂抓紧了我的手："这一定是索恩。"

我点头。他向我们走来，步伐像他的微笑一样慵懒："哎哟，哎哟。这儿还有什么人呢？有人说是两名间谍。所以你们有很多事情需要解释清楚。"

他看着我，又看了看凯蒂，一种复杂的表情从他脸上掠过，交织着温柔、脆弱和恐惧。他举起一只手，在那可怕的一刻，我以为他要打她。但他只是用手指的背面碰了碰她的脸颊。凯蒂将脑袋抽了回去，呼出一大口气，好像他的皮肤烫得像火钳。

内特拽了拽我的腰带，张开嘴，像是要说点什么，但爱丽丝的尖叫让他没有作声。一个瑕人把她逼进了拱形的门里。

索恩收回慵懒的笑容："她在这儿呢。玉人以为她是瑕人的间谍。"

爱丽丝想要说点什么，我以为她要说我的名字，但瑕人没让她说话，而是将她围了起来，将她纤细的胳膊反扭到她背后，逼着她跪了下来。

"爱丽丝。"我不顾一切地去够她，但瑕人将我推倒在了石板上。

"住手，住手。"凯蒂尖叫着，扯着他们的衬衫，想把他们从我身上拉开。但索恩伸出两条大胳膊搂住了她，而我被按到了石板上。我的眼睛不能离开爱丽丝。我着了魔似的扭动着，尖叫着，但怎么动都是徒劳。就在一个瑕人要砸开我的脑袋，我就要两眼一抹黑之前，我听到了萨斯基亚的声音。

"我告诉过你，她们值得等待。"

## 11

我在一个赭色的小房间里醒过来,感觉身下的地板有些硬,我的手腕和脚踝上绑着绳子,嘴里塞着一块抹布。我设法让自己坐起来,面对着门,后背紧贴着墙,这样感觉没那么无助。右手边有个大窗户,上面满是污垢,还不如用砖把它封起来好。但傍晚微弱的光线穿透了窗户,表明这座监狱不在地下。这让我感觉好多了。

爱丽丝坐在我旁边,她温暖的身体靠着我。内特就坐在对面,嘴巴被塞住了,看上去像是在怪笑。他支着身体,好像左侧有点疼。我看着他的眼睛——又红又肿。我们眨着眼睛,含着泪,互相示意。至少我们都还活着。接着,我的看见了凯蒂,她的嘴巴同样被塞住了,看上去也是像在怪笑。她眨了眨眼,但是一颗泪珠从她脸颊上滚落下来,放大了她的雀斑,掉在了她的塞嘴布上。我敢打赌她希望自己从来没有搬到伦敦,从来没有见过我甚至从来没有听说过《绞刑架之舞》。我心生愧疚,把头靠在墙上。听到砰的一声,我放心了。我感觉脑袋里嗡嗡作响,像有群蜜蜂围着我。我感觉有个馅饼一样的东西堵住了我的左眼,我怀疑是我自己的血。

不知道我们在那房间里待了多久。我们看了看四周的墙，又看了看自己的脚，只能同情地面面相觑。当然，我开始思考我们是怎么身陷囹圄的。一切都始于动漫展上的一场事故。是地震？炸弹？还是实验出了问题？我闭上眼睛，思绪纠结。我非常想和他们几个好好谈谈，但就是吐不出嘴里的布。

我的思绪回到了原作。尽管我们可以暂时改变原作，但还是不能穿越回去。我们就像两根线，并排拉着，然后扭成一团，接着又分开。所以，在原作中，此刻，罗丝已经走进教堂，正在和索恩谈今天早些时候她是怎么在绞刑架那里扔下蓟头弹的。这个场景，我看了很多次：天黑了，其他叛军已经离开，教堂主楼里灯亮了，索恩在考虑她是否适合哈珀任务。他对她比对我好多了——没有以拍她脑袋、把她关在房间里作为开始。"尖刻"绝对是淡化的说法。

最后，我睡着了。我知道我睡着了，因为我做了一个奇怪的梦，关于这座城市，伦敦。不是我的伦敦，而是未来的瑕人的伦敦。破碎的墙壁，摇摇欲坠的建筑，黯淡的天空，破旧的屋顶。我在一个桶的边缘尖叫着，摇晃着。满脸雀斑的管理员站在我下面，指着我，笑着，把他的靴子往上拉。艾什喊叫着，伸出两只胳膊抱住我的大腿。他把我放在地上，就像我要死了；然后他俯下身来，我想他是要吻我的额头。他的眼睛和天空的颜色完全相同，让人以为那是他脑袋上的两个洞。突然，那不是艾什，而是内特。一个黑暗的裂口在他的胸膛上张开。

"这是你干的，维奥莱特。"他说。

我把手掌伸进那个黑洞，但不能阻止里面血液的流动。血顺着我的胳膊流下，溅到我脸上。我很抱歉。

他把嘴唇贴在我皮肤上，呼吸像雪一样冰冷。他轻声说："如果你更好地照顾我，这一切都不会发生。"他坐了回去，眼睑颤动着。

内特，跟我在一起。我说。

他的身体化成一片红雾，盘旋了一会儿——像一块薄纱剪成的男孩形状——像灰一样消散到空气中，就像蓟花。我伸出手，在空中无助地抓着。但我只感觉到了几滴液体，空间也在不断增加。

就在这时，我听见一个熟悉的声音，穿过时间，充满了爱和温暖。是妈妈。"维奥莱特，留在我身边。"我又能闻到那干净的药味，还有她最喜欢的香水——八角茴香和茉莉花的清香。"维奥莱特，留在我身边。"

门"嘎吱"一声把我吵醒了。两个黑影溜进了房间，打开了上方的灯，我才看清了他们。我的眼睛很快就适应了。是索恩和另一个瑕人，他们正大步向我走来。

索恩在凯蒂旁停了一会儿，看着梦中的她闪动着睫毛。然后他跪在我身旁，解开我脚踝和手腕上的绳子。"他们告诉我你长得跟她一样。"

我等待着手和脚上的血液恢复循环，但感觉它们就像死了一般。我想把堵嘴布从嘴里扯出来，但手指只是笨拙地打在了我的脸上。

他倾身向前，将那块布拉了出来。他戴着手套的手指异常温柔。

"谁？"我说，"我看起来像谁？"

"像罗丝，"他回答，"我从没见过她，但萨斯基亚和马修跟我发誓说你和她是一个模子刻出来的。"

爱丽丝嘟囔着,想说什么。他向她转过去,说:"很快就要轮到你了,公主,别担心。"

她不作声了。我把手放到她膝盖上。

索恩向我伸出手。我不知道该怎么做,所以我抓住了。有那么一会儿,我很感激他戴着手套,这样他的肉不至于烫伤我,之前他就差点烫到凯蒂。他拉着我站起来,我强迫自己看着他的一只独眼。它像聚光灯一样盯着我。

"我为你和你朋友受到的粗暴待遇而道歉。"他的目光再次落在睡觉的凯蒂身上,"我担心多年的压迫会让我们的人性麻木。我们希望能恢复人性。罗丝的死和蓟头弹任务的失败让叛军产生了动摇。希望你能回答我们一些问题。"

他又看了我一眼。他很可怕。他的个头,他的力量。但我拒绝表现软弱,所以我就直直地盯着他那只锐利的聚光灯。

他笑了:"来吧,我带你参观寒舍。"

我想知道他为什么单单要挑我出来。我猜是因为我看起来很像罗丝,或者又是原作在拉着我走。我跟着他走出房间,飞快地回过头看了一眼内特。他的嘴依旧闭着,但坚定地眨了眨眼睛,安慰着我,给我力量。

索恩带着我走下一道黑暗的楼梯。那个拿步枪的瑕人跟在我后面,离我很近,我甚至能听到他胸口里的痰在嗒嗒作响。我们进入教堂的主体部分。和我记忆中的一样,几百只夜灯发出温暖的光,照着这里的石头,这光未曾照到天花板,让人感觉屋顶不见了,以为自己站在一片漆黑、空荡荡的天空下。大多数叛军已回附近的住所休息。我突然感到自己很渺小，除了我的心脏，它在发胀，就要把我的胸膛一分为二。

索恩盯着已经钉上木板的窗户，我想象着它曾经的样子——彩色玻璃，颜色就像万花筒。但玉人的炸弹毁灭了它。窗户下方还刻着字：猿猴变为瑕人，瑕人变为叛军——人类革命的巅峰。我想起了小说中的这一段，关于玉人的古老格言：猿猴变为瑕人，瑕人变为叛军——人类革命的巅峰。

"你喜欢我们的格言？"索恩问道。他问过罗丝同样的问题。两条线又纠缠在一起了。

"很有智慧。"我的回答和罗丝的一样。知道台词，我觉得更安全了。

"我们的事业是什么？解放瑕人、争取平等的权利。"他说。这又是原作中的片段。

"你的事业和我的一样。"我知道这样想过于乐观了，但真希望只要我的回答和罗丝的一样就不会有事。他会邀请我去见芭芭，我会说好啊，就像罗丝那样，然后我就可以问芭芭怎么回去了。

索恩继续盯着钉了木板的窗户。他慢慢地从上衣口袋里拿出我的智能手机："这是什么？"

见鬼。两条线到这里猛地分开了。

"我的手机。"我麻木地回答他。

"萨斯基亚认为这是玉人的技术。但事实并非如此，对吗？"

"确实。"

"这是古代的技术。很古老。我猜这是瑕人的。"

我点头。

"介意告诉我吗？你和你的小朋友是怎么掌握古老的瑕人技术的？"

我咽了咽口水："如果告诉你，你也不会相信的。"

"我试试看。"

"我们是古代的瑕人。这听起来一定很荒谬吧，但我想不出还有什么好说的。"

他皱起眉，用手机拍着自己下巴。"嘿，你是滑稽演员吧？"他将手机塞进上衣口袋，"为什么要杀罗丝？"

他突然改变话题，让我措手不及。我不得不在脑海中反复回想这些话，才能理解它们的意思。我的手开始颤抖，指甲戳着手掌。"我们没杀罗丝。"我回答说。

"我同意你们并没有直接杀死她。但她之所以被杀，是因为你们出现了。萨斯基亚告诉我了。你那个红头发的朋友惊动了卫兵。"

"我知道。我很抱歉……我们从没想过会发生这种事。"

"那么你们在大剧场干什么？"

我死死地盯着他那只独眼。在原作中，那只眼睛是灰色的，像一块破碎的石板，仿佛这座城市在他身体里烂掉了。但现在的索恩，眼睛是薰衣草一般的蓝色……而且充满了仇恨。

"嗯？"他问道。

我想回应得聪明点，不至于激怒他，这样我们能活命。但仿佛我嘴里所有的词都被那块塞嘴布吸走了似的，我说："我不知道。"

他朝我走过来。烛台在他棱角分明的脸上投下一个影子，他显得更让人害怕了。他那双戴着手套的手托着我的脸,皮革凉凉地贴着我的皮肤。"萨斯基亚说你一定是罗丝的妹妹,而且发誓了。你到底是不是?"

"不是。"我低声说。

他的声音硬了:"你们是玉人派来渗透到叛军里的吗?"

"天呐!不!我当时在参加动漫展。"

他的手从我脸上滑落下来,好像他又把破布拉了出来,因为我开始说话了:"我是来自过去的,哎呀,也不是来自过去,而是一个不同的世界,也就是你们的过去。所以我们才有手机——瑕人的科技。你看,在我的世界,罗丝是一本书里的角色,那本书被拍成了电影。她是个很酷的女英雄——勇敢、坚强、美丽,而我和这几个词不沾边。所以我要穿得和她一样,假装是她,哪怕只能装一天。"

他笑了:"你不觉得你很漂亮吗?"

我摇了摇头,目光落在了他的靴子上。

一定是我的脆弱激怒了他,他抓住我的肩膀,把我向前拉。这突如其来的动静把几盏夜灯灭掉了,几柱细长的烟雾向天花板飘去。我真羡慕那烟柱啊。

"别再耍把戏,"他喊道,"跟我说实话,不然我就把你的朋友们带到楼下,在你面前将他们的喉咙一个一个割开。"

"不!"我感到脑袋里一阵刺痛。我的皮肤上汗涔涔的,老鼠肉在我胃里翻腾着,就像它还有爪子和牙齿,还能动。我看上去一定有点憔悴,因为索恩把手放在我胳膊肘下面,托住了我的重量。

"达伦,"他回过头喊道,"去把那男孩叫过来。"

听上去他好像离我很远很远，我突然觉得和他疏远了，就好像我真的要看到电影里的一幕。

"不，不是内特。"我想说。

但索恩看都不看我。"你听到了，达伦。把那男孩带过来。"

达伦跑回去爬上楼梯。我看着他离开，一种无可名状的可怕情绪上升到了我的嗓子眼。"别，别，求你了。我什么都愿做。"

索恩把我的手塞进他的胸膛，好像强迫我求他："把真相告诉我。"

那种情绪生成了：恐惧。"我跟你说的就是实话，我可以发誓。不知道还能告诉你什么。在我的世界，你是一本关于未来的书中的角色，反乌托邦角色，你是个……有缺陷的英雄。"

他把头往后一仰，笑了起来，露出了他的舌头。"有缺陷的英雄？"

我知道我是在胡说八道，但肾上腺素似乎让我的大脑迟钝了，我的喉咙也一发不可收拾："是的，有缺陷的英雄。你勇敢、坚强，但你也很卑鄙，被仇恨蒙蔽了双眼。"

我还没看见内特，先听到了他的声音。伴随着低沉的喊叫和一连串砰砰砰的声音，达伦把他拖下了楼梯。内特看上去是那么无辜无助，他的眼睛在眼窝里转动着，就像个被猎人捕获的动物。达伦把他推倒在地上。内特的手还被反绑在背后，所以不至于摔断背。我赶紧去抓他，但达伦把我拉了回来，用步枪的枪管抵住我的肩胛骨。

"没关系，内特，我能搞定，我保证。"我感觉到了我的眼泪，它冰冷地挂在我皮肤上。

索恩走到内特身后，用一只有力的前臂挽住他的身体，接着将另一只手伸进腰带，拉出一把弹簧小折刀，将它对准内特的喉咙。

"求求你了，不要！"我高声号叫着，几乎认不出这是我自己的声音。

"真相。"索恩说。

我可以看到内特脖子上的小凹痕，那把刀从那里插进去，就会切出一个桃子的形状，皮肤只能勉强保护下面的软组织。我想我可能不舒服了。"请别伤害他，我什么都告诉你。"

内特一直看着我，我感到了一种难以言说的伤感。索恩是你的英雄，现在你就要死在他手上了。但内特看上去并不难过；他看起来坚定，头脑清醒，那双浅棕色的眼睛不停地向我示意，似乎想告诉我一些事情。我需要像内特一样思考。我需要放聪明点。

"你什么意思？"索恩喊道，"告诉我，不然我就剖开他，就像剖开一头猪一样。"

我心里有了把握，再也不害怕了。因为我是《绞刑架之舞》的铁杆粉丝。虽然我不知道索恩的事情，但我知道他这么做的动机何在。如果有人能说服他，那就是我。"露丝……因为他们对露丝的所作所为，你要报复。你年轻时爱上的那个瑕人姑娘。玉人将她绞死在绞刑架上，因为她和一个玉人相爱了，也就是你。"索恩抓得没那么紧了，内特皮肤上的刀刃也松了点。但我不能停下来，"你看，我知道了不该知道的事，不是吗？因为我看过小说，看过电影——你是个玉人。这个眼罩下面的那只眼睛其实是正常的。你戴上眼罩，就是为了打破你面部的均匀，因为你羞愧自己居然是他们中的一员。每次，当你抽打玉人，或剥掉玉人的头皮，或者杀死玉人时，你实际上想杀掉你的一部分,你厌恶的那一部分,也就是作为玉人的一部分。因为在内心深处,你为她的死而自责,因为假如你没有爱她,也许她还活着。"

我的话在巨大的石室里回响着,余音不绝。

"该死。"达伦说。他那顶着我后背的步枪松了一点。

索恩发出一声喉音,就像我一拳打在了他肚子上似的。他有些不信任地瞪着我,却难抑悲伤,泪水从没戴眼罩的眼睛里流了出来,流到了眼罩下面。他举起手来,刀刃在烛光下寒光闪闪。有那么一瞬间,我感觉心跳就要停止了,我觉得他会刺进内特的脑袋。

但相反,他却把内特的塞嘴布拉了出来。

"芭芭!"内特喊道,就像憋了很久,"我们得见到芭芭。"

索恩点了点头:"我想也许是的。"

## 12

我认出了电影里的走廊和石头,以及向下倾斜的狭窄通道。它正把我们带往教堂深处。索恩带路,他稍微弯着腰,以免脑袋撞在拱形天花板上。罗丝也走过这个通道,但和我不一样的是她不知道木门背后等待她的是什么。我就像个不为人知的预言师。有时,无知确实是福呢。

"太酷了。"内特拍着手,动作快速而有节奏。他的手刚被解开,手腕还是红肿的,"我们要见到芭芭了。"

我瞪着他,让他安静。他说得那么激动,搞得别人以为我们要见名人似的。我们跟着索恩进了一个房间。这和电影里的场景一样,但是有种压抑感,空气中弥漫着清香——也许是百合花粉。我觉得奇怪的是居然能在这么荒芜、几乎寸草不生的地方闻到花香。我想象着罗丝的鬼魂正在我旁边走着,即将第一次见到芭芭。我突然有种失落感。罗丝死了。

"罗丝死了?"一个声音说道,仿佛在回应我的念头。

我知道去哪里能找到芭芭。她蜷缩在角落里,就像一堆破布。

她抬起头，我看见她了。书中描述她脸上多了一块皮肤，遮住了她的眼睛和鼻孔，她的嘴巴只是了一道很细的口，就像很久以前外科医生想用刀逼她说话一样。电影里的她就更糟糕了，就像一头没有面部的可怕怪物。但我面前的这个女人看起来像是睡着了，闭上了她沉重的眼睑。她看上去没有那么老，也许年龄和我奶奶差不多，但她的皮肤看上去柔软而苍白，仿佛被人碰到时，上面就能留下指尖的压痕。唯一特别的是她没有鼻孔，当她仰着头时我只注意到了这一点。

我听见内特慢慢地呼气，显然，他对她平凡的样子感到失望。

"太可惜了。我喜欢罗丝。"芭芭说。

"你从来没见过她。"索恩说。

她耸了耸肩："好吧，不过我还是会喜欢她的。"

索恩"扑通"一声在她背后扔下一个垫子。"要不要我去照料一下炉火？"很奇怪，前几分钟，索恩还把刀架在内特脖子上，此刻却如此细心。这种不可预知使他更可怕了。上一分钟他还在扔垫子，下一分钟就能进入疯癫模式。在原作中他也是这样，只是现在那把刀是真实的。

我认为芭芭的感受一定和我相同，无法相信他的仁慈。她挥了挥手。"不了，谢谢你。我自己能行。"她转向我，好像可以透过眼皮辨认我。也许她真的可以呢——她的眼皮太薄了，"你给我带来了谁呢，索恩？"

"天知道。"他回答。

她笑了，眼球在眼皮下转动着，就像小鸟在蛋壳里蠕动。她向我伸出一只颤抖的手,我不假思索地握住了。我鼓起勇气迎接那一阵剧痛,那一束从她掌心射进我手掌的火光。但这并未发生。

她微笑着,露出两排没牙的牙龈。"这朵花虽小,但她还有别的优点。她名叫维奥莱特,她总是退缩。我说得对吗?"

"你说得对。"当我站在全班同学面前时,我确实是那么想的。

索恩上前一步,有那么一会儿,我以为他会把我的手从她的手中拉出来,但他只是握紧拳头:"她知道一些她不可能知道的事情。就好像她在我脑子里似的。她像你吗,芭芭?"

"你有预言能力吗?可以心灵交融吗?"她问我。

我摇了摇头,接着意识到她看不见,于是我说:"不。"这时我想到她有可能知道我的想法,于是我脸红了,觉得自己有点傻。

"你呢,内特,你可有预言天分?"她问。

他拍着两只手,急切而激动地回答着,就好像刚从她那里获得了说话的许可:"哦,天呐,你知道我的名字,太酷了。你根本没有电影里那么可怕,他们真的误会你了。"

索恩用两只手夹住他的后脑勺:"那女孩就是这么说的,说她来自平行宇宙,说我们都生活在一本书还是一部电影里,反正就是胡说八道。"

芭芭依然镇定:"嗯,那简直是荒谬,你说呢?"

内特的鼻子哼了一声:"还说有个五百岁的没有脸的女人。"

索恩抬起手来,准备抽他,但芭芭止住了他:"够了够了,索恩。对客人们尊重点吧。我喜欢他们。"

"他们要对罗丝的死负责。"他继续瞪着内特的脑袋,盯着一个看不见的目标。

"是的,"芭芭像是在对一个孩子说话,"一朵花死了,另一朵花会代替它。"

他沮丧地把手垂了下来:"不明白你的意思。"

"紫百合花就是这样,它很小,但很特别。它含有一种气味,可以关闭鼻子里的感受器,使它难以被人察觉。"

"别再打谜语了,老女人。"索恩说。

她笑了,不屑一顾地轻轻挥了挥手:"让我和他们一起去解开老妇人的谜吧。"

他的眼罩动了几下,因为还不习惯接受命令。"我为什么要那么做呢?"

"别为难我,"她说,"你忘记了我已经知道了你会离开,我可是预言师。"

他转身离开了房间,他竭力隐藏着他的恼怒。门在他身后"砰"的一声关上了,空气翻动着火焰,影子在飞舞。芭芭打了个哈欠,露出两排光秃秃的牙龈,像个正在哭泣的婴儿。"他吼起人来比咬人还要厉害。"

"你确定吗?"内特说,"他差点切开我的喉咙。"

"好吧,他们都很坏。他经历了很多,但我想你已经知道了。"她在房间里四处指了指:"坐下,内特。让你自己舒服点。我需要和你姐姐单独待会儿。"

他扑通一声坐了下去,没有坐上坐垫,但似乎并不在意。"你要心灵交融了,是吗?这太酷了,下一个就是我。"

她没理他。"现在,维奥莱特,我要把手放在你额头上。"

我跪在她面前,就像罗丝应该做的那样,我再次感到了一种失落感。但失落感下面还隐藏着更有害的:愧疚。跪在这石板上的应该是罗丝而不是我。当她伸出额头,她那黑色的头发从前面倾泻下来。我闭上眼睛,不让我的眼泪滴落下来。

芭芭将手掌放在我头上,像是在检查一个发烧的婴儿。一阵疼痛从我身上穿过,使我身体肿胀,骨头开裂。我预想到了这些,但这比小说里描述的要糟糕得多。我想尖叫,但好像肺里没了空气。我看到一把刀在切一个桃子,看到了我见过的最蓝的眼睛,看到了好几双手撕扯着一件超短连衣裙,看到了萨斯基亚的头发像一把扇子一样围着她的脸,马修正在哭,看到一个舞台布景正向我飞奔过来,看到了镜子里有个穿束腰外衣的女孩。

疼痛转移到我的额叶,最终落在了我两眼之间的一个点上。

我看见了妈妈……爸爸……家。

疼痛还在不断加剧,直到我在意识边缘摇摇欲坠。当我想到我一定会死,当我开始渴望死亡的宁静,疼痛便开始消退。颜色,感觉,疼痛,所有的一切都从我太阳穴中倾泻而出,经过我的皮肤,进入芭芭温暖的手掌。

我睁开眼睛,只见一片白色。我眨了几下,发现自己正站在暴风雪中。我正要喊救命,到处寻找芭芭,突然我什么也看不见了,雪也变小了。不过那不是雪,那是蓟花,在空中旋转着,舞蹈着,盘旋着,像一群白色的小鸟。四周开始清晰,我发现芭芭站在我旁边。还是那么苍白的皮肤,还是缺牙的微笑,但她后背挺直,双腿有力。

她终于睁开了眼睛，露出两个苹果绿色的虹膜。她用崭新的鼻孔深深吸了一口气。"这样好多了。"她低声对着空气说。

我慢慢地旋转着，看着我的周围。我们站在大剧场里。高高的石墙上点缀着炮塔。在前面，木质的舞台上，九根饥饿的绳子赫然在目。我知道一边是伦敦，破碎，灰暗；另一边是牧场，生机勃勃：就像原作里写的，就像今天早些时候。但又似乎完全不同——空旷而安静，就像夜晚的赛场。我感到出奇地平静。天空晴朗，空气清新——可能是柠檬味的。

我发现自己也在吸气："我们怎么会在这里呢？"

"亲爱的，我们在你大脑里。我认为去大剧场更合适，因为一切都是从这里开始的。"她笑着抓住了一朵蓟花，"我敢打赌，你现在觉得自己像桃乐西吧？"

我点了点头。

她把蓟花放回空中，就像放飞一只蜻蜓。"没有比家更好的地方了……再也没有比家更好的地方。"

"家"这个词让我热泪盈眶。

她捧着我的脸，用拇指擦干我的脸颊。"但问题是，你们的到来让我们的故事偏离了轨道。罗丝本来不会死，她要潜入庄园里并爱上威洛。他们之间的爱轰轰烈烈，超越了瑕人和玉人之间的界限，并最终统一人类。但你知道这一点，不是吗？"

我试着点头，但她把我的脸固定住了。

"而且有些故事需要展开，"她说，"它们需要达到自己的高潮，就像一个实体，具有自身的生命周期。"

"我……我不明白。"

"你不觉得吗,维奥莱特?我们的故事——原作,你是这么叫的——把你拉了回去,拖着你。它几乎不可抗拒,不是吗?"

我想起了两条线,平行延伸,然后扭在一起。我点了点头。

她把手放在我肩膀上,让我旋转,这样我可以面对舞台。我看到了每一根绞索,它们正等着下一个脖子。

她呼出的气吹热了我的耳朵。"你必须拯救瑕人,维奥莱特。通过自我牺牲和爱,你必须完成这个故事。只有这样,我们的世界才会放了你。"

我笑了——带着紧张的颤音——我的呼吸将一颗蓟草种子的路径打乱了。"我该怎么做呢?"

"你取代罗丝,加入进去,纠正你的错误。然后你就可以回家了。"

我胃里一阵恶心。

我转过身去面对着她,她那双绿眼睛让我失去了平衡。"这不是量子跃迁!"我的声音听起来有点任性,在这个宏伟的大剧场完全不合适。

她的眼睛闭上了一会儿。"量子跃迁……在现实之间跃迁的虚构人物……你爸爸最喜欢的节目。"

"纠正曾经的错误,你是怎么做的?想想看,你知道《绿野仙踪》吧?"

"它在你的脑海里。如果它在你的脑海里,那么也在我的脑海里。"她笑了,"山姆·贝克特进入那些现实时,他有没有毁掉主角?"

我看到了周边的一些东西，一缕黑色从墙上掉了下来，撞到了地上。当我低声说"不"的时候，我的手捂住了嘴。我努力地集中注意力，看到了石板上的红宝石蝴蝶翅膀。罗丝。我的头猛地一转，跌跌跄跄地向前走去。

芭芭抓住我。"我担心会毁掉我们的主角。"她瞥了一眼身后那个受伤的女孩，"你没有毁掉邪恶的女巫，而是毁掉了一个勇敢的女主人公。我们这个世界不能没有她。"

我摇摇头，很内疚，不敢相信。

"我并不勇敢，也不是女英雄。"我的声音处于崩溃的边缘，像是在证明我对自己的看法。

她耸了耸肩："那么你和你的朋友可以永远留在我们的世界里了。"

父母的脸出现在我脑海里。他们满脸愁容，还在等着我和内特从动漫展上回去。我的腿没了力气。我发现自己慢慢倒在了地上，离罗丝只有几米远。我感觉越来越迷失，这种感觉不断朝各个方向膨胀，直到无边无界。最后，我脑子里面就像在放电影：热水淋浴，电视节目，照片墙，本杰瑞冰淇淋，化妆，舒适的床，谷歌，露营，Kindle，南多世烤鸡，政党，A级成绩，上大学，找工作……在重视并公正对待孩子的未来世界里养育我的孩子。

我把手插进头发，感受着大脑里的尖叫。

芭芭跪在我面前，轻轻地撩拨我手指里的头发。"这可能只是个故事，维奥莱特。它可能产生于你的世界、一本书或一部电影。"她指着墙，我看到了另一个人影——一个女人——莎莉·金。《绞刑架之舞》的已故作者。我从书的封面上认出了她：暗灰褐色的长头发从她脸上拉下来，沉重的眼镜框遮住了她那张稚气的脸。我还记得她去世时的新闻报道。经过与精神疾病的长期斗争，反乌托邦小说畅销书作家中的后起之秀从高楼上跃下。她直视着我，笑了笑，然后向前走去，好像要走进电梯。她的身体在空中扭曲着，落在罗丝旁边。

芭芭抚着我的头发："我们的现实可能是因为一个作者的愿景或观众的集体意识而产生的……谁知道呢？但它就是我们的现实。它对我们很重要，就像你的现实、你的家对你很重要一样。"她的手指托着我的下巴，让我直视她，但她的绿眼睛只是加剧了我的失落感，我想起了森林、草地和圣诞花环……所有这一切，如果留在这个可怕的城市，我将永远不会再看到。她眨了眨眼，好像知道我需要休息。然而，她并没有让我休息，"一个故事就像一个生命周期，维奥莱特。只有当故事结束了，你才能被释放。从生到死。"

从生到死。一股肾上腺素在我体内流动着。从生到死。

她又一次把我转向舞台，手指像爪子一样伸进我的上衣。"在哪里开始，就必须在哪里结束。"

看着那九根绳子，我突然明白了。我往肺里吸满柠檬味的空气。

"我要代替罗丝上绞刑架。"我轻声说。

"是的。"

"下周，在绞刑架之舞，是吗？"

"是的。为了你的朋友、家人，最重要的是为了爱。"

这个正义也算是充满了诗意，毕竟是我们杀了罗丝。我笑了，但很快就哽咽了。"今天正好一个星期,我要上绞刑架了。"说完这些话,我终于昏了过去。

## 13

今天正好一个星期,我要上绞刑架了。

我要上绞刑架了,为了我的朋友,我的家人,和最重要的——爱。当我想到我脖子上缠绕着绳索、脚探寻着坚实的地面、腿在半空中乱舞的景象……意外的是,这个景象并没有给我带来丝毫安慰。

今天早上我毫无头绪。今天早上,在动漫展,我闻到了热狗、汗水和香水的气味,看到了色彩鲜艳的服装、照相机的闪光灯,听到了低音鼓和小提琴。昨天我还在学校,因为一个愚蠢的英语演讲而紧张不已,恨不得自己身处的是另一个世界。

要小心你的愿望,因为有时候,现实真的会教训你。

"维奥莱特?"我听到了内特的声音,"维奥莱特,你还好吗?"

我在一个温暖而柔软的地方醒来了——在我的沙发上,或在床上。燃烧的木头与花粉的香味混合在一起,烛光洒在墙上。我听到了低沉的声音,不知道是不是妈妈和爸爸在厨房里说话。但我很快意识到那声音是芭芭和索恩的。

内特向我俯下身。有那么一瞬间,我想起了我的梦,但我看到他胸口并没有裂口。

"发生什么事了?"我轻声说。我感觉自己一直在尖叫,喉咙都裂开了。

"芭芭对你施了神奇的吸心大法,之后你晕过去了。你还好吗?"

我摇头。空旷的大剧场,罗丝的身体撞在地上,空套索……我的大脑里全是记忆,我的头就像筛子,再也装不下了。

"维奥莱特,这是怎么回事?"内特问。

我张开嘴想要解释,但索恩此刻抬高了声音,说:"我不相信。"

芭芭再次坐在椅子上,苹果绿的眼睛再次被眼皮紧紧盖住,她抓住索恩的手。"就是她,索恩。"在原作中,芭芭与罗丝心灵交融后对索恩也是这么说的。

内特转身面对着我,一脸的惊奇。"他们说是你。"他用口型告诉我。

"她会拯救瑕人的,"芭芭说,"通过自我牺牲和爱。"

内特的眼睛睁得更大了,在火光中,他目瞪口呆:"你要取代罗丝?"

我点头。

他咬着下嘴唇,"但如果你取代她……"当他想到故事的自然结局,担心得脸扭成了一团。

"没事的。"我尽量笑着说,虽然感觉更像在做鬼脸,"只要我上绞刑架,我们就能回家了。我们所有人。而且我不会有任何感觉。"

"可是……"

"芭芭承诺了,我甚至并不会知道我上了绞刑架。"我不知道我这么说谎是为了宽慰他还是宽慰我自己。

"但是,维奥莱特……"

"好吧,弟弟,别再想它了。就这样了。"

我把这句可怕、凄凉的话埋葬在我大脑里某个偏僻的地方——今天正好一个星期,我要上绞刑架了。

索恩三个大步走了过来,一把拎着我,就好像我的重量没超过一个布娃娃。"来吧,小花儿,我给你介绍一下任务。"

我跟着他从房间里走出,挽着内特的胳膊,勉强能走稳。我忘了对芭芭说再见,因为头疼不已,四肢无力。听到她的声音从身后的走廊里传来,我才记起了她。"你不用向她介绍什么,"她大声喊着,"她已经知道该怎么做了。"

内特和我在教堂前面的长椅上等着。为了给桌子椅子腾出空间,其他的长椅已经被移走,因此这张长椅孤零零地立在那里,看起来更像公园里一条随意摆放的长凳子。罗丝和索恩见过芭芭后就坐在这条长椅上。但眼前的索恩就像一具雕塑,阴沉着脸站在被炸毁的窗口下。他并没有重新捆住我们的手,内特的手指贴着大腿,看起来那么娇嫩,时光并没有在上面留下瑕疵。

一声沉闷的叫声把我们的注意力带到了教堂后面。马修半拉半扛地将堵住了嘴的爱丽丝送到索恩那里。爱丽丝弓起背,鞋跟踩在地上不肯动,但她哪里是马修的对手。萨斯基亚带着凯蒂跟来了。凯蒂挣扎了一番,但她身形瘦小,根本拗不过萨斯基亚虎钳一样的胳膊。

"让她们坐在一块儿。"索恩甚至懒得转过身。

爱丽丝和凯蒂在我身边坐了下来。我和凯蒂的大腿碰到了一起，我感觉她在颤抖。

我的手抚摸着她的膝盖，想让她冷静下来。"一切都会好起来的。"我轻声说。我以为她的颤抖是因为恐惧。但是她回答了，只是被堵住了嘴巴。她听上去很生气，并不害怕。谢天谢地，她的嘴巴被堵住了，我想。凯蒂并不知道索恩是多么残暴。她可能会称他烤奶酪三明治或其他的什么东西。

萨斯基亚和马修站在我们身后，一股气流吹动了烛火，他们的影子在我们的腿上晃动着。

"天知道你还活着。"萨斯基亚在我身边悄悄说道。

索恩围着桌子走了几圈，到了教堂前面的讲坛时，他停了下来。他一副妄自尊大的样子，好像要爬上木头台阶开始布道，不过他只是清了清嗓子后说："看来我们的客人可能有些用处。"

"柴火呢？"萨斯基亚喃喃地说，"她们肯定会嗞嗞作响，像猪排一样。"

索恩拉出凯蒂和爱丽丝嘴里的布，取出凯蒂的布时多花了点时间，手指碰到了她的雀斑。她转过脸去，他猛吸了一口气，仿佛被她的举动伤到了。但凯蒂在他内心掀起的波澜很快就止息了。他的表情严肃起来，在外套上擦了擦手。他对萨斯基亚和马修发话了："维奥莱特已经同意代替罗丝执行哈珀任务。"

萨斯基亚和马修开始哈哈大笑。

"我是认真的。"索恩说。

笑声戛然而止。

"但是——但是——她不可能替代罗丝。"萨斯基亚的指关节敲着长椅,像是要排遣掉所有的沮丧。

"我们能有什么选择呢?"索恩说,"罗丝死了。我们还是需要一个年轻漂亮的瑕人潜入庄园,和威洛·哈珀做朋友。这里的小花是我们最大的希望。"

我讨厌他叫我小花,他从没那么叫过罗丝。

萨斯基亚的叩击声越来越大。"但我们对这姑娘一无所知,怎么知道可以相信她呢?要知道,罗丝就是因为她那个傻瓜朋友才死的,看在老天爷的分儿上。"

索恩有点心绪不宁,但他以严厉的表情掩盖了。"她们没杀罗丝,是玉人干的。当我们因为玉人的罪孽而互相指责,那就是分崩离析的开始。但我和你的担心是一样的,萨斯基亚,这也是你和马修不让她们离开你们的视线的原因。你们要确保她们每天每时每刻都在执行任务。"

该死,我想。将罗丝从街头斗殴中拉出来之前,萨斯基亚和马修在哈珀庄园工作了将近一年,才确定将威洛作为目标。他们帮罗丝潜入庄园,告诉她威洛的日常生活,暗地里支持她。但万一我们失败了,他们一定会狠狠地教训我们。

萨斯基亚似乎也不太高兴。她的叩击声突然停了下来。"这些怪胎是什么人?"她把话像子弹一样抛了出来,"至少要把这个告诉我们吧。她们出现在大剧场的时候自称是间谍,天知道是什么呢。"

凯蒂转向我,悄悄地问道:"在小说里,她的乳头也像萝卜吗?"

我紧张地摇了摇头，真希望我能代替她的塞嘴布。

从表情上看，索恩控制住了心中的不悦。"我无须解释我自己，萨斯基亚。明天晚上我要让他们上那辆瑕人班车。明白了吗？他们不是从这个城市来的，也从没在牧场工作过，所以一定要让他们以奴隶的身份通过，如果他们因为企图非法越境被枪杀，我可要追究你的责任。"

沉默。

"他们所有的人吗？"马修终于问道。

"不，只有小花和那个小男孩。"

"别让那孩子过去，"马修说，"这可能真的很危险，他还小。"

"我十四岁了。"内特说。

索恩笑了："显然，维奥莱特很维护他。他将不断地提醒她如果任务失败，将会面临怎样的危险。"

想起那把几乎刺进内特的喉咙的刀，我把要说的话咽了下去。"那爱丽丝和凯蒂呢？"

索恩打量着凯蒂："凯蒂，是穿黑衣服的那个吗？"

"没错。"她回答。

他的目光在她身上停留了很久。"嗯，凯蒂，你是我的保险和杠杆。如果维奥莱特成功完成任务、保守了秘密，你还能活命；但如果她逃跑或者背叛我，或者任务失败，我就要杀了你。"

凯蒂颤抖得越来越厉害，发出有节奏的波动，传递到了我的前臂上。"你不是认真的吧？"她看着他，眯着眼睛，按着嘴唇，就像她在课堂上对付赖安·贝尔那样。

"凯蒂，不要。"我捏了捏她的大腿。

"不，"她说。因为气愤，她的声音更大了，"如果这笨蛋以为他吓唬得了我们——"她永远不能说完。萨斯基亚使劲打了一下她的后脑勺。她的红头发向前扑了过去，身体差点从长椅上掉下来。

"凯蒂，不要。"我再次对她说。

她一定是看到了我眼里的恐慌，因为她不再说话了。

索恩单腿跪在她面前，靠近她："我佩服你的精神，凯蒂，但你不能再侮辱我了。明白吗？"

说"是"，说"是"。这几个词一遍又一遍地在我脑海里重复，但他们两个僵持着。凯蒂只是瞪着他，紧闭双唇，两眼发直，就像正要拉牛的牛仔。

"你明白了吗？"他重复道。他站在那里，逼着她，一只独眼将她从上看到下。他整了整眼罩，我想起了《小红帽》里的那只狼，糟糕的伪装下面隐藏着他的尖牙。

"凯蒂，求你了。"我低声说。

她慢慢地点了点头。

他的舌头舔了舔下嘴唇，黝黑的皮肤上出现一抹红晕。"我们会相处得很好的，凯蒂。"

"这个呢？"萨斯基亚说。她一根手指戳着爱丽丝的后背。

"啊，那个像玉人的吗？"索恩的目光转向爱丽丝。"外表是个玉人，内心是个瑕人。至少她的血还不错。"他说。

"我们可以把她切开看看，"萨斯基亚说。

索恩笑了："冷静点，萨斯基亚。得让她的玉人皮囊完好无损，至少目前是这样的。我有个非常特别的工作要给她。"

"你是什么意思?"爱丽丝问道。

一道更显年轻、邪恶的阴影掠过他的脸庞。"如果你什么都知道了,那还有什么好玩儿的呢?"

## 14

我们又回到了赭色的房间,四个人蜷成一团,呼吸在寒冷中变成了雾气。我告诉凯蒂和爱丽丝,我和内特见过芭芭。她俩听得聚精会神,塞嘴布留下的痕迹伸到了耳朵下面,看上去像某个部落的妆容。趁萨斯基亚没注意,马修把绳子从她们手腕上解开了。他还偷偷带了些面包,几秒钟就被我们吃得一干二净。

"所以,是我们的宇宙创造了这个宇宙吗?"内特问。

我点头:"芭芭就是这么说的。这个宇宙,《绞刑架之舞》这个宇宙,是莎莉·金……或者读者创造的。反正她说得有点含糊。"

爱丽丝哈哈大笑:"有点含糊。是过于轻描淡写吧。"

我们不再说话,在否认、困惑和震惊之间举棋不定。

最后,凯蒂说话了:"索恩是从什么时候这么混蛋的?"她轮流按着每根手指以促进血液流动。

"他本来就极其卑鄙,"我说,"萨斯基亚也是。我想是我们把蓟头弹任务搞砸了。"

"因此才有了哈珀任务。"内特补充了一句。

凯蒂看起来有点尴尬。"还有人注意到了他看着我时的样子吗？"她苍白的皮肤未能掩饰脸上的红晕。

爱丽丝点了点头："是的。很明显，他喜欢你。"

"讨厌。"凯蒂说。但是她害羞地笑了——像我一样，她并不适应男性的注意，因为在过去一年左右的时间里，她也生活在爱丽丝流线型身材的阴影里。

爱丽丝听起来像是哼了一声："他喜欢你，只因为你显然是个瑕人。"

凯蒂玩起了眯眼睛的把戏，两片粉红的嘴唇抿得发白。有那么片刻，我真担心会爆发一场猫咪大战，但猫毛还没飞起来内特便说话了。

"因为你让他想起了露丝。"他简单地说了一句。

我们看着他。他耸了耸肩，仿佛十四岁的男孩比十七岁的女孩更懂爱情是再正常不过的事。"这显而易见啊。"他说，"还记得电影里的索恩吗？露丝就有一头红头发和一双绿眼睛。"

我笑了，惊讶地发现我竟然从没想到这一点："他说得对。"

"很好，"凯蒂说，看了看自己的一缕假发，"有史以来喜欢上我的男人中最帅的一个是个疯子，第一次约会时可能会杀了我呢。"

"简而言之是这样。"内特说。

"这可能对你有利，林戈，"爱丽丝说，"打打情骂骂俏也没什么害处。"

凯蒂眉毛一扬："那肯定是你擅长的。"她讨厌爱丽丝叫她林戈。通常伴随着一声"我演奏的是大提琴，不是鼓"。我不知道凯蒂是不是错过了披头士乐队的利物浦演唱会,还是她在装聋子。

"真的,"爱丽丝说,"这样你能活下去。他那么可怕,如果你能搞定他,确实对我们帮助很大呢。"

凯蒂把头发从脸上拂去,不希望自己那么像露丝。"我是绝不会和那坏蛋打情骂俏的。他就是邪恶的化身。"

"我们告诉你露丝的事时,你可是同情他的。"爱丽丝说。

"是的,但那是在他打维奥的脑袋、把我们像蟑螂一样对待之前,他还威胁要杀了我,把我们关在牢房里。"她看着地板,泪水打湿了睫毛,似乎突然认清了现实。

我碰了碰她的手:"你没事吧?"

她抬起头,勉强笑了笑:"是的,当然了。那么,你到达哈珀庄园时发生了什么事?"她说话的声音正常了,像在否认自己流出了眼泪。

爱丽丝伸了伸腰,两只脚从破旧的毯子下面探了出来。她还保持着平静的气息,就像正悠闲地躺在沙滩上。"所以维奥莱特去了哈珀庄园,遇到了威洛,得装出神秘和性感……哈哈……他长着威猛的角。"

"爱丽丝,"我嘘了一声,"内特也在。"

但内特只是笑了笑:"这事应该很简单,维奥莱特。你看起来有点像罗丝,你知道怎么做才算正确。"

"那就没什么压力了。"我嘟囔着。

爱丽丝仍在继续:"接着威洛宣布他对维奥莱特的爱永恒不变,维奥莱特的良心备受折磨,意识到不能再欺骗自己所爱的男人。所以她有意识地修补了哈珀任务,告诉威洛她爱他,但她属于这个城市。这是个仁慈的转折①。"

"这重要吗?"内特问道。

"现在确实重要。"爱丽丝说。

内特笑了:"听起来她吃多了咖喱和泻药。明白了吗?仁慈的垃圾场②。"

"这不是我的意思,你知道。"她说。

"讲故事的时候,你能用罗丝本人吗?不要用我。"我说。我的手不知道该往哪儿放,"你知道的,我还没做好把自己当成她的准备。"

"你必须很快做好准备。"爱丽丝说。

凯蒂朝我笑了笑:"没关系的,维奥。不是吗,爱丽丝?"

爱丽丝点头,绝不让凯蒂成为我更好的朋友。"是啊,当然了。我讲到哪儿了?哦,是啊,仁慈的转折点。这是个令人心碎的悲剧。那天晚上,罗丝越过边境,回到叛军总部,告诉索恩她任务失败,威洛并不喜欢她。她这么做,是为了让叛军永远不再打扰他。"

"这是情节的转折点,"我说,"汤普森小姐所说的中途转折点。"

"她还是有几分高贵的。"凯蒂说。

"罗丝——对不起——她才高贵。"我难过地回答道。

爱丽丝没理睬我。"但威洛并没有放弃。他假扮瑕人,跟着罗

---

① 译者注:英文 It's a mercy dump.
② 译者注:英文也是 a mercy dump,这里的 dump 和前一个意思不同,内特是故意曲解的。

丝越过边界,进入瑕人的城市,一路来到叛军总部。他是英勇的。但叛军从教堂的钥匙孔往里窥视,发现了他。"

凯蒂嘲笑道:"他这更像是愚蠢,而不是勇敢。"

"你别管他了。"爱丽丝说。

内特看上去若有所思:"我们可以直接影响一些事情,我明白,但怎么让其他人做我们想让他们做的事呢?怎么能确保叛军仍然会抓住威洛?"

经过长时间的沉默,我说:"芭芭告诉我这故事想要展开,原作会拖着我们走什么什么的。"

凯蒂皱着眉:"是的,你之前就谈到过,说原作缠上我们了。但这说不通。我们四个应该是一只巨大的蝴蝶,拍着翅膀,把一切都搅了起来。"

"你在说什么啊?"爱丽丝呵斥着她。

"天呐,爱丽丝,蝴蝶效应,"内特说,"你知道吗,一只蝴蝶扇动翅膀,在地球另一端引起一场飓风。"

爱丽丝看起来有点困惑:"这是部电影,对吗?我妈妈喜欢。里面有艾什顿·库奇。"

我点头微笑,以此来鼓励他。如果一个十四岁的孩子懂得比你还多,你会觉得这样有些为难。

"我们是蝴蝶,"内特说,"拍着我们的翅膀,用呼吸改变一切。"

"但我们不是啊,"我说,"这就是我想告诉你的。原作把我们拖回去了。它想完成故事。"

"尽管如此,"内特说,"我们还是应该尽量按照原作走。不要冒任何风险。"

内特和我点了点头。爱丽丝也点了点头。

凯蒂看起来不大确定:"我不知道啊,伙计们,你们真认为会有那么简单吗?你们按照剧本走,一切都会安排妥当吗?"

"是啊。"爱丽丝和内特齐声说。

"难道还有别的选择不成?"内特说。

按剧本走。对我来说,这是巨大的解脱——我喜欢计划,喜欢时间表,喜欢可预见性。在这个疯狂的意念宇宙里,我脑子里有剧本,有完美的情节结构,这让我再次感到安全。

"那得再跟我讲一讲剧本……"凯蒂说。

内特拍了拍脑袋:"天呐,凯蒂,你真的需要看看这部电影。"

"我没看到哪儿有该死的 DVD 播放器,你看到了吗?"她说。

我从爱丽丝中断的地方开始讲。现在这是唯一能让我保持理智的了:"叛军发现威洛后,又袭击了一个瑕人妓院——"

"妓院?"凯蒂抱怨着,"我还以为这是本儿童读物呢。"

"实际上是青年读物。"爱丽丝说。

"叛军突袭了一个瑕人妓院,"我说,"趁他们的注意力被分散,这对情侣逃走了。"

"所以威洛就原谅了罗丝没告诉他她是叛军的事咯?"凯蒂问。

我点头:"是啊,因为他知道她最终会保护他的。"

"接着发生了什么事呢?"凯蒂说着,身体前倾,无法掩饰她的兴趣。有那么一秒钟,我感觉回到了汤普森小姐的课堂,正在做那个演讲。生活似乎恢复了正常。我们似乎回到家了。

我笑了:"罗丝和威洛钻进废弃的下水道,有点迷路,但终于找到了一辆老旧的悍马。他们开到河边,想要乘坐一艘小船前往无人区。"

"无人区?"凯蒂说。

"是的,那是废弃的城市和乡村,没有瑕人也没有玉人。但他们没去成。玉人当局跟踪过来了,把他们从小船上抓走了。"

"你们看,"凯蒂说,"就像我在动漫展上说的,反乌托邦小说里,政府永远都是坏人,什么都能预见到。"

"凯蒂,专注一点。"内特说。

我直接奔向终点,避开可怕的绞刑。"然后,在绞刑架之舞上,威洛宣布他爱罗丝。人们转变了立场。他们拉下绞刑架,一场革命由此爆发。"

"离下一次绞刑还有多久?"凯蒂问。

"从现在起,一个星期。"内特回答。

"一个星期?"凯蒂怀疑地说,"这一切都发生在一星期之内吗?"

我们点头。凯蒂明白了。这听起来太荒谬了,我突然觉得自己根本就不够格。我有多大的能力啊,能让这一切都发生?我怎么可能像罗丝呢?

凯蒂难以置信地摇头:"在反乌托邦女性文学作品中,人们很快就会坠入爱河。"

"这是个反乌托邦爱情故事。"爱丽丝说。

内特点头表示同意。

爱丽丝叹了口气:"这也太浪漫了。比如罗丝将一枝真正的玫瑰花放在威洛的窗台上,而不是将自己的名字告诉他。"

"她在他的成年舞会上当女招待,"内特说,"等到所有的客人都走了,他们……"

"跳起了舞,没有音乐。"他们异口同声地说。

"看在老天爷的分上,"我说,"从你们的表现来看,好像你们觉得这只不过是一部小说或者电影。但现在已经不是了,好吗?这是真实的。"

我们都沉默了,似乎我的话正在赭色的房间里回荡。

"这一切过后,我们就可以回家了吗?"凯蒂最后问道。她对回家充满了向往,这让我心碎。

我点头,说:"只要我完成这个故事,就像金写的那样,绞刑架就会被拉倒在地,并引发一场革命。"

内特的脸皱成一团:"你确定你上绞刑架时这个宇宙会放了我们吗?否则你就会被绞死,你知道吗?"

"请大家不要再用绞刑这个词了,"我下意识地抓了抓自己的脖子,"从现在开始,禁止使用这个词。明白了吗?"

他们点头。

"你记得原作,"爱丽丝说,"你总是想要成为罗丝。"她咬着下嘴唇,因为没有抹唇彩,那里看起来比平时更薄了。

"我不可能是罗丝,"我轻声说,"她是那么……出色。"

凯蒂的一只手搭在我膝盖上:"名字其实并不重要。"

"呃?"爱丽丝说。

凯蒂难以置信地眨了眨眼："把玫瑰花叫作秃毛草……"

"在这种时候，你还要引用莎士比亚的名言，你是认真的吗？"爱丽丝说。

"对不起，单向组合并没有删减这一句。也许我该引用比伯说过的。"

"你们两个都给我停下。"我说。

爱丽丝按着我的胳膊："对不起，维奥。拜托，你应该积极地思考。你是罗丝，你会……"她扬了扬眉毛。

我的肌肉缩紧了："我想我说过了，不要用 h 开头的那个词。"

她笑了笑："不，可怜的家伙，你要吻威洛了。"

我突然呼气，感觉有点眩晕，就像我第一次骑旋转木马，风吹在我的脸上，头发飘了起来，握住金属杆的指关节发白。我记得当时我求妈妈让它停下来，但同时又希望木马再快一点。这就是我现在的感受，既害怕又兴奋，我不由自主地咧起了嘴。我是那么关注于死亡的那一部分，完全忘记了亲吻的那一部分。

爱丽丝笑了。"想想看，艾什其实更适合这个宇宙。想象一下威洛会有多正点，他会烫坏你的眼睛。我现在有点讨厌你了。"她笑着说。但她的笑声听起来有些空洞，我不知道是因为光秃秃的墙壁还是因为自己缺乏幽默感。

第二天一早，马修带着内特和我走进一间小教堂。里面的空气中弥漫着陈腐和潮湿的气息，好像很长时间没有人进去过。我知道会发生什么：我们会文身，成为奴隶，就像罗丝那样。我们的故事情节再次交织在一起，成为一个整体，这只能是一件好事——交织得越多，我们越有可能回家。

萨斯基亚躺在一张破旧的躺椅上，一只手拿着针，另一只手拿着一瓶墨水。"我要文到你脖子那儿。"她甚至连眼睛都不抬，就好像我们并不值得她看上一眼。"萝卜乳头。"我自言自语地说着，忍不住笑了起来。

我把束腰外衣拉过头顶，下定决心要显得勇敢一点。我穿着紧身裤和背心，站在那里。空气潮湿。我觉得胳膊有点冷，但我只等着她的针头刺破我的皮肤。在电影里，这看起来很不卫生，也很痛苦，但我出奇地冷静。和上套索相比，这点痛苦算得了什么呢。

萨斯基亚咯咯地笑了："那么，夫人想要什么图案呢？龙还是火红的鹰？"她将针头蘸了蘸墨水。

马修轻轻地把我的头发拢到背后。"现在别动，如果看上去是假的，卫兵会开枪打死你的。"

萨斯基亚反复地刺着我脖子后的皮肤，一遍又一遍地用针蘸着墨水。当针头穿过我脊椎骨上的结节，我的眼睛湿润了，忍不住呜咽起来。

"见鬼，维奥莱特，"她骂道，"因为你这样子，这个 5 有点搞怪了。"

扎完针以后，她在我的伤口上放了一块潮湿的纱布。"这能防止感染并加速愈合。这是我们从牧场上偷来的。"

它也麻痹了痛苦，对此我感激不尽。

下一个是内特。他仍然一动不动，只是手指背叛了他——他的手指抠进了大腿里。

萨斯基亚对她的杰作点头称赞："你一定能骗过卫兵。"

我瞥了一眼内特，肚子里打了个结："应该骗过卫兵？"

萨斯基亚耸了耸肩，收起工具箱。罗丝越过边境时，只跟一个卫兵起了点争执。但她幸运啊，她没有搞怪的"5"。我尽量不去想这个，尽量把注意力放在牧场……还有威洛身上。

我们穿上规定的工作服。只要我动一下，它就摩擦得我痒痒，仿佛它反对自己被穿在我身上而不是罗丝身上。我看着内特用袖子挠着胳膊，一种巨大的责任感压得我喘不过气。但我觉得我又回到了旋转木马上面，风吹在我脸上，手里的金属杆发出嘎嘎的响声。我就要见到威洛了，不是拉塞尔·琼斯，而是威洛。

我们离开了总部，没有任何仪式。他们甚至不让我们与爱丽丝和凯蒂告别，这可能是件好事吧，因为我可能会哭出来。如果我搞砸了，失败了，凯蒂就会死。还有爱丽丝，我最好的朋友。索恩的话一遍又一遍在我脑海里回响——我有个非常特别的工作要给她——但我只是感到失望，我还是不明白。

我们花了大部分时间穿越这座城市，走了一条更长更曲折的路线，以避开昨天试图对我施以私刑的管理员。一条又一条小巷，一堵又一堵墙，直到我们感到自己在一个又灰又臭的迷宫里迷路了。我的脚很灵巧，肚子在咕噜咕噜地叫着，头盖骨还在不停地痛，但是，我仍然为我所熟悉和热爱的伦敦感到失落。沉没的建筑、褪色的街道标志……我一遍又一遍地在脑海里说着每条街道的名字，想着这声音已经沉睡了好几个世纪，而现在，这座城市到处都是文盲瑕人。

我们继续往前走，直到前方隐约出现了城墙。它蜿蜒到远方，融入灰色的天空，看起来无穷无尽。在大门的右边是一座没有窗户的大型建筑物，一个有金属门的立方体。城墙像火车穿过隧道一样直穿其中。我记得原作中的这个建筑。这是净化楼。在这里，他们要给瑕人喷上化学混合物，检查他们的文身，然后才准许他们进入牧场。这座楼看上去甚至比银幕上的那座更没有灵魂，甚至比我读了这本书后所想象的更加没有灵魂，这说明了一些问题。

我记得，在故事中，罗丝此时正感到焦虑。她正在偷偷越过边境，假文身还是新刺上去的，还很痛，就像我们身上的。但一页纸上的文字，电影里的场景，并不能让你真正地身临其境。我的身体好像已经凝固，但我的思绪却变成了爆玉米，在我头骨里不断地蹦来蹦去。如果我们被抓住了怎么办？会被他们杀了吗？我们真的会死在一个故事里吗？这真的只是一个故事吗？可这看起来是如此真实啊。我的大脑好像在尖叫，在扭动，已经炽热，我的身体里却充满了恐惧，无力行动。

我瞟了一眼内特，注意到他脖子上的肌腱鼓了起来。

"你记得罗丝在净化楼里遇到了什么吗？"我低声对他说道。

他点了点头："是的，当然知道了。她遇到了一个浅蓝色眼睛的卫兵。"

"那个独角兽。"我回答说。我希望能给他一些力量。

他点点头，但脖子仍然僵硬。萨斯基亚严厉地瞪着我，示意我别说话。

我想提醒他并非所有的玉人都是坏人。大楼里至少有一个私底下同情瑕人的玉人。有个浅蓝色眼睛的卫兵搜查了罗丝，注意到她的文身看起来是新刺上去的，但他没有因她非法入境而逮捕她，只是警告她要避开长着胡子和青灰色眼睛的卫兵。罗丝感谢了他，对他说她一直以为同情者是魔法和神话，就像独角兽一样。

这一直是我最喜欢的台词之一，我打心底里希望自己能说出来。

我看着瑕人像参加葬礼一样朝大楼慢慢走去。他们人太多了。我记得原作里的描述。瑕人的大部分体力劳动都是在夜幕的掩护下进行的，以免他们那普通、并不完美的人类身体冒犯到玉人。这意味着上夜班的瑕人远远多于上白班的。而且尽管夜班的瑕人错过了白天的温暖和色彩，他们却享受了更多的自由，可以安心地在牧场游荡。我开始明白自由本身就是阳光。

我们加入队伍后面。我尽量耷拉着脑袋、低下头，拼命地想融入进去，但文身却灼痛，不停地提醒着我那湿漉漉的墨水和搞怪的"5"。我们靠近铁门，我专心看着脚下的泥土，以避开卫兵手枪的反光。最后，我们进入了大楼，进入了那被漂白剂的气味凝固了的凝重空气。

我们排成一行，沿着一条没有窗户的走廊往前走着。我们头顶上方闪烁着条状灯光，在轻型砖块砌成的墙壁上，那斑驳的灰色显得格外醒目。内特的脖子在黑色和白色之间摇摆着，他的文身就藏在工作服的领子里。我觉得胸口疼得厉害，一种无助的感觉。

呼呼的噪声传来了，越来越大，很快，我看到了一团蒸汽，每隔30秒就膨胀并扩散一次。我们慢慢接近，我开始挑选一个装置——它看起来像是洗车机，只是比较小，符合瑕人的尺寸。我还记得从电影里看到的，只是现在它看起来很危险——很饥渴。随着队伍经过，每一个瑕人往前移动之前，都会被一股蒸汽吞没，给他们消毒，这样才能进入牧场。内特紧张地回头看了看，我希望我先走，但是现在，如果我们交换位置，只会引起卫兵的注意。蒸汽吞没了马修，接着是萨斯基亚，再接下来，轮到内特了。

他走进装置。我看着他消失在雾霭中，靠近一点看，它有点发绿，有点漂白粉和辛辣的味道，我不大确定。我听到了一阵窒息的咳嗽声，我的心在胸口跳来跳去，但我不敢动，一个卫兵的手枪在我的周边视野中闪烁着。雾变薄了，内特的身影再次出现。他走开了，咧嘴笑着，好像很享受。

我深吸一口气，然后跟着进去了。金属缸里有喷嘴、管子和其他奇奇怪怪的机械设备。周围不断冒出绿色的气体，伴随着嘶嘶的声音，我有种强烈的想逃跑的冲动。那气体冲击着我的鼻孔，渗到我的工作服下面，刺激着我的皮肤，我的文身灼痛，感觉自己被打上了烙印。我拼命地不让自己喘不过气来或窒息过去。嘶嘶声停了下来，空气清新了。我向前走去，试着咽下这酸味。

我们加快步伐，沿着一条长长的走廊前进着。前面是一个大型无菌室，大约三十个瑕人正排着队。我们排在队伍的最后，门"砰"的一声关上了。我低下头，交叉着十指，真担心双手的颤动会出卖了我。

几个卫兵开始在瑕人身上上下摸索，寻找着不应该有的突起以及任何可能会被偷运到牧场的武器。他们沿着队伍继续向我和内特靠近——我身体的每一寸都僵住了，就好像眨一下眼睛或者呼吸都可能会引起他们的注意。我盯着我的靴子，直到眼睛发痒，听着他们的脚步越来越近。

脚步声停住了。

"你,"一个卫兵说,"跟我来。"

我抬起头,看到了他的手指正指着我。他有一双青灰色的眼睛和两撇小胡子。

# 15

所有的东西都被蒙住了,我的舌头抵着上颚。原作中的那个卫兵站在我面前,他就是同情者,警告过罗丝的那个。青灰眼卫兵带我进入一个独立的房间——这是一个检查室,墙壁还没有粉刷,有一张有机玻璃屏——把我推到前面,让我的手掌贴着墙。然后,他从后面抓住我的脚踝,双手飞快地在我小腿上游走着。我本能地踢着,想跑开。他的手游走到我前面,手掌抚过我的大腿、后背和衣服内部。我从未被哪个男人这么亲密地抚摸。我感觉不到爱和温柔,只感觉到了残酷。我想我可能会哭,于是狠狠地咬着嘴唇,在化学喷雾的辛辣气味中,我甚至能尝到血的味道。很快,他站着,将手从我胸部侧面和乳房上滑了出来。我喉咙里发出一声尖叫。

"举起胳膊。"他说。

我抬起胳膊,开始发抖。他随时都会注意到我的文身,它还是新鲜的,刚受过喷雾的刺激。但他让我转过身来,所以我面对着他,他的巴掌在我后背上打转。

直到现在,我才看清他的眼睛,里面的仇恨让我喘不过气来。

他抓住我的肩膀，把我按在墙上。"我们还有十分钟。"他的呼吸有一股变质咖啡的气味。

我感觉自己像一只放在陈列柜里的蛾子，被钉在一块玻璃下，完全暴露着，动弹不得。"我——我不知道你是什么意思。"

"别装得那么无辜，瑕人。"他把我的头发从脸上推开，"有一些玉人的硬币要给你。如果你笑一笑，还可以多给你一些。"

他的每一块肌肉都推着我。我感觉很不舒服。

"得了吧，这不可能是第一次，像你这样的小可爱。现在脱下工作服吧。"

"可是——可是你已经搜过我了。"我的眼泪在打转。

突然间，他把我扔向有机玻璃板——呼吸猛地从我肺里冲了出来。在我幽灵般的倒影下面，有一个巨大的阴影，里面有一排正在移动着的模糊的人影。我眯起眼睛凝视着那个暗处，发现那是人，都赤裸着身体，紧紧地抓着彼此的手，看起来就像我们小时候做过的纸娃娃串。

"照我说的做，不然就把你放进去，"他在我耳边低声说，"与叛军和那些想当奴隶并试图用假文身的蒙混过关的瑕人在一起。"

我听到了断断续续的枪声，接着是低沉的呻吟。他们松开了手，身体倒在了地上。我心想，天呐，我的呼吸把玻璃蒙上了一层阴影。

"好吧。"我低声说，这两个字刺痛了我的嘴唇。

我开始用麻木、颤抖的手解开工作服，感觉像是在剥自己的皮。

门打开了，一名浅蓝色眼睛的卫兵出现了，是那个同情者。我高兴得快哭了。

他打量了我一会儿,皱起了眉头:"我们要把他们装上车。"

青灰眼卫兵一动不动地说:"去吧。"

"我们要带走所有的瑕人。"

他们互相怒视,僵持了一会儿。

"马上。"同情者说。

青灰眼卫兵的反应是后退一步,低下头。

我跟着同情者沿走廊往前走,手指拉着拉链,泪水从脸上流了下来。

"你还好吗?"他问道。他的声音很安静,很温柔。

"还好。"我说。我想告诉他他是一个神奇、神秘、勇敢、出色的人。我想搂住他的脖子,一遍又一遍地对他说谢谢,但我能做的只有一声有气无力的"谢谢"。

再次进入候查室时,我已经拉上拉链,擦干了脸颊。内特冒险地看了看我,脸上挂着惊恐的表情。我点头示意——我没事。

卫兵们把我们带到了外面的一大片水泥地上,混凝土上有黄色的斑纹,四周是安了带刺铁丝网的石头路障。天空看起来毫无生气,但它广阔无垠,和家乡的天空是一样的。我的肺里装满了牧场的新鲜空气,里面夹杂的玫瑰花和树皮的香味,把我带回了湖区的假日。我突然感觉如释重负。

一排停着的瑕人班车消失在远方,它们参差不齐的窗户在不断减少的阳光下闪烁着。我们跟着萨斯基亚来到一个标着"753"的停靠处,走近一辆生锈的班车。漂白剂的气味令我心跳加速。

"这辆班车会把我们直接送到庄园。"我们登上台阶时,萨斯基亚低声说。

司机显然是个瑕人，但两个荷枪实弹的玉人卫兵坐在前排座位上。恐慌再次袭来，我的每块肌肉都像发动进攻之前的蛇一样紧紧地盘绕着。但是两名卫兵根本不理我。我往班车里面走，瘫倒在内特旁边的一个空座位上。座位感觉很硬，臭味让我眼泪直流，但想到我们就要离开净化楼和那个青灰眼的卫兵，我的下嘴唇就发抖，感觉自己像个刚走路的孩子。

内特查看了我的脸："天呐，姐姐。他们都对你做了些什么？"

"没什么，"我回答说，嘴里还有口臭，"那个卫兵，你知道的，那个长着亮蓝色眼睛的人，他算是救了我。"

内特惊呼道："就像芭芭说的，这故事在拖着我们。"

"不过，这已经不仅仅是个故事了，不是吗？"我小声地说，"可怜的瑕人，我知道我们看过小说，看过电视，但现在这是真实的——"下面这句话堵在我的喉咙里，说出来的时候我觉得嗓子有点疼，"我认为可能会更糟糕。"

我们等了大约半小时，班车上才坐满了瑕人。发动机起动了，我们穿过巨大的金属门，进入牧场——玉人的世界。

我们就像进入了迪斯尼乐园——突然之间，世界有了色彩。我发誓，在玉人的世界里，阳光更明亮，鸟儿的叫声也更响亮。绿色在我们四周蔓延开来，树木、青草，点缀着著草、三叶草和深紫色荆棘的灌木篱笆。我是在郊区长大的，我习惯了绿色。我怀念那绿色，即使只离开了两天。

班车在路上飞驰着，比我坐过的任何一辆车都要吵闹。瑕人在午睡，包括内特，他的头靠在我肩膀上。我端详着他的脸。正常情况下，他看起来像爸爸，充满生气和活力，因为他的五官耸了起来，沙色的头发竖了起来，就好像他把手指塞进了电源插座里一样。但现在，他完全放松了，看起来更像妈妈了，他的嘴巴周围和妈妈一样柔软。我的肚子里拧了起来，心更加堵得慌。我想念父母，真的很想念他们。他们能给我安全感和归属感，他们总能让一切都正常。

  班车的摇晃和熟睡的身体散发出的温暖令我昏昏欲睡。我知道这一点，因为我在做梦——我屁股下的座位被某个柔软的东西取代了，也许是张床垫，我的眼皮在眨动，黑暗房间的墙壁在跳动，在我的视线中打转。我看到了一个男人的轮廓，感觉一只温暖的手把我的手裹了起来。我闻到了一股淡淡的气味，医院里的气味，让我想起了牙医，还闻到了咖啡和过期的烟草的味道。当爸爸有压力的时候，他就会有这种难闻的气味。他紧握着我的手。醒来，维奥莱特。求你了，亲爱的。睁开眼睛，醒来吧。但轮廓模糊了，边缘模糊了，顷刻之间周围就变暗了。

  突然，我看到了罗丝，她站在木质舞台上，脖子上套着绳索。人群上方传来一个声音。我爱你。她的头发从脸上垂了下来，我看到那不再是罗丝。而是我。刽子手拉着操纵杆，我听到活板门的噼啪声，看到我的身体被绳子拉住时突然震动了一下，看到我的脚旋转着，疯狂地寻找着坚实的地面。我听到了芭芭的声音：一个故事就像一个生命周期，维奥莱特。只有当故事结束时，你才会被释放出来。从出生到死亡。

  但我并没有被释放出来。我感到空气堵在我肺里，大剧场的轮廊渐渐消散，人群的声音逐渐消失。直到这时，我还没有被释放出来。

"维奥莱特，醒一醒！"内特喊着。

我大口大口地喘着粗气，就像有人踩在我胸膛上，想要把我的肺挤压到口袋大小。我的皮肤摸起来很粗糙，以至于感觉不到什么。我可能是被烧着了，或者正被困在冰冻的湖面下，或者身上有成百上千个小挫伤。我知道我在哭，因为我能听到我的哭泣，能感觉到眼泪湿润了我的脸颊。

"好了，"内特说，"看，我们已经到达了哈珀庄园。"

"后面发生了什么事？"一个卫兵喊道。

我默不作声，咬住舌头，竭力保持沉默。

我们进入哈珀庄园。我们并没有看到视野广阔、骄傲而警惕地屹立在大片草地上的庄园。只有一道女贞树篱和一个映衬着夜空的果园轮廓。我不禁感到有点失望。班车停了下来，我们列队下车。

萨斯基亚带我们走上一条小路。"我们要去那间瑕人木屋。"

在碎石的嘎吱声中，内特的耳语几乎听不见："别担心，我们只是在这里待几天而已。"

"这就是我所担心的。"

"什么？你担心要回到瑕人的城市吗？"

我叹了口气，一种不安全的感觉在吞噬着我的内心。"不，我担心的是不能让威洛在几天内爱上我。"

"罗丝做到了啊。"

"凯蒂说得没错，没有人会那么快相爱的。"

内特停下了脚步。我的目光紧跟着他，我们凝视着那间小木屋。

"阴森。"他小声说。

我对原作中的这座小屋记得太清楚了。小说中，它是天堂，罗丝、萨斯基亚和马修坐在铺位上，一边打牌一边策划。它看上去有点像姜饼屋，依偎在绿色植物中，被橡树保护着。但现实中，它是座摇摇欲坠的小屋，由波纹铁皮和腐烂的横梁建造而成，而里面的东西只会更糟糕。它闻起来有湿漉漉的狗和人粪的味道，地板上薄薄的一层干草，几乎掩盖不住下面的泥土。电影中古怪的家具和波西米亚风格的窗帘已经被一些翻起来的板条箱和腐烂的松木桌子所取代。

"洗手间在哪儿？"我小声问。

萨斯基亚笑了一声："那里有几间带卫生间的单间，还有公共浴室。"

"浴室冷得不行，"马修说，"还是闻臭味好了。"

"找个铺位吧。"萨斯基亚说。

这些铺位看起来像铺着稻草的架子。它们排列在小屋的后面，中间是破旧的平针床单，像窗帘一样挂着，几乎没有什么隐私可言。我牵着内特的手，朝着铺位走去，有点晕头转向。

其他的瑕人在我们周围磨磨蹭蹭，泡着茶，收拾着工具，走进了夜幕。他们似乎轮流对我们皱着眉，我想不会有纸牌游戏了。我发现自己在寻找艾什，在寻找那双最蓝的眼睛。但我没看见他。他一定会坐下一辆班车来。我不禁觉得有点失望。

萨斯基亚重重地坐在一张架子铺位上，说："我们白天不回城里，就睡在这儿。在这里待一段时间更安全，可以避开边境的搜查。"

内特打了个哈欠："我准备睡一觉。"

"你会是幸运的,"萨斯基亚说,"你现在是夜班瑕人了。你要到早上才能睡觉。"她转向我,脸上露出恶意的微笑,说,"今晚你得洗个冷水澡,姑娘——我不希望你身上还带着净化楼的气味。"

"为什么呢?"我问,我的大脑还没反应过来。

她盯着我看,好像我是个白痴:"因为当太阳下山的时候,你会第一次遇见威洛·哈珀。"

## 16

浴室里太冷了。我甚至感觉这寒冷已经侵入了我的骨头,我胸前的皮肤斑驳,发蓝。但至少这分散了我的紧张。我就要第一次遇见威洛。我等待着这种期待的感觉,但相反,我只感觉到了我在与罗丝的鬼魂竞争——那一刻就要来临了。

罗丝和威洛,史诗般的爱情故事。他们第一次见面就来电。他们一见钟情,心有灵犀。她在果园里的李子树下等他,知道他午夜散步时会走这条路。然后她割破了自己的手,她的尖叫声吸引了他的注意——我说的不是狗吠,而是惊魂女妖的痛苦惊叫。威洛跑过去看哪儿出了问题。当他看到那双棕色的大眼睛,他对整个世界的了解都开始瓦解。他爱上了一个瑕人。

他会看我一眼,然后会往相反的方向尖叫。

萨斯基亚将我的头发打起卷,捏着我的脸颊,低声抱怨说罗丝更具自然美。如果我试过,我就能知道自己差得不能再差了。她拍完我的脸,打击了我的自尊后,带着内特和我去了果园,像蝙蝠一样在黑暗中行进。

即使以玉人的标准来看，哈珀庄园还是很大。数百英亩的林地和草地以及园林景观。我想我可能很容易迷路，所以我一直靠近萨斯基亚，尽管她不断地皱起眉头，搅得我心神不宁。

我们穿过围场，翻过篱笆，绕过湖边。这条路看起来很熟悉，和电影的场景很相似，但我觉得自己根本不是电影明星，那不真实。每走一步，我的神经似乎都在生长，现在它们遍布了我的全身，甚至连我的手指都在颤抖。我开始渴望再来一次淋浴。

你看，我一直没什么异性缘。有一次约会，我被一颗橄榄噎住了。我只被吻了两次，我喝得酩酊大醉，几乎不记得了。当你不时地处于爱丽丝这个人体模型的阴影之下，你是很难招男孩子喜欢的。

"处女维奥莱特"，赖安·贝尔这么称呼了我一个学期，直到凯蒂用膝盖压着他的蛋蛋，叫他"黑印"。

只要一想到凯蒂和爱丽丝，我就觉得我的心快要爆炸了。我必须让威洛爱上我，否则我们都会被困在这里。双脚在空中打转的画面突然浮现在我脑海里——六天后，我就要上绞刑架了——但我将它连同橄榄树以及我所有其他的不安全感一起推到了我大脑的阴影部分里。

萨斯基亚在一道掺有紫藤的绿叶拱门旁停了下来。"那是你最好的选择，果园。"她指着拱门后面说，"他晚上散步的时候，应该就在这儿附近。你得以某种方式引起他的注意，做一件事情。天知道索恩为什么信任你呢。"她上下打量着我，"如果你让我们失望，我就杀了你。"

想从她这里得到一句"祝你好运"是不可能的了，我想。

她抓住内特的胳膊,说:"来吧,年轻人,最好不要打扰这对情侣。"

"不。"我的声音有点绝望。

萨斯基亚瞪着我。

"他能留下来吗?求你了,我不知道自己能不能做到。"

内特插话了:"她需要我帮她准备,你知道的,我们是个团队。"

听到"团队"这个词,萨斯基亚噘起了嘴唇:"随便吧。"她走开了,我有一种可怕的感觉:她想让我们失败,这样就可以继续威胁我们。

内特跟我过台词,引用电影中的场景。他以深沉的男人嗓音说着威洛的台词,听起来就像去年那部女孩扮演王子的哑剧。我说着罗丝的台词,避免听起来让人觉得我是很久以前的人。

威洛:"你没事吧?你受伤了吗?"

罗丝:"不,谢谢,我很好,只是一点皮外伤。你一定是威洛吧。你看起来像是威洛。"

威洛:"威洛看上去是什么样的呢?"

罗丝:"又高又瘦。"

威洛(笑):"你是?"

罗丝:"只是另一个上夜班的瑕人。"

威洛:"真的?我没注意到。"

幸运的是,电影里的对白和小说里的一样,所以我们至少不会为选择哪句台词而左右为难。但我有了另一个问题:这些话已经失去了所有的意义,就像杂乱的噪声一样在我的脑袋里旋转。真不敢相信,我从来没有注意到这些话听起来有多俗气,大声说出来让我感到害怕。

我举起手,表示我已经受够了:"这没什么帮助,抱歉。"

"没关系,反正你知道后面的事。"

我站在李子树旁,双手出汗,呼吸急促。我试着像罗丝一样靠在树干上,但我的头发粘在了木头上,我担心额头上会留下树皮的图案。

"我想我不行。"我的声音似乎往上,消失在树叶和树枝之间。

"你当然可以。"内特回答。

"但罗丝和威洛……他们就像爱德华和贝拉,兰斯洛特和漂亮宝贝,特里斯坦与伊索尔德……"

"克米特和猪小姐。"

我笑了,但只有一瞬间。"如果他不喜欢我怎么办?"我真希望我没说这些,因为即使是在黑暗中,内特的脸也像一面镜子,反映出了我的焦虑。

他忍不住笑了:"他当然会了,只要按剧本就行了。说台词,试着看,你懂的,说得得体一点。不要流口水,不要放屁,也不要挖鼻孔。"

"可是他们之间的电流是怎么接通的呢?"我说。

内特背诵了书中的一句台词:"尽管只经过了短暂的接触,威洛知道,即使他用余生来漫步地球,也永远找不到另一个让他感觉如此完整的灵魂。这就好像他们天生就是在一起的。"

"说真的,内特,我现在不需要听那句废话。"

钟塔在午夜敲响了。我想象着舞台的帷幕正在升起。

"你准备好了吗?"他说着,递给我一把刀。

刀。焦虑之中,我完全忘记了要割伤自己。谢天谢地啊,内特还记得。他一定是在来这里的路上从萨斯基亚那里拿的。

我把它举到伸出的手掌上方。我是罗丝。我坚强而无所畏惧。我闭上眼睛,准备戳自己的手。但我的胳膊像木偶一样在半空中摇摆不定。

"维奥莱特。"内特催促着我。

恐慌迫使我睁开眼睛。"我不行。"

"你必须行,原作就是这样的。"

"但我不能伤到自己。"

大钟结束了报时,帷幕拉开了,但我站在那里,没有流血,像个巨大的木偶一样摇晃着。

内特抓住我的工作服,以急切的语气低声对我说:"拜托,你有钢铁般的胆量,想想罗丝,想想特里斯,想想卡特尼斯。"

我摊开手掌,现在已经满手是汗。"钢铁般的胆量,钢铁般的胆量……"我像是在念咒语,让肾上腺素在我体内积累。就在我要闭着眼睛把刀刺下来,希望能扎到手掌时,我听到了嫩枝折断的声音。

是他。内特躲到附近的一个树干后面,他瘦弱的身体很容易消失在果园中。

需要把刀刃拉下来,划出一道优美的弧线,但我在最后一刻失去了勇气,把手掌抽走了。刀尖刺破了我的拇指,我的手腕像被蜇了一样疼。"哎哟!该死的刀!"我扔下了它——刀柄先着地——它落在了我的脚上。我记得罗丝充满诱惑地靠在树上,情急之中,我的脑袋差点撞在了树干上。

威洛进入了我的视线。我一只手抱住脚,另一只手抱住脑袋,我的心脏仿佛想要挣脱我的胸腔,我想我可能在咕哝着说脏话。但当我的目光落在他的脸上时,一切都停了下来。我的大脑里一片空白。我忘记了一切——任务,我的不安全感,我旋转的双脚。我只看见了他。

他看起来有点像拉塞尔·琼斯——同样的高颧骨,同样丰满的嘴唇,但他的眼睛看上去更友善,像两摊熔化了的铜。他的骨骼结构看起来更精致,喉结也不那么明显,更女性化。电影对他真不公平。即使是我自己的想象,也未能公正地评价他。我面前的这个人是个美男子。我突然意识到了月亮的圆满,意识到了苹果和木柴烟的香气,以及我喉咙里冰凉的味道。

"你没事吧?你受伤了吗?"他的声音听起来像报时的钟,引起了一些共振,有点抒情,又有点遥远。他缓缓地向我走来。我注意到他白色亚麻布衬衫的前两颗扣子解开了,露出了一块三角形的蜂蜜色皮肤。我僵住了,无法眨眼,无法呼吸。他在离我一臂之遥的地方停下脚步。即使在昏暗中,我也能看到他那温暖的颜色——铜色的眼睛,蜂蜜色的皮肤,焦糖色的头发——就像夜晚的一片阳光。我急促地吸气,闻到了他须后水的味道,是柑橘和芫荽。

我知道该我说台词了,但我的思绪交织在一起。我张开嘴,我的呼吸舒展开来。

他将我的脸打量片刻——在小说里,他应该会想起树精或仙女之类的东西。我突然觉得我穿着工作服的样子很尴尬,更像妖怪而不是仙女。

我听见微弱的咳嗽声从附近的一棵树那里传来。我觉得自己与现实脱离了,树可以咳嗽,似乎没什么好奇怪的。实际是真实的威洛站在我面前,充满了关切、完美和温暖——那棵树当然会咳嗽了。不,不是那棵树,是内特。该说我的台词了。

我的神经突触开始活跃起来,终于,我的嘴巴张开了。"不,谢谢,我很好,只是一点皮外伤。"我看着自己的手掌,羞愧地发现我并没有流血,但我不管了,继续说我的台词,"你一定是威洛吧,你看起来像是威洛。"

他脸上露出无可挑剔的微笑,嘴角上挂着两个长长的酒窝。"威洛看上去是什么样的呢?"

"又高又瘦。"

他笑了,他呼吸的热气拉近了我们之间的距离。"你是?"

"只是另一个上夜班的瑕人。"

"真的?我没注意到。"他朝我走来,胸膛差点碰到我的下巴。现在看起来这些话一点也不俗气,而是很浪漫……完美。这么靠近的时候,我才意识到他有多高。我屏住呼吸。他抓起我的手,检查着我拇指上的划痕。

我命令我的声音保持真实,按照剧本:"如果有人看到你碰我,我会有麻烦的。我甚至不应该和你说话。"

他继续抓着我的手,抬起目光,与我的相遇。"我相信这些树不会说出去。"

"是不会,但是星星有可能哦。"

他笑了，好像是故意的："我倒是愿意冒这个险。"

我让苹果、烟和须后水的香气弥漫在肺里。一切都很顺利。没看到一颗橄榄。"你为什么这么好呢？我还以为所有的玉人都残忍呢。"

"我还以为所有的瑕人都蠢呢。"

"看起来我们都错了。"我微笑着说。这是我真正的笑，不仅仅因为罗丝笑了，还因为假装自信和性感真的让我感觉到了自信和性感。

他松开我的手。"你真的不打算告诉我你的名字，是吗？"

"我们还没有名字呢……只有数字。"我转过身，撩起头发，让他看我的文身。寒冷侵袭着我的脖子，上面那层薄薄的汗珠蒸发了。

他"嘶"地叫了一声："这一定很疼吧。"

我点点头，挤出一丝微笑。威洛正在盯着我的脖子看。

"你真的想让我叫你瑕人753811吗？"他说。

我把头发向后拢到文身上面，然后转过身面对着他。"你真的想知道我的名字吗？为什么不猜猜看呢？"我再也不会说出这种没脸皮的话了，尤其是对着一个男孩子，感觉这样有点放荡。

"侏儒怪。"

我笑了起来。我本来想让这笑声像银铃，但它听起来却有点小心眼："差不多吧。"

他摸了摸我的工作服，好像想摸我一下，但他没有勇气。

就在这时，我们听到车门"砰"的一声关上了。他的手指穿过头发，向上拨弄着，使它在月光中显出光泽和颜色。"我得走了。"他微笑着，好像在说，改天再说吧，然后转向庄园。

在原作中，他就是在这时候回过头，说出了这句话：我可以再见到你吗？但他没有说，只是继续往前走。我看着他信步走开，树叶和树皮包围着他，仿佛他陷入了泥沼，就要永远被吞噬。回头看看，我在心里尖叫着。回头看看，说出你的台词……求你了。恐惧从我血管里喷涌而出——任务失败了。索恩会杀死凯蒂，我们将永远被困在这个世界。但在恐惧之下，另一种情绪正在酝酿着：失望。他并不喜欢我。

我正要承认失败，眼角的热泪正在聚集，这时，他停了下来，而且他不仅仅是回过头，而是全身都转了过来。他的脸像一颗铜色心脏一样在黑暗中晃动着。"我还能再见到你吗？"

我感觉像是有个人从我头上扯掉了一个塑料袋子。我想喘气，大口吸气，感觉我的胸腔舒展开来，脑袋里血液充沛。但是相反，我只是端庄地耸耸肩，就像罗丝那样。"也许吧。"

他笑了。我看着他后背上的三角形消失，静静地站了一会儿，听着我的血液在耳朵里涌动。

内特从一棵树后面冲了出来，抱着我，在原地跳了起来。"哦，我的天呐，维奥莱特，太棒了。"

我也开始跳起来。"我知道，我知道。"

"你说得太完美了。"

"你看见他摸我的手了吗？"我感觉我的身体容纳不了这么多欢乐，我的皮肤好像要被撑破了。

内特正要回答我，这时我们听到了另一个声音，这声音既熟悉，又有点苦涩:"你为什么不直接告诉他你的名字?多好听的名字啊……"那声音来自上空,有那么一瞬间,我觉得是上帝在说话。"是颜色,也是一种花儿。"一阵树叶的沙沙声过后,随之而来的是一堆从天而降的灰尘、树叶和碎片。

艾什下来了。他悬挂在附近的一根树枝上,工作服在胸前拉得紧紧的,手指发白,就像爪子。他在几米开外的地方着地,膝盖吸收了落地时的冲击,就好像他的一半是猫。"我从来没想到你会和一个玉人相爱。"他脸上挂着苦笑,声音听起来有点儿受伤。

见过威洛之后,我觉得艾什似乎没那么可爱了。他的鼻子似乎有点偏大,笑容有点歪,但他身上的一些东西看起来很真实。还有那双眼睛……我惊得张大了嘴巴。

"艾什!"我最后说。我知道总有一天我会遇上艾什,但罗丝直到今晚才见到他,就在瑕人茅屋里。在原作中,他当然没有从树上观察她。我不知道这两条线现在在玩什么,但纠缠了这么久之后,它们已经决定分开了。"没想到这么快就能见到你。"我说。

"艾什?"内特仍然紧紧地抱着我,但他没再跳了,"就是原作中的艾什?罗丝的小狗?"

艾什没理睬他。"我想到了。"

"他是怎么认识你的?"内特问我。

但我也没理他。

我们彼此凝视着,艾什和我——我们之间隔着尴尬的沉默,我们的嘴唇张开了,想要说话,但是不知该怎么说出来。他那暗淡的眼神让我很不舒服,我突然想对他道歉。我动了一下,像是想和他握手,但我只是颤抖着伸出一只手。我突然想起来了,和男孩子打交道时,我一直都很笨拙。我太需要那个剧本了。

我在周边视野里看到了内特。他打量着我的脸,喃喃地说:"哦,不。"他把手伸进头发,做了个鬼脸,"这不是原作。"

我一直在看艾什。这种复杂的情绪让我喉咙发胀——仅仅因为他在这里,我就感到无比快乐,还有尴尬,就好像我的四肢已经不大适合我的身体,还有骗人且被人识破时的那种内疚感。

内特看了看我,又看了看艾什。"哦不,哦不,不。"他靠着树干,好像这一切太过分了。"为什么之前我没有注意到呢?甚至他的名字都带着反乌托邦爱情的味道——艾什——就像盖尔或傅尔什么的。"他滑到地上,像个泄了气的皮球,"这会把一切都搞砸的。"

## 17

那天晚上后半夜,我在瑕人茅屋里见到了艾什——在原作里,这是他初见罗丝,对她的叛军身份以及她与威洛之间的关系毫不知情。他主动提出要她看看绳子,然后带她去摘苹果。他看上去和蔼可亲,那么天真。但这个艾什,我的艾什,看上去疑心重重,甚至有点生气。我想,不赞成瑕人与玉人靠近的还不仅仅是玉人呢。

我假装没注意到他,专心听萨斯基亚的指令。她坐在我和内特对面的松木桌子旁。我们握住热茶杯以取暖。说话的时候,她不经意地向我们吹着热气。"如果你想融入其中,晚上接下来的时间里,你需要继续做家务。有一些上夜班的瑕人选择回到城里,早上再回来,他们有家庭和责任,但是我们最好是睡在这儿,尽可能减少与卫兵的接触。"

一提到卫兵我就直打哆嗦。

萨斯基亚假装没看见。"内特,你可以修剪草坪,维奥莱特——"

艾什打断了她:"我向来都可以用一只手摘苹果。"

这让我很吃惊。从他的表情来看,我是他最不想待在一起的人。

也许我要挨骂了。

萨斯基亚耸了耸肩。"好吧,不管怎样,别对她太苛刻了,松鼠。"

我走出空气潮湿的茅屋。月亮将庄园笼罩在一层乳白色中,天空中的星星无边无际。我跟随艾什穿过围场,绕过湖边。夜色中,这个湖就像一颗巨大的猫眼石。寒气逼人,烟雾的气味终于淡去了,取而代之的是树叶和泥巴的湿气。我忍住了,没揉眼睛,因为睡眠不足而且压力巨大,我的上下眼皮直打架。

在原作里,艾什接二连三地问了罗丝好几个问题,掂量她的每一个回答,睁着一双宠物狗般的眼睛打量着她的脸。你叫什么名字?你来自城里的哪个地方?但现在,我遭遇的是尴尬的沉默。我开始希望我们能按电影剧本走,但鉴于我们之间已经有一段历史,剧本已经毫无意义了。

"为什么萨斯基亚叫你松鼠呢?"我终于问了。我当然知道答案,但我再也受不了这紧张的气氛。

他继续不停地跳着,水中的倒影像根长钉一样从他身上伸了出去。"只是个绰号罢了。"

"是的,我也猜到了,但为什么是这个绰号呢?"

终于,他看着我的眼睛,我心里泛起一阵涟漪。接着,他跑到附近一棵橡树旁,把大脚指放在一根树干上,另一只脚跳了起来。他的一只胳膊绕着树干,另一只抓住一根低矮的树枝,将自己挂起来,盆骨刚好落在大树杈上。他把双腿伸直,坐了起来,挺直了背,胳膊像尖耳朵的精灵一样合抱着。他低头看着我,笑了。他几乎没出汗。

我也笑了:"好吧,好吧,我明白了……是因为你有龅牙,对吧?"

"至少你没开玩笑说我喜欢坚果。"他用腿夹住树枝,身体向后一倒,像蝙蝠一样倒挂起来。这让他看起来很奇怪:他的头发从脸上垂了下来,脸颊在上,眼睛在下。我不禁想到老电影《蜘蛛侠》里那个倒挂时的吻。也许追随原著并非万全之策。

"你现在是在炫耀。"我说。

"也许吧。"他把手放在树枝上,让身体舒展开来,伴随着轻轻的一声,他的双脚着地了。

我们从紫藤下面穿过,进入果园。我紧张地看着我与威洛说过话的地方。我内心又升起了一种负罪感。艾什蹲下来,用拳头的侧面敲打着一个黑色立方体。一个灯泡闪了一下,亮了,就像一部启动了的旧电影放映机,一个便携式照明灯将果园照得一片惨白。他抓住一个柳条篮,一只巨大的幽影蝴蝶受了惊吓,从一根树干飞到另一根树干。

我们从附近的树上摘着苹果——落到篮子底的时候,它们发出柔软的响声,激起篮子里的灰尘,并散发出香甜的泥土芬芳。这一幕接近原作,艾什和罗丝一起摘水果,但他们之间的对话显然不同。

"奇怪啊,维奥莱特。"他的话与苹果掉落的声音交织在一起,"我把你从绞刑架上救了下来,然后你出现在我的果园里。你是在跟踪我吗?"

"不,当然不是了。"

他微微一笑。"我是在开玩笑。对于那个玉人……威洛,你几乎是在流口水。"他的睫毛忽闪忽闪的,"你看起来像是威洛——高高瘦瘦的。"他模仿我的声音,津津有味地咬着苹果皮。这个艾什可比原作里的那个艾什更俏皮。

我朝他扔了个苹果。它在树干上炸开了，汁液溅了出来，在灯光的照射下，像一颗颗玻璃珠。我说："你不能怪我，他看起来像个天使……半神。"

他把另一个苹果放在篮子里。"他离上帝还远着呢，和别的生物没什么两样，都是扭曲而虚假的。"

"我没有说他是个半神，而是看起来像个半神。"

"嗯，难道我们不浅薄吗？"树干成了隔板，挡住了他的表情，但他声音听起来很小，带着一点敌意。

我的双手拨弄着树叶，寻找着苹果。但我只找到了嫩枝。"我也控制不了自己被谁吸引啊。你自己说的，我们都是动物。"

"好吧。如果他们发现你和半神亲热，会把你那动物屁股吊起来的。"

"我们只是聊聊天而已。"

"他只用了一双眼睛就把你给脱光了。"

我终于找到了一个苹果——我差点把它拍了下来。"你嫉妒了吗？"

"当然了。"他笑着说，但我只看到了稍纵即逝的一瞥，那眼神分明就是一只无助的小狗狗。我错了，他并不反对瑕人和玉人交往，他反对的是我与某些人的交往——任何其他人。

我忍住了，没笑。"听着，艾什。我不知该说些什么。我仔细看了，他的五官也有些许不对称。"

"你和那孩子在干什么？"他突然问道。

"什么,你是说我弟弟内特吗?"

"是的,那孩子。你们在背什么台词,半神出现之前。"

"我们只是在胡闹。我们是姐弟。"

他把一只苹果在两手之间来回抛着,仿佛它是个拿不住的烫手山芋。"你们好像在排练什么,然后那个半神说了一些那孩子所说的话。"他抬起眉毛,等待着我的回答。

我不能告诉他真相,于是改变话题:"在城里的时候,你救了我和我的朋友们,我还没好好谢你。"

他拿起篮子,走向另一棵树。"没关系。总不能让他们绞死你,对吧?"

我跟着他,因为他有篮子,也因为我觉得孤独,只剩我和自己的影子。我站在他身边,看到他前臂上的一层黑色汗毛在寒冷中竖了起来。

"嗯,你救了我们的性命。谢谢你。"我说。

他的眼睛被他那浓密的睫毛盖住了。此刻,他的睫毛比平时更长,影子甚至遮住了他粉红的脸颊。他突然显得很伤心。"我无法相信你居然和一个玉人交往。要知道他们曾经那么对待我们。"

我想起了那一幕:我的脸贴着有机玻璃,看着那排纸娃娃一样的瑕人一个个应声倒下,我觉得我可能会哭。我摇着头,想把这一幕从脑海里赶走。"但这些事不是威洛干的。总不能因为他人民的罪恶而怪罪他吧。"

他抬起眼睛。他的虹膜很苍白,看起来就像探照灯里的玻璃,瞳孔则是两个强光点。"那该怪罪谁呢?你会怪谁?别人是无法奋起抵抗针对瑕人的暴行的,只有玉人。"

我多希望能把一切都告诉他啊,但这样做太冒险了。此外他可能会认为我是疯子呢。于是我稳住了声音:"也许有一天,如果他爱上一个瑕人,他会这么做的。也许他会站出来。"

"你这是什么意思?"

我意识到自己说得太多了,于是继续摘苹果,假装他那双正端详着我侧面的眼睛无法看穿我。在原作中的这个时候,罗丝编造了一些话,说她之前就在牧场工作过,两人只是闲聊。她礼貌地回答,他热切地点头,带着小狗一样的眼神。我希望我们能回到剧本,但这太难了。

"没什么,"我说,"我只是说出了自己的想法。"

"不要招致杀身之祸,好吧?"他迅速爬上树,去够更高树枝上的苹果。

我伸长脖子,抬头看着他,他往我伸出的双手里扔了两个苹果。"我尽力吧。"我撒谎说。

"我把你从一个套索里救了出来,总不能眼睁睁看着你在另一个套索里被绞死吧。"他直接往篮子里扔进一个苹果,喊道:"中了!"

在那天早上,艾什乘坐瑕人班车回家了。我看着他拖着步子爬上台阶,一副奴颜婢膝的样子,与我早些时候看到的那只松鼠判若两人。

我瘫倒在内特上方的床铺上。

他把头探过来,和我的床一样高。"与艾什相处得怎么样?"

"别胡说八道了。我想他可能会恨我。"

"不管艾什喜不喜欢你,他只是一个角色,重要的是威洛喜欢你。"

我知道内特说得没错,但对我来说,艾什喜欢我还是有些重要的。"我想是吧。"我回答道。

内特拍了拍我的胳膊。"睡个好觉,了不起的巾帼英雄,一定要打扮得漂亮点。"

内特对我这么呵护,就像个哥哥一样,我很开心。"谢谢。"我说。

他倒在了床铺上,很快我就听到了他入睡时的呼吸节奏。

白班的瑕人开始陆续抵达,他们动来动去,光线穿过布帘子,我只能一直醒着。此外,矛盾的想法和情绪在我脑子里此起彼伏:我想起了凯蒂,在钟楼里,她被一个性情古怪的独眼龙任意摆布着;我想起了爱丽丝,不知道她现在在哪里;我想起了艾什和那双冰蓝色的眼睛;我想起了爸爸,每当妈妈将他的牛奶麦片弄洒了,他都会抚摸着妈妈的手;最后,我想到了我自己,在半空中手舞足蹈,急切地寻找着地面,再也没有找到红宝石拖鞋,再也没有回家。

再过五天,我就要上绞刑架了。

我像个胎儿一样蜷缩着,想象着所有这些想法都汇聚在我脑袋旁边,渗入下边的枕头里。最后,我陷入了不踏实的睡眠,看到了扭曲的阴影,听到了尖叫。我想动,却无法动弹,好像四肢被绳子绑住了。突然,梦变了,我又能动了。我感觉很自由,好像所有的重量都从我胸口卸了下来。这是夏天——有羽扇豆和刚割下的青草的味道,有孩子们玩耍的声音,还有鸟儿的鸣叫。

这是我七岁的时候,与爱丽丝和内特站在父母的花园里。爱丽丝看起来很小,她还没穿高跟鞋,头发自然地在她脸周围打着卷。内特才四岁。他的腿上还有那可爱的圆脚踝和膝盖,背带裤淹没了他瘦小的身躯。我在吹泡泡,看着它们从魔杖里冒出来,飘到空中,完美的球体在阳光下闪闪发光。爱丽丝和内特往这边跑来,试图抓住它们。泡泡在他们手里炸开了,他们尖叫着。"再来一些,"内特叫道,"再来些泡泡,维奥莱特,再来些泡泡,求你了。"

我把魔杖指向上方,旋转出一个圆圈。泡泡高高地飘向天空,在微风的吹拂下,在佛像的顶端盘旋着。"太高啦,"爱丽丝叫道,"太高啦,维奥莱特。"但我不停地旋转,不停地吹着,他们的笑声和自由的感觉激励着我。突然,内特尖叫:"看呐!维奥莱特,看呐!"爱丽丝和我停了下来,循着他手指划出的一条看不见的线。一个泡泡在佛像顶端幸存下来,越爬越高,在花园的篱笆上,在电话线下面,在梧桐树的顶端,上下飘动着。

我们看着那个泡泡,直到它变成一个小点,飘浮在地平线上。内特转向我,他咧嘴笑着,嘴巴咧得那么大,我都能看见他所有的乳牙了:"它会去星星上面吗?"爱丽丝和我笑了:"是啊,内特,它会降落在星星上面。"就在这时,我听到了医疗器械的节奏,就像电视剧《霍尔比市》里的一样。"嘟嘟。嘟嘟。嘟嘟。"滴露消毒液和洗衣粉的味道取代了夏天的香水味。

爱丽丝转向我:"那是什么声音?"我们看着草坪,看了看花丛下方,看了看木凳后面。但我们找不到那台机器。"嘟嘟。嘟嘟。嘟嘟。"内特把头伸到我怀里:"我不喜欢这声音,维奥莱特,让它停下来。"我爬到石头上,看了看邻居家的花园,检查着我们家的窗户,但仍然没看到机器。这种自由的感觉让我越来越害怕。"嘟嘟。嘟嘟。嘟嘟。"

嘟嘟声突然变了,变成了指关节敲击木头的声音。我醒了过来,看到萨斯基亚板着脸,她的拳头正敲着我的床边。"来吧,维奥莱特。你需要在那个没用的大块头玉人面前施展你的魅力。"

我浑身是汗,脉搏在我耳朵里怦怦作响。"威洛。"我说,我的声音低沉,还带着睡意。

她皱起眉头。"是啊,我知道他的名字。"

我眨着眼睛,告诉自己这些嘟嘟嘟的声音只是萨斯基亚在不耐烦地敲我的床,或者我自己的血在身体里涌动,没有别的解释了。

# 18

　　我将一些没有味道的稀粥从喉咙里灌了下去,接着冲了个澡,我很享受这种冷水浇身的感觉——把焦虑冻住,把它变成闪闪发光的物体,我可以远离它,把它抛至身后。

　　我、萨斯基亚和内特一起向庄园走去。我感到忧心忡忡,接下来需要做的不仅仅是背诵台词和避免放屁。这时,我真的比不上罗丝的鬼魂了,因为故事的下一个部分需要体力活动。在无网篮球赛的队员选拔中,我总是最后一个被选中,这是有原因的。

　　"所以这一次,你会怎么让那个心仪的男孩注意到你呢?"萨斯基亚问我。

　　"昨天晚上,他问了我的名字。今晚我要给他看看。"

　　她扬起一道眉毛,这道眉毛刚好碰到了她额头上的黑色污渍。"给他看看,你这是什么意思呢?"

　　"我要在他窗台上放一枝玫瑰。"我回答。

　　内特从工作服里掏出一枝玫瑰花。那天晚上,他从玫瑰花园里摘下了这枝最饱满、最红艳的玫瑰。我从他手里接过玫瑰花,用手指转动着它。我们都看着萨斯基亚，等待着她激烈的反应，在原作里，她是这么对罗丝说的："真是个绝妙的主意，将他从那座该死的庄园里引诱出来。"但相反，她皱起脸，好像闻到了很糟糕的东西。也许是我放屁了。

"这也太胡扯了，"她说，"在他窗台上放枝玫瑰花？你们两个是在哪儿想出这个馊主意的？"

内特和我相视而笑。

"这样能行啊！"内特说，"你等着看就行了。"

萨斯基亚一脸的不屑："好吧，如果你问我，我会说你谎称是罗丝，这是不对的。这是对死者的不敬。"

"索恩说我应该用她的名字，"我回答，"这样我会记住她的勇敢，让我继续前进。"索恩并没有这么说过，但我希望的是，如果我用了她的名字，我会或多或少具备她的美貌和大胆。此外，如果将一堆乱七八糟的紫百合花散落在他窗台上，看上去也浪漫不起来。这是今天早些时候内特指出来的，他很敏锐。

"索恩并非总是对的，你也知道。"萨斯基亚嘟囔着，手指摩擦着她锁骨上的疤痕。

庄园就在眼前。它看起来和电影中的那座建筑很相似，庄严宏伟，两座平行的塔楼像孔雀的胸脯一样凸起。与瑕人的城市相比，它更像是一个彩绘出来的背景。它总是让我觉得玉人太古怪了，他们的技术已经如此发达，居然选择居住在这么具有古典美的环境里。我知道，庄园的外表只是一种假象，里面有所有能想象出来的未来的小玩意儿：人工智能、质子运输排水系统、模拟舱等等。但我想不明白为什么玉人们选择将瑕人的建筑进行现代化改造，而不是重新建设。现在，作为瑕人，凝望着这个美丽的乔治王时代风格的大厅，我终于想明白了。他们这样做是为了气死我们，是为了提醒我们他们赢了，他们是优越种族。他们住在楼上，我们住在楼下。他们偷走了我们美丽的乔治王时代风格的大厅。

混蛋。

我试着将这样的想法从大脑中清除。朝玉人发怒并不能帮我诱惑到威洛。相反，爬过草坪时，我只看着脚下的草。内特紧紧抓住我的手指，我闻到了烟火的味道，舌头感觉到了丝丝寒意。我们绕到后花园，离威洛的窗户越来越近。我注意到威洛房间里的灯还没开——在三楼，左边起第四个。

我们挤在一棵大橡树下，罗丝曾经不费力气地从树上跳到窗户上，胸脯里春光乍泄。我发誓这棵树更大……更不怀好意。

"所以你会爬那棵大树吗？"萨斯基亚说。

我开始把玫瑰花插到工作服前面，想象着我看上去该有多撩人。但是，我没有乳沟，玫瑰花茎蔫向一边，上面的刺像捣蛋鬼一样扎进了我的胸脯。我太不迷人了。但我勉强笑了笑，骄傲占了上风。"这能有多难呢？"如果我说了出来，那么我可能会相信。

她摇了摇头，把双手合在一起，组成马镫的形状。我把脚放了进去，抓住最低的树枝。树皮擦伤了我的手指，树枝弯曲了，但不知怎么回事，我设法把身体拉成了坐姿。我没有高过萨斯基亚的头顶，但还是不敢往下看。这令我害怕，我可能会往后一仰掉到地上去。

老实说，我并不知道我想过的事情会真的发生。我知道我不会变成罗丝,在一棵大橡树上快步如飞,我知道我不会突然被卡特尼斯附体,可以一边射箭一边飞到树梢。但我没想到的是我的上半身会如此乏力。我深呼吸几下,脑子里想着凯蒂、爱丽丝和内特。我必须这么做。我必须完成这个故事我们才能回家。

我小心翼翼地站着,像考拉一样紧紧地抱着树干,双脚在树枝上叉开。另一根树枝在树干的另一侧。我连蹦带跳地穿了过去,跨在两根树枝之间,敏锐地意识到我的身体和地面之间只有空气和树木。

"这需要一整个晚上。"萨斯基亚说。我能听到她话里的幸灾乐祸。

我的手指滑过树皮,当我最后冒险向下看时,我有了眩晕的感觉。但当我抬头,我只看到树枝、树叶和嫩枝,而那扇窗户似乎遥不可及。于是我终于说出了我一直在逃避的那句话:"有人能找到艾什吗?"

"艾什?"萨斯基亚说,"他不是这个任务的成员,你知道吗?他会问个不停,如果消息传出去,你知道……"她压低了声音,"叛军就不安全了。我的意思是,并不是所有的瑕人都值得信赖。"

"好吧,要么让艾什过来,要么让我的胳膊断掉。"我有些歇斯底里地说。

我听见内特正在下面恳求:"是的,拜托了,萨斯基亚。艾什不会告诉任何人的。他太喜欢维奥莱特了。"

我听到了萨斯基亚不情愿的叹息。当我向下看,刚好看见内特一闪而过。

艾什过来的时候,我已经回到了第一根树枝上,正抱着树干。

他从城里回来了,我真是松了口气,如果他乘坐的班车再晚一点我就完蛋了。我向下瞥了一眼,看到了他那咧着大嘴的笑容。黄昏时分,我只能看到这些。

"你在上面玩得开心吗?"他无法掩饰声音里的笑意。

"是啊,这里太棒了……景色美极了……很多树皮。"

他攀上对面的树枝时,我感觉这棵树颤抖了一下。我看不见他,但他的手盖住我的手时,我感觉到了他的温暖。我突然觉得很安全了。他把脑袋探到树干上,微笑着。他脸上的同情驱散了我的所有疑虑:我可以寻求他的帮助。

"你还好吗?"他问道。

我摇头。

他笑了:"如果你还是个初学者,应该一次只松开一条腿或一只手。明白了吗?"

我点头。

"在把重心放在上面之前,一定要先试一试。因为如果你想攀爬的树枝很瘦弱,你只有一个结果。"

"这确实很有帮助,但我希望……"

"我替你爬吗?"他问道。

"是的。"

"那我为什么要爬这棵树呢?"

我冒险松开一只手,把玫瑰从工作服里取了出来。它看起来更像一条枯萎的海带了。

他将玫瑰拿了过去,皱起眉头:"你想让我把一枝玫瑰花放在……到底放在哪里啊?"他抬起头,一定要弄个明白,因为他以一声"啊"结尾。

"三楼,左边起第四个。"

"我为什么要帮你呢……不管这是什么……愚蠢的想法。"

我不知该说什么,只是盯着他的脸——在夜里,他眼里的蓝色荡然无存——做出一个口型:求你了。

"好吧,好吧,别睁着那双棕色的大眼睛盯着我。"他说。

接下来的事我是知道的,他的脚消失在树叶中,就好像他被天空抽走了。树叶和树皮雨点般地落在我身上,我不得不低下头,防止碎片落入嘴巴和眼睛里。

几分钟后,他身轻如燕,带着我回到地面。

内特拍拍他的后背,就像他们是最好的朋友:"谢谢啦,伙计。"

萨斯基亚看似有点生气。"好吧,希望这样行得通。"她跺着脚,离开庄园,穿过草地,把内特一起拖走了。

我正要转身跟上去,但艾什抓住了我的胳膊,在我耳边低语着:"你知道萨斯基亚名声不好吗?有传言说她和马修是……叛军。"他的呼吸就像热水。

"那名声很糟糕吗?"

"也不是。不过,如果你被他们发现卷入了叛军的阴谋,你可能会上绞刑架。你觉得上绞刑架怎么样?好像你很想上去似的。"

我不敢告诉他:他是对的。我不敢说出这些话,这太可怕了。我握着他的手。在我的掌心里,他的手就像一块滚烫的石头,很重,上面撒满了碎叶。"谢谢你帮我,艾什。你真够朋友。"

"我是个十足的白痴。"他有些伤感,睫毛盖住了他在夜晚有些发白的眼睛,但他没有把手移开。我们在橡树树荫下站了会儿,彼此都欲言又止。

威洛房间里的灯亮了。灯光穿过树叶,在我们的皮肤上留下斑驳的阴影,也表明此时我们离安全还很遥远,这是尖锐的现实。我们的手分开了。我们跑出庄园,走进黑暗的树林。我知道,在我身后的某个地方,威洛刚发现我的假名。

## 19

  我再次来到果园里的同一棵李子树下,等待着威洛。天正下着毛毛雨,在黑暗中几乎看不见,但我感觉到它打湿了我的鼻子和眼睑,树叶并没有给我们挡雨。内特和我决定这次让我单独见威洛——在这个场景里,内特要做很多动作才能一直藏着。但他几分钟前和我排练过一遍,让我记住台词,记住什么时候该说什么。他那小小的身体转向马厩,两只手在后背上下摸索,装出和人亲吻的样子,想到这些我就忍不住笑了。"哦,威洛……"他用了蹩脚的女生腔调,我发誓,他这样听起来一点也不像我。
  我靠在李子树上,尽量让身材显得苗条性感,但我肚子里的神经在颤动,我必须克制住自己,四肢不能动弹。今晚是初吻场景,浪漫得一塌糊涂。我应该感到激动才对啊,但我只是觉得害怕。如果他不吻我怎么办呢?甚至还有更糟糕的,如果他吻了我后呕吐了,那该怎么办?不安全感就像肥大的昆虫一样在我的周边视野里盘旋着,嗡嗡叫着。很快,我在脑子里重新过了一遍台词,这些台词引出了第一个完美的吻。

威洛:"我以前从没见过像你这样的人。"

罗丝:"瑕人,你是这个意思吗?"

威洛:"不,你是这么自由的人。"

罗丝:"我不自由。我是个奴隶。准确地说,是你父亲的奴隶。"

威洛:"我知道,对不起,我不是那个意思……只是,我不知道,这么说可能听起来很愚蠢,但我希望我能更像你。"

罗丝(双手捧着他的脸):"你可以的。"

然后他吻了她。

激情。令人心碎。完美。

但事实是,我和内特三天共用一支发霉的牙刷,嘴巴里甚至有脚臭味。

还没有见到威洛我就听到了他的脚步声,快而不急。我的脉搏加速,脚臭味越来越浓。他穿过拱门,看上去比平时更英俊,月光照射着他精致的五官。他看到了我,笑了,用玫瑰花瓣蹭着自己的脸颊。接着,和预料中的一样,他说出了他的开场白:"罗丝……你看起来像朵玫瑰。"

我的手指在颤抖,但我忍住了,我必须保持冷静,必须让我的话原汁原味。"玫瑰看上去是什么样的呢?"

他笑了:"很多刺。"他穿过果园,和我并排坐在李子树下。我把手放在屁股下,坐在上面,这样它们就不会乱动了。我端详着他的侧面,他长得如此完美,就像儿童电影中用电脑特效制作出来的王子。我咬着下唇,突然间,我意识到工作服下面的胸口越来越烫。

他凝视着星空,睫毛轻轻地闪动着。"我喜欢晚上的庄园。"

"我只有在晚上才能看到它。"

他转过身,面对着我,他的皮肤已经沾上了雨露。"所以你白天睡觉,对吗?"

"主要是用来睡觉。"

他精致的脸上掠过一丝困惑的神色。"你是在庄园里睡觉,还是坐那辆破旧的大车回到城里?"

我笑了,开玩笑地拍着他的肩膀,就像原作里一样。这样感觉有点暧昧,有点异样,但我说了相同的台词:"破旧的大车?你是说班车吗?"

"它就是这个名字吗?"

"你太受优待了。"

"我还认为你要找的词是无知呢。"

我们彼此凝视着。他目光的力量差点让我忘了下一句台词。"我通常睡在庄园里。我没有家可回,而且我尽量避免过境——卫兵可能会有点粗鲁。"

他摸了摸我的胳膊:"他们有没伤害过你?"

我想起了有机玻璃屏和那双青灰色的眼睛。我知道我应该按照剧本回答一句"还没有啦",就像罗丝那样,但我感觉愤怒就如某种黑暗邪恶的东西在我体内涌动,我无法阻止下面这些话从嗓子里蹦出来:"如果你想偷偷溜进牧场,卫兵一看到你就会开枪,你知道吗?他们会把你和其他人排成一排,然后把你们打死,在他们眼里你什么都不是。"我不敢相信我会说出这些。我已经偏离原作了,冒了太多风险。

他看似有点吃惊:"但他们需要阻止瑕人中的流氓越过边界啊。"

莫非,威洛知道净化楼?他知道,但他什么都没做?按照剧本来吧,维奥莱特,我想。但我的愤怒达到了新的高度,变成了暴怒,我无法阻止这些话从嘴里涌出——滚烫而热切。"你知道这件事?你知道,但你并没有想要阻止?"我知道我应该回到剧本上来,我知道我应该专注于回家这一最终结果,但我就是无法把纸娃娃串从脑海里抹去。他们就像用过的宽幅报纸,散落在地。我抖了一下胳膊,他的手松开了。

现在,他看起来应该生气了。"听着,罗丝,直到我遇见你……我从没想过这件事……一直以来都是这样的。"

"并非总是如此。"我厉声说。

他突然看起来很泄气。他垂着头,把那枝玫瑰放在膝盖上。"对不起。当然了,你说得对。"

我看着他温柔的眼睛,他诚挚的眼神让我怒气全消。我需要让场景回到正轨。我深吸一口气。根据原作,我站了起来。"来吧,我讨厌这该死的果园。"

我开始在树林中奔跑,一边奔跑一边用手拍打树枝。在电影中,罗丝自由而奔放,但我认为自己看上去一定是笨手笨脚。一根树枝在我的脸上掠过。幸好,威洛发现了这滑稽的一幕,他的笑声刺激了我继续前进。

到了果园尽头,我们冲到月光下银色的草坪上。他已经冲在前面,目标是远处的大门。我一心想着缩小与他之间的距离,低着头,抖着胳膊,抽着腿,气喘吁吁,感觉太刺激了。地面下陷了,我想我可能滑了一下，但我稳住身子继续往上爬。我向上瞥了一眼，发现距离正在缩小。我看见他脖子后面有一小撮羽毛。我伸出手，感受到了指尖下他身体的热度。但他一定是感觉到了我，并带着我向前。我的手在半空中垂着。

我们冲进大门，笑着，喘着气。在我们的冲撞之下，木门呻吟着，像个跳板一样把我们推回去。他的笑很迷人。

"你跑得真快。"我的手按在膝盖上，喘着气。

"玉人都快。"

我的头发向前下垂，工作服向后滑落，露出我脊柱的上结节。我的脖子感觉到了夜晚的凉爽空气，就像小说里写的一样。

他用一根手指逐个抚摸着我脖子上纹的数字，呼吸渐渐慢了下来。我的皮肤下面泛起一阵涟漪，就像湖里的同心圆。

"这是什么意思？"他终于开口问了。

我轻松地背着我的台词。"第一个数字是城市。7意味着我住在伦敦。接下来的两个数字表示的是我工作的庄园，所有在这里工作的瑕人都是以753开头的。"

"那811呢？"

"这是我的编号。第811个在庄园里工作的瑕人。"我微笑，"他们知道怎么让一个女孩觉得自己很特别。"

他把手掌按在我脖子上，把数字挡住。我吸收了他皮肤里的湿热。威洛在抚摸我的脖子。我感到一阵激动。

"这只是墨水，"他说，"一组数字而已，它只代表字面意思。"

我们相视而笑。接着，按照剧本，我轻轻地推了他一下。"我们逗留的时间够长的了,玉人。"

我记得罗丝轻而易举就跨过了大门,但我怀疑自己会摔个狗啃泥,于是我还是爬了过去。为了看起来精力充沛、勇敢无畏,我已经尽了最大努力,但我的靴子在泥泞中嘎吱作响,我觉得自己像个骗子。我又开始跑了,希望我能够领先,确保我们能在马厩那儿停下来。

"这不公平,"他在我身后喊道,"我不像你那么了解庄园。"

"你是超人。"我回过头喊道。

看到马厩,我感觉松了口气,然后很快意识到那一刻就要来了——他要吻我了。我命令自己集中注意力。我离成功很近了。我从马厩的一侧滑了下去,猪草和荆棘缠上了我的脚踝,把我绊了一跤,我撞到了木头上。他跟跟跄跄地跟着我,我们都咯咯地笑了起来,把马吵醒了。

我爬到马厩后面,靠在木板上,总算可以歇口气了。经过这么一番折腾,我的胸脯上下起伏着。小马驹和马鬃的气味与我们的汗水味混合在一起。他斜靠在我身边,还在傻笑着,脚踝上还沾着一根猪草。我能感觉到他胳膊上的肌腱在推我的工作服。离初吻只有几分钟了。我突然感觉我的嘴巴里好像塞满了鞋盒,真是臭死了。天呐,我想要块薄荷糖……

他转向我,把我的头发从脸上拨开。但是有一缕头发还在我嘴巴里,将我的嘴唇拉向一边。"啊。"我喃喃地说。

但他只是笑了笑:"我从没见过像你这样的人。"

我花了点时间打量他的五官。每个部位都恰到好处。离得这么近,我可以看见他的毛孔和皮肤上细小的毛发。

我把头发从嘴里拨出来。"瑕人,你是这个意思吗?"

"不,你是这么自由的人。"

他抚弄着我的耳背,我不由自主地转向他的手。他的手摸起来是那么大,那么结实,贴在我脸颊上。威洛在摸我的耳朵。我盯着他那完美的弓形上唇。"我不自由。我是个奴隶。准确地说,是你父亲的奴隶。"

他的手垂到身体的一侧,羞愧难当。"我知道,对不起,我不是那个意思……只是,我不知道,我这么说可能听起来很愚蠢,但我希望我能更像你。"

那一刻就要来了。他就要吻我了。我把他那完美无瑕的脸捧在手心,强迫他的眼睛看着我的。我想我的心脏可能已经停止了跳动,变成了沙砾。但我信心十足地说出了我的台词:"你可以的。"

他盯着我看了一会儿。我期待着他的行动,期待着他的嘴唇对着我的。我的气管突然颤抖了,感觉我好像刚从暴风雪中回来,皮肤既热又冷。我闭上了眼睛。那一刻就要来了。

但他一动不动,那个吻始终没来。

相反,他说:"明天是我的成年舞会。"

他直接跳向台词,一定是忘记了亲吻这件事。我的心脏开始跳动,大脑里充斥着不安:是因为我的呼吸有异味吗?是我的头发太乱了吗?还是因为我脱离了脚本、谈到了净化楼?也许只是因为我没那么好吧。

但我继续说我的台词:"是吗?"

也许我应该吻他？但如果他不想让我亲吻呢？他太高了，我可能够不着，只能亲他的下巴。"够不着""亲下巴"，这几个词充满我的脑海，是那么棱角分明，那么尖锐。

但他只是笑了笑，全然没察觉我内心的骚动。"你会去当招待员吗？"

"好啊。"

"我可能会和本地的每一个名流都跳个舞，但我要把最后一支舞留给你。"

"希望如此。"我答道。我自动地按照剧本回复他，内心却在狠狠地咒骂他。

"我该回去了。"他说。

我发现自己还捧着他的脸。我想松开手，却又不想让他注意到。但我的手掌仿佛粘在了他的下巴上。"那好吧。"

"明天我会见到你吗？"他露出灿烂的微笑。

"我会穿我的舞鞋。"

他亲了我的脸颊，是脸颊。然后他离开了。

## 20

我回到茅屋,垂头丧气。我最大的恐惧得到了证实。我对男人还是不要抱任何希望。即使有剧本,即使没有我那两个所谓一辈子的好朋友的碾压,我对男人也已经绝望了。

内特看了我一眼:"他没有吻你,是吗?"

我摇头。

"为什么呢?"他说,"你没有流口水,没有放屁,也没有挖鼻孔,是吧?因为我警告过你不要那样。"

我不敢告诉他我偏离剧本了,冒了那么大的风险,因为我失去了冷静。我只是露出一脸的尴尬和羞愧。我一头倒在我的床上。"我猜他根本没觉得我有罗丝那么迷人。"

内特一巴掌拍在自己的前额上。"维奥莱特,现在是周一晚上。周四晚上,威洛必须宣布他对你的爱是永恒的,并跟着你去城里。你还有三天时间。如果你不能让他爱上你,我们就会被困在这里……被当作瑕人,在这样一个瑕人连草芥都不如的世界。你是知道的,对吗?"

"我知道。"我呵斥着他。如果我不能让威洛爱上我，我们会被困在这里。如果我得到了威洛的爱，我会在一根绳子上了此一生。我想我快要哭了，"别再逼我了，好吗？我觉得我快要崩溃了。"我突然盼望着凯蒂出现，听着她以温和的利物浦口音告诉我一切都会好起来。

内特坐在我旁边："但威洛说了和你跳最后一支舞的事了吗？"

"是啊。我还说了那句俗气的台词，关于舞鞋的。"

"好吧，那就是我们回到正轨的时候。"内特笑了，好像他又是哥哥一样，"别担心，姐姐。不管怎么说，这个初吻的场面很糟糕。在马厩后面？拜托啊，莎莉，你到底有没有搞清楚啊。"

艾什进入茅屋。他看上去很累，蓝色的眼睛不知怎么地变暗了，皮肤几乎是灰色的。但是看到我的时候，他脸上的疲劳消失了，脸上绽放出灿烂的笑容。"又要辛勤劳动一个晚上了，你准备好了吗？"他问道。

我的腿在铺位旁边摇摆着，几根稻草掉落在地上。"永远准备着。"

"我也去。"内特说。

艾什的脸一沉，笑容不见了。但我可以断定他声音里的坚定并不是要和谁争论："对不起，伙计。这是两个人的工作。"

"是的，我敢打赌它是的。"内特说。

当我从床上下来的时候，我故意用靴子的后跟碰了碰内特。

和艾什一起走进夜色的感觉真好。在原作里，罗丝和艾什一起度过了好几个晚上，在庄园里一起工作。但这些场景大部分都是小说中提到的，从未被拍进电影，所以即使我想要，也没有剧本。令人吃惊的是，想到这一点，我感到如释重负，我不必一字一句地说正确的事情，也不必站在正确的立场上。

　　我们绕过茅屋后侧，进入草地。没有了花粉的浓烈香气，空气似乎变得更轻盈、更清新了。

　　"你为什么不睡在庄园里，和我们其余的人一起睡在茅屋里？"我问，"为什么你每天都要回到城里？"我记得威洛把瑕人班车称为"破旧的大车"，我畏缩了。

　　"那是我的家。"他将一枚小冷杉果踢开，它撞在一堵低矮的石墙上，又弹开了。

　　"但它也太脏、太不干净了。"

　　"是的，我知道。那是我家人住的地方。"

　　再也没有比家更好的地方。我的肚子疼得厉害。"过境时，你遇到过什么麻烦吗？"

　　他耸了耸肩："是的。有一次我想偷偷带些东西给妈婆。被卫兵发现了。"

　　我端详着他的侧面，在月光下，他几乎是银色的。"发生了什么事？"

　　"他们拿走了那些东西，还把我打晕了。"

　　我的膝盖好像卡住了。我转过身去，面对着他。"那你没事吧？"

　　他揉着我的上臂，好像需要安慰的那个人是我。"是啊。很幸运我晕过去了。他们没有开枪打我。醒来后，我设法爬回了家。"

　　"太可怕了。"我感到愤怒像波浪一样汹涌而来。

　　"那是个玉人。"

我想起威洛，想起他那完美的嘴巴说的那句可恶的话：一直以来都是这样的。我开始感到内疚了，在马厩后面，我竟然想要吻他。

"那你呢？"艾什问道。

"是啊。我也差不多，但是那个同情者干涉了。"我感觉我的脸颊一片通红，赶紧把双臂在胸前交叉起来。

"对不起。"他说。

"谢谢。那些东西是干什么用的呢？"

"只是一些必需品——消毒剂、绷带啊什么的，给妈婆的。"

"你帮过她吗？"

"你是说接生孩子吗？"

我点了点头。接生孩子。他说得这件事好像很简单、很干净，就好像邮递员来了，递过来一个额头上刚打上印记的婴儿。但是妈婆没有药物，没有消毒剂或设备。我敢打赌，这样接生太可怕了。

"是的，有时候我会帮忙。我通常只给她一块湿布，把脏东西清理干净，也就是出出力。"

"你一定看到了一些非常可怕的东西吧。"

他笑了："我有告诉过你我的名字是怎么来的吗？"

我摇了摇头。更多的背景故事，金并没有写，但我感觉这不像是个背景故事，而更像是真实发生过的。我非常想知道。

他凝视着月亮，仿佛在努力回忆："妈婆生下我之前，痛了好几个小时。助产士是街对面的一位老太太，她唱着一首童谣让妈婆镇定下来。你听过那首《数蓟歌》吗？"

"没有。"

"真的吗?你小时候没有跟着它跳过吗?"
"从来没有啊。"
他开始押韵地唱道:

数蓟花,1,2,3,
瑕人很快就要自由了。
数蓟花,4,5,6,
拿起你的枪、石头和棍棒。
榛树从绿变红,
春天已经走了,夏天也将逝去。

他看上去有点尴尬:"不管怎么说,我还是出来了,脖子上缠着带子,没有呼吸。妈婆以为我死了,但那个助产士解开带子,拍了拍我的后背。她不停地唱歌。妈婆说,当她唱到榛树这个词时,我有了第一个微弱的呼吸。所以她决心成为一名助产士——老太太去世后,她接替了她。"

这故事让我有点伤感。我想到艾什差点就再也没有呼吸,我想到了老助产士和妈婆,她们毕生致力于帮助瑕人母亲和婴儿,没有别的原因,只因为仁慈。

艾什咧嘴笑了,在黑暗中,他的牙齿发亮。"我没有说别的词,只说了那一个,是不是很棒?否则我就要用很愚蠢的名字了,比如傅尔或者什么的。"

我真希望此刻内特也在,他肯定会笑死。

我们绕着墙的尽头转了一圈,走进一块大菜地。这里有一排种植床和巨大的水果笼,比我家里的客厅还要大。

"这么说,你晚上是奴隶,白天是助产士。那你什么时候睡觉呢?"我问。

他笑了:"夜里,我是奴隶,白天又要做苦工。我从不睡觉。来吧,你负责黑加仑。"他指了指堆在笼子旁边的几个木质扁篮。"我去看看豌豆。"

我们不能一起工作,我不禁有点失望。

摘了几个小时的果子后,我的大腿有些疼痛,手指抽筋,眼睛开始刺痛。我真的,真的很想念太阳。在黑暗中寻找浆果真的很难,即使艾什给了我手电筒。这份工作的唯一好处就是黑加仑在我嘴里裂开时会发出浓烈的气味。我已经吃腻了苹果和过期的面包。

艾什帮我将扁篮放在一辆手推车上,笑了:"拜托,坦白地说,你吃了多少?"

我哈哈大笑。"可能比我摘的还多。"我用沾满汁液的手指拿起一串给他看,"尝尝吧,很不错。"

"不。这小玩意儿有点可怕。要不你以为我为什么会选择摘豌豆呢?"

他把手推车停在笼子后面,向我招手,让我跟着他。我们爬过一道篱笆,我第一次注意到了一间木头棚子,有花园棚子那么大,但没有窗户,还有一扇小方门,像个大猫洞。

"里面是什么?"我问。

"我们去看看。"他趴倒在地,向猫洞爬去。

我也照做，一边匍匐前进，一边傻笑着："艾什？我们在干什么啊？"我们看上去一定蠢死了。

"你想吃点可口的吗？"

"太想啦。"

"那就来一顿早餐吧。"

他推开门走了进去。我听到一根火柴发出了柔和的嗡嗡声，门上的缝隙也透出微弱的光。他为我打开门帘。在灯光下，他的脸色柔和，呈现琥珀色。我从缝隙和他的腋窝下钻了进去。我开始大笑起来。

"嘘。"艾什指着一排正在睡觉的鸡。它们栖息在高处，显得那么安详，蓬松的羽毛闪闪发光。

我继续往鸡笼里挤，手和膝盖挤在了粪便上。不知何故，木馏油的味道和温暖的羽毛让我觉得很安全。我试着把腿缩到身体下面，但胳膊使不上劲，我的脸埋在了稻草里。艾什帮我抬起头，笑得发抖，经过这一番折腾，他的脸颊通红，样子十分可爱。

"滚开。"我低声说，将稻草吹了出来。

他从我的头发上扯下一缕。"你的早餐准备好了。"

"难道我们不会被抓住吗？"

"不可能，玉人从不冒险到离庄园这么远的地方来。"

很快，我捡到了几个鸡蛋，在我手中，它们光滑温暖。我把鸡蛋递给艾什，他放到鸡笼外面。他转过身来，点了点头。他也捡了足够多了。他准备爬出去，这时我的肚子咕噜咕噜叫了起来。

他把一根手指放在嘴唇上，站在那里，面对着我。他低声说："不要惊醒它们,这很重要。"

"为什么?"我问道。

"因为如果你把它们吵醒了,就会这样。"在没有任何预兆的情况下,他弓起背,把胳膊变成翅膀,伸出下巴。他大声地叫着,我真担心他会把整座庄园都吵醒。母鸡们尖叫了,翅膀啪啪作响,彼此碰撞着。我也一边放声尖叫,一边哈哈大笑,用手挡着脸。

但他把我的胳膊紧紧地按在身体的两侧,叫道:"不要错过这么好玩的事啊,维奥莱特。"

我们一动不动,被翅膀和羽毛包围着。在这混乱嘈杂的时刻,我对自己说,这会是个不错的初吻场景。

## 21

我们把所有的鸡蛋都吃了——鸡蛋是在篝火上摊熟的,然后在草地上的一棵银色桦树下睡着了。我梦到了羽毛、蓟花、碎叶和撞裂的苹果。空中到处都是闪闪发光的斑点,沾着我的嘴唇,我呼吸困难。斑点变成了泡沫,海水泡沫,我突然意识到我在水下。我往下看,看到我身体上长出了一条鱼尾巴,就像本来就有。我张开嘴想要尖叫,但我没了舌头,我没了声音。凯蒂在我对面上下摇摆,她还穿着黑色的紧身连衣裤,红头发绕着她的脸,就像狮子的鬣毛。

她笑了:"你必须赢得王子的心,维奥莱特,否则我们会变成海里的泡沫。"

我张开嘴,想告诉她我不知道该怎么做,但是一堆泡沫出现了,像呕吐物一样从我胸口喷涌而出。

我惊醒了。我以为我会哭,但是梦褪去了,我只记得大概,只有凯蒂、水和一种势不可挡的威胁感。我看了看艾什。他看起来很平静,长长的睫毛忽闪忽闪地,那个梦彻底消失了。

我用手背碰了碰着他的脸颊。他是如此温暖、柔软而真实。我们在睡梦中几乎没有接触,但是现在我们一起蜷缩着,裹在自己的体温里,我们的胸脯起伏完全同步。我注意到我们的身体彼此吻合,这是到这儿以来我第一次感觉到平静。

太阳开始暗淡了;我这才发现我们睡了大半天。这意味着四天内我就要上绞刑架,也意味着舞会很快就要开始了。想到这里,我再也无法平静。我坐起来,用肩膀碰了碰艾什,恐慌地想要张开嘴。不知何故,当我喊出下面的话时,我的舌头突然自由了:"该死!舞会!"

我们一路跑回茅屋,依旧睡眼惺忪。

"你们去哪儿了?"我们推门的时候,内特问。

萨斯基亚的目光在我和艾什之间来回晃了晃,她脸上疑云密布。"过来,来床头。我们需要让你准备好。"

她用一块粗布洗了洗我的脸,从我头发里拔出残留的稻草。我希望她以为那是床铺上的稻草,但我这么气喘吁吁的样子肯定骗不了任何人。

她在我脸颊上抹了些腮红,把我的头发盘成一个蓬松的发髻。艾什看着我,脸上浮出略带羞涩的笑容。"你看起来很漂亮,维奥莱特。"

这和原作里的相应:罗丝出发去舞会之前艾什说了同样的话。但真正的艾什——我的艾什——听起来更自信,没原作里那么可怜。

萨斯基亚和内特都盯着他。

"是啊,她是自由的。明白了吗?"萨斯基亚说。

艾什耸了耸肩:"谁也无法阻止她那么好看。"

我努力掩盖住嘴角的微笑。

我在派对开始前的一个小时到达舞厅。我记得威洛称之为成年舞会，可能是为了不伤害我的感情，但舞会的真实名称是绞刑架舞会，是初次登上社交舞台的玉人跳第一场绞刑架之舞之前为他们举办的。这也是对瑕人的另一种嘲笑。我咬紧牙关。

我抛除了这些杂念，因为我要专心完成故事接下来的部分，要确保这两条线紧密地交织在一起。我需要做的就是在舞会上当招待员，一整晚都热切地盯着威洛，客人离开的时候再驻足不前。然后，我开始出演我最喜欢的一个场景。威洛和罗丝在寂寥的舞厅跳着舞，没有音乐。罗丝给他的花被他别在胸前。太美妙了。这可比在马厩后面好多了。希望这是我们初吻的场景。

我扫视四周，这是我最喜欢的布景。双开门通向一道弧形楼梯，再往前是大理石地板——一个巨大的、抛光的冰场。它看起来更像是个童话故事，而不是一部反乌托邦小说，它远非一座瑕人城市，而是具有梦幻般的特质。淡紫色的墙壁通向白色的圆顶天花板。一簇枝形吊灯形成一朵花的形状，几片较小的花瓣从中心绽放。而电影根本无法捕捉到的是到处都有反光——水晶、大理石地板、银器。如果那个管事的瑕人，那个挂着一撇小胡子的大块头中年男人没有在楼梯那儿厉声说着"把它移开，新来的，你要上酒呢"，我想我会怔怔地站在那里一动也不动的。

瑕人们各忙各的事，布置花卉，装点舞厅。他们饿着肚子，只能眼巴巴地看着食物，我感到肚子里咕哝了一声，大概是为他们感到同情。我们比平常看起来伶俐，穿着特殊场合下正式的灰色西装。

我应该感觉自己是个男人，但那句话一遍又一遍在我脑海里出现：你看起来真漂亮，维奥莱特。我要把这句话藏起来，我现在需要回到原作，回到正轨，此刻我不需要想起艾什。但这句话总是在不经意间蹦出来。

我把香槟酒杯放在托盘上，白色的正规手套能阻止我这瑕人之手的玷污。

"注意了。"小胡子男人喊道。

我们排成整齐的一列，低着头，将戴着手套的手紧扣在面前。弦乐四重奏开始演奏了，我尽量不去看他们那优雅的手指在琴弦上上下拨弄。我想起了凯蒂，当她把弓放在大提琴的琴弦上，她的头发会从脸上垂下。与这些经过修饰、整齐划一的玉人相比，她那张因为专注而沉下的脸虽然并不完美，却更加生动和美丽。

客人们到了。女士们看起来像游行的迪士尼公主，男士们都穿着量身定做的西装。上饮料的时候，我尽量不让别人看到我，避免目光接触。这是一项需要我全力以赴才能完成的艰巨任务。

"哦，霍华德！看。"一个玉人叫了起来。她长得像亚洲人，一头乌黑的秀发，嘴唇红嘟嘟的。我记得原作中的这个场景：两个傲慢得不可救药的玉人大声地谈论着罗丝，就好像她听不见似的。霍华德·斯通伯克——玉人总统的侄子和他老婆。至少这意味着原作在带着我们前进，尽管我很想打他们的脸。"这个瑕人还算漂亮。"她那修剪整齐的指甲指着我的脸。

霍华德笑了，他那金色鬈发在脸上晃来晃去。"哦，是的。她是新来的，亲爱的，新来的。"

"拍张照片吧。"她站在我旁边，微笑着，浓烈的香气扑鼻而来。

"亲爱的，不要站得离瑕人这么近。他们今晚是擦洗过了，但还是……你知道的……还是脏。"他加大了声音，想让更多人听到，"作为总统唯一的侄子，我们必须遵守标准。"

的确标准！我知道，在原作中，霍华德经常光顾妓院。瑕人妓院。我看着我的靴子，这样他们就不会看到我在偷笑。

斯通伯克太太走开了。"没错，亲爱的，是香槟让我有点头晕了。"但她还是拿起了另一个杯子，她鲜红色的指甲敲打着杯脚。他们匆匆离去，哈哈大笑着。我强迫自己做出无动于衷的表情，想象着在他们的杯子里吐痰——这让我振奋不已。

不久，房间里便充满了音乐和笑声，空气中弥漫着香水和香槟的味道。我继续在人群中穿梭着，经过他们在大理石上的倒影。我举着一托盘的玻璃杯，强令胳膊不要颤抖。

一个低沉、洪亮的声音打断了人们的谈话和小提琴声。这个人一定是杰里米·哈珀。我冒险看了一眼，意识到所有人的目光都对准了他。他看上去很像威洛，但没有温暖，也不柔软。他看上去像还不到三十岁，但眼睛周围的皮肤看上去太紧了点，又有点太亮了，我怀疑是外科手术延缓了衰老。即便是基因增强技术也不能完全阻止衰老。"谢谢你们参加我儿子的绞刑架舞会。在过去十八年的美好岁月里，我们见证了他成长为今天的他。下周，他将参加他的第一场绞刑架之舞。现在……"他戏剧性地停顿了一下。鼓声越来越大，让人想起绞刑架之舞的死亡倒计时。尽管天气很热，我还是不寒而栗，"……该他跳他自己的绞刑架之舞了。所以，让我们尽情狂欢吧。"

他假装用绳子套住脖子，伸出舌头，翻着眼睛。人群大笑起来。小说看到这里时我很生气，看电影时也是这样，但现在我感觉到了一股怒火，一种不公平的感觉像有毒的气体一样在我胸腔里膨胀。我注意到托盘上的香槟杯轻轻地颤动了一下。我看了一眼其他的瑕人，面对自己的痛苦被公开嘲笑，他们隐藏起了黑暗和扭曲的表情，想必是经过了多年的训练吧。

音乐声越来越大，威洛在楼梯顶部出现了。他看起来非常漂亮——头发吹到一侧，在枝形吊灯的亮光下，皮肤显得更温暖。他穿着一身海军服，与他铜色的眼睛形成了鲜明对比。我试着释放了一些愤怒，期待着他的目光与我的相遇，想看到他那孩子般害羞的微笑。但有件事错得太离谱。我的心怦怦直跳。在他的翻领上，我的玫瑰花不见了，而且他旁边站着一位同样相貌惊人的玉人姑娘。哦，天呐，在原作中他是独自参加舞会的。我感觉托盘倾斜了，一些香槟从杯子中溢了出来。我试着拿稳，尽量让自己在恐慌的迷雾中保持专注。

这个神秘的玉人姑娘是谁呢？

她穿着一件飘逸的绿色连衣裙，是大雨过后树木的绿色，戴着一个简单的头饰，与她金色的头发相配。她那釉色的皮肤与威洛的肤色相近，很难判断出他们的手是从哪儿开始分开的。有那么一会儿，我差点笑了，想到自己以为他想要的是我。他当然想要这个美丽的蜂蜜色娃娃了——每个肯恩都需要一个芭比。他们同步走下楼梯，她笑得宛若走向圣坛的新娘。

他们的脚恰好在同一时刻触地，然后，他把她带到屋子中央的大吊灯下。他们开始跳起了华尔兹,人群同时发出一声惊叹。我能感觉到我的胸膛上汗水淋漓,空气越来越闷热。我怎么能和她竞争呢?

玉人们开始结队跳华尔兹。他们围住了威洛和他的神秘舞伴,挡住了我的视线。我一动不动地站着,尽量不让托盘掉落。现在,不盯着别人看的规则约束不了我,但似乎没人注意到。在那闪闪发光的衣服和完美无瑕的肌肤之间,我看到威洛在笑。

华尔兹舞曲结束了,那个"芭比"朝着我的方向走过来。我凝视着她在大理石上的倒影,不知羞愧地希望自己是她。她走得更近了,我继续避开她的眼睛,绝不敢偷瞄她一眼。我决定等她经过,这样她就不会注意到一个奴隶在端详她的脸了。但她似乎在径直向我走来。我轻轻举起托盘,衣服下面的心脏正在颤抖。她手握着一只香槟杯,长长的指甲光滑而完美,我飞快地瞥了她一眼。让我意外的是,她居然对我笑了。

她说话的时候我才认出了她。"你得试试这个,维奥,比蓝布里尼好多了。"她喝下一大口,咳嗽了一下。

"爱丽丝!"知道她没事,我觉得松了一大口气,"爱丽丝,你来这儿干什么?"

"嘘,不能让人看见我在和流民说话。"她眨着眼,睫毛不安地抖动着。她朝出口那儿看了一眼,我注意到她头上的鬈发看起来有点发暗,和她天然的头发相比,好像打了点蜡,"半小时后在外面等我,我会解释的。"

老爷钟上的分针似乎在向前蠕动,气氛似乎更凝重、更有抵制的意味。尽管托盘里的杯子越来越少，它却似乎更沉了。在原作中，威洛整晚都盯着罗丝，眼睛狂热地看着她的嘴巴，因为想起了她嘴唇上的纹理。但今晚，他甚至都不朝我这边看。他被爱丽丝拐走了。我有一种回到了动漫展的感觉，仿佛又看到了爱妮美·爱丽丝和拉塞尔·琼斯在一起。好吧，你现在真的在仙境中了。我知道我应该感到愤怒，甚至害怕，因为爱丽丝竟然这么糟蹋原作，但我只是感到嫉妒。我无法摆脱困惑：爱丽丝是怎么渗透到舞会来的？这就是索恩在总部里提到过的特别的工作吗？

最后，爱丽丝亲了亲他的脸颊，冲出大门。我差点就盼着她在路上丢一只水晶鞋了。我告诉小胡子我要尿尿，然后走后面的员工小门，溜出了房间。

傍晚的凉爽空气扑鼻而来，一片草坪——在暮色中寂寥无人——令我平静了片刻。我闭上眼睛，倾听空中飘浮着的轻快旋律。有些美好的东西是我够不着的。

我轻轻地走过去，穿过砾石路，向庄园那边走去。我希望她在那里。

"维奥莱特！"她的金色脑袋出现在庄园的一侧。她向我招手。

我找到她了。她把我推到后面，这样女贞树篱可以挡住我们。

"见到你太好了。"她说。

我们拥抱在一起，之前那股妒意开始迟钝。我又闻到了熟悉的樱花和柠檬草的香味。她裙子上的加固钢圈戳到了我的肋骨，但我继续抱着她。我承认我很想念她。

她离我一胳膊远，上下打量着我："你扮演的罗丝很不错嘛。"

"谢谢。你扮演的玉人也挺棒的。"

"噢，谢谢。"

我没有回应她的微笑。"爱丽丝，这是怎么回事？"

她抚摸着自己的裙子，避免与我目光接触。"是索恩要求我冒充玉人的。"

"是啊，我有点猜到了……但这是为什么呢？"

"他想让我作为后备计划，万一你失败了呢。给猫剥皮的方法不止一种，获取玉人的秘密亦是如此。他并不相信平行宇宙，这真不能怪他。他认为芭芭可能失去了立场（输了这计谋），原谅我用了双关语。"

就在这时，乐队突然演奏出活泼的快步舞曲。她转动着头，仿佛能看到微风中飘着的音乐。

我的身体变得僵而麻木。沮丧在我内心深处积累，上下起伏，我想我可能会爆发："但这还不是我们来这儿的原因。如果你忘了，我们还可以确保让威洛爱上罗丝。这样故事才能继续发展下去，我们才能回家。记得那个没有脸的灵媒女士吗？'你必须拯救瑕人，维奥莱特。'"

"是的，但是索恩的首要任务依然是让威洛多透露一些关于他父亲的秘密。"

"你的首要任务是……"

"很明显，来帮你。"

"通过勾引白马王子是吧。"我踢着脚——她不喜欢我这样做。

她皱起鼻子，脸上的妆容像瓷器上的釉一样开裂了："听着，维奥莱特，事情已经偏离了原作了。首先，你不是罗丝——你可能知道她的台词，但你还是不是她。你需要尽可能得到帮助。"

这触发了我根深蒂固的不安全感。"这是什么意思？"

"你知道威洛是多么称心如意的郎君吗？说真的，每个未婚的玉人姑娘都想要他，他很英俊，和善而且富有——"

"未婚玉人姑娘确实是这么说的。"

"维奥莱特，别傻了。我和威洛在一起，就能赶走竞争者，你会有更好的机会。"

"这倒是个很有可能的故事。"我厉声说。

"我只是想帮忙而已。"

我的不安全感继续增长，直到我只能听到"处女维奥莱特"这几个字。"什么，你以为我一个人做不到吗？你以为我不能让人爱上我吗？"

"他和别人不一样，他是威洛·哈珀。你知道的，宇宙中最完美的人……这个宇宙和我们的宇宙。"她用手指做着圆周运动。

"哦，如果他是个丑陋的失败者，那我就有机会了。"

"我不是这意思。"

"那你到底在说什么啊？"我抬高了音调。这是十年前那次她偷走我的裙子去参加派对以来我们爆发的第一次争执。记得当时我很生气，不是因为她问都没问我，也不是因为她把大蒜酱泼得前胸到处都是，而是因为她穿起来比我好看。

她很快地呼出一口气："我们只是需要威洛倾心于你，跟随你到城里，至于怎么做到，这并不重要。"

"天呐,爱丽丝,这可不是同人小说运动。你不能改写情节,还抱着最好的希望。记住,我们是蝴蝶,扇动我们巨大的翅膀。即便是最微小的变化,其后果也可能很严重。"

"是的。但你也说过这个故事想要展开。不管怎么说,我不会重写剧情的,我在保证它会达到高潮。"

我的嘴唇发出一阵苦涩的笑声:"是的,我知道高潮才是你最关心的问题。"

"你现在听上去在吃醋哦!"

"也许是吧。你得以与威洛这个最完美的男人在一起,我却必须去瑕人茅屋,一边担心我和艾什,萨斯基亚还死死地盯着我,你则活得像……像……"我指着周围的庄园和星星,"像个玉人。"

她的眉毛拧了起来:"你担心你和艾什?"

我开始支支吾吾了:"哦,不担心……"

"认真点,你是说那个半路救美的英雄?在原作里,他不过是背景和杂音,你知道吧?"

我看着地面,避开她指责的眼神,不让自己去想那些羽毛和潜在的初吻场景。我看到了她镶钻的凉鞋,和我的靴子比起来,她的要精致得多。"我当然知道了。"

"你真虚伪,维奥莱特。"

乐队停了下来,世界显得出奇地空旷平坦,就像自己的倒影。我张开嘴想要回应她,但我只发出了奇怪的嘶嘶声。

我们彼此凝视了一会儿,然后她做了一个我熟悉的动作——她的大拇指和食指摩擦着项链上的心形。这是她焦虑的信号。直到现在我才意识到她一直戴着那条项链。

我觉得自己变柔和了:"你住在哪儿呢?"

"和附近的一个玉人家庭住在一起。索恩有很多关系,哪里都有同情者。"

"所以他们知道你是——"

"瑕人是吗?"她笑了,"是啊,他们知道。但我认为他们并不相信这一点。"

"不要听起来让人觉得你兴高采烈。"

她瞪了我一眼:"听着,我要回去找威洛了。"

"等一等。"我抓住她的胳膊,"你是怎么和他约上会的?"

"我要回去找威洛,"她重复了一遍,"如果他来找我,看到我们在一起,他一定会起疑心。"

我知道她是对的,但我不能让自己同意:"是的,我要回去等着你和你的玉人朋友,谁让我是奴隶呢。"

"看在老天爷的面子上,维奥莱特,我也是个瑕人。"

但想到那蜂蜜色的手缠绕在她腰肢上,我就醋意大发,怒气冲冲。这两种情绪的结合真要命。"你也应该是我最好的朋友,结果你也不知道该怎么做。"我转过身,脚猛地踩在沙砾上,我的脑袋又涨又热,就要开裂了。

## 22

晚上剩余的时间在一片模糊中过去了,我只看到了完美的牙齿和五彩缤纷的衣服。我机械地完成我的任务,尽量不让该死的托盘掉下来。渐渐地,音乐结束了,客人们散开。我看着爱丽丝和威洛一起走上楼梯,他的手搁在她后背上,我感到眼泪就要流出来了。现在,他永远不会吻我了,我可能永远回不了家了。

我知道这很可悲,甚至令人绝望,但我就像在原作里一样,没有立即离开,而是扫起了地。有节奏的动作能抚慰我的心灵,扫帚嗖嗖的声音就像在说着我脑海里的那句话:处女维奥莱特。

我扫啊扫,直到黎明的第一缕曙光透过窗户。我让大家都失望了——内特、凯蒂,甚至爱丽丝,虽然我认为这是她应得的。最后,我任凭眼泪流淌。它们从我下巴上掉了下来,落在地板上,变成了扫帚鬃毛下面的污迹。被背叛的感觉在我胸膛熊熊燃烧着——爱丽丝怎么能毁灭我们回家的唯一希望?我知道她向来想占上风,是威洛的脑残粉,我知道她喜欢当玉人。但这件事非同寻常。它关乎我们的性命。现在,我得回到茅屋,看着内特的眼睛,告诉他发生了什么。然后,一个更可怕的想法在我的脑海中闪现:索恩会杀掉凯蒂。

凯蒂。我希望在这儿的人是她而不是爱丽丝。她绝不会与威洛发生绯闻。她永远不会把玉人捧在手上,她会说他们是一群混蛋,接着引用一句莎翁名言。我真的很想她。

我拉起袖子遮住脸,走进黎明的凉爽之中。昨夜星辰的模糊轮廓依然在天空中闪烁,仿佛在诉说曾经发生过的事情。我拖着脚步,走过草坪。我希望我能走慢一些,希望永远不要回到茅屋。

"罗丝。"一个像歌声一样的声音在空中飘荡着。

我转过身,看到威洛正在爬一座小山丘,向我走来。他的领结不见了,那块蜂蜜色的三角形皮肤上,汗水正在闪着光。他看上去很累,但他微笑着,举起了双手:"我答应过要和你跳最后一支舞。"

我无法动弹,感觉我的脚上长出了爪子。我的脸上泛起笑容:"你倒是一点也不急。"兴奋之余,我感到一阵恐慌——我们完全脱离剧本了。我没有台词可背诵。而且现在这个男人并不是艾什,他可不是什么背景噪声。他是威洛,这很重要。

但威洛只是笑了笑:"迟到不是一种时尚吗?我更喜欢这种。"他把一只手放在我的腰部,另一只手轻轻地抓住了我的手。他的体温穿过我的衣服。我喉咙上的皮肤突然感觉很不舒服。他低声哼着轻柔的旋律,我们开始转动。

我决定冒个险。"那女孩是谁?"

他停止了哼唱,但我们继续旋转着。

"谁?爱丽丝吗?"他说。

我点头。我不禁感到有些恼怒,因为他的嘴型已经说出了她的真名，而不是我的。

"我昨天在某个社交场合遇见了她，一个朋友的朋友。她似乎……真的很了解我。我觉得她能读懂我的心思。妈妈一直唠叨着要我去约会呢。"

我把脸埋进他的胸膛，这样他就看不见我的怒容了。她了解他的性格，并利用了这一点。她在欺骗他。

"好吧，你俩在一起看起来很不错嘛。"我尽量说得漫不经心。离他这么近，我能闻到他的须后水和他嘴里香槟的味道。

他笑了，我能听到他的胸脯在振动。"没有啦，我们没有。我们看起来可差劲了，都像复制出来的。我们玉人看起来都一个样，我已经讨厌了被别人盯着看。"

"你应该经常跟我们瑕人在一起，你知道的，去贫民窟。"

"这算是邀请吗？"

"是啊，任何时候，如果你想去茅屋里看看，告诉我就行。"

我们停止了旋转，他把我推开了一点，这样我才能真正欣赏他英俊的脸庞——如此完美，近乎平淡乏味。

"爱丽丝很迷人，"他说，"但她说的几件事真的让我……"我觉得我的胃一阵刺痛，等待着进一步品尝被背叛的滋味，但他轻轻地笑了一下，然后说，"……很想你。"

我心里的怒火没有那么大了。"比如说什么？"

"哦，你知道的，她说吸引的核心是好奇心，当然，我就想起你了。我说过，我喜欢你的自由自在，但我也喜欢你的……你的笨拙，还有你的真实。你真是个奇怪的组合，让我着迷。"他停顿了一下，

"你让我想起了做人的意义。"

这真的让我笑了起来。不仅仅因为他用了"人"这个词,在《绞刑架之舞》里,这个词已经过时了,没有再被用过,它意味着瑕人和玉人属于一个物种,也因为他喜欢我——维奥莱特。树枝拍打着我的脸,我嘴里还衔着头发,他觉得这样很迷人。

他握住我的双手。"然后,爱丽丝说了一些话,真的很美。她说,也许你终其一生在这个地球上游荡,也找不到一个让你感觉完整的人。所以,如果你遇到了那个人,你应该用双手牢牢地抓住他,永远不要让他离开。"他把我的手拉进他的胸膛,微笑着。

这句话摘自小说。爱丽丝一直在帮我。我感觉自己就像一颗枫树种子,在天空中旋转着,飘浮着。被背叛的感觉完全消散了,取而代之的是对我最好的朋友纯粹的爱。

"罗丝?"他说。

我摇了摇头。"对不起,是啊。永远不要让他离开。"我深吸了一口气。现在,我应该搞定他——让原作重回正轨,然后回家。我对着他英俊的脸笑着说:"就好像我们生来就……"仿佛为了证明这一点,他加入了进来,我们异口同声:"在一起。"

我的思绪回到了今晚早些时候。艾什和我配合得那么完美,在那银色的桦树下,蜷缩在草地上。但是我命令大脑正常运转,停留在当下。我凝视着威洛的眼睛,在清晨的蓝色天空下,那双眼睛是那么明亮。他端详着我的脸,用食指在我的嘴角和颧骨之间划出一道线。

然后,他终于吻了我。

我们亲吻了很长一段时间，我们都没有放开。我喜欢他皮肤的气味，他嘴唇的挤压，喜欢他的舌头轻轻舔着我的。这是个完美的吻。但我没觉得感动。我不再像枫叶那样旋转。这并不是我想象的那样，那些时候我坐在沙发上，梦见他怀里的人是我。也许我的期望太高了——毕竟，他只是人类。虽然经过基因改造，但他仍然只是个男人。

最终，这个吻自然地结束了。他站起来，对我微笑着。我忽略了自己那挑剔的失望感，告诉自己这么做只是为了回家。就在我要跟他吻别的时候，一个小动静引起了我的注意。在地平线上的榆树林里，有个人在透过树叶窥视我们。

那是我所见过的最蓝的眼睛。

## 23

接下来的时间里,我一直都在寻找艾什。当太阳把天空染成橙色和粉色,我已经把庄园搜了个遍,内心的焦灼感愈演愈烈。我终于放弃了,回到了茅屋。我的脑子已经成为一团糨糊。

我推开门,它的沉重让我感到惊讶。内特坐在餐桌旁喝茶,旁边是马修。看见他们在打牌,我心里一阵嫉妒。

"还好吧?"内特说。他脸上的表情既激动,又恐惧,就像他刚从妈妈那里偷了一部恐怖电影。

"搞定了。"我尽量显得高兴一点,但我想起了艾什从树叶中偷窥的一幕,感觉自己就要哭出来。

我滚到自己的床上,让隔帘将我和这个世界分开,祈祷自己能睡死。但是内特却出现在帘子下方,沙色的脑袋在我眼前晃来晃去。他说话的声音很轻,所以马修听不见,但他的声音有一种我并不熟悉的尖锐感:"你刚刚把威洛……你为什么哭丧着个脸?"

我大声呼气:"只是,我不知道……艾什看到了。"

"看到什么了?"

"我和威洛。"

"所以呢？"

我用手捂住眼睛。真希望凯蒂在，甚至爱丽丝也行。总不能跟弟弟谈论女孩子的事情吧。但现在，他是我唯一的选择。"所以……感觉怪怪的。"

"维奥莱特，艾什只是个小笨蛋，他跟着你转，看上去爱上了你，有些失魂落魄。你要记住这一点。"

"不，你说的是原作中的艾什。我的艾什完全不同。"

"从什么时候开始他是你的艾什了？"

"你知道我的意思，这一个艾什，真正的艾什。"我转过身，这样就能看到内特了。感觉我们就像在一个帐篷里，光线透过脏兮兮的白色隔帘。我们待在自己的小豆荚里，很安全，"他与原作中的艾什非常不同。他有趣、前卫，一点也不失魂落魄。他还在业余时间接生孩子。"内特张开嘴想要反驳，但我继续说着，"但你知道，我想知道他之所以如此不同，是否因为我不同于罗丝呢？也许和我在一起时，他可以做自己，我能将他不同的一面引发出来，更好的一面。也许我们刚达到了那种，你懂的，心有灵犀。"

"哦，天呐，"内特说，"你爱上了错误的人。我就知道会发生这样的事。你傻傻地盯着他看。"

"不。不……只是……"我琢磨着他这句的结尾，"我盯着他看？"

"听着，姐姐，你是灰姑娘，威洛是白马王子，艾什则是……"

"巴顿斯。"我说。这个类比不断地出现在我脑海中，尤其是舞会的记忆还是那么鲜活。

"是的。该死的巴顿斯。"

"内特,别发誓。"

他激动地摇着头:"辛德瑞拉最终不会和巴顿斯在一起。她嫁给了王子,住在宫殿里。她在绞刑架之舞中上了绞刑架,这样我们就可以回家了。"

"好,好。"我又翻了个身,暗示他谈话该结束了。

"忘记艾什吧,"内特说,"专注于真正重要的事情,不要再拍你的翅膀了。"

我知道他是对的。我只需要按照剧本来谨慎行事。什么破童话故事会让公主爱上管家。但《灰姑娘》一直是我最喜欢的童话故事,而我向来对弱者情有独钟。

"晚安,维奥。"内特低声说,尽管此时已经是清晨了。

"是的,晚安。做个好梦。"

"你也是。"

但当我最终入睡时,我的梦却一点也不甜美。我弯着腰跪在石板上,在涂着红色颜料的壁炉前擦洗。我把刷子在桶里打湿,把水洒在颜料上,然后擦啊擦啊擦啊。但那红色纹丝不动。然后我听见一个声音在讲述我最喜欢的童话故事,听起来像是爸爸:"可怜的灰姑娘非常想去参加舞会,但她那个恶毒的继母不允许。"我擦去脸颊上一颗巨大的泪珠,在皮肤上留下深红色的污渍。叙述者改变了语气,就像他在和舞台下的人说话:"我觉得有点傻,你确定她能听到我吗?"我听到了一个女人的声音:"是的。我确定。继续。"

我能闻到药、洗衣粉、须后水和咖啡的味道。

"可怜的灰姑娘哭了一整夜,梦里想着华尔兹和闪闪发光的舞会礼服。"

我抬起头来。"爸爸?"我喊道,"爸爸?你在哪儿?"我站了起来,把桶打翻了,桶里的东西都洒到了地上。但这不是水,而是该死的红色颜料。一个声音吸引了我的注意力,一种窒息的呻吟,夹杂着像液体渗出的嘶嘶声。我抬头,这时我第一次注意到了他们——他们散落在横梁上,就像令人恶心的剪辑电影里的片段。一排死去的瑕人,他们的血滴在了我的地板上。

我看着我的手。上面沾满了血,还握着绞索。

我醒了,被一声尖叫噎住了。

再过三天,我就要上绞刑架了。

我小心翼翼地从床铺上下来,不想吵醒内特。我走到水池边。现在是黄昏,我安慰自己说至少睡了大半天。我试着用那冰冷泛黄的水洗脸。这些梦……它们看上去如此真实。有时我在想:这就是梦,真正的维奥莱特躺在床上睡着了。但冷水刺激了我的皮肤,我感觉到了;之前躺在木头上睡了大半天,此刻我的后背疼得厉害;上白班的瑕人开始离开,人声嘈杂,夜班瑕人陆续抵达,都不敢大声说话,这怎么可能是我的无意识产生的呢。一切都太逼真,太连贯,太详细。真可惜,我心想。

萨斯基亚的声音向我传来:"我们得到了总部的消息了。"

我转过身,脸上还滴着冰冷的水。她手里拿着一个破旧的信封,好像在犹豫要不要给我。她叹了口气,她的良心终于赢得了胜利,并把信封往我胸口一拍:"这是你那小伙伴寄来的。"

"凯蒂?"

"别显得你有很多小伙伴似的。当然是凯蒂了。"

"她还好吗?"

"自己看信。"

我冲向我的床铺,将隔帘拉了起来,躲在自己的小天地里。请让她没事,请让她没事。我迫不及待地想打开这封信,然而我的手指似乎慢了下来,在封印上颤抖着。我将信倒了出来,不想让自己在绝望中把它撕毁。

一整页都是凯蒂的笔迹。我喜欢——这是她的延伸,整洁,小巧,有一点小小的棱角。我习惯了看到它在英语课的笔记本上乱涂乱画出像这样的句子:这该死的课会结束吗,我快饿死了,我现在不想放弃在南多餐厅免费就餐的权利!这太奇怪了,同样的笔迹出现在一张皱巴巴的古老的羊皮纸上,就那么看着我,我却躲在一张脏兮兮的床单后面。我拿稳了信,开始读起来。

维奥:

索恩说我应该给你写信。他认为这样能帮你专注于任务。至少,这是我应该做的。天呐,我太无聊了。我还在那个小房间里,不过索恩给了我一张破旧的沙发,帮我擦干净了窗户,我可以看日落,所以还不是那么糟糕。

我希望我能帮上忙。日日夜夜被困在这里,我真觉得自己毫无用处。我开始吃炖老鼠了。你说得对啊,味道还不错呢。谁知道呢?

不管怎样，我想，如果有什么我可以帮忙的，除了爱丽丝的建议，我唯一能提供的就是充满智慧的话语了。遗憾的是，这些话不是我说的。

整个世界是个舞台，

所有的男男女女都是演员，

他们有自己的出口和入口，

一个人在他的时代里扮演了很多角色。（莎士比亚的《如你所愿》）

我想说的是，你能做到的，维奥，我知道你可以。

你知道是莎士比亚首创了"萝卜乳头"这个词吗？（这句话，爱丽丝居然相信了整整一个星期，她真是够好骗的！）

不管怎样，祝你好运，我可爱的维奥拉。我知道你能行。挺起你的小胸脯，像妓女一样微笑吧。

爱你，凯蒂

注：如果你看到这封信，索恩，你明白吧……我告诉过你的，我有文化！

维奥拉。她以前从没这么叫过我。我想她指的是《第十二夜》中的一个角色，那是她最喜欢的戏剧之一。我不太清楚，只是从她告诉我的情况来判断，但我认为维奥拉是女扮男装。我能理解她为什么要这样做，和我假扮成别人是一样的。我不记得这出戏的结局是什么，只希望维奥拉不会死得太惨。

我把信叠了起来，小心翼翼地塞进我的工作服。她的话语让我感觉温暖了许多，就好像我的胸前塞进了一个热水瓶。她很安全，至少目前是这样的。我认为她采纳了爱丽丝的建议，也就是和索恩调情了。我希望她知道自己在干什么。目前的这个索恩情绪不稳定，甚至比原作中的那个更甚。如果她过于挑逗，他可能会变得太过友好，但是想到这里我就感到有点恶心，于是不再往后想。

内特的沙色脑袋出现了，他还睡眼惺忪。"今晚是什么场景，姐姐？"

"威洛教罗丝识字。"这样的讽刺让我觉得好笑，收到凯蒂来信的晚上，我就必须得装成文盲。

"哦，嗯，那应该很容易。"

我点头。"凯蒂做得不错。"我想把那封信拿给他看，但我有种奇怪的占有欲，我不想和他分享，"我们刚从总部得到来信，她显然已经厌倦了自己的工作，但她做得还不错。"

内特咧嘴一笑："她是不是堕落了，和索恩搞下流勾当了？"

我猛击他的头顶："天呐，你就要和爱丽丝一样坏了。"

后半夜，我坐在班车车站的草地边缘等艾什，夜晚的空气像刀子一样钻进我的工作服。我急切地想和他谈谈那个吻，但完全不知道该说什么。最后，他终于来了，班车的烟雾熏得他咳嗽了起来。

他看见了我，笑了："嘿。"

"嘿。"我回答。好吧，这还不算太糟。

我们肩并肩跌跌撞撞地向茅屋走去。他的手沿着女贞树篱划拉着，一边走一边拉得树叶沙沙响。他看起来很好。我放松了一点。

"我到底有什么功劳啊？"

我有点戏弄他似的扬起了眉毛。

他大笑:"让你给我举行欢迎派对。"

"哦,是啊,没错。我只是,你知道,想要确认你是不是……"我笨嘴笨舌,"确认你……你知道的……还好吗。"总算说出来了,维奥莱特。

"是的。为什么不好呢?"

"没有理由。"

拒绝回答。这很有效。就是不承认我与玉人的关系。毕竟,在原作中,艾什一直都不知情,那我现在为什么要和他谈论这个呢?我只要确保这两条线继续互相纠缠就行了。我知道这应该会让我感觉好一点,但事实并非如此。我意识到我是希望他生气——嫉妒的。我这是怎么了?

"昨晚玩得很开心吗?"他的语气太随意了,好像是故意装出漫不经心的样子。

"是啊。还好吧。"

"你看上去确实很开心。"

"我想也是。"

他停下脚步,双手握着我的胳膊。我能感觉到他的皮肤深深地陷入了我的皮肤。"听着,维奥莱特——或者莉莉或者黛西,不管你今天的名字叫什么——昨晚的事我很抱歉。我并没有监视你什么,只是为你担心,因为在舞会上帮佣的其他瑕人都已经回去了。我以为,你知道的,以为你可能受伤了,或者迷路了什么的。"

我想我可能会崩溃的,内疚得崩溃。他在向我道歉。"别傻了。我没有以为你在监视我。"我说。

"看到我的时候,你看上去很震惊。"

"是的。"

他看了看小路,不安地抚弄着工作服:"你……你真的很喜欢那个玉人吗?"

我耸耸肩:"我不知道。"

"只是……"他握住我的双手说,"我只是觉得,你应该知道自己在干什么,为了你自己。"

"我知道,如果被抓住,我会被绞死。"绞死这个词还是让我的肚子不舒服。

他的目光与我的目光相遇了——这让我的肚子再次感觉不舒服,原因却完全不同——他摇了摇头:"我不是这个意思。我指的是你所接触的这一类人。"

"威洛还好。我知道他是玉人,但实际上,他是个好人。"

他用眼睛探索着我的脸,就像在寻找一个隐藏的答案。我仍然能分辨出他的虹膜里的蓝色,即使是在半明半暗的光线下——那是乌鸦蛋的颜色。"我有件事要告诉你,"他说,"但我们需要黑暗的掩护。"

我尽量装出不太感兴趣的样子,尽管我很好奇。"可是我要见——"

他笑了:"你要见威洛。"

"是的。"

"好吧,那就等你去见过威洛以后吧。我在鸡笼旁边等着你。答应我你会来,但不要告诉任何人,好吗?这真的很重要,只有你知我知。"

我想起那只该死的蝴蝶,它无意中传播了自然灾害。我想起了原作,想起了家。我感觉凯蒂的来信正要把我的皮肤烧出一个洞来。脱离剧本的谈话,天真的散步,我尚且可以为这些辩护。但如果是夜间才能解开的秘密呢?我不妨朝这蝴蝶举起球棒,让这场浩劫开始。

但当艾什的手指顺着我的胳膊往下滑,留下两条平行的痕迹时,我忍不住说出了下面的话:"我答应你。"

那天晚上晚些时候,我见到威洛了。在原作中,这个场景是威洛教罗丝识字。这是个甜蜜而温馨的场景,表明他们的关系从初涉爱河开始真正地突飞猛进。威洛将这本古老的书从庄园里偷拿了出来,这还是他小时候从博物馆里偷来的,他一直藏在床底下。这是一本瑕人诗集,多年前,玉人将瑕人的书籍烧了个精光,这是其中幸存下来的一本。

这对小情侣挤在旧干草棚的阁楼里,蜷缩在一盏石蜡灯前,手指指着字母。我按照脚本中写的钻进威洛怀里,但我尽量集中注意力,不仅仅因为我知道怎么阅读,还因为我忍不住想起艾什说过的话。

"这个卷曲的字母是个C。"威洛在我耳边低声说。我的耳朵真的好痒。

我点了点头,脑子却在不停地转动。到底是什么事这么重要呢?原作没有给我任何线索。我应该不管这件事,应该坚持按原作行事,专注于我的最终目标——回家。

"罗丝?"威洛说。

"对不起,是啊,C,比如杯子和卡片。"

"说得对。"他翻了一页,扬起眉毛,无法掩饰他的惊讶:我学起东西来居然这么快。

我的心又乱了。为什么这件神秘的事情让我觉得威洛很糟糕呢?肯定只能是坏事。我的意思是,我并不是一定要喜欢上威洛才能完成这个故事,但喜欢上他还是能有点帮助的。不,我今晚绝不应该去鸡笼。

"罗丝,你还想学吗?"威洛说。

见鬼。我们脱离原作了。我吻着他的脸颊以分散他的注意力:"对不起,继续吧,那是什么字母?形状像零的那个?"瑕人可以认出数字,因为他们有奴隶文身。

"这是O。比如橘子。"

我们重新回到了台词上,但我脑子里想的却是别的事。我差点没注意到威洛开始吻我了。我忘记了发生场景。这看上去如此浪漫——罗丝和威洛依偎在稻草里,沐浴着石蜡灯闪烁的光芒。但在现实中,稻草刺着我的脸,灯则是巨大的火灾隐患。当我想起艾什,我就感到内疚,因为亲吻了威洛。我突然希望我们是在一部电影或一本书里,这样我就可以按下快进按钮,或者以创纪录的速度翻过书页。

"那么,明天见咯?"威洛问道。

"好啊。"

威洛扶我走下木梯,把书夹在胳膊下。我有一种如释重负的感觉——这一幕终于结束了,真不敢相信我竟然不喜欢那样。我这是怎么了？看在老天爷的分上，这可是威洛啊。要知道我从十五岁开始就是他的脑残粉。

那地方一定很吸引我。

我们最后吻别，略带惆怅。我看着他慢慢回到庄园，轮廓渐渐消失在黑暗之中。我想我说的台词是正确的，他看上去确实很高兴。我更高兴的是我感觉他对我的感情是真挚的。我认为这对他来说并非是剧本，而是现实。

我想我知道我的问题所在了。爱情无法规定或强加于人，爱情不是剧本。爱上一个人意味着陷入不可预知的境地，意味着冒险。

在那一刻，我跑向鸡笼。

## 24

我看到了艾什的手电筒在闪动——像废旧灯塔发出的光束——我看见了他。我向那手电筒走去,直到能听到他的呼吸。他斜靠在鸡笼上,在黑暗中,他看上去是那么黑白分明,黑色的头发映衬着他白色的皮肤。在微风中,我闻到了他的气味,在木馏油的气味下飘荡着。我深深地吸了口气。

"我不敢肯定你会来。"他低声说着,即使周围没有其他人。

"你说这很重要。"

"是的。"他把手电筒照在我脸上,"但你得保证不告诉任何人。"

"是啊,当然了。"

他将手电筒的光划过我的脸,仿佛想把我里里外外看个透:"因为这可能会让我们俩都丧命……我是认真的。"

"见鬼,艾什。快告诉我。"我讨厌变化,讨厌惊吓。我应该躲在那间茅屋里,和内特练习我的台词。然而,在这里,和艾什在一起时,我发现其实我想冒险。也许这个宇宙迫使我放开了一点,让我别再对新鲜事物那么敏感;也许和他在一起能让我有安全感,能闭上眼睛直接跳下去；也许他给我带来了不同的一面……更好的一面。

他牵着我的手——我是通过实际行动而不是亲昵的方式来思考的，但它同样会融化我的内心——把我带离鸡笼，甚至更深入地进入庄园。我们在沉默中走了一英里左右，艾什不断回头看，就好像我们被人跟踪了。这让我有点不安，但好奇心赶走了这种恐惧感，何况还有一双安全有力的手拉着我，让我不至于跌倒。我们走过草地，爬过石墙，穿过一座摇摇晃晃的桥，最后进入了一片树林。

气温下降了，一股松树和湿草的味道扑鼻而来。树叶阻挡了环境光，手电筒只能警告我们不要撞上树干。我不记得我曾经在哪天晚上去过树林，只记得在家里的时候，白天，我曾经在蓝铃花丛中野餐，那更像《欢乐满人间》而不是《女巫布莱尔》。但在黑暗中，一切似乎都更可怕了，尤其是声音。嘎嘎声，尖叫声，猫叫声。我只关注于艾什和我的响动，在灌木丛中摸索着，呼吸着寒冷的夜间空气。我们走得很慢，在树干之间曲折前行，在树根和杂草丛之中磕磕绊绊。

"我们就要到了。"他低声说。

一个东西从灌木丛中冲了出来。伴随着一声响亮的咔嗒声，一团暖暖的羽毛柔软地拂过我的脸。我倒在地上，吓得不敢尖叫。

"是只野鸡。"他说道。

他将手电筒的光束跟着那棕色的身影，直到它爬上树梢。我屏住呼吸，心怦怦直跳。

"来吧。"他扶我站起来。我看到了他闪闪发光的牙齿，毫无疑问,他正咧着嘴,露齿而笑。

"你竟然敢笑,你个大块头。"我低声说,然后笑了起来。

他把一根手指放在嘴唇上,让我安静下来,感觉就像我们第一次到鸡舍的时候,他正要弓起背,开始像母鸡一样咯咯咯地叫。

"这儿一个人也没有。"我说。

他把手电筒放在下巴下面,照亮了他的脸。他看上去像个邪恶的妖怪。"我们会看到的。"

走过几个树干和几团树根,突然间,我意识到没有艾什的手电筒我也能看见了。一块空地。月亮高悬在天空,透过一团云彩,洒下薄薄的月光。

"哈哈。"他说。他的声音还是很低。

"这里什么也没有。"

这只是一块空地。一大片泥土,周围是茂密的森林和一片杂草,一片寂静。

他用手电筒照了照附近的几个树干,然后把手伸到一棵树上凹陷的地方:"这里有个小开关。"

"这就是你要让我看的,一个小开关?"

"这地方离庄园太远了,从来没人来过。但你知道,我喜欢探索。"他在那凹陷里摆弄着什么东西。我猜是开关。他瞪大眼睛看着我:"你不觉得这地方有点奇怪吗?"

我看着空地。只有一片树林啊。"怎么奇怪了?"

他摆动着脑袋:"空地那一边看起来和这一边完全一样,是个镜像,所有的结,树枝和洞……一切。"

我凝视着这片空地。我可以辨认出树上的凹陷,旁边是两个苍白的团块——不是团块——是脸。我又要发疯了,但那两张脸看起来很眼熟。"这是我们吗?"

他笑了:"我花了一段时间才发现,但它是个隐形装置,一个巧妙的反光镜装置。白天,它滤过人类形体,但在晚上,我不知道,它似乎想念我们。"

我听到一声尖尖的嘀嗒声。他松开了手。

空地上的空气似乎在微微发光。出于本能,我抓住艾什的手。一个巨大的灰色立方体出现了。一个地堡。我以为它一直都在这里,但它好像是从天上掉下来的。一种用混凝土建造的结构,比树矮,但高度足以让人站在里面。

"这是什么?"我问。

他握紧我的手:"里面的东西更重要。"

我们一起围着它转了一圈。它不比我在家里的卧室大。没有窗户,没有门。

"没办法进去。"我说。

"有一个让松鼠进去的地方。"他把双手合在一起,把我举着,我爬到了地堡顶端。我的手指紧紧抓住屋顶平台的边缘,上面满是青苔和烂泥。我想我应该把自己拉上去,但我又像那棵该死的树一样在摇晃。有时,我真讨厌自己的无助。艾什纵身一跃,双手抓住屋顶,双脚爬着墙。几秒钟后,他低头看着我,他的头发在前额上扑闪着。

"这是炫耀。"我不满地小声抱怨着。

他把我拉起来,我的手腕好像要断裂了。站在这么高的地方,树林看上去有些遥远,树叶更浓密了,树干变成了一条条线,消失在黑暗中。我们爬向屋顶中心,走近一个看起来像是井盖的东西。

"唯一的入口。"艾什说。他从工作服中抽出一根别针,开始捣鼓着那把锁。我听到沉闷的金属声,心安了。他看着我,咧嘴一笑,在星光下,他的眼睛蓝得像玻璃。

"你是秘密犯罪的策划人吗?"我问道。

他摇了摇头:"只是一个有进取心的街头老鼠。"

我帮他把盖子滑到一边。一个微弱的光圈落在下面的混凝土地板上,但除此之外,我只看到一片漆黑。

他把手放在我胳膊上,声音突然变了,沉重得令人担忧:"我说过你应该看看这个,现在我们来了……"

"没事的。我想来。"

"你确定吗?因为一旦你看到了,你永远不会再像以前那样看待玉人了。"

他的意思是威洛。我知道我应该从屋顶上爬下去,跑回那间茅屋。我知道我应该坚持原作,这样事情就会安全、可预测,我就可以回家。但是当我凝视艾什那张真挚的脸,夜色中,他是那么温柔,我意识到这不仅仅是冒险,这还是真相。我受够了所谓的秘密,受够了谎言,受够了该死的伪装。我感觉凯蒂的信好像着火了,但我不在乎。我想告诉他我的真实身份。我们之间好像有一堵无形的墙,由善意的谎言、疏漏和人类所知的各种欺骗筑成的墙。看着下面微弱的光,我决定揭开这个秘密,少一个秘密只能是件好事。

"我们开始吧。"我说。

艾什点点头,轻轻地把我放进地堡。

## 25

接着,艾什也下来了。他把手电筒在房间里晃来晃去。我看到了奇怪的形状,还有表面的反光,感觉周围有什么东西包围着我。"没关系,你是安全的。"艾什说。他可能觉察我停止了呼吸。

我强迫自己的肺重新工作。空气干净得出奇,有药味,我知道那种味道,还有咖啡味的泥土,八角茴香的清新。我发誓我能听到爸爸的声音:"金发姑娘在森林里偶然发现了一所小房子。她敲了敲门,没人应答,就走了进去。"

我旋转着,凝视着黑暗。"你听到了吗?"我问。

"什么?"

沉默。只有奇怪的气泡声和机械柔和的嗖嗖声。

"没什么。"我一定是疯了,压力太大,睡眠模式也变了。

"你确定吗?"

"是的,是的。我只是累了。"

他把一只胳膊搭在我肩膀上,像是要保护我。"你准备好了吗?"

"我想是的。"

他提高了嗓门:"开灯。"

头顶上的灯光嗡嗡作响。蓝色的强光刺痛了我的眼睛,尤其是在黑暗中走了这么久之后。我眨了几下眼睛,兴奋和恐惧交织在一起,慢慢地,我打量着房间。

墙上有一排圆柱形的容器,从地板一直延伸到天花板。每个圆柱体都装满了透明液体。气泡懒洋洋地动着,从这一点可以判断这些液体比水黏稠。它看起来就像一盏巨大的熔岩灯,就像荧光灯在捕捉移动的空气气泡。我的大脑费了好大的劲才辨认出那液体里悬浮的形状——四肢、头发和脸。

每个圆柱体都装着一个人。他们没有生命迹象,身体赤裸,眼睛茫然地看着前方。

我能感觉到我的胃在收缩,柔软的上颚正在拱起,舌头正在向后拉。我想我要呕吐了。

"维奥莱特,你还好吗?"艾什扶着我,揉着我的后背。

"他们……"

"你是问他们是不是死了吧?"

我点点头。

"不,不,他们没死。"他说。

我吞下了一股难闻的味道,靠近一个容器。我全身都在颤抖。我看着那个漂浮的人。那是威洛。他完美的身体全然无力,嘴巴和鼻子上有一根管子,焦糖色的长头发在脸周围飘荡着,乱蓬蓬的,不时地被慢腾腾飘过的气泡打扰一下。

"艾什?"我只能叫着他的名字。

"这不是威洛。"

出于某种原因，我感觉如释重负。我那个假男朋友并不是个连着机器的外星人。但如果他不是威洛，那他是谁？那个漂浮的男孩眨了眨眼，好像是在回应我。

我退后一步，一声尖叫涌到了嗓子眼。

"没关系，"艾什说，"他们有时会这样。"

我被那张脸——那张松弛的、无情的脸吸引了，向它走近一步，我的鼻尖贴着玻璃。艾什说得没错，这不是威洛，只是看起来像他。但这个漂浮的男孩鼻子有点歪，嘴唇也不够丰满。我的眼睛扫视着他的身体。他的身体没那么健壮，腿看上去也更短。

我忍不住看了看他的生殖器。此前，我从没见过裸体男人。除非你算上生物学教科书里的那张图片，赖安在上面潦草地写着"处男"，或者米切尔·史密斯穿过足球场那次。但在现实生活中，我从未近距离观察过裸体男人。他看起来有点干瘪。

"你是在盯着他的生殖器吗？"艾什问道。我的目光转移到艾什身上。他在笑，眼里充满欢笑。我的脸颊开始发烫。

容器底座上有块饰板。1号复制人。

"他是谁？"我问。

"威洛的哥哥。"

"威洛没有兄弟。"

艾什轻轻地抓住我的肩膀，将我转过身，我看到了下一个容器。"不。他有三个。他们是复制人。"

三个漂浮的男孩都与威洛非常相似，就是没他那么完美。

我的胃又开始抽搐了,那恶心的东西填满了我的嘴巴。3号复制人没有腿。

"他,他的腿不见了。"我无法把目光从他的腿本应与躯干连接的地方移开。他的两条腿从骨盆那里被移除,生殖器完好无损。手术切口堪称完美。没有血液,没有组织碎片,只有被封住的残肢。我能听见有人喘着粗气,耳朵里有喘息声。我意识到是我自己。我开始感到头晕,那药味又回来了。咖啡和八角茴香。一个太热,一个太冷,但有一个刚好。

我在原地打转。"又来了。"

"什么?"

"那个声音。"

"维奥莱特,没有声音。"

哦,天呐。这是我脑海里的。这震惊让我听见了一些东西。这正是我所需要的,心理健康问题。

"别担心。"艾什拍着我的胳膊,"这地方会捉弄你,让人毛骨悚然。"他的皮肤轻轻挨着我,让我摆脱了恐慌。他说得对,只因为这是个令人毛骨悚然的地方。

我慢慢地看着其他几个容器。两个版本的威洛的爸爸,三个版本的威洛的妈妈。在第5和第6个复制人之间,有个控制箱——一个落满了灰尘的监视器和一组开关及按钮。

"这是什么地方?"我最后说。

"储藏处,"艾什回答说,"玉人决定了想要什么样的孩子——长相,天分,等等。他们预先订购,然后用人工袋子培育。"

我点了点头。我知道原作里是这样的。我穿过房间，看着一个几乎和哈珀夫人一样的身体。她胸部有一道鲜红的疤痕，大腿内侧有粉红色的疮疤。我走近一点看，好像她腿上有几块皮肤被剥掉了。

艾什跟着我。他站得那么近，我的脖子能感觉到他的呼吸。"基因增强并不像你想象的那么精确，"他说，"要想造出完美的婴儿，需要几次尝试，所以他们同时会生出几个胎儿。那些明显有基因缺陷的在出生之前就被清除掉了。"

"一个太热，一个太冷，有一个刚好。"我低声对自己说。

"那是什么？"

我摇头："没什么，只是我父亲曾经给我讲过的一个故事。"

艾什把手贴在玻璃上，就在哈珀夫人的脸上方。这是个温柔的姿态。他叹了口气："我猜这些婴儿太好了，不能处理掉。"

我凝视着她的面容。她看起来一点也不像威洛。金发，苍白的皮肤，修长的肩膀。但那双死气沉沉的瞪着的眼睛却是一模一样的铜色。

"他们把这些身体留作备用零件吗？"我问道。

"这是唯一的解释。"

我回头看那道漂亮的伤疤，发现她被一条血红色的管子连在一个小水泵上。哈珀夫人一定有心脏问题。我想，玉人并没有像莎莉·金写的那样消灭了所有疾病，他们只是发现了其他可以藐视疾病和死亡的方法。从几块不见了的皮肤判断，哈珀夫人没有皱纹的脸是得到了一些帮助。我知道，在原作里，她已经六十多了，尽管她看起来只有三十岁左右。

我不禁想起弗兰肯斯坦,它由不同的身体部位组装而成,用粗糙的针脚拼接在一起。我以前也听过这种比喻。在动漫展上,内特说爱丽丝是下流的弗兰肯斯坦。这真是个奇怪的巧合,就好像内特已经预测到了,除非这不是巧合,除非内特以说出来的方式让这件事发生。或者也许这个短语在我的潜意识里,我让它发生了。这让我想起了那条腰带,我戴着到动漫展上去的那条……我是怎么创造出罗丝的血带的?

我立刻打消了这个想法,部分是因为这很荒谬,部分是因为我的大脑没有足够的空间来处理。

"你还好吗?"艾什问道。

我摇了摇头。震惊,厌恶,让位于一种更清楚的情绪——愤怒。他们怎么能这么做?他们怎么能残害自己的兄弟姐妹?我想看看威洛那个被截肢的兄弟。现在我想起了原作中的背景:威洛十二岁时发生了一起可怕的事故,在医院待了好几个月,接受再生性手术。但是金从来没有提到过要肢解他的一个没有意识的兄弟。

我想到了内特,他精灵般的笑容,锥形的头发,以及他貌似对所有事情都有所了解。我的愤怒加剧了。

"他们会对自己的亲生骨肉,对兄弟姐妹,对孩子们这样做吗?"我说。

艾什勾了勾我的手指:"这是上帝的游戏带来的危险,我想。"

我转过身去面对着他:"难道瑕人不知道吗?"

他面色苍白,摇了摇头说:"有传言说,在牧场的秘密地点,有很多储存仓库,里面装满了复制人。我从来没听说过有人把自己的亲人放在那里。据我所知，没人见过，至少没有人承认见过。"

我的喉咙哽住了，但我勉强说出一个词："威洛呢？"

"他可能知道。"

"我可以问他吗？"

"不，"艾什突然看上去有些害怕，"你以为我为什么没告诉任何人？这会让你陷入极危险的境地。政府显然不想让这件事传出去。根据传闻，大部分玉人甚至并不知情。可能只有有钱有势的玉人才知道，因为只有他们买得起备份。"

"他们不是备份，他们是人。"我擦了擦脸，愤怒又回来了，"你应该把这件事告诉一个人，一个能帮上忙的人。"

"维奥莱特，有时候你真像是来自另一个星球。如果我说出来，我敢保证我会死在某条巷子里，或者在绞刑架上跳舞。然后谁去帮妈婆？谁能把玉人的货币带回去买食物？我要把我的家人放在第一位。"

"那你为什么给我看这个？"

他看起来很悲伤，懊悔。"我……我想让你知道真正的玉人是什么样的。为了追求所谓的完美，他们会做出怎样的事情来。"他出人意料地用双臂搂住我的脖子，把我紧紧地抱在怀里，我的脸靠在了他的肩膀上。汗水和肥皂的气味让我的脉搏停止了跳动，有那么一会儿，我感觉又好了。他说话的时候，我感觉他的气息在我耳边回响。他的气息不像威洛的那样让我痒痒，只是感觉有些奇妙。"我只需告诉一个人——我的内心好像有种力量。你是我第一个真正信任的人。"

我又叫了起来，不仅仅因为那些两眼无光的漂浮的复制人，或者威洛的腿应该生长的地方，或者那个漂亮的红色伤疤下不见了的心脏，而是因为艾什永远只能了解表面上的东西——维奥莱特、复制人、演员。

他永远不会了解真正的我。

## 26

我躺到我的铺位上。太阳正在升起,我需要睡一觉。我只希望我的梦能让我摆脱复制人那玻璃般呆滞的眼睛。

今晚是个重要的夜晚,转折点,中途转折。威洛必须对我宣布他爱我,我必须告诉他我爱他,但我必须回到城里——爱丽丝所说的仁慈的垃圾场。我正想闭上眼睛,马修和萨斯基亚从脏兮兮的隔帘下探出了头,靠着我的床尾,毁灭了我不受打扰或休息一会儿的希望。

"来吧,懒虫,我们有活儿给你干了。"马修说。

我坐了起来,眼睛眨得厉害:"什么?"原作里没有这个情节,我敢肯定,罗丝今天在睡觉。我想我要叫了,我太累了。

我的不舒服倒令萨斯基亚笑了起来:"当你和那个玉人男孩出去的时候,我让人帮我打听了。有消息说,他和舞会上的另一个漂亮小妞约会了。"

我没告诉她那个漂亮小妞是爱丽丝。显然,我们离开总部后,他们没再和索恩沟通过,我则羞于承认我最好的朋友可能会破坏这次任务,无论她是否故意。

"他带她去镇上购物了。"马修说。

原作里绝对没有这个情节。我对爱丽丝的愤怒再次燃起。她冒着一切危险,只为了实现她的同人小说幻想,让我们离故事越来越远,离家更远。

我的胃里有种难受的感觉,因为在内心深处,我知道我要承担部分责任——我不该和艾什去地堡,我不该让那只蝴蝶扇动它该死的翅膀。

萨斯基亚看起来有点沾沾自喜:"如果你想说服那个玉人男孩透露他爸爸的秘密,你最好成为他唯一想要那个的女孩……"她用双手做出一个猥亵的姿势。马修突然大笑起来。

"那你要我怎么做?"我问。

"你今天可以去集市上工作,"萨斯基亚回答说,"你和内特。"

马修点点头:"玉人喜欢去集市。看着我们瑕人辛勤工作,他们会有优越感。一定要提醒他他真正想要的人是谁。"

我们乘坐一辆瑕人班车穿过集镇。原作里没有这个场景,我看到了一排排造型优美的玉人小镇——全部用玻璃和钢铁建成——这是我第一次见到。它们看起来像是艺术家对未来的印象,都经过喷绘,干干净净。餐馆准备午餐时,大蒜和焦糖的气味已经向我们飘了过来。透过脏兮兮的玻璃窗,我看到了玉人,他们有的在散步,有的在闲聊,或者驻足窗前,侧着下巴,看着橱窗里那堪称电脑特效的完美侧影。

没有得到许可,我的眼睛便在大马路上来回扫视,寻找着爱丽丝的身影，也许她正和威洛走在一起呢。但我只看见了装饰在每个商店橱窗和每个餐馆大门上的标志——一张大猩猩被拦在一条红色对角线后的照片——瑕人不许进入。我咬紧牙关，一股愤怒的洪流穿过我的身体。他们才是动物，我们不是。以完美的名义肢解自己兄弟姐妹和孩子的是他们，不是我们。

我们沿着大马路走着，最终走进一个集市广场。这一定是老镇的一部分，还没有玻璃和钢结构建筑。瑕人的现代化建筑物上的石头外墙围绕着我们，我看到附近一堵墙上有个巨大的标牌，上面画着一只猿猴。我猜这是警告，我们已进入混杂地带。我的肌肉紧绷着，感觉自己有点像盒子里的玩偶。

内特叹了口气："当猿猴一点都不好玩，是吗？"

我考虑要不要把昨晚见过复制人的事告诉他，但我答应过艾什不会告诉任何人，而且我不想让内特也背上包袱。于是，我只是说："一点都不好玩。"

我们从班车上下来，加入人群。瑕人在划分摊位的石柱之间笨拙地走来走去，为玉人主子买卖商品。这里飘散着熟肉和香料的香味，微风中，一卷卷五颜六色的纱线正在抽动着。玉人从中脱颖而出。他们高挑，纤瘦，骄傲，大部分是士兵，拿着步枪。偶尔有平民从我们眼前溜过，他们抬起下巴，好像闻到了恶心的气味。对他们来说，我们只不过是动物罢了。我捏起拳头，仿佛想把怒气从身体里拧出来。

"你能去面包店帮我吗？"萨斯基亚一边说，一边将头发挽成一个松散的辫子。

我们走近一个木头摊位，上面有很多条面包。那种发酵的温暖香味让我想起了在布列塔尼的假期。爸爸总是将我们带进面包店，每一次，内特说"面包店"时，总会把这个单词中的字母"g"说得很生硬，然后哈哈大笑。一想到爸爸，我就感觉到一种被扎了的疼痛，因为他胡楂里经常卡着面包屑。

萨斯基亚递给我们一些崭新的白手套。我把手指伸了进去，开始整理面包。面包很新鲜，我一触摸，面包皮就裂开了。内特拿起一根法棍，咧嘴笑了，我怀疑他也记起了那个生硬的字母"g"。

我正用一张蜡纸包着一块面包，这时我发现艾什在附近的一个苹果摊上。他看到了我，扬起一道黑色的眉毛。他走了过来，四肢麻利而自然，给了我一个苹果。在他洁白的手套上，这苹果颜色鲜红。

"走开，松鼠。"萨斯基亚说。

"我只想跟维奥莱特谈谈。我保证一会儿就说完。"

一个卫兵在附近徘徊，显然萨斯基亚不想惹麻烦，于是她拿出硬币，咕哝着说："五分钟。"

他又帮我包了一块面包，但一言不发。

"我以为你会回去找妈婆的。"我最后说。

"我想看看后来你是否还好……你知道的。"他小声说着，不想让内特和萨斯基亚听见，"我想让你看那些东西是错误的。"

"我想知道真相。"我轻声说。

当我们伸手去拿同一块面包时，我们的手指瞬间接触了，手套碰在一起。他抬起头，微笑着。

一个声音飘了过来："你的手套呢，瑕人？"

卫兵厉色看着我们。我的心跳到了嗓子眼。我向下瞥了一眼，看到了我们手上的白色棉布。这意味着他要么在跟萨斯基亚说话,要么是在跟内特说话。

我转过身来,我最害怕的事情得到了证实,在一阵白色的面粉尘中,内特那双粉红色的手隐约可见。

他意识到卫兵在向他喊话,脸上掠过惊恐的表情。

"我——我——"他支支吾吾,"我的手……热。"

卫兵眯起他绿宝石一样的眼睛。"你的手……热?"

内特的身体似乎关闭了——胸膛不再起伏,眼睛不再闪烁,手指扣着柜台的边缘。我有种强烈的冲动,想冲向他,把他抱起来,保护他。但艾什低声说:"不要。"为了不把事情弄得更糟糕,我控制住了。

卫兵紧紧抓住他的步枪:"你居然把你那双脏兮兮的手放在我们主人的食物上?"

内特想摇头,但他只是翻了翻眼珠。

卫兵皱起眉头。他面容消瘦,就好像刚松开了一根将他的五官连在一起的绳子。"你的舌头和手套被猫吃了吗?"

萨斯基亚走上前来,低眉顺眼,手掌朝上,好像在投降。"对不起,长官。我会让他受到适当的惩罚的。我们回到庄园后,我要亲自用手杖抽他。"

我从没听过她这么顺从的声音。我猜她是想拯救他,让他免受比鞭刑更残酷的刑罚。汗水刺痛了我的后颈,我的大腿开始颤抖。

卫兵挥着手打发她:"闭嘴,奴隶。除非你也想被剁掉手。"

"不!"我脱口而出。

卫兵转动了一下:"谁说的?"

我张开嘴要回答,但世界看起来有点模糊,此刻,我忘记了自己在哪里。

"我说的。"艾什说。

卫兵笑了。"你的声音真是太像个娘们了,瑕人。"他瞪着艾什,"好像我们可以做两场截肢手术,让你们一样。"

他把内特从摊位后面拖了出来。

现实情况冲击着我,我的身体感觉就像掉进了熔岩缸,炽热而且义愤填膺。"不!"我又尖叫起来。我正要冲过去,但艾什和萨斯基亚拉住了我。我踢打着,想挣脱他们,但他们力气太大,我像颗弹球一样在他们之间弹来弹去。几个卫兵来了,指着我,哈哈大笑。

"他们要砍掉他的手。"我尖叫着,想从这几个词中找到感觉。那个复制人出现在我的意识中——成形了一半,半死不活。内特,内特。他们不能这样对内特。

艾什捂住我的嘴:"维奥莱特,如果你继续像这样,他们会杀了他的。"

但是我不能停止挣扎。我只希望我能找到内特,这样他们会让我代替他。

他们把内特拖到广场的一个角落,用巨大的身体挡住了他。一大群人围了起来,但即便隔着这么远的距离,透过观众,我想我也能看到他那延伸到指甲的光滑、稚嫩的皮肤,那白色的手掌。在他瘦小的手腕下,他的血管分布清晰可见。我感到一阵恶心,开始咳嗽。

他们让他跪下,在他前臂上缠了个塑料止血带。这是不可能的。

我突然感觉我和自己的身体分离了，我不知道它是在挣扎，还是像个玩偶娃娃一样任人摆布。我看着他垂下沙色的脑袋，眼泪簌簌地落在面前的地上。我记得我们在他还不到一岁的时候就击掌庆祝，然后，当他两岁的时候，我们一起敲打着拳头，高喊着："马铃薯！"我还记得他的第一堂钢琴课，他那细嫩的手指还没法跨越第五个音。我感觉一种湿热的东西从我脸颊上滑了下来，一直流到我舌头上，味道像盐水。

　　人群安静下来，卫兵将一把弯刀举过头顶。它在空中盘旋着，在正午的阳光下，宛如一弯新月。

　　"卫兵！"一个女玉人推搡着穿过人群。她美丽的面孔显然带着怒气，紧随她身后的是一个同样英俊的玉人男子。尽管我眼里含着泪，尽管我正惊恐万分，我还是认出了他们：爱丽丝和威洛。

　　"等一等。"爱丽丝挡住了内特，这样卫兵必须先从她身上砍下去才行。但威洛犹豫不决，脸上掠过一丝不确定的神情。

　　"我要求立即停止。"爱丽丝喊道，她深红色的裙子在微风中飘扬着。

　　萨斯基亚喘着气："那不是……吗？"

　　卫兵转移了中心，但那把刀依然高悬着。"这是什么意思？"

　　爱丽丝转过头，但毫不让步："我认识这个瑕人，他在为我父亲工作。如果他的手没了，爸爸会大发雷霆的。"

　　另一个卫兵上前一步："小姐，恕我直言，瑕人多的是。再找一个吧。"

　　爱丽丝笑了："哦，不，这个不可替代。"

"这太不寻常了，小姐……"拿刀的卫兵正在回想她的姓氏，他的疑心显然被唤醒了。

威洛终于走了过来："爱丽丝，她叫爱丽丝。你可能没注意到，她和我在一起。"

卫兵们第一次见到他，脸上再也没有一丁点骄傲了。"哈珀主人，我很抱歉。"他们扣住了布帽。

我身体里的血液又开始流动，世界又回到了原来的样子。我觉得艾什抓着我的手松开了一点。

威洛清了清嗓子，显然有点尴尬："如果爱丽丝小姐说应该放过这个瑕人，毫无疑问，我会支持她。"

几个卫兵赶紧鞠躬，一起说着："是的，当然了，哈珀主人。"

爱丽丝站了起来，卫兵立刻松开了止血带。我像是听到了发令枪响，一个箭步冲过集市广场，身后是艾什沉重的脚步声，没和我同步，他有点跟不上我。我把内特抱在怀里，把头埋在他肩膀和脖子之间柔软的曲线上。他一头昏倒在我身上，浑身无力。我忍住眼泪，拂去他脸上的头发。"乔纳森，乔纳森。"我轻声叫着，带着他回到摊位。我用了爸爸妈妈给他起的名字。现在，对他来说，我是最接近父母的人。他身体颤抖，双手呈现出奇怪的蓝色。

"你还好吗？"艾什说着，一只胳膊把我们俩都围了起来。

内特抽泣着："他们真要那么做了，仅仅因为我摘掉了手套，他们就要砍掉我的手。"

"他们是怪物。"艾什给了我一个意味深长的表情。

人群散开了，卫兵们回到了岗位上。如果不是我脉搏跳个不停，如果没看到内特面如死灰的表情,你会认为刚才什么都没发生,就好像砍掉一个十四岁男孩的手对玉人来说再正常不过。

威洛终于注意到了我——我抱着内特,正在大哭。那张完美的脸上露出震惊和内疚的神色。我毫不客气地瞪着他,拒绝移开目光。我们都知道他不会说出来,如果爱丽丝不在,他并不会制止卫兵。我记得另一个晚上他在果园里说过的话:一直以来都是这样的。我想起了那九个套索,那纷纷倒下的一排瑕人,猿猴不得入内的标记,还有那漂浮的截肢男孩。我觉得愤怒让我长高了,我好像有6米、9米甚至12米高。我不想告诉他我爱他,我想掐死他。从他的表情来看,他看得出来我在想什么。

爱丽丝轻轻地挽着他的胳膊。就在他们离开之前,她回头看了看。

"谢谢你。"我对她做着口型。

她露出美丽的笑容,眨着眼睛。

## 27

关于青蛙,爸爸曾经跟我讲过一件很酷的事情:

"如果你把一只青蛙放进一锅沸水里,它会立刻跳出来,用脚挠着烧烫的屁股。但如果你把同一只青蛙放进一锅冷水里,然后慢慢地加热,这个愚蠢的家伙就会待在那里。它扯掉自己的蛋蛋,直到水烧开了,它才呱呱叫。真的。"我爸爸很风趣。他知道很多乱七八糟的事情。我想内特就是从他这里听说的。

嗯,我感觉自己就像第一只青蛙,被推到一锅沸水里,屁股被烫着了。但是其他瑕人,他们就像第二只青蛙。他们在锅里待了这么久,已经习惯了高温。一个男孩子差点被砍断两只手,这对他们来说是正常的事情。他们已经习惯了被叫作"猿猴",被性侵甚至被卫兵开枪打死也无所谓,就像《绞刑架之舞》里的另一天。

但和第一只青蛙不同的是,我无处可逃。我被困在该死的锅里,倒数着日子,直到被绞死。

我们一回到庄园,内特就爬进他的铺位。甚至萨斯基亚似乎也有点担心他,让他吃了一块大面包,并把被子拉到他下巴下面。黄昏降临了，我知道我必须去果园，最后等威洛一次。出发之前，我吻了吻内特的脑袋，吸入他的气味。他睡着了，我特意又吻了他。

我离开时，萨斯基亚抓住了我的胳膊："记住！你只是假装喜欢他。"

"没关系的，萨斯基亚。你看到了集市上发生的事情。"他让被截肢的兄弟漂浮在容器里，我心想。

她笑了起来，好像她什么都知道，而我什么都不懂。"不管是瑕人还是玉人，男人都是混蛋。"

我勉强地笑了笑，拖着双脚走向果园。我依然处在被吓懵的状态，对寒冷浑然不觉。我在脑子里排练着台词。我知道这是最重要的场景——中途转折点，最终威洛跟着罗丝进了城。但那些台词好像粘在了一起，我就是说不出来，因为我不想告诉威洛我爱他，我想对他说他是个大笨蛋。

我走在湖边，看到了月亮在湖中的完美倒影。我不由自主地笑了起来，这多有趣啊，映像、回音，都和所反射的东西一样真实。我伸手摸到了一块石头，接着我把它扔了出去，将水中那个银盘砸得稀烂。

"维奥莱特。"

我转过身，艾什正在走过来。他把脑袋歪向一边，我感觉有个东西钻进了我的肚子，拉扯着我的内脏。

"你怎么了？"他问。

"你这话是什么意思？"

"我认出了那个玉人，还有那个女孩，在集市上。"

我看起来一定是困惑不解的,因为他叹了口气:有点生气。"我给你一个提示:大脚板。"

我不知道该怎么解释,也没有时间。几分钟内我必须见到威洛。"听着,这真的很复杂。"

"你告诉我说她不是玉人。"他听起来有点受伤,甚至被背叛了。

"她不是。"

"她真的是个间谍吗?"

我拉起他的手:"总有一天我会解释的,我保证。"

"你在对我隐瞒,在我带你看了那个之后……"我知道他是什么意思,他生气了,我一点也不意外。

"我会告诉你的,我保证……只是不是现在。我得去见一个人。"

他睁着一双锐利的大眼睛审视着我:"你不是当真要去见他吧?"

"是的。"

"你不可能真的喜欢他。你看到了那些复制人,看到了他任由卫兵砍掉内特的手。"

"我知道。"

"你知道他永远不会和你在一起,而且法律禁止他这么做。最后,你会在绞刑架上跳舞。"

"艾什,我知道。"

"那你为什么要这么做?"

我想告诉他一切,从动漫展开始,直到在湖边的此刻。我想拆掉那堵用秘密和谎言堆砌起来的墙,我想让他知道我的真实身份,但最重要的是,我想用胳膊搂住他的肩膀,然后把脑袋靠上去,我知道我们能紧贴在一起。但我知道我不能做这些事情,这里有太多的利害关系。我感觉我的身体就像一组相互咬合的零件,而不是一个整体,我好像是一个用钉子固定起来的奇怪木偶。

他叹了口气,他的呼吸像雾一样悬浮在我们之间:"你对他真的有感情吗?"

"我……我不知道。"

"如果你想要一个人,不应该只因为他……"他的嘴巴有点扭曲,"因为他们有完美的胸腰比、完美的颧骨和最漂亮的头发。如果你想要一个人,应该是因为他……我不知道……真实,真诚。"

我情不自禁地瞥了一眼水面,月亮的小碎片仍在水面上舞动着。我回头看着艾什,他那有点骄傲的鼻子,他那不可思议的淡蓝色眼睛,还有他那张嘴巴,我知道,只要他咧嘴一笑,他的其他五官就会黯然失色。接着,我想起了内特、爱丽丝、凯蒂和家。我必须继续遵循原作。我必须让这两条线再次交织在一起。以前,我一直坚持遵循原作,坚持可预见性,但现在,我感觉好像有人要把我从中间拽下来。"我知道,我知道。"

"我的意思是,他甚至不知道你的真实姓名,你的名字这么可爱,这么——"

但他没有来得及说完,我就已经倾身向前,开始吻他。他回我以吻,嘴唇暖暖的,软软的。他的呼吸充满了我的鼻孔,我旋转着,飘浮着,像枫树的种子,带着喜悦飞向天空。他的手指沿着我的脊椎画出一个精美的图案,我觉得我无法再深呼吸了,我的肺好像就要破裂。我把他拉得更近,他的身体紧贴着我的——我们真的很贴合。

但脑子里想着爱丽丝、凯蒂和内特,那种可怕的撕裂感又回来了。

那该死的原作。

那该死的蝴蝶。

我抽离了身体:"我很抱歉。"

他看着我的脸:"你……你只想要他吗?"

谎言就像一根刺,刺痛了我的喉咙。我想起了凯蒂的信。整个世界都是一个舞台。我用力咽下一口气,一个词一个词地说:"是的。我只想要威洛。"

他一言不发,转身走开了。

## 28

我来到果园，忍住了眼泪，擦着他吻过的嘴唇。我真是一团糟，吻错了角色，爱上了错误的人。也许莎莉·金是对的："也许你可以在几天爱上一个人，只要这是那个对的人，只要你们合适。"看在老天爷的分上，维奥莱特，我告诉自己，他来自另一个现实，另一个宇宙，而你会回家的。身体悬挂在绳子下的情景涌进我的脑海——还有两天，我就要上绞刑架了——我努力地将这一幕从脑海中抹去，用力地眨着眼睛。

我一遍又一遍地在脑海中回想那些我最害怕的事情：考试不及格，或者被橄榄噎住。我根本没注意到我有多冷，天有多黑。最后，午夜的钟声响起了。

我的心一沉。

威洛并没有来。

这是最重要的场景，威洛放了我鸽子。我感觉我的脸丢尽了。我失败了。不管出于什么原因，他不想要我了。内特说得对，我应该坚持剧本。我回想着绞刑架之舞、那个吻，还有集市。

我突然想明白了。集市上。他当然很尴尬。他没有为一个对我来说很重要的瑕人挺身而出。他让我很失望，他知道。我感觉心跳缓慢。我只需要去见他，告诉他没关系，让原作重回正轨。

我不再想艾什，不再想套在我脖子上的绳索和那被截肢的悬浮的身体。我重新意识到了自己的目标。我吸了一大口苹果味的空气。

我跑向庄园，绕到它后面，盯着那棵橡树。威洛的窗口还有光。他还醒着。我试着往那里扔了几块石头，但树枝挡住了石头的去路，我没能引起他的注意。我能做的只有一件事：爬上那棵该死的树。

我记起了艾什的建议，慢慢地，稳稳地爬着树枝，每次只放开四肢的一个，先试探一下树枝，再把全身的重量都挂在上面。嫩枝打着我的脸，树叶落在我的头发上面，手也被树皮摩擦了好几次，但我能慢慢地往上爬了。

我快靠近树顶了。我不往下看，总是抬头往上，期待着冲破树叶，能看到星星，能享受到微风吹拂在我脸上。当我靠近威洛的窗户，准备一拳头敲打在他的窗玻璃上时，我实际上是笑容满面的。我——维奥莱特——爬上了一棵古怪的树，让一个玉人爱上她。我觉得自己战无不胜。我在树枝上轻轻摆动了一下，幸运的是它能承受我的重量，然后我咯咯地笑了。我的双手张开，被他窗户里透出的光照亮了。最后，我把身体向上拉，这样我就能直接看见他的房间。

他躺在床上。我能看到他那完美、肌肉发达的身体，周围是皱巴巴的缎子被褥。我看到了他臀部的形状，躯干的线条，大腿上的小伤疤。他睡着了，胸部正在有节奏地起伏着。

在那张床上，他并不是唯一一个赤身裸体躺着的人——这是我个人的中途转折点。

她躺在他身边,金色的头发散落在枕头上,那双古铜色的长腿和他的纠缠在一起。

所有的男男女女都不过是演员。

爱丽丝。

## 29

爱丽丝突然睁开眼睛。她直直地看着我。起先,她只能看到我所看到的——从她的窗玻璃上反射回去的一切:一个光线柔和、有着古铜色躯体的世界。但我看到她的焦点发生了变化,她的表情从满足变成了震惊,因为她的目光穿透了自己的映像,看到了我的目光。慢慢地,她的表情变成了接受,就好像她知道我会来这里找到她。

我只有一个本能:逃离。我拖着脚步回到树枝上,眼泪落在我面前的木头上,然后我开始疯狂地爬下树。我忘记了艾什的建议,颤抖着,摸索着,跳着穿过树枝,嫩枝和树叶划着我的手和头皮,在最后一根树枝上,我失足了,地面似乎不知从哪里冒了出来,承接着我的后背,将我肺里的气体赶了出来。我躺在那里,怒视着那棵该死的树,大口大口吞了几口空气,感觉自己快要窒息了。我要将那可恶的一幕从脑海中抹去。

还没有见到她,我就先听到了她的声音。她的脚步在沙砾上嘎吱作响。她温柔而有点着急地呼喊着我的名字:"维奥莱特,维奥莱特。"

她在我旁边跪了下来："你摔得很严重吗？"

"是的。"我勉强地回答了她。

"你撞到脑袋了吗？"

我用一只手摸了摸额头："没有。"

她扶我坐好。她身上的香水味让我平静了下来，但接着我开始对自己感到愤怒。我将她打量片刻。她没化妆，头发随意地卷在肩膀上，身上裹着一块白色的绸缎床单，可能是为了掩盖她的赤裸，而不是保护她不受寒冷的侵袭。她看起来很自然，有那么一会儿，她仿佛变成了从前的爱丽丝。

"这是怎么回事？"我声音里的脆弱让我吃惊，她也颇感意外。

"我……我很抱歉。我不知道还能说什么。"

"难道你不想回家吗？"

"我曾经想。但后来发生了这件事。"

"什么事？威洛吗？"

"我想是吧……还有更多。"她猛地挥了挥手，"仙境。"

"见鬼，爱丽丝。你这么做不是因为爱情吧？你只是想成为他们中的一员。"我摇摇晃晃地站起来。我的肺还在疼，我的身体依然缺氧，但愤怒有了力量，我能让自己直立起来。

"为什么不呢？"她也站了起来，那床单裹在她身上，像一块精心雕琢的糖霜酥皮，"玉人都对我好。瑕人把我当作麻风病人，剪掉我的头发，想绞死我，还把我锁在塔里。"

"是的，他们也想绞死我，记得吗？"

"那么你明白了吗？"

"不，事实上，我不明白。如果你看到我所看到的，看到玉人是怎么对待瑕人的，你会很快改变态度。"

"也许，如果你处在我的位置上，会改变的是你。"

我的拳头紧紧地攥着。"看在老天爷的分上，爱丽丝。玉人这样对待你，只因为他们认为你是他们中的一员。"

"所以呢？"

"所以……当你感冒了，或者你开始像正常人一样衰老了，会发生什么？或者你……我不知道，当你去酒吧做测验，不能回答所有的问题，因为你的智商并不高，这时会发生什么？"

我显然触动了她的伤心处。她后退了一步："你是说我很胖吗？"

"好吧，如果你想待在这儿，你就待着吧。"我绕过她，走向树林。我的靴子拍打着草地，身体僵硬，怒火中烧。

但是她追着我跑过来了，抓住了我的胳膊："维奥莱特，请试着理解我，我从来没有适应过，无论是在什么地方。这里是我第一次没感觉到不同的地方。"

"可怜的爱丽丝，这么漂亮一定很不容易吧。"我把胳膊从她手里拿开。

"我不是这个意思。"她绕到我面前，挡住了我的路，"我在这里很开心。"

"哦，你只关心自己，不是吗？你想过凯蒂吗？如果索恩发现你来这里只为了和威洛赤裸体躺在一起，他会对她做些什么？"

她脸上掠过一丝表情，我看得不大清楚。是内疚吗，后悔吗？这时，我第一次注意到她没戴那条心形项链。

被背叛的感觉刺痛了我。"你不仅在破坏我们回家的机会,还在拿我们的生命冒险。"

"索恩不会伤害凯蒂的,他那么喜欢她……那显然只是个威胁。"

"你是在安慰自己罢了。下次你告诉内特吧,如果卫兵要砍下他的手,你干脆告诉他这显然是个威胁。"

这让她不安了,她眉头紧锁:"听着,维奥莱特。我知道那些卫兵无法无天,但威洛和他的家人,他们实际上真的很不错。他们绝不会做那样的事。"

愤怒充斥着我身体里的每一个细胞。我想起了那个在容器里漂浮的截肢男孩,想起了那个让艾什远离了我的承诺。"是吗?你为什么不问问威洛他在庄园底下的地堡里存放了什么?"

正如我所料,她看起来并不困惑。她没有紧锁眉头,漆黑的目光并没有动摇。她看起来很温顺,难为情。

"可是你已经知道了,是不是?"我说。

她看向别处,拉了拉床单:"我看见了威洛腿上的伤疤,我问他发生了什么,他告诉了我。"

"关于他被肢解的亲人,是吗?"我的声音渐渐抬高了。

"你是说复制人吗?是的。"

我怒视着她,让她看着我的目光。"把他们称为复制人并不能改变他们是人这一事实。"我停顿了一下,立刻想明白了一件事,"等一等。是威洛告诉你的?所以威洛也知道,对吗?"

"是的,当然。他们是他的腿。"

我现在就可以揍她。我的双手紧紧地扣在一起——这是绝望的祈祷。"不。这就是重点,爱丽丝。他们不是他的腿。"我把每一个字都清楚地吐出来,让她听明白,"他——从他兄弟那里——偷了——那些腿。"

"你这是在危言耸听。"

"哦,真的吗?"我尖叫着,但我怒不可遏,音量失去了控制,"也许你不该阻止他们砍掉内特的手。这样你可以和新伙伴一起去喝咖啡了。"

她走向我,她的声音很平静,好像我才是那个不讲道理的人。"听着,维奥莱特。事情没有听起来那么糟糕。所有的复制人都昏迷了,他们不会痛苦,甚至意识不到自己的存在。"

"哦,好吧,是没关系,只要你切掉他们的重要器官时他们无法直视你的眼睛。"

她不理睬我,继续用她那平静的语调说:"哈珀家族给他们的复制人建造了一个特别的藏身之处,以保证他们的安全。"

"是的,我知道,我找到了。相信我,他们一点也不安全。"

"冷静,维奥。"只有爱丽丝才能这么从容地穿着我那个假前男友床上的床单和我讨论器官窃贼,"听到了仓库卫兵的谣言后……你知道的……卫兵在复制人身上做手脚,他们建了个特别的藏身之处,保证他们的安全。"

"做手脚……比如?"我支支吾吾,说不出来。

"天呐,你太天真了。比如性方面。"

我用手捂住耳朵,无法处理这些额外的信息,尽量让我的大脑不要崩溃。"天呐,爱丽丝。情况越来越糟了。"我的声音听起来很可笑,就像在我脑袋里。"我不想听你说任何话。我再也不认识你了。"我压低声音咆哮着,"你让我恶心。"我从来没对爱丽丝说过这句话,甚至因为阿尔菲·皮奇要我去跳八年级迪斯科,她把我最喜欢的T恤塞进了厕所时,我也没有这么说过她。还有一次,她偷走了我的代数作业,谎称那是她写的,我还因此被留校了,我也没有这么说过她。我以为她会崩溃,会哭出来。

但她只是笑了笑,实际上她在哈哈大笑:"你只是嫉妒。"

"嫉妒什么?"

"我,玉人,我们完美。"

"如果完美意味着丧失人性,那你大可以保持。"那颗银色的心在我手指上,我突然发现它摸起来是那么尖锐、冰冷。我紧紧抓住链子,用尽全力拽着。可能是扣环歪了、断了,也可能是最薄弱的一节松开了,总之它从我脖子上掉了下来,这也太容易了,我甚至有点失望。我把手伸了出来,给她看。

她的手指捂着光光的喉咙。"维奥莱特。"她的声音小了,我们彼此凝视,"对不起,"她最后说。

"不用麻烦了。"我愤怒地指了指庄园的房子,"你还是把长袍派对带回去给你的情人吧。"我听起来是那么愤愤不平,差点认不出我自己。

听到我这么说,她退缩了:"我这么做是为了我们俩。"

"废话。"

"我不想看着你……"那个词卡在了她喉咙里。

"说吧。"我的头脑发涨,快要爆了,"说吧。"

"被绞死，"她喊道，"我不想看到你被绞死。"

"胡说！你只是不想回家而已。"

我转身跑向树林，项链软软地挂在我手掌上。这一次，她没有跟上来。

## 30

冲回茅屋时,我的感觉怪怪的,就好像一部电影里的某些地方被拉伸了,另有几个地方被剪掉了,像梦一样,支离破碎。风吹得我的脸已经麻木,灌满了我的耳朵。但它无法掩盖一个事实:我最好的朋友背叛了我。

我推开茅屋的门,我的表情像个警报器,从茅屋里每个奴隶身上都能看到。

萨斯基亚朝我冲了过来,她把易怒的一面暂时隐藏了。"维奥莱特?发生什么事了?"

"爱丽丝。"我几乎是在自由自语。

马修把我带到一张椅子上。

"爱丽丝。"我重复了一遍,就好像重复一遍便可以少一些伤害。

内特从聚集的人群中挤了过来。"她怎么了?"他问道,脸上夹杂着关切和痛苦。

萨斯基亚朝围观者吼道:"没有经过我的允许,都不得打听与自己无关的事。明白了吗?"

他们继续忙着自己的事情，假装我们不存在。

"怎么样？"内特说。

我颤抖着，深深地吸了口气，几乎没有注意到空气中潮湿的臭味。"我看见他们在一起了。爱丽丝和威洛，在床上，他们，你知道的……或者至少他们已经……"

"贱人。"内特说。

"内特，注意你的语言。"出于习惯，我嘟哝着说。

萨斯基亚靠在桌子上，慢慢叹了口气："好吧，好吧，这还不算太糟。爱丽丝是站在我们这边的，对吗？她在为索恩效力吧？我猜她是他的后备，万一你勾引不了威洛呢。"

"这不仅仅是勾引威洛。"我把手放在她的手上，希望我能让她明白。她把手抽了回去，但我继续解释着，"还有比获取杰里米·哈珀的秘密更重要的事情。"

"比如什么？"萨斯基亚说。

比如完成原作，回家。这些话仍然沉重地压在我的舌头上，使我张着嘴巴。

萨斯基亚转过身，我看不到她的表情，但她挺起身板，扬起了拳头。"好吧，如果爱丽丝在执行任务，我们最好把你撤了。我们回总部去吧，看看索恩想怎么做。"

一想到被爱丽丝打败，我就受不了。一想到要离开艾什，我也受不了。一想到永远回不了家，我更受不了。我能感觉到内心的恐慌。"不。我想留下来。"我没想到我能这么坚决，"我想赢回他，把这事纠正过来。"

"我不是在问你,我是在告诉你。"萨斯基亚转过身面对着我,她右眼下方正在抽搐,"你觉得我很高兴吗?我和马修为这件事忙乎了几个月,接着一个长腿的娃娃脸插了进来,抢了风头。"她转身,对自己说,"如果罗丝在,是不会这样的。"

如果我当时能认识到自己的不足该有多好。我错了。她的话让我心灰意冷。这看起来太不公平了,如果爱丽丝没有干插进来的话,我差点就成功了。内特把手放在我肩膀上,至少暂时能让我不至于流出眼泪。

马修终于说话了:"拜托了,萨斯基亚。我们又不知道。"

她把手放在臀部,上下打量着我,嘴里发出愤愤不平的苦笑。

恐慌变硬了,成了愤怒。我还没有从与爱丽丝的冲突中回过神来。"你以为我想这样吗?来到这么可怕的地方,被那个控制员绑起来,差点被一个卫兵袭击,眼睁睁看着内特的手差点被砍断,被人叫作猿猴,不被当人看待,没法睡觉,一直饿着肚子,还看着最好的朋友背叛了我。"我拉了拉衣服,"还有这可恶的工作服,你们怎么忍受得了,穿上去就像个傻瓜。"

她眼睛周围的皮肤紧绷了起来。"稳住,公主。你这么说话,让人感觉你不是个瑕人。"

"我当然是瑕人了。我堂堂正正!"

"我们乘下一趟班车出发。现在去收拾你的东西。"她冲出茅屋,使劲地摔门,门铰链呻吟着,房梁上的灰尘掉落了下来。

"还有什么东西是可以收拾的?"内特指了指我们空空如也的床铺,声音里充满了讽刺,有点逞强。他把手放在我的肩膀上,好像我是根拐杖。

马修消失在一块隔帘后面。我听见他在铺位上滚来滚去。"下一趟班车要到天亮才来,最好睡一会儿。我们可以先去。"

尽管几乎没睡过觉,但我不觉得累。我还能感觉到肾上腺素的残余,而我的身体已经忘记了黑夜和白天。最后,我走进厨房。内特跟了上来,我们开始往口袋里塞面包,往瓶子里装浑浊的水。

"她怎么能这么做呢?"我小声地说着,水龙头还在隆隆地响着。

"什么?爱丽丝吗?你是说她自私,睡了她梦想中的男人?这是个谜。"

"内特,注意言辞。"

他笑了。"睡这个词算我没说。"他拧好一个瓶盖,指关节发白。他抬起头,看上去很严肃,"她显然想留下来。"

"她就是这么说的。"

"你跟她谈过了吗?"

"更像是对她吼叫。"

他点头表示同意:"你有没有提醒她为凯蒂想一想?"

"是啊。她拼命破坏原作,这样她就可以留下来。"我想起那排瑕人,那闪闪发光的弯刀,那悬浮在容器里的复制人,"她怎么会想到要成为他们中的一员呢?"

内特叹了口气:"就像爸爸跟我们讲过的津巴多实验一样。"

我摇了摇头,他突然转变话题,我有点懊恼。

"你知道,他们抓了一群学生,让其中的一半当囚犯,一半当卫兵。几天之内,他们就表现得像真的一样。"

我笑了:"你怎么还记得这些,你才十四岁。"

"因为我把大脑里杂七杂八的东西都清除了,比如我住在哪儿,我叫什么名字。"

有那么一段时间,一切又恢复了正常,只有我和内特在继续收拾东西。但那一刻很快就消失了。我叹了口气:"我们该怎么办?"

"芭芭知道。"

"她不知道这件事。"

他没有回答。

那天早上,我们乘第一辆班车离开了庄园。我们四个人在满是露水的空气中瑟瑟发抖。我盯着前面破旧的头枕,在我疲惫的眼睛面前,它的纤维开始打马赛克。我不敢再冒险往窗外看,直到哈珀庄园在身后渐渐远去——它宛若一颗棉花糖,美丽,清香,却很脆弱。

我找过艾什,但他再次消失了。我一直没机会跟他说再见,也没有告诉他哪怕只是一部分真相。现在,他总是认为我想要的是威洛。我把眼泪咽了回去。

班车催眠般的节奏最终把我推向了梦中的世界。爱丽丝、凯蒂和我站在学校舞台上——体育馆里一个从来没有用过的舞台,因为它又小又脏。爱丽丝穿着伊丽莎白时代的礼服,一身的银色和绿色,就好像她就是斯莱特林女王。她看起来像个沙漏,鼓起来的裙子在腰部收窄,最后张开精致的白色蕾丝衣领。凯蒂和我看起来更像仆人,穿着黑色的罩衫和围裙,脏兮兮的头发塞在同样脏兮兮的帽子里。

"现在来吧,仆人,"爱丽丝以君主的口吻说,"别让观众等着。"

我第一次注意到大厅里坐满了观众,每个人都在盯着我们看。

该我说台词了。我知道该我说了,但我永远都记不住我要说什么。

"维奥,"凯蒂小声说,"维奥,拜托了,我就指望你了。"

人群开始窃窃私语,但他们很快就被我的心跳淹没了。我撬开下巴,用力吸了口气,乞求词语快点在我大脑里形成,然后转移到我的舌头上,但我的意识好像被脱掉了衣服,只剩下光秃秃的一片。

人们开始大笑起来。这时我看见了妈妈,她正站在观众中间。她摇着头,好像很失望,就像我醉醺醺地回到家,然后吐在了沙发上的时候。即使离我10米远,她也好像在我耳边低语:"来吧,亲爱的。说点什么吧。对我说。拜托你说点什么,醒醒吧。"

我惊醒了,内特在我身边。

"你还好吧?"他问道。

"是啊。"我的手摸着工作服,寻找着凯蒂的信。我把它留在了茅屋里,塞在一个摇摇欲坠的餐柜后面。我担心过境时它会被卫兵发现。这会引起怀疑,把我们送上火线,一个被认为是文盲的瑕人居然拿着一封信。但信上的那些话似乎已经渗入我的皮肤和血管,如果你把我割开,会发现我流着墨黑色的血。我想哭。整个世界是一个舞台,我则是最烂的演员。

离开牧场比进入牧场要容易得多。没有清洁流程,因为你怎么能污染一个到处都是疾病和污水的城市呢。只有几个面无表情的卫兵在我身上从上到下拍了拍。他们把我的面包扔进了垃圾箱,我的肚子正在咕咕叫,他们却大笑起来。

我们和其他奴隶一起穿过城门,我已经为腐烂的鸟的臭味做好了准备。但这一次,它非但没有压倒我,反而出奇地令人安心。至少它知道它很臭。此刻,我被身体比例严重失衡的畸形瑕人包围着,视线所及之处一个玉人也没有,我感觉自己就像刚从动物园回到了家里。

不管怎么说,穿过这座城市时,我真是无地自容。有一半的时间,我在回想原作。这个时候,威洛正秘密地跟着罗丝穿过这座城市,穿着灰色工作服,头发乱蓬蓬的,脸上抹着灰尘。另一半的时间里我在准备怎么面对索恩。我知道你不能取代罗丝。我把爱丽丝派过去了,我做得很好。现在,你们所有人都得在这个地方度过余生。

至少我可以看到凯蒂了。我想念她柔和的利物浦口音,她脚踏实地的生活方式,她总能让我发笑。我想跟她讲艾什,复制人,以及爱丽丝这个贱人。凯蒂会叫她骚货,我也暂时得以忘记这一切有多恶心。

凯蒂,我突然想到了。索恩会杀死凯蒂。我开始崩溃,我的手开始颤抖,我的关节僵住了,我的肠子拧在了一起。我一直都知道这是真的,但只有当我们接近总部时,现实才会变得明朗起来。也许,仅仅是也许,爱丽丝是对的,他太喜欢她了,所以不会伤害她。

"维奥莱特?这是什么?"马修问。

"凯蒂,"我说,"我的任务失败了。"

"我们试着和他谈谈。"萨斯基亚说。

马修点了点头:"萨斯基亚的话,他还是能听进去的。"

"他不听任何人的,是个傲慢的家伙。"萨斯基亚看见我一脸紧张,笑了笑,"但是他不会杀你的伙伴,我保证。我认为他喜欢她,他可能会喜欢任何人。"

我暂且相信这句话吧。希望凯蒂能和他成为朋友，至少足以阻止被他杀死，但不至于被他耍了。想到凯蒂的处境这么艰难我就发抖，她的角色太难扮演了。我不能失去凯蒂。在过去的几天里，我清楚地意识到了她对我有多重要，不仅仅是因为爱丽丝的背叛，还因为凯蒂总能告诉我哪儿出错了。我想象着她那不时穿插着滑稽脏话的声音告诉我一切都会好起来。自从我四岁以来，爱丽丝一直是我最好的朋友，这是不能忽视的历史，提升了她作为我好姐妹的地位。但是，如果让我走进一个看不见过去十三年的房间，把我友谊的记录板擦干净，我会选和凯蒂一起喝龙舌兰酒，而不是爱丽丝。

我的眼睛掠过被遗忘的诡异的街道标志，最终，我的世界里只剩下单调的灰色和单调的脚步声。太阳慢慢划过天空，光线几乎穿透不了我的皮肤。这时，我第一次注意到我周边视野里闪过一个穿着坏布的身影。我胳膊上细小的汗毛僵硬了，我有种强烈的感觉，有人在看着我，跟着我。我胸膛里有一丝淡淡的希望。也许，只是也许……但我不能让自己去想，因为如果我错了，我会再次经历那种彻底的失望。

内特在工作服里找到了一些没有被卫兵发现的面包，把它拿了出来。萨斯基亚拿起一块，给了马修一半。"我们可以边走边吃。"她说。

一些碎屑从内特嘴里掉了下来。他看着我，咧嘴一笑："汉塞尔和格莱托回家了，不是吗？"

"是的，但是鸟儿把面包屑吃了。"我回答。

萨斯基亚戳了戳我的背。"谁说你能说话的？"她有些凌厉。

她也担心见到索恩。

"他们是怎么回家的呢?"象征性地停顿了一下后,内特低声说。

"他们杀死了女巫。"我小声回答他。

"嘘。"萨斯基亚再次戳着我的后背。

"很有诱惑力。"内特说。

我们都笑了。

教堂的尖顶出现的时候,饥饿和疲劳已经让我浑身无力,我尽量让自己不哭出来。那个身影没再出现,我将那一线希望和内特的面包屑一起留在了身后。

我们走近教堂,鼻孔里充满了鱼的味道。只要看到那窗和那哥特式尖顶我就感到肚子疼,喉咙发紧。萨斯基亚和马修穿过木门,我跟了上去,内特抓着我的手。索恩靠着圣坛,就像原作里那样。我已经忘了他的相貌,只看见他黝黑的皮肤在暮色中闪闪发光。

"我听说你两手空空地回来了,维奥莱特。"他说。

他一定是收到爱丽丝的消息了。我所有的恐惧和疲劳似乎都消失了,满腔的愤怒再次被激起。是他派她去的,如果不是他,原作会一直处于正轨,叛军就要发现威洛正从教堂大门的锁眼往里窥视。这个场景让人心痛如绞:威洛被暴打了一顿,并被拖进教堂去面对索恩,威洛看见了罗丝和叛军在一起,终于知道了她的真实身份,他受到了深深的伤害,无法想象他的表情。

我的眉头紧绷着。因为索恩,威洛正和我闺蜜如胶似漆。"我认为你指的是玉人的秘密吧?"我说,"顺便说一下,他选择了爱丽丝。"

他笑了:"啊,所以跟玉人相似的那个最终获胜了。我就知道她会。"

我穿过桌子,大步走向他,踮起脚尖,这样我能直视他那淡紫色的独眼。"还记得你跟芭芭的对话吗?"我小声地说,不让其他人听到,"这可比获取玉人的秘密重要得多。威洛爱上的人必须是我。你破坏了我的行动。"

索恩将两只手重重地按在我肩膀上,我不得不倒退一步。"在我看来,你在庄园里待了几天,胆子倒是大了不少。"

我站稳了。他毕竟是个残忍的疯子。"对不起……我——我只是觉得芭芭已经解释了这一切。"

"她说话爱打谜语。她总是这样。"

"可她知道一些事情——"

"叛军的首领是我,不是芭芭。当一个非常像玉人的人出现在我面前,我选择掩饰我自己。在这个任务中,失败的人是你,不是我,当然也不是爱丽丝。"

有时我很快就会泄气,对此我自己也吃惊。我的力量正从身体里往外流,胳膊在身体两侧晃着,眼里含着泪。我看着我的靴子,抓着脑袋,想着接下来要说什么。我需要见到芭芭。我咽下一口气,张开嘴巴,但我听到了门打开的声音,这让我安静下来。

一群叛军把一个人拖进了大楼,按住了他,制止了他的喊叫和挣扎。那线希望之光又回来了,强大了十倍、二十甚至三十倍,它拍打着翅膀,仿佛就要从我胸膛里迸发出来。我看着内特,忍不住笑了。尽管爱丽丝插了一脚,尽管发生了这么多事,我还是做到了。

威洛选择了我。原作重新走上了正轨。

索恩看着我,开始发笑:"我收回刚才说过的话,维奥莱特。你并不是两手空空。"

挣扎结束,叛军也走开了。但这个低着头跪在地上的人不是威洛。他的嘴角正在流血,他是艾什。

## 31

"艾什,艾什。"我听到我的声音在呼喊他的名字。我正要向他走过去,但索恩把我拉了回来。

艾什抬起头,他的眼睛是深湖蓝色,挨过打的脸一片粉红。看到他嘴角的血,我紧张了一下,我的手摸了摸自己的脸颊,就好像我能感觉到他的伤。

"你知道这个瑕人吗?"索恩的呼吸冲着我的耳朵。

我点了点头:"他是我的朋友。"

"你的朋友为什么在我的教堂周围鬼鬼祟祟的?"

艾什抬高了声音:"维奥莱特?怎么回事?"他看着我,然后看了看叛军。他的表情和原作里威洛的表情一样——受伤了,被背叛了。

一名叛军用枪托敲了敲他的太阳穴。他倒在了地板上。

"请住手!"我大叫着。真不敢相信我把他拖进了这个烂摊子。

萨斯基亚上前一步:"他只是哈珀庄园里的一个喜欢维奥莱特的孩子,所以他来了这里。"

索恩缓步走向艾什。他若有所思。"他确实只是个孩子,但他知道了叛军总部在哪里,知道了我们是什么样子。"他铿锵有力地说。

艾什挣扎着从地上起来,摇晃着变回跪下的姿势:"我会告诉谁呢?"

"一些为瑕人效力的玉人,和一些为玉人效力的瑕人。"索恩说,"并不是每个人都忠于自己。"

我胃里一阵恶心。"拜托了,索恩,他对你没什么威胁。"

"看在老天爷的分上,他外号是松鼠。"内特说。

索恩在艾什身前蹲下来,似乎在端详他的脸。"第一课,孩子——永远不要用你的下面思考。"

艾什还是歪嘴一笑:"我在用心思考。"

"把他关到牢房里去。"索恩说。

索恩说的这句台词和原作里的一样,就像这个故事想要展开。芭芭是正确的。

我看着叛军拖着艾什,胃酸灼烧着我的嗓子眼。他回过头来看着我,长长的睫毛遮住了他的表情。一股混合着内疚和关切的情绪在我肚子里打着旋儿。

"对不起。"我对他做着口型。

但他还没来得及回应便被他们带走了。

我突然感觉教堂里很冷。我用胳膊紧紧抱住自己的身体,希望我能消失。我太内疚了,要不是我,艾什可能在给妈婆帮忙,或者坐在瑕人班车上,或者躺在铺位上,还有可能在爬树。我不应该冒这么大的风险偏离剧本。当我回忆起昨晚的吻时,我的嘴唇在颤抖,他的话在我脑海里回荡：我在用心思考。

马修打破了沉默："老实说，索恩，他是个很好的小伙子。"

索恩没有理会他，带着我来到教堂的前面。我听到内特在咕哝又把他落下了，紧接着是一声惨叫，可能是萨斯基亚在揪他的耳朵。但这一切好像都有点不真实。我感觉膝盖再也不会弯曲，脚步变得越来越小。索恩让我走上讲台，让我坐在他旁边的石头边缘。石头的寒气穿透了我的工作服。

他坐在我旁边，凝视着天花板。"在你问能不能见他之前，我告诉你，答案是否定的。"

"我想问我能不能见到芭芭。"

"为什么？"

我向前倾，让我的头发形成一道屏障，这样他看不到我的眼泪。"因为我不知道该怎么办。"

"你什么都不用做。只需要等着爱丽丝带着猎物回来——这样锁在牢房里的就不仅仅是凯瑟琳了。"

"凯蒂。"我说，几乎只有我自己听见了。回到总部到现在，我还没有想起过她，想到这里我的内疚又加倍了。但他说出了她的全名，将她的名字在嘴里翻搅着，像是在用舌头探索它的轮廓，这让我对她的安全没那么担心了。

"你不能见到她。"他说。

"她还好吗？"

他点了点头："目前还好。"

我深深地吸了口气，把头发拢到耳朵后面。我需要说服他让我去见芭芭。我稳住声音:"如果爱丽丝不交出猎物呢?"

"到目前为止她还行。"他的那只独眼在我两眼之间飞来飞去。

"上次我见到她的时候,她很享受做玉人的生活。要她放弃有点难。"

"我做到了。"他抬起眼罩,提醒我他的出身。离他这么近,我可以看见他的瞳孔缩成了一个点,它们还不习惯光线。

"是的,但这个玉人并没有杀死她爱的男人。"

"说到爱,似乎你的任务已经被某个上夜班的瑕人破坏了。"

我脸红了:"艾什只是朋友。"

他笑起来,好像并不相信我。他从夹克里拿出一个银瓶,继续说,"你凭什么认为爱丽丝爱上了那个玉人?"

"在我的世界,爱丽丝是同人小说作家,很优秀的一个。她的小说每天都有成千上万的点击量。"

他把瓶子递给我,表情平静。"同人小说作家吗?"

"爱丽丝没有写出原作,但她要么放大原作,要么扭曲或者写出新的内容。"我试探性地呷了一口,味道辛辣,好像有一团火从我的舌头烧到了肚子里。

"她瞎编的。"

我轻轻地笑了:"是的。"

他把瓶子从我手里拔出。"芭芭说那个人就是你时,我是相信她的。但她搞错了。我不会相信她那些奇怪的想法,什么你来自不同的维度,我们的世界只是一个……"他走开了,饥渴地喝了几口。他的手微微颤抖,额头上有层湿气。

我接着往下说:"爱丽丝最喜欢写的就是可以赢得威洛的心的女孩,虚构的女孩。她们身材高挑、金发耀眼,名叫艾比、阿达或者阿米莉亚什么的。她从十五岁起就想象着和他在一起。"

"你想说什么?"

"你还需要我,因为爱丽丝并不站在我们这一边。她站在她自己那边。她向来如此。"

索恩把瓶子塞进夹克,把眼罩扶到原来的位置。"看来你和凯瑟琳看法相同。我给你看些东西,小花。"

他把我领到教堂前面的深色圣坛屏风前。一只金色鸟儿展开翅膀,被困在一圈天使下面。

"这种鸟是鹈鹕,"索恩说,"在古老的瑕人神话中,它拔出自己胸部的羽毛,以自己的血喂养后代。"

我不知道他想让我说什么,所以我咕哝着:"恶心。"

"自我牺牲没什么好恶心的,维奥莱特。"

他的目光扫过彩绘的小天使,望着高高的拱形天花板,寻找着灵感。"你和她有一分钟的时间。"

"谁?"

"芭芭。"

我笑了:"这正是我所需要的。"

芭芭在她的小房间的角落里,弓着背,一边看着火一边哼着曲子。百合和木烟的香味让我想起了第一次和她见面的时候,想到绞刑架和悬挂的尸体,我的嘴巴干了。

她把脑袋转向我,眼睛在紧闭的眼睑下晃动着,仿佛在做梦。

她那没有嘴唇的嘴在角落里嘎嘎作响："维奥莱特。你看起来……不一样。"

"饥肠辘辘，而且睡眠不足。"

"更强大了。"她伸出干枯的手，我跨过石板，把她的手握住，感觉她的手暖和得出奇。

"索恩在哪儿？"她问道。

"他给了我们一分钟。"

她笑了，身体微微晃了晃，火光掠过她的皮肤。"他在压力大的时候总是很刻薄。"她朝面前指了指，"来吧，跪下来，我的孩子。"

我跪了下来，让小腿贴着冰凉的石头，然后低下头。这一次我要的是痛苦。痛苦能麻木内疚和失败感。她抚弄着我的太阳穴，一股疼痛直冲我的脖子，穿过我的胸骨，波及我的全身。我感觉每个部位都很痛。我吸气，但我的肺还在排斥空气，喉咙也闭合了。我感觉我就要淹死了，哪怕没有水。我看见了一排瑕人纷纷倒地，看见了一个半死半活的漂亮男孩，看见了一把在阳光下闪闪发光的弯刀，看见了一双裹着缎子床单的古铜色长腿。

然后，就像以前一样，疼痛在我两眼之间堆积。我看到了艾什，他跪在叛军面前，血正顺着他的下巴往下流淌。我在用心思考，他说。

想到这里，我的疼痛消失了。

还没睁开眼睛，我就知道自己站在哪里。我呼吸着刚割过的青草的香气，听着鸟儿的啁啾声和苹果落地时轻柔的撞击声。果园。我从没有在正午的太阳下来过这里。它充满了活力——色彩斑斓，香气满园。风吹动了树叶，我的皮肤上出现了一堆像小动物一样的影子。我暗自微笑着。

芭芭站在我面前，挺直了背，睁开了眼睛。她在观察周围的环境。"这就是奇迹发生的地方吗？"

"是的。但威洛并没有爱上我。奇迹并没有发生……我是《哈利·波特》系列早期小说里的纳威·隆巴顿，还没有掌握什么本事。"

芭芭笑了，我注意到她现在有套牙齿。"我说的不是威洛。是另一个，那个有淡蓝色眼睛的孩子。"

她一提到艾什，泪水就刺痛了我的眼睛。"全都错了，芭芭。我要做什么？"我知道我听起来像个小孩，但我顾不了那么多。

她没有理我，而是钻进附近一棵树的树枝里，灰白的头发在阳光下闪动着。

"我怎么能这么愚蠢呢？"我的声音高亢而哀怨，"我知道爱丽丝喜欢威洛。我真的以为她会让开吗？"

她从树枝上摘下一个苹果，吸着它的气味，忽然出现的鼻孔挤在了一起。"爱丽丝给了你一个有毒的苹果，但这并不会让她成为邪恶的女巫。你拿了它，也不会变成白雪公主。"

"她背叛了我。"

芭芭耸了耸肩。"你愿意出卖威洛，为了自己的利益引诱他。爱丽丝只是目的不同罢了。"她把牙齿咬进苹果皮，汁液顺着她的下巴流了下来，"艾什。这是他的名字。"果肉在她舌头上移动，"我喜欢他。"

"我该做什么？"我重复说，因为她没有方向，我有些恼怒。

她将果肉吞了下去。"你还穿着红宝石拖鞋，也许你走的是另一条路。"

"我不明白。"

"找到你自己的路,维奥莱特,不要想成为罗丝。"

"但是,我认为坚持剧本是正确的。我认为这个故事需要完成,这样我们就可以回家了。"

我看起来一定很困惑,因为她很同情地看了我一眼,说:"但你冒了风险,不是吗,维奥莱特。然后发生了什么呢?"

我不假思索就回答了:"我爱上了错误的角色。"

"或许那才是你甘愿冒那些风险的原因?鸡和蛋。一切最终都只是一个循环。"

"芭芭,拜托,你这话我怎么听不懂。"

"换个角度看,如果你被困在这里,在我们的世界里,你怎么生活?你会变成什么样?"

我能感觉到里面的刺激。"我不能留在这里,芭芭。我必须回家——我,内特和凯蒂,我们不属于这里。"

"归属感是一种精神状态,问爱丽丝吧。"

她的话听起来就像我阿姨起居室墙上的贴纸。学会在雨中跳舞。"求你了,芭芭。别再说谜语了,告诉我该怎么做。"

"如果告诉了你,还有什么乐趣可言呢?"那个苹果再次出现在她的手里,一个明亮发光的圆球。她把它抛向空中,就像放飞一只鸽子。它从树枝间冲了出去,飞向无垠的天空。她的笑声消失在鸟鸣之中。果园里色彩缤纷,就像混合起来的颜料,苹果的香味逐渐消散。

## 32

我们回到了房间,她的手还在我脑袋上。

她微笑着,漏出早已脱落的牙齿。"索恩来了。"

过了一会,我听见他的靴子正在靠近。

他大步穿过大门。"你的时间到了。"

感觉时间远远超出了一分钟,我不禁怀疑心灵交融期间时间流逝得更慢。

"让她见见那个男孩。"芭芭说。

"不可能。"

芭芭将头罩拉过头顶。"你能学会信任我吗?"

我们进入走廊,但索恩没有带我回教堂的主楼,而是把我领进了更深的地下,直到我们到达一道蓝色的生锈的门。我记得电影里有这道门。索恩带罗丝去这个牢房里见威洛。我在走罗丝走过的路,感觉原作开始嘲笑我,不断地提醒我如果不把庄园里搞得一团糟我会面临什么。

看着那扇蓝色的门,我的头皮开始蠕动。原作里的这个场景吓得我魂飞魄散：索恩差点杀了威洛，把他推到牢房的墙壁上，在他脸颊旁飞舞着一把刀，罗丝则在尖叫。

看电视的时候，爱丽丝和我大哭："不，不，你怎敢伤他那么完美的脸。"我觉得内特甚至把多力多滋扔了过去。但威洛救了自己，他向索恩透露了一个绝密信息：有一家玉人开的妓院，名叫肉店。那天晚上，索恩顺着这条信息偷袭了那个妓院。索恩放下刀的时候，爱丽丝和我击掌庆祝了一下。威洛为了和罗丝在一起，宁可透露关于玉人的情报，这该多浪漫啊。现在我只是觉得这样出卖玉人的秘密有点可怜。威洛一贯如此。

但倒在那扇蓝色门后面的不是威洛，而是艾什——我那可爱、勇敢而又正直的艾什。一想到索恩的刀此刻或许正在皮带下面蠢蠢欲动，我的心跳就开始加速。

索恩打开门，说："一分钟。就这么多。"

我走进牢房。门"咔哒"一声关上了，黑暗将我包围了起来，这里有黑暗和湿苔藓的气味。我听到了微弱的呼吸声，夹杂着水滴的声音。

"艾什？"

"在这儿。"他回答。我能听出他声音的音色，但听不出他的音调——那声音太平了。我顺着他声音的方向走，眼睛已经习惯了昏暗。我开始辨认出他的侧影了，他窝在角落里，膝盖抵住了胸膛。我抓住他的手。"天呐，艾什。你还好吗？"即使在黑暗中，我也能看到他的脸已经发肿。

"你是叛军？"他说，"妈的，你没想过要提这件事吧？"

"对不起,对不起。那天晚上,当你帮我把玫瑰放上威洛的窗台……我以为你知道。"

"如果知道你是叛军,你以为我还会给你看那些复制人吗?"

"我想你不会。"如果告诉了他,我可能会更内疚吧,"我很抱歉,真的。我不想告诉你真相,那样会把你置于危险之中。"这是事实。那是我们永远无法分享的。我把他额头上的头发理了一下,查看了一处很深的伤口。在黑暗中,他的皮肤苍白,那道伤口看上去像个黑色峡谷。当我把伤口上的皮肤捏在一起时,他"嘶"地吸了口气。

"你需要缝合。"我说。

"好吧,把我送到最近的瑕人医院。"

我们四目相对,片刻之后开始哈哈大笑。

"你为什么跟着我?"我把手掌贴在他头上。我不再需要假装我喜欢威洛。一想到这里我就有点头晕,就像回到了旋转木马上。我突然意识到我的皮肤已经暴露,我的脸、喉咙和手腕似乎都在吸收艾什的体温。

他闭上眼睛,把头转向我的手掌。"我还以为你有麻烦呢。你看,在你吻了我之后,我并没有回到城里去——"

我说:"你也吻了我。"然后我就脸红了。他在牢房里被人打了,我居然还开心得起来。

"我没有选择的余地。你对我太好了。"他试着眨眼睛,但他的眼睛看上去肿得太厉害了,他轻轻地笑了笑,"我去了果园,当我回去想跟你说话的时候,你已经走了。奴隶们说萨斯基亚很生气,你们都匆忙离开了。所以我赶上了下一趟回城里的班车,找到了你。

这并不难，我还记得第一次遇见你的地方。你的呼吸很吵闹，像头猪一样。"他发出哼哼的声音。我笑了。

我们陷入了暂时的沉默。我听到了一只啮齿类动物爪子的刮擦声，还有滴滴答答的水声。我的声音沙哑："我告诉你我想要的是威洛后，我以为——"

"我会放弃，是吗？"

"是的。"

"我跟你讲过怎么爬树，你还记得吧？总得有一只手或者一条腿挂在树枝上，这样不会摔下来。"

我点点头，发现我的手指已经开始伸进了他的头发。

"嗯，我打破了我自己的规矩。"他的手指抓住了我的，"现在我摔得太狠了。"

我的内心感到一阵温暖，不由自主地笑了，尽管他身陷囹圄。"你把我比作一棵树，是吗？"

"一棵又大又老的怪树。"他脸上突然掠过一丝恐慌，笑容不见了，"他们要对我怎么样？"

"如果你没有用处，索恩可能会杀了你，这事还取决于萨斯基亚能否说服他。"我尽量冷静地说。

他把脑袋往墙上一靠。"我已经死了。"

"你只需要让你对他们有用处——让你不可或缺。"

光线照进牢房。索恩正站在门口。我赶紧把手指从艾什的头发上松开。我很懊恼自己居然放下了警惕。现在我得想办法让索恩觉得艾什对我来说并不重要。

"好了,小花,时间到了。"索恩从腰带上拔出一把刀,在原作里,他就是拿这把刀贴着威洛的脸。我的脸颊能感觉到艾什的呼吸正在加速。

索恩看着刀刃,又看了看艾什。"现在我只需要取了这垃圾的小命。"

"等一等。"我站起身,挡在艾什和那把刀之间。在我的工作服下面,我的腿已经发软。

"维奥莱特,别……"艾什说。

索恩对我冷笑:"你要再给我讲一个关于露丝的故事吗?这次行不通了。"

当我拼命思考时,我就会头痛。不是露丝,不是露丝,是原作的另一部分。我呆呆地望着他,说不出话来,不知所措,目光被那把锈迹斑斑的刀吸引住了。他再次向我提起了原作,突然,我知道该说什么了:"原来爱丽丝并不知道一切。威洛将玉人的一些丑陋的秘密告诉了我,那时她还没向他伸出爪子。但如果你同意放了艾什和凯蒂,我会告诉你。"

索恩将我推到一边,拖着艾什的脚,把他撞到墙上,把刀刃在他脸颊旁边的砖上刮着。"告诉我。"他吼道。

这样的突然袭击让我震惊。尽管我预想到了一部分,感觉到了扑面而来的空气和喷到我的脸上的尘土,呼吸着夹杂了汗味的空气,看到了索恩手腕上的每一条肌腱——这场面还是比电视上看到的可怕得多。

我的语速很快,目光紧紧跟随着刀刃,看着它在石头上划着:"我知道今天晚上玉人中的富人和重要人物会去哪里。大使,将军,甚至斯通伯克总统的侄子霍华德。"我的大脑几乎跟不上我的嘴了，说着原作中威洛的台词，"有一家名为肉店的妓院。经营这家妓院的是几个腐败的卫兵，为玉人提供各种瑕人——男的，女的，残疾的，还有孩子——供他们玩乐，只要客人付得起钱就可以随便挑。"我听到艾什的呼吸在颤抖。刀刃钻进了墙壁，在上面旋转着，扬起了灰尘和沙子。我的声音中有了越来越多的绝望，"我知道它在哪儿。我可以带你去那儿。"

索恩看着我，那把刀仍然在距艾什的脸几毫米处徘徊。"这些妓院确实扰民，但并不是什么新鲜事。"

"但那些客人并不是一般的玉人，"我说，"如果你袭击妓院，放了那些卖淫的……你会激怒一些重要人物。"

"好吧，但在边境另一边发起袭击无异于自杀。我们会在敌人的后方。"

"这就是问题所在。这家妓院另有一个刺激因素。它不在牧场里，而是在城里。"

索恩开始笑了，他笑容的光芒几乎照亮了整间牢房。"好吧，好吧，别再这么畏缩了，好吗，维奥莱特？"

"如果你被当作猿猴，你也会生气。"

"生谁的气？"索恩问道。

我想起了净化楼，那些在我身上搜查的手，那些纷纷倒地的瑕人，复制人那死人一样的眼睛，还有集市上内特伸出的胳膊。愤怒在我胃里爆发了，我开始颤抖。当我终于说话的时候，我不是狂追《绞刑架之舞》的那个维奥莱特，而是瑕人维奥莱特。"那些玉人混蛋罪有应得。他们应该在绞刑架上跳舞，体会体会那是什么感觉。"

我看着索恩的刀刃往下落了一点，和在原作里一样。他会让艾什活着。我总算松了口气。

索恩转过身，脸上蒙上了一层阴影。"但恐怕只有凯瑟琳能得到缓刑。"他再次面对着艾什，抽回刀刃，准备下手。在这惊险的一刻，我想到艾什就要死了。

"等一等！"我哭了。刀刃悬在半空中。"我知道，我知道……"现在，原作也救不了艾什了。我需要冒险，我不能再依赖脚本，就像芭芭说的那样。上一次实现这个飞跃时，我正抓着艾什的手。他带我去看……复制人！"我急促地说，"艾什，告诉他关于复制人的事。"

艾什看着我，他的脸肿得厉害，到处都是瘀伤，青一块紫一块。但他的眼睛看上去敏锐而警觉，炯炯有神。我轻轻地向他点了点头，我们之间的理解已经具体而真实。

他开始说话，声音出奇地清晰："我发现哈珀庄园里有个隐身装置，在树林深处，没人去过，甚至其他的瑕人也不知道。我打开了它，然后找到了一个奇怪的地堡。里面有八个复制人。三个是威洛的，两个是哈珀先生的，三个是哈珀夫人的。其中一个复制人没有腿，还有一个没了心脏。"

索恩缓慢地眨着眼睛，说："你发现了复制人？"

"是的，悬浮在装满液体的容器里。"

"复制人是真的吗？"索恩倒抽了一口凉气。

艾什点点头："我亲眼见过他们。"

"我也是。"我补充道。

索恩松开了艾什,他的怀疑变成了兴奋。"这可是……大事。我还以为复制人只是瑕人为煽动玉人平民反对政府才编造出来的谣言呢。"他的手指穿过头发,将刀夹在拇指和食指之间,"这事太大了。"他转向我,"有多少玉人知道这件事?"

"我不知道,"我回答,"我想只有真正的富人才知道吧。爱丽丝说大部分复制人都存放在秘密仓库,哈珀家族将他们转移了,因为一些卫兵……你知道……做了很恶心的事情。"

"他们对复制人下手?"索恩说。

我点头。

索恩呼了口气。"这事在玉人中的富人和精英中间早就传开了,但他们严守了秘密。平民显然毫不知情,否则我应该已经知道了。如果这事传出去了,会让事情变得更糟。平民会起义反对政府。"一抹微笑在他的脸上绽放开来,他转向艾什,"你说你发现了这个地堡?"

"是的。"

"在没有帮助的情况下,是吗?"

艾什摇了摇头:"根本没人帮我。"

"是什么时候?"

"几个月前吧,我想。"

索恩哈哈大笑:"你发现了一个隐身装置,但你没有告诉任何人,直到你遇到了维奥莱特,是吗?"

艾什点点头:"我还是想活命。"

索恩收起刀,将它插进裤腰带。"你这小子有进取心,也很神秘。也许你不是垃圾。"他转过身来面对着我,"肉店,复制人。你表现得很出色。"他在门口停了下来,脸上还挂着笑容,"我派达伦五分钟后来接你。这是对你的奖赏,小花。"

艾什和我靠在墙上,我们的胳膊和腿贴在一起。

"他是个可怕的家伙,"艾什说。

我把我的手放在他的手上。"看他拿着那把刀——"

艾什以一个吻封住了我的嘴巴。我感觉焦虑逐渐开始攀升。

他转过身去,脸上若有所思。"小花。"

"索恩总是这样叫我。我讨厌这个名字。"

"你知道,这太奇怪了。艾什和小花。直到现在我才想起来。"

我困惑地摇了摇头。

"我想我从没告诉过你那首押韵诗的最后一句。"他说。

"没有。"

他开始吟唱,只是与滴滴答答的水声有些不合拍:

"数蓟花,1,2,3,
瑕人很快就要自由了。
数蓟花,4,5,6,
拿起你的枪、石头和棍棒。
榛树从绿变红,
春天已经走了,夏天也逝去。
数一数几分钟,而不是几小时,
因为希望从一朵小花开始。"

## 33

希望从一朵小花开始。

这一句真的让我感到很不舒服。我跟随达伦穿过石头走廊,爬上楼梯,仍然无法摆脱思绪。

希望从一朵小花开始。

那似乎是……我。我会是那朵小花吗?小花,把春天留在了家里,错过了夏天,于秋天来到这里。谁才是应该带来希望的小花?不可能是罗丝。毕竟玫瑰花朵很大。我记得第一次见到芭芭时她说的话:"紫百合花就是这样,它很小,但很特别。"

原作里没有这首童谣,如果说它是关于我的,那也说得通——原作里没我。但这听起来更像是预言,就好像我注定了要拯救瑕人,但这也太扯了吧。我知道笨拙的蝴蝶翅膀会影响现在和未来,但这童谣在艾什出生之前就已经有了。我总不能改变过去,去编一个预言吧?更重要的是,如果它是个预言,那也是难以置信的胡说八道。我已经搞砸了——我不可能在短时间内煽动起一场革命。

这只是一首童谣,我对自己说。一首愚蠢的童谣。目前,关于我的预言更有可能是无稽之谈。

我一直沉浸在思考中，差点没注意到我们已经爬上楼梯，抵达了通往那个赭色房间的木门——凯蒂就在那里。只要想到她那柔和的利物浦口音，一种平静的感觉便在我心中蔓延开来。

达伦打开了门。"老板说你得到了最后一份奖励。"

我走进那潮湿发霉的味道。门"砰"的一声关上了。

凯蒂在一个靠着墙的破旧灰色沙发上休息。她娇嫩的面容露出了微笑。"维奥莱特！"她抱住了我。

我也拥抱着她。

"真不敢相信是你，"她说，"这里简直让人喘不过气。"

她不可能会喜欢待在这个狭小的房间里，但至少还有一些日光，就像她在信中说的那样，窗户也被擦干净了。我想象着凯蒂和索恩肩并肩的情景，不禁对他们的对话感到好奇。

她没再穿那条紧身连衣裤，而是穿了一条蓝色亚麻布裙子和一件棕色羊毛开衫。从她身上淡淡的清香来看，索恩允许她经常洗澡了。她现在看起来更像是简·奥斯汀了，而不是莎莉·金——她脸颊红润，就像刚从山上散步回来。

我挽着她的胳膊。"我一直很担心你。"

"你一直在担心。我不会整天在这个可怕的地方闲逛的。真高兴你回来了。"

"我不能久留。"

她的脸沉了下来。

我给了她一个安慰的微笑："我还在努力解决这个问题。"

她瘫倒在沙发上,扬起了灰尘。"这一切究竟是怎么发生的呢?"

我坐在她身旁,无法直视她的眼睛。"我搞砸了,凯蒂。爱丽丝睡了威洛,所以他没有跟我来到城里。我们已经偏离原作了,我不知道该怎么做。"

她的身体僵硬了。"爱丽丝做了什么?"

"不要再说了。"

她用拳头狠狠地捶了捶垫子,扬起一阵灰尘。"肮脏的小贱人。我说她怎么那么高兴地和玉人跳华尔兹呢,要知道你就要上绞刑架了啊……对不起,我知道你讨厌这个词。"

"这就是问题所在。我讨厌这个词,但我更讨厌待在这里。"

我无法确切地说出她脸上的表情,有悲伤,有愤怒,有不服。

"还没结束呢,维奥,"她说,"还有一天。"

"一天……威洛爱的是爱丽丝,而不是我。现在看起来情况对维奥莱特一方不利。"

"爱?"她眯起眼睛,紧抿着嘴,"更像是欲望吧。你知道爱丽丝这个小贱人——她可能是突然对那个可怜的家伙发动了攻势,在他面前晃动她的胸。他很快就会看清她是什么样的人,到时想要的还是你。"

"你是说明天就会?"

她叹了口气:"如果你不上绞刑架会怎么样,我们真的就要待在这里吗?"

"我想是的。"

她的手抓到了我的手。我们盯着房顶,看着尘埃随着我们的呼吸来回飘动。

"谢谢你的来信。"我最后说。

她笑了："是的，我必须小心，因为我知道索恩会看到，但我知道你能懂。"

"你们怎么样了？"我们谈起了她和索恩。

她微笑着："好吧。他还挺不错的。我们谈论露丝比较多。他仍然爱着她，尽管她被绞死已经快二十年了。"

"二十年？我不知道那是很久以前的事。"原作里并没有交代，但我并不感到意外，这个宇宙有为背景故事润色的习惯。

"是啊，就他的年龄来说，他看起来不错，不是吗？他快四十岁了吧。我想对你来说这也难能可贵吧。"

"你没有忘了他是个坏蛋吧，凯蒂？"

她笑了："天呐，没有。我永远忘不了我们刚到这里时他有多坏。但是我一直很无聊，你知道的，我很孤独。有个能聊天的人真好。而且我确实为他感到难过……有时他就那么看着我。"

我端详着她的脸。"这太可怕了，你知道吗？他快四十岁了，还在糟蹋一个十七岁的孩子。"

"我想是吧。不过这并没有让人觉得他下作，感觉更像是，我不知道，一种保护。他从未做过任何事情，是个完美的绅士。"

"不过你还是要小心一些。"我用胳膊搂住她的脖子，把她的铜色脑袋拉到我肩膀上，"你在玩火呢。"

"内特还好吗？"她突然问道，换了个话题。

"还好，他还是内特，你知道的。"

她的脸放松了。她看起来比玉人更可爱,眉毛有点不规则,鼻子上有些雀斑,笑的时候嘴唇还微微向左撇。

"那接下来会发生什么呢?"她问道。

"我真的不知道。如果一切都依计划进行,威洛就会在这里,和我在一起。我们打算今晚从叛军的魔掌中逃脱。你还记得吗?他们要袭击那个妓院。"

她点了点头:"如果他在这里,如果你们逃跑,你们会被玉人当局抓住,是吧?"

我点头:"是啊。威洛和罗丝跑到了河边。他们想去安全的无人区,但现在这很难发生了——我们说话的时候,威洛可能正在和爱丽丝风流快活呢。"

凯蒂看起来陷入了沉思。她的手指敲打着沙发,就像在练习大提琴。"如果是你被抓住了呢?我的意思是没有威洛。如果明天你还是在绞刑架之舞上被绞死呢?"

"这是不可能的。如果威洛不宣布他爱我就不会。正是这个情节抓住了玉人的同情心,引发了革命。"拿起你的枪,你的石头和棍棒,我想。但我让注意力回到了凯蒂身上,"没有了威洛,这个故事无法完成。然后我就……"

"就要死在绞刑架上。"她说完了这句话,这样我就不必说了。我们彼此凝视着。我在想她是不是希望从没见过我,也没去过动漫展。但相反,她说,"嗯,我们不允许那样。如果要我在这个垃圾堆里度过余生,至少要我最喜欢的人在这里。"

我微笑着:"谢谢你,凯蒂。"

"试着活下去。你和内特,加油。"

"是的。你也一样。"

索恩走了进来。他看着凯蒂,笑了,脸上现出罕见的柔和,但是一看到我,立刻又硬了回去。"该走了,小花。"

我希望他不要再那样叫我。这只会让我想起那首诗,也让我想到希望是多么遥远。"再等一分钟好吗?"我的声音听起来很脆弱。我想告诉凯蒂,关于艾什,关于复制人,关于那首诗,关于内特的手差点被砍掉。我想减轻我的包袱。但索恩摇了摇头。

"我也去,行吗?"凯蒂问。

"不。对不起,凯瑟琳,我需要你在这里。你是我的保险单。"

我不禁怀疑索恩把凯蒂这个长发公主关在塔里,不是为了保险,而是想把她据为己有。

## 34

我们走下楼梯,走向教堂主楼。索恩告诉我,他想先去肉店,再去找复制人。"这是个时机的问题,"他说,"那些复制人哪儿也去不了。"

在原作中,叛军就是这么做的——周五晚上突袭了肉店,就在罗丝上绞刑架的前一个晚上。威洛和罗丝陪同着他们,假装想帮忙。他们与其他叛军一起藏在巷子里,等着萨斯基亚骗过玉人的卫兵。但这对情侣并没有帮忙,而是趁叛军不注意逃脱了。他们打开废弃的污水系统的一个下水道井盖,像老鼠一样飞快地溜开,想去河那里,去安全的无人地带。

现在想来,罗丝这么做真的很糟糕,抛弃她的瑕人同胞,就为了与她梦想中的男人同居。我一直认为她那样做很浪漫,很冲动。但现在,知道了这么多之后,我只是觉得她自私。

我将我所记得的关于肉店的情况一一告诉了索恩——位置、时机、风险。我们走进教堂,索恩低声对萨斯基亚说了什么。一小时之内,几十名叛军聚集了起来,组装武器,了解计划,略带兴奋地小声讨论着，和原作里的一样。我又想到了那两条线，尽管发生了这么多事情，它们还是纠缠在了一起。

我发现内特睡在前面的长凳上。有人在他身上盖了条绿色的毯子，只露出了他沙色的头顶。我坐在他旁边。我无法忍受他在这个可怕的地方长大。整夜在庄园里辛苦劳作，白天在散发着恶臭的城市里呼吸。但我不知道该如何解决。我仔细思索芭芭的话。"如果你被困在这里，在我们的世界，你会怎么生活，你会变成什么样的瑕人？"也许我只剩下这一条路——对自己诚实。现在，这意味着让内特、凯蒂和艾什活下去，并把叛军带往那些该死的玉人在的地方。

夜色降临，我叫醒了内特。我们离开教堂的防护墙，蹒跚地从拱门走进寒冷的夜幕。乌云遮住了天空，我几乎无法辨认出周围建筑的结构。叛军开始往几辆破旧的汽车上装载武器——悍马，悬浮摩托，卡车——都是偷来或打捞起来的玉人车辆。

索恩带我们走向一辆发黄的卡车，装货区放满了参差不齐的武器。威洛和罗丝乘坐的就是这辆卡车，我感觉原作又在嘲笑我。

内特和我钻进卡车后面，脏兮兮的地板剐着我们的手掌，带着我们经过一堆箱子和步枪。我们在一个木质底座上坐了下来，后背贴着坚硬的金属车厢，就像罗丝和威洛那样。

"妈妈会大发雷霆的。"内特说。他说得对。她向来是道路安全的忠实维护者，她总是系好安全带，从不乱买东西，以防万一发生事故时有豆子向我们的脑袋飞来。"几颗豆子引发的血案"，爸爸是这么说的，妈妈则一边笑一边在桌子底下踢他。我将这些画面从脑海中推开，想到他们的笑脸我就觉得胸部一阵绞痛。

我看着马修带着艾什钻进一辆悍马。艾什动作麻利,他的重伤已无大碍了,我感到莫大的欣慰。他从车后面看着我,窗格扭曲了他的脸,他脏兮兮的黑头发就好像被打上了马赛克。悬浮摩托呼啸而起,他消失在一层炽热的尘土后面。

萨斯基亚上了车,坐在索恩旁边,卡车开始震动。它看起来像辆普通卡车,但并不烧汽油,所以没有噪声。

"氢。"内特说,"我想要这辆卡车。"

"我想要条安全带。"我回答。

我们加速。重力把我们朝前面扔了出去,我差点撞到一箱弹药。但速度很快均匀了,我们稳稳地靠在车厢上。我抓住内特的胳膊,以保持稳定。街道两旁的遮蔽物一片模糊,在卡车前灯的照射下,灰蒙蒙的聚乙烯材料就像彩虹。

我只能辨认出跟在我们后面的其他车辆,它们的前灯像一堆萤火虫,黯淡无光。行驶的卡车带起了一股气流,但风还是吹得我眼泪直流,耳朵作响。我不停地思考着前面的危险。我试着专注于呼吸——吸气,呼气,吸气,呼气。

内特向我转过身:"这是个好主意吗?我是说突袭行动。"

我不敢去看他的脸,我知道他一脸的无辜,像个小精灵。"这是我们唯一的选择。"

"罗丝和威洛去那里是为了逃脱叛军。他们以此分散叛军的注意力,甚至并没有进入肉店。"

我看着一闪而过的建筑物,一扇扇窗户和一个个砖块变成了一个长长的笔触。"我不得不告诉索恩,别无选择。"风偷走了我话中所有的自信。

"为什么?"

"听着,这很难解释,让我做一次大姐姐吧。"

他快速呼了一口气,从我手中抽出胳膊。"别再把我当小孩子了。"

"你就是个孩子。"

"我快十五岁了。"

我看着他。风吹平了他的锥形发型,在星光下面,他头顶看起来像根金条。责任的重担似乎就要让我崩溃。卡车在拐角处转了个弯,我撞到了金属侧板上。"我不得不告诉索恩,否则他会杀了艾什。"

"哦,我明白了,这仍然是个爱情故事。"

"索恩有把刀。我必须快速做出决定。"

"所以你选择了一个拿刀的玉人,而不是一群拿着枪的玉人。"

"好吧,我可没听过瑕人们有什么抱怨。"这句话一出口,我立刻就后悔了。

"一旦叛军进入肉店,我们就应该严格执行计划,找到一个井盖并钻进下水道,这样我们就不会受到枪击。"

"凯蒂怎么办?"

"我不知道。"他的话里有一种罪恶感。

"如果我们逃跑,他们就会杀了她。而且——而且——"

"而且什么?"

"那些瑕人怎么办?玉人是怎么对待我们的,你也经历过了。"

"那么你现在是叛军咯?"

"我没那么说。"我咬着嘴唇,"但如果我们不能完成这个故事，如果不能回家，我们就得想想该怎么在这里生活下去。"那首童谣中的另一句在我脑海中挥之不去——拿起你的枪、石头和棍棒。也许我可以给瑕人带去希望，尽管我没有在绞刑架之舞上被绞死。也许我可以用另一种方式引发一场革命。

内特声音里的恐慌把我拉回了现实："不要那么说，维奥莱特。我们当然要回家了。"

怎么回家？我想冲他尖叫。事已至此，我们怎么才能回去？威洛爱的是爱丽丝。他不喜欢我。我怎么才能在一天内解决这个问题？但我觉得他快要哭了，所以我什么都没说。我只是凝视着星星，尽管风吹动着我们的头发，建筑物在不停地移动，但星星们仍然静止不动。

"我想妈妈爸爸了。"他最后说。

"是的。我也是。"

"还有食物。"

"还有睡眠。"

他看了我一会儿。"维奥莱特？"

"嗯。"

"你有没有过……很奇怪的梦？"

我把重心靠在车子上。"一直都有。"

"不，我是说，疯狂的怪梦，你能听到……声音。你知道，就好像是真的一样。"

"妈妈和爸爸吗？"

他看上去有些兴奋："是的，说，醒醒，乔纳森，你能做到。"

我点了点头:"有时我还能闻到医院里面的气味。"

内特咬着手指,卡车撞到一个土堆时,他咬了咬嘴唇:"你觉得这是个梦吗?"

我真希望他没说这句话。自从我们来到这个世界,这个想法一直困扰着我,但它让我头疼,所以我控制住了它,没有去理会,只为了保持理智。我看了看星星。地球——我们的地球——真的在天上的某个地方吗?最终,我说话了:"像是昏迷引起的梦,还是别的什么?"

"也许吧。"

我想告诉他关于医院的机器和童话的事,关于我的腰带和罗丝的血带,关于他对弗兰肯斯坦的侮辱,以及他是怎么创造出复制人的。但我的脑袋疼,因为思考,因为风无情地吹过我的毛孔和皮肤,我可以感觉到这个想法正让我濒临崩溃。不,这不可能是一场梦,这太可怕了。

卡车突然刹车,把我从思绪中拉了出来。它放慢了速度,拐进了一条小巷,萤火虫一样的前灯变成了闪闪发光的白色盘子。我们停下来,被两堵摇摇欲坠的砖墙围住。一根挂满了待洗衣服的绳子挡住了星星。

内特叹了口气:"我喜欢这辆卡车。"

"你过生日的时候我给你买。"

"不了。一直都是德罗恩嘛。"他拍了一下货舱的侧面,"无意冒犯。"

我感觉一股热气朝我脸上袭来——悬浮摩托过来了,搅乱了附近下水道里的水,夹杂着沙子和软泥巴。叛军从上面下来,一边检查武器一边低声说话。我寻找着艾什,但没看到悍马。

索恩将我拖了出来,卡车侧面锋利的边缘挂到了我的小腿。"你可以扮演金丝雀。"他说。

"什么?"我试着挺直身子,但我感觉好像刚从游乐场上下来。

"你知道,在过去,玉人还没有出现,人类还只是人的时候,他们会先把金丝雀扔进矿井,测试有毒气体。"

我看上去一定是头脑里一片空白,因为他翻了翻白眼。他说:"你第一个去,维奥莱特。这是你的主意,如果你错了,你就要付出代价。你假装你是里面的女孩,然后把这个倒进玉人的饮料里。"他把一小瓶橙色液体放进我手里,"你有十分钟的时间,然后我们穿过门和窗户。在那之前,不要让自己陷入麻烦。"

我心里暗自骂他。在原作里,萨斯基亚先进去,她骗过了卫兵,给玉人下了药,再叫来军队,所有这些都不到十分钟。我永远都做不到。

索恩拔内特的头发。"如果你逃跑,维奥莱特,或者告发我们,这就是我的小小金丝雀。"

萨斯基亚向我们走来。"让我先去吧,她只会把一切都搞砸的。"

索恩摇摇头,从卡车后面抓起一把猎枪。"我想看看我们的小花是什么做的。"

"她只有十七岁。"萨斯基亚抓住索恩的胳膊,睁大了眼睛,"求你了。"

她的关心让我颇感意外。我突然感到了一股泪水,就像我又回到了八岁的时候,从自行车上掉了下来,膝盖被撞了,走了两英里,但一见到妈妈就开始哭。

但索恩似乎无动于衷。"玉人会认为她是一块美味的肉。"

萨斯基亚并没有争辩,但她下巴周围的肌肉绷紧了。她开始在我身上瞎忙活,捏着我的脸颊,用手指替我整理头发。"你要把艾什也送进去吗?"她的声音听起来清晰短促,"他只有十八岁,你知道的。他们都只是孩子。"

"他可以和我们剩下的一起,"索恩说,"但别把你的目光从他身上移开,我可不会让这对鸳鸯在混乱中私奔。"

我看着内特的眼睛。眼前的这个索恩比原作里的那个更聪明。但我记住了主要区别:他不信任我。

萨斯基亚拉下我工作服上的拉链,看到我没有乳沟,她皱起眉头。"假装你是里面的姑娘,这就是秘密。"她对我说。

我尽量不笑,这就是我来到这个世界后一直在努力做的事情。

"如果你遇到麻烦,"她说,"把主灯关掉,好吗?我们会去找你的。"

艾什从悍马上跳了出来。"怎么回事?"他向我跑过来。

"我是金丝雀。"我回答。

"金丝雀?"

"你知道,他们要让我先进去,看看里面安不安全。"

"不可能。让我去,"艾什说。

"好吧,好吧,你是小英雄,不是吗?"索恩挥着一只手,几名叛军将艾什围住,阻止他靠近我。索恩向我转过身,耸了耸肩,嘴角露出一丝勉强的笑容:"在巷子尽头左转。十三排,记得吗?"

我迎上艾什的目光:"我不会有事的。"

内特紧握着我的手,眼睛湿润了。"钢铁般的胆量。"他低声说。

"就像罗丝,就像特里斯,就像卡特尼斯。"我小声回答道。

趁他的眼泪还没落下来,趁艾什还没挨另一顿打,我将那瓶安眠药塞进袖子里,钻进小巷,走向未知的命运。

## 35

我从巷子里走出来,摸清了方向。我右边是一条公路干线,通往大剧场,左边是一排又一排的排屋。我看到远处一个窗口透出粉红色的光,听到了远处的鼓声。这就是原作里的那个肉店,几个普通的排房连接起来,透出樱桃色的光线,流出未来主义音乐。

我默不作声,蹑手蹑脚地走在路面上,鼓声越来越大。我想吞下口水,但身体里的水分都转移到了汗腺。我到了门前了。我用手指碰了碰已被磨损的塑料门铃,大脑在拼命地筛选着信息,寻找着计划。我不知道萨斯基亚对保安说了些什么。原作是从罗丝的角度来展示这个场景的,她从小巷的角落往外张望,等待着逃跑的机会。

我听到了金属划过金属时嘎嘎的响声,接着是门打开时木头的呻吟。我感觉肠子在打结。一名保安站在门口,他宽阔的肩膀背对着光,现出模糊的轮廓。

他竖起步枪:"你想干什么?"

我想说话,但看到他的武器我便说不出话来。

"喂?"他喊道。

"我——我听说我可以来这里赚几个钱,挣点外快,如果我能笑一笑的话。"我尽量发出最纯正的瑕人口音,强迫自己看着他的脸。一切都成角度,都对称——典型的玉人。

"谁告诉你的?"

安全的警示再次在我耳畔响起。在肾上腺素的作用下,一个主意出现了。"我在哈珀庄园工作,在主人哈珀的绞刑架之舞上当招待。有位先生邀请我今晚参加。"

他眯了眯眼:"那好吧,奴隶。那位先生长什么样?"

"高,卷曲的金发。他说他和一个非常重要的人有亲戚关系。"我尽量表现得端庄而不害怕,"霍华德。"

他点了点头,有点太匆忙了:"霍华德·斯通伯克。那么好吧。但如果你敢惹麻烦,你的胸就要吃子弹了。"他将枪口抵着我的胸骨。

"不会有麻烦的,我保证。"我说。

他示意我进去。我从他身边溜了过去,胸膛还在隐隐作痛。熏香和汗臭味扑面而来,我发觉自己更想念鸟儿腐烂的臭味。他把门锁上,带我走过一条走廊。鼓声越来越快,灯泡在墙上投射出一片紫红色。

他上下打量着我:"这么说,霍华德·斯通伯克和你称兄道弟了?我敢打赌,你肯定觉得你很幸运吧?好吧,最后一个奴隶和他完事后,看起来也不是那么漂亮嘛。"

我的脸上一定充满了恐惧。

他哈哈大笑:"现在太晚了。"

我开始希望我只是盲目地跟随罗丝的脚步。现在,我就要走向自由了,而不是等着被基因强化了的变态猥亵。

卫兵打开一扇门,进入一个小等候区。这儿没窗户,没有深红色的墙壁,只有一只不断闪烁的红色灯泡,只不过灯光的闪烁与鼓声的节奏并不合拍。四个瑕人在一扇白色的门前排队等着。他们转过身来,打量了我一会儿。他们是三个女孩和一个男孩。但我觉得他们每个人都不寻常。一道愤怒的伤疤从男孩嘴唇两侧延伸出来,爸爸曾说这是切尔西的微笑。一个女孩后背上有块巨大的烫伤伤疤,黑头发扎了起来,她的罩衫被剪了下来,露出了发亮、紧实的皮肤。另一个女孩有只眼睛被遮住了,像树干上的狭缝。她让我想起芭芭,我不禁盯着她看。她注意到了我,打了个大大的呵欠,张开嘴,原本属于舌头的地方露出了一串伤疤。我移开了目光。

好像玉人已经厌倦了完美,这可怕的地方对他们来说是某种扭曲的补充。也许比这更简单,人类需要不完美,甚至渴望不完美,因为如果没有缺陷,人类就不再是人类了。但是,这些病态的混蛋还是喜欢抬起一边的眉毛。

我瞥了一眼眼前的女孩。她是这里唯一没有任何伤疤的——除了我。她看上去更小,可能只有十五岁,穿着一件用麻布手工缝制而成的米黄色罩衫,勉强合身。她的红头发垂在一侧的肩膀上,在紫红色的灯光下一片火红。她让我想起了凯蒂,一想到玉人会对她做些什么我就觉得不舒服。

她接触了我的目光,笑了一下。"你是第一次吗?"她轻声说。

我点头:"发生什么事了?"

门打开了。一阵音乐传来。带着切尔西式微笑的男孩消失在了房间里。门"砰"的一声关上了,队伍向前蠕动着。

"我们正等着进陈列室。玉人就是在那里给我们出价的。出价最高的人可以带你上楼。"她看了看我的工作服,"尽量显得,你知道的,有价值一些……你希望他们喜欢你。没人出价是非常、非常糟糕的事情。"

"会发生什么事呢?"

她琥珀色的眼睛睁得大大的:"一颗子弹……如果你幸运的话。"

"他们会杀了我们?"

"只要付了钱,他们想做什么就可以做什么。"

门打开了。被烧伤的女孩消失了。

"你不能告诉别人吗?"我问道,但是,这句话一出口,我就意识到了自己听起来很天真。我几乎可以听到艾什的声音:你真的来自另一个星球,不是吗?

"你想冒着被杀死的风险吗?不管怎么说,没人能改变这一切。我们只是瑕人。"她的眼睛垂了下来,羞耻感扰乱了她脸上的细纹,"有些人付起小费来还是比较大方的。我不能再在牧场工作了。"她举起双手——但没有手,只有皮肤,不均匀地在手腕上延伸着,"他们还会为了怪异的地方多付些钱。"

内特跪在市场上的情景突然浮现在我脑海里,接着是那个飘浮的、没有腿的复制人。我想让她放心,告诉她来帮她的人已经在路上了。但现在,还是知道的人越少越好。我感觉那个瓶子被握到了我的手腕上,我吸了口气。"我很抱歉。"

我发现那个没舌头的女孩不见了。

红头发的女孩盯着门口："下一个是我。"

"没事的。"我伸手去摸她的手，发现她的残肢上只剩下发皱的皮肤。

她耸了耸肩："是的。只要我不再碰到那个金色头发的家伙……霍华德。"

我的身体在颤抖。霍华德·斯通伯克。他当然在这里。我真愚蠢，竟然没有想一想我之前说过的谎言，一定是恐惧和焦虑笼罩了我的大脑。让我进去的卫兵会希望霍华德为我出价，甚至直接点名要我。我唯一的希望是在我的谎言被揭露之前叛军就到了。我还是不知道要怎么给玉人下毒。

门开了，她从我身边走过，她红色的头发被白色的门取代了。我独自站在深红色的房间里，惊讶地发现应该是孤独而不是恐惧让我的双腿停止了颤抖。我试着把耳朵贴在门上，听里面的声音。他们用模糊的声音喊着数字。五千、七千、八千。我没注意到那个男孩进入了等候区，但听见他清了清嗓子。我感觉世界在旋转，就好像被人抓住了一样。

"对不起……"我先说话了。

他微笑着朝门口走去。就在这时，我注意到他手里拿着一瓶香槟。他是个侍从，不是男妓。我的第一反应是松了一口气，因为他看起来太年轻了。但我的第二个反应是想个计谋，此时，冰冷的药瓶正紧贴着我的皮肤。

我挡住了他的路。"等一下，你脸上有个脏东西——"我指着他的脸颊——"就这儿。"我把小瓶子挪开，这样可以拧开盖子。

他那纽扣一样的鼻子皱了起来，嘴里咕哝着，我听不清他在说什么。

"给我吧。"我接过他手里的瓶子。

"谢谢。"他在上衣上吐点了唾沫，拼命地往脸上蹭。趁他没注意，我将小药瓶里的东西倒进他那瓶口正冒烟的瓶子里。

"这样好点了吗？"他的脸颊看起来一片潮红。

"好多了。"

门打开了。我故意害羞地笑了笑，命令双腿向前移动，皮肤上满是汗水。我走进一间大客厅，这是几个小房间打通而成的，里面的墙壁已经破裂，有的正摇摇欲坠，但家具还比较精致，有一排扶手椅，墙上衬着真皮。有几个嫖客正在喝香槟，抽雪茄。几个保安站在门口，他们都在喝酒。

我的眼睛停留在霍华德·斯通伯克身上。我在绞刑架之舞上认出了他。他还留着软绵绵的金色鬈发，但穿的是细条纹西装，斜睨着眼睛。我咽了咽口水，但之前的谎言就像一块嚼不烂的软骨，让我喉咙哽咽。至少前门的保安没来抓我。

一个男玉人向前倾身。"来吧，猿猴。让我们看看你衣服下面有没有汗毛。"

我跟跟跄跄地走到屋子中间，听到他们正在笑。他们的目光在我的工作服上上下移动，掠过我的五官和乳房。我的胃在翻腾。但在鼓声之上，我听到了新开启的香槟酒的嘶嘶的声音。

一个女玉人向我抛出一根雪茄。它从我锁骨上弹了下来，一阵火花落在了我脚上。她向一名保安转过身："如果我想要的是普通的奴隶，我宁可待在家里。"

小侍从倒满了最后一个酒杯，静静地离开了房间。我只需要多争取一点时间。我把手伸向胸前，用汗湿颤抖的手指紧紧抓住拉链。尽管我穿得很整齐，但我从未觉得自己如此赤裸。感觉此刻我就在净化楼，就像一只被钉在玻璃上的蛾子。

"来，我们看看货。"一名保安喊道。

"给她一颗子弹。"另一个女人喊道，她美丽的嘴正在丑陋地咆哮着。

一名保安将步枪对准我，房间似乎向右移动了一英尺。"等一等，"霍华德说，"我知道这猿猴。她来自哈珀庄园。这太棒了，我喜欢杰里米的玩具。"他呷了一口香槟，朝我挥手，让我继续。

我故意慢慢地拉拉链，一英寸一英寸地脱去肩膀上的工作服。在粉色墙壁的映衬下，我的皮肤几乎一片苍白。这时我才意识到了痛。自从来到这个世界，我身上已经伤痕累累。我的背心上汗渍斑斑，我就像一匹花斑小马。我双颊发红，感觉我就要哭出来了。

丑陋的咆哮女说："这多难堪啊。"

霍华德哈哈大笑："这确实搞笑，亲爱的。我们看看能不能让她哭。"

我慢慢转过身。我很生气，气我自己的眼泪出卖了我，气自己花的时间比萨斯基亚多这么多，最主要的是，我恨这些羞辱我的混蛋。但香槟就要被他们喝完了，所以我咬紧牙关，继续旋转。

一个手很粗的男人向我靠过来。"你那下面藏着的是一条木腿吗？"他来摸我的大腿。

我吃了一惊,挣脱了他。

霍华德笑了:"没有出价就不能拿肉。你知道规则。"他把空杯子放下,但他的手滑了下来,最后把它砸在桌子上。

粗手男人耷拉在椅子上。"没有规则,这是我的观点……"他的声音越来越小,眼睛在眼眶里打转。

"艾伯特?你还好吗?"霍华德问,但他的声音有些颤抖。他抓住椅背,在地板上拖着椅子。

一个保安正要举起枪,但是没有举过他的大腿上方,他就撞到了墙上。我环视着房间——这些羞辱我的人都蔫了,嘴里吐着舌头。

我拉上拉链。"一群变态。"

门打开了。我希望看到索恩的脸,但来的是前门的保安。当然了,他没有喝过毒香槟。我犯了一个致命的错误,真该把我自己打一顿。

"这是怎么回事?"他第二次用枪指着我。

"求你了,我不知道……"我把身体靠在墙上,希望我能陷入墙里,成为石膏。

他并没有放弃,而是拿起附近的酒杯,嗅了嗅。他看着我,头顶上方的灯照亮了他的颧骨。"你这个卑鄙的小贱人。"

我想一把关掉开关,给萨斯基亚发出信号,但我呆住了。他缓慢地笑着,瞄准我的胸部。然后我听到了骨头断裂的声音。他瘫倒在地上,手指正按着扳机。子弹从我的头上一英寸左右的地方飞过,石膏板上的尘土溅了我一脸。

索恩走进门口,扬起巴掌,准备再给他一下。"你还好吧?"

我点头。

他扫视着房间，笑了："这才是我的姑娘。"

我感到了一种意想不到的自豪感，但随着断断续续的枪声和木头碎裂的声音，这种自豪感很快就消失了。叛军来了，带着武器和绳子，叫喊着。

索恩快速穿过房间，走向通往楼上的门，叛军紧随其后。

"楼上那些人没有喝药。"我在他身后喊道。

他笑了："我喜欢移动的目标。"

他们一来就不见了。这是我转身的机会。我只需要跑进黑夜，不再回头。对安全的需要与帮助瑕人的需要正在起冲突。我感觉自己就像俄罗斯套娃。不同的尺寸代表了不同的维奥莱特，每一个维奥莱特都有不同的记忆和情感。女孩维奥莱特在自家花园里吹泡泡，少女维奥莱特对拉塞尔·琼斯痴心妄想，成为罗丝的维奥莱特渴望回到家里，瑕人维奥莱特受到了压迫和侵犯，满腔怒火。我已经不确定自己是谁了。

好像是为了提醒我，有人喊了我的名字："维奥莱特！"

我看到艾什了。他手里拿着一把小手枪，有点笨拙，但脸上依然挂着笑容。他向我冲过来，我们拥抱在一起。他温暖的脖子贴着我的脸颊，他头发的气味——木烟和干草——使我先前的屈辱感烟消云散。

"内特呢？"我问。

"他很好，萨斯基亚和马修正看着他。来吧，我带你离开这里。"

但是，一些根深蒂固的东西推动着我向前迈进。那是一个愤怒的俄罗斯娃娃，仍然感觉玉人的眼睛正盯着自己。"等一等。有个女孩，我得帮她。"

"你不是认真的吧？我们可以去安全的地方等着。"

芭芭的问题再次回响在我的脑海里：如果你被困在这里，在我们的世界，你会怎么生活？你会成为一个什么样的瑕人？

我抓住艾什的手，凝视着他漂亮的眼睛。"我必须这么做。"我说。

## 36

他看着我,那双蓝色的眼睛先是一亮,接着迅速冷却了。他叹了口气,举起手枪。"我从没开过枪。"

"希望你不必开枪。"

我们穿过陈列室,后背紧靠着墙,偷偷地爬上楼梯,楼上是一条走廊。我们经过几扇门,每扇门后面都在上演着:叛军围捕玉人;士兵被五花大绑,还被堵住了嘴巴;年轻的瑕人蓬头垢面。经过了好几扇门,看到了很多人……我们就是没见到红头发的女孩。

我们爬上第二道小一点的楼梯。汗水顺着我的脖子往下流,在我的乳房之间结成汗珠,鼓声的节奏刚好和我的脉搏相应,这让我感觉自己被侵犯了,就好像这房子钻进了我的动脉。远处有一条长长的走廊,发出昏暗的杏黄色灯光。我们一定是在屋顶上,天花板是倾斜的,而且很低。我突然对那连续不断的鼓声心生感激,当我们不顾一切往上爬时,我们的脚步声一定非常沉重。

我发现这些门仍然紧闭着,未受打扰。

"这里没人。"艾什低声说。

我们正要离开,一声尖叫引起了我的注意。我的目光转向附近一扇门。我把耳朵贴在木头上,听到一个年轻女孩正在哭泣。我看了一眼艾什。他举起手枪,我们没有多想,立刻闯了进去。

我们进入一个黑暗的房间。天花板上挂着一张紫色的网,围着一张四柱床。墙上排着蜡烛,空气中夹杂着油和汗水的味道。红头发的女孩坐在床上。她的衣服已经被脱到手臂那里,肩膀露了出来。她的下嘴唇正在颤抖。一把猎枪的枪头正抵着她脑袋的一侧。猎枪末端坐着一个玉人,他的衬衫已经解开。

他的目光锁定了艾什。"出事了吧,我能听到枪声。让我走,否则我开枪打死这个瑕人。"

艾什举起枪。"你要去哪儿?房子里到处是叛军,他们真的很生气哦。"

我走近他。"把这姑娘给我们,否则他一枪射中你脑门。"我的声音依然坚定。他并没看到,在我的衣服下面,我的皮肤上已经起了粗糙的鸡皮疙瘩。

艾什看了一眼那个女孩,又看了看她的手应该在的位置,这时他的枪口颤抖了一下。那个玉人抓住这一机会,将枪指着我的胸口。但这一次,我没有发呆。这一次,我充满了愤怒。我的身体先于大脑做出反应。我一把撞开玉人手里的枪。这个突然的动静一定是吓坏了艾什,因为他开火了,枪声响彻空气。那个玉人哀号着,抓着自己的肩膀。

我抓住女孩那比鸟腿粗不了多少的胳膊。"跟我来。"

我们冲下楼,扫视着那些空房间——倾斜的家具,地毯上散落着玻璃碎片，床单上沾满鲜血。没有生命迹象——无论是瑕人还是玉人。我们跟跟跄跄地走进陈列室。这里再次空无一人，仿佛只有鬼魂。

"回家去。"我对姑娘说。

她点点头，眼里含着泪水。"谢谢你。"她快步离开了房间。

只剩艾什和我了。我们只能听见音乐和自己的呼吸声。他的手在颤抖，枪在他的大腿上有节奏地敲打着。

"他们去哪儿了？"我终于问了。在原作里，叛军释放了卖淫女，扔下了玉人。玉人受到了羞辱，很长一段时间内不可能再开瑕人妓院。

"大剧场，"艾什说，"索恩告诉我们，把玉人带往大剧场。"

我不去问为什么，我已经知道答案了。我是一只笨拙的蝴蝶，是我让索恩产生那个念头的。一种痉挛从我的脊椎底部开始蔓延，威胁着要掏空我的肚子，因为我记起了我先前说过的话：他们应该在绞刑架上跳舞，体会体会那是什么感觉。

## 37

大剧场。我必须回到大剧场,就好像原作在召唤我,让我走上正轨。我看来是无法逃脱绞刑架了。

城门映入眼帘。我看到两个卫兵跳到指挥台上,朝绞刑架鞠躬,头发上还带着血。我们小心翼翼地靠近。靠得越近,泛光灯越是刺痛我的眼睛。

"他们一定已经设置了安全监控。"艾什说。

"快点,"我说着,抓住他的手,"我们必须阻止索恩将玉人绞死。"

"对不起,什么?为什么呢?"

"还记得你在果园里对我说过的吗?"

他茫然地看着我。"别睡那个半神,睡我,是吗?"

我笑了:"不,你说别人是无法奋起阻止针对瑕人的暴行的,只有玉人。"

"我说的吗?听起来很聪明嘛。"

"此次任务的目的,是要让玉人看到他们才是无情的动物,而不是瑕人。如果我们简单地杀死他们,他们永远不会认为我们是人类。

也永远不会阻止暴行了。"

他端详着我的脸:"你从来没喜欢过那个半神,是吗?"

"天呐!你看到那些腹肌了吗?"

艾什笑了,亲了亲我的嘴唇。

我们溜进大剧场,穿过大约一星期前我走进的同一扇木门,依然穿着我在动漫真人秀上的服装,困惑而且害怕。在光秃秃的灯塔下,一切看起来都是那么不同,只有起伏的山峰的轮廓和阴影,更像是我和芭芭心灵交融时看到的。但此时,我的感觉已经不同于当时了,我的目的明确。当我想起原作,想起罗丝和威洛穿过下水道,跑向河边,我就有一种自豪感:我选择了帮助瑕人。希望从一朵小花开始,我心想。

在远处,我看见叛军守住了各个入口。他们弓起背,枪指向天空,准备随时射击。在大剧场的另一端,舞台摇摇晃晃,顶上有一根长长的横梁,上面悬挂着绳子。我身体上的汗毛已经觉醒,紧张在我皮肤下蔓延开来。绞刑架前排出了一列人。从他们宽阔的胸膛和长腿来看,我可以断定他们是玉人。叛军挥舞着枪,迫使队列爬上舞台。瑕人像一只只昆虫,趴在横梁上。

我正要往前,一个熟悉的声音将我拉了回来。

"等一等。"内特站在门口,看上去比以往更小了。

我向他跑去。"你应该跟萨斯基亚和马修一起等。"

他咧嘴笑了,露出牙齿和酒窝。"我溜出来了,他们会生气的。"

"天呐,内特,这也太危险了。"

"这事对我来说也很重要。"他昂首挺胸,装出一副大人的样子。

艾什轻轻抓住他的肩膀。"你还是个孩子。你应该离开这儿。"

内特摇了摇头:"你不明白,松鼠。"他冲向一边,穿过大剧场,向绞刑架跑去。我们跟了上去,到了舞台那儿才停下。从这么近的地方,我能看到达伦正趴在横梁上,逐一检查着绳索。索恩站在下方,每系一个活结,他的前臂都变得更紧实。

我从惊恐万分的玉人中间穿过,在舞台上停了下来。"索恩,等一下。"

他看到了我。"你想帮忙吗?"

"你不能绞死他们。"我说。

"为什么不呢?他们每个星期六都要绞死我们的人。"

"这是个错误。你知道这样不对。"

索恩抓住附近的一个玉人,把他放在活板门上。玉人淡金色的头发在暗淡的灯光下闪闪发光——霍华德·斯通伯克——尽管吃了药,他的眼睛仍然像玻璃。他的嘴巴被堵上了,但从他的呜咽中我可以看出他在恳求我。

索恩一拳头抡到了霍华德的耳朵上。"闭嘴。"他转身看着我,"瑕人是无辜的。这些玉人是强奸犯、虐待狂,有些还有恋童癖。如果你们不喜欢,就把目光移开吧。"

他的暴力还是让我震惊。我忍不住看了看内特,他在舞台底下徘徊着,脸上露出恐惧的表情。我应该强迫他离开的,把他赶回萨斯基亚那儿。

"这是谋杀。"我说。

"这是自由的代价。"索恩将一根绳子套住霍华德的皇冠,将结打到他的脖子上,"这些玉人中有一半是政客。当他们的尸体悬挂在绞刑架上,你知道我们会宣传什么,会表明怎样的立场吗?"他按着霍华德的脸颊,让他伸出舌头,"霍华德·斯通伯克是个混蛋。该死的霍华德·斯通伯克。"

叛军开始效仿,笨手笨脚地将玉人推上活板门。只有艾什站着不动,他的手放在我肩膀上。

我抓住索恩的手,他手上环绕着一根绳子。"如果我们的行为像禽兽,他们永远不会认为我们是人。"

"就该让他们在绞刑架上跳舞,体会体会那是什么感觉,"索恩说,"小花,这是你自己说过的。如果你是一名真正的叛军,你会让他们跳舞的。"

几个玉人开始哭泣。一摊尿在地板上展开,流到我的靴子旁。

艾什走上前来:"我们还可以用别的方法宣传和表明立场。"

"你继续说。"索恩说。

"我们让他们坐在舞台上,将绳索套上他们的脖子,然后在他们胸前做出标记,向全世界通报他们的罪行。接着我们把这些发给玉人的媒体。这样的故事,政府是不可能编造得出来的。"

"这太高明了,"我说,"我们占据了道德制高点。"

索恩看了看我的脸,又看了看活板门。他将两只手盖在自己的眼睛上,嘴里发出像气球正在泄气的声音:"但他们该死,他们必须受到惩罚。"

"你看他们,"我说,"嘴巴被堵住了,流着眼泪,站在自己的尿里。他们受到了羞辱,人们唯恐避之不及。这不比死亡更糟糕吗?"

　　索恩似乎正要拨动套索。他眼里充满了泪水,漂亮的嘴唇紧紧地抿着。我知道他在想露丝。我的心里泛起一股同情,玉人抽泣的声音似乎非常遥远。如果凯蒂从我身边被带走,也许我会想听到绳索拉紧的声音,想看到玉人被挂在半空中。我突然知道了凯蒂的感受,她一定很同情索恩。

　　慢慢地,我扳开他的手指。"你得相信我。"

　　他抓住我的手,在我脸上寻找一些不言而喻的真理。"好吧。"他终于低声说。

　　一声警报响彻空中。那声音太大了,我能感觉到它穿过了我的脚底。我转向艾什,看到他的嘴唇正好做出"埋伏"这个词的口型。

　　泛光灯灭了,世界陷入一片黑暗。

## 38

沉默。只有黑暗和寂静。甚至绞刑架上的玉人似乎也屏住了呼吸。我似乎听到了远处大海的咆哮，听见了波涛撞击岩石。海洋的声音越来越大，越来越愤怒。是一架直升机。

"后退！"索恩大吼了一声。

叛军们开始大叫，脚步雨点般落在沥青路面上，枪管发出咔嗒咔嗒的声音。

我听到艾什说："我们得离开这里。"

但我还是站在那里，腿好像被卡住了。原作里并没有埋伏，叛军甚至从来没去过大剧场。玉人是怎么知道我们在这儿的？

直升机在上空盘旋，将一束束白光射进黑色的天空，就像巨大的缎带探入地面。我看到了移动的碎片，就像是被闪光灯捕捉到的。一根根线缆落在大剧场的墙上。叛军一边举着武器一边撤退。人影像蜘蛛一样爬过墙壁。一架直升机直接从头顶飞过，桨叶的脉冲掠过我的皮肤。我脸上的汗毛，甚至睫毛，在风力的作用下纷纷伸向地面。我的鼻子充满了灰尘，感觉耳朵随时都会破裂。借着炫目的白光，我看到了旁边的几个玉人面色惨白，下巴下方绑着绳子。

我仍然握着索恩的手。他把我拉近，好像我是个洋娃娃。此刻，他那淡紫色的眼睛几乎没有任何颜色，瞳孔成了两个黑点。"是你干的吗？"

我张开嘴正要回答他，但他从舞台上跳了起来，迅速把枪从枪套上拔出。然后他不见了。直升机飞过，世界又回到一片黑暗。

艾什拽着我的工作服："维奥莱特，来吧。"

枪声响起，我看到远处有一股余烬。在探照灯下，更多"蜘蛛"进入了大剧场，他们的头盔闪闪发光，就像甲虫壳。一束光在我们身上移动着。艾什拉我的胳膊，我们从舞台上一跃而下。大地向我扑来，我看见我的靴子撞到了我影子下方的黑坑。探照灯嗖地一闪而过。

"内特！"我盲目地伸手去抓他。

"我在这里。"他恐惧地尖叫着，在枪林弹雨中发现了我。又一束光射了过来。他的脸朝我扑来。我把他从探照灯中拉进黑暗的掩护中。艾什抱住我的脑袋，把我按下来，以躲开上方呼啸而过的子弹。我们弯下腰，开始奔跑。

我们到达大剧场的外墙，这里朝向木门，靠近瑕人监狱。一声巨响刺破空气，枪声和喊声都沉寂了下来。一种我从未听到过的鞭炮声像彗星一样划过天空。我转过身，正好看到一架直升机掉进大剧场中央。它的探照灯光就像鬼魅的血泼向地面。桨叶仍然想继续转动，导致机身抽搐，仿佛它还想活命。一股烟腾空而起，巨大的噼啪声在墙壁之间产生了共振。

两个人影从火堆里冒了出来，跟跟跄跄地走了出来。卫兵们向残骸冲了过去，但爆炸将他们推了回来，并把他们抛向空中，仿佛一只巨人轻轻地挥了挥手。冲击波从我身上穿过。我转身钻进石墙，尽量挡住脸。

我回头看。直升机的残骸就像一堆篝火，照亮了大剧场。空气中弥漫着汽油和烟的味道，还有一种我说不出来的淡淡的油腻味。它闻起来有点像猪肉。直升机的金属外壳上落满了尸体，形成了完美的一圈，有些已经晕了过去，还有些已经变黑变红，正冒着烟。内特抓住我的工作服，我闷声惊叫了一下。

"继续前进。"艾什喊道。

我们靠近门，枪声似乎减弱了。泛光灯一个接一个地恢复了光亮。我的心七上八下。现在我能看清这场灾难了。火屑混合着黑色的浓烟，我想可能是尸体，一道道浓烟直冲云霄，直升飞机仍然冒着浓烟。我们捕获的玉人早已不见了，大多数叛军可能正在从大剧场撤退。玉人可以杀死所有的叛军，如果他们想的话。只需要一层炸药和几罐汽油。他们必定会质问他们，或者把他们送上绞刑架。我开始不由自主地颤抖，我的肚子在剧烈地抽搐。

"快点。"艾什说。

我能看见那扇木门了，我们离得很近。

我听见卫兵正在靠近。但我没看。我几乎可以闻到门外的空气，没有燃烧的肉味。靴子踩在混凝土上的声音越来越大。"放下武器！举起手来！"我抓住把手，但一排手指紧紧捏住了我的上臂，一支枪抵住了我的后背。逃跑无望。我看到霍华德正从大剧场另一边向我们跑来。

"她……是的,是她!"他喊道。他耳朵后边还在滴血,脖子上还套着塞嘴布,"那个肮脏的小婊子,她是幕后黑手。她给我们下药,让她野蛮的朋友绑架了我们。"他把脸对着我,我能闻到他呼出的血混着香槟的味道,"明天,我会看着你在绞刑架上跳舞,猿猴。"

这是原作在把我往回拖,迫使几条线交织在一起。但我的死亡将毫无意义,除非威洛跑上前来,宣布他永远爱我。而且已经没有机会了,他有了爱丽丝。一阵新的恐慌席卷了我全身。

卫兵们向大剧场另一侧的电动门走去,那是通往牧场的出口。我们经过直升机的残骸,我的脸又烫又痛。我听见内特在身后呜咽。我想转过身来,告诉他一切都会好起来的——尽管我知道不会——但我能感觉到卫兵们正看着我,他们的武器对着我的后脑勺。

在出口外面,一群玉人在等着我们。从直升机、气垫船和卡车上都能看到叛军的影子。真不敢相信我竟然把他们当成我最喜欢的电影的临时演员,当成一段史诗般爱情故事的背景。他们为自由而战,为正义而战,现在看来,这比两个坠入爱河的少年所需要的重要得多。

我们离开了大剧场。我有一种奇怪的不安的直觉,我回到了牧场,回到了风花雪月的世界,玉人的世界。

一个中士走了过来。他毫不客气地抓住我的胳膊。"你们三个,跟我来。"

卫兵朝他敬礼。他带着我们在一堆车辆之间穿过。我看到了一群群士兵,一些人正在脱去盔甲,另一些人正在喝着一杯杯冒着蒸气的液体。我们靠近一架停飞的气垫船,和中队的其他人稍微有些距离。它蜷缩在人行道上,像个巨大的锡质圆盘。一个舱口打开了,伸出一列金属台阶。

"在这儿等着。"中士对艾什和内特喊道。

奇怪的是我感觉松了口气。如果消息传出去,我是头目,也许他们会对其他人手下留情。卫兵把我推上台阶,用枪压着我的脊背。我进入气垫船,微微弯腰,看到一列卫兵,他们那完美的玉人面孔正在盯着我看。

在飞行员的座位上,有个人正随意地靠在控制盘上,就像鸡舍里的公鸡,是威洛。

## 39

"威洛?"在我的口中,这像是个外星人的名字。

他对卫兵说了些什么,目光从未离开过我的脸。"你现在可以走了。"

中士率领卫兵们离开了飞船。他们有节奏地转移,就像一排一模一样的机械玩具。只剩威洛和我了。我的耳朵里还在嗡嗡作响,我意识到我已经好几天没睡过觉,也没吃过东西了。我试着注视他那英俊的脸,但我视线的焦点游移不定,气垫船上的金属纹路让他显得模糊不清。

"罗丝,你还好吗?"在轰鸣声中,我听到了他的声音。有那么一会儿,我忘记了我的名字,我在原作里的名字。我张开嘴要回答,但只发出了一串元音。

"给你。"他把我领到一个金属凳前,递给我一杯热的东西,"这是茶,能压惊。"

我看着那双铜色的眼睛。我拿不定是要拥抱他还是要揍他。我百感交集,有点混乱,我的内脏似乎纠结在了一起。我很高兴他没和爱丽丝在一起，还有，他那张完美的脸——对称而且有秩序——让我感到安全。但我也很生气，愤怒。不仅是因为他和我所谓的最好的朋友睡觉了，还因为他知道复制人的事，但他什么都没做，而且如果不是爱丽丝的介入，他可能会让卫兵砍下内特的手，他怎么能如此软弱呢？

"你来这儿干什么？"我问。

"我希望能成为你穿着闪亮盔甲的骑士。我来救你了。"

救我……他为什么要救我？那一线希望又回来了，我开始觉得也许他对我有仍有感情。但我命令自己保持冷静，因为他曾让我失望过。

"你是怎么知道我在这里的？"我说。

"罗丝，我知道你是叛军，这没关系，我不生气。我起初是生气的，但当父亲告诉我玉人今晚有伏击叛军的计划时，我只关心你的安全。"

我忍不住皱起眉："你怎么知道我是叛军的？"

"爱丽丝，舞会上的女孩，集市上的那个。"

"哦……她啊。"

他没注意到我的语气，但隐藏不住他眼里的遗憾："为什么你就那样走了呢？我们亲吻了，然后我就找不到你了。"

因为你睡了我最好的伙伴，人渣。我勉强地笑了笑："真的吗？你不知道？"

他低下头，让我第一次看到他的皇冠——几缕焦糖色的带子从中心点向外旋转，让我想起了风车。他叹了口气："我犯了一个严重的错误。虽然是一时之错，但我想我已经受到惩罚了。"

"是的，看到你和她在一起的那个晚上，我离开了，我的心伤透了。"这话不假。知道最好的朋友背叛了自己，怎能不伤心？但我得让威洛相信是他破坏了一切。他的内疚于我有利。

"罗丝，我很抱歉。"他拉着我的手，把我往前拉，我能闻到他用过的肥皂里的柑橘味和呼吸里的薄荷味。"你看，她告诉我她为政府工作，是特工，要铲除瑕人间谍。她告诉我说你接近我是为了给叛军刺探情报，我很难过……我太愚蠢了。我很快就后悔了。"

爱丽丝居然告诉威洛我是叛军的间谍？如果威洛将此泄密给玉人，我可能已经丧命了。我知道这不大可能，因为现在威洛原谅了罗丝的叛军身份，但这个风险也太大了吧。震惊和愤怒在我心中起伏波动，我的肚子在翻腾，喘不过气来。她当真愿意拿我的生命去冒险吗？

她从来没告诉我她欺骗了威洛，她只是让我相信她比我更好。也许爱丽丝并没有让男人着魔的能力，也许就像凯蒂说的那样，她只是在设计表现她的女人魅力。好吧，我可以和她竞争——虽然也许赢不过她的 D 罩杯。我开始觉得自己强大了，更有力量了。我呼吸着新鲜空气，摸了摸脖子上曾经挂过项链的地方。"她算是讲了真话。我是瑕人叛军没错。我本想赢得你的信任，刺探到玉人的秘密，但是当我遇见你，这一切都变了。"

"我知道，我知道。"

傲慢的人渣，我心想，但我继续微笑着。我急需让原作回到正轨。"我知道我不可能背叛你，即使看到你和爱丽丝在一起。这是我离开庄园的原因之一，我要去告诉叛军我尝试过，但我失败了。然后他们就会放过你。"我知道我在操纵别人,但为了赢回他,我不在乎。

看上去他吃这一套。他微笑着看着我的脸。"即使你看到我和另一个女孩在一起你也不在乎吗?你真了不起,罗丝,我不在乎你是叛军,我甚至并不在乎你是个瑕人。"他抓走我的杯子,将我揽进怀里,"这就是我来的原因——带你回庄园。中士是我家的朋友,他说会帮我将你和你弟弟带出去。"

有那么一刻,我动心了。烟的臭味和肉焚烧的味道还没传到这里。我只闻到了牧场的味道,清新,纯净,到处是花粉。但我知道这都是谎言。

他把我的头发从脸上拨开。"许多玉人有瑕人情人,但是当然了,你可能不仅仅是情人。我的意思是,最终,我可能会娶一个玉人姑娘,但那只是给别人看的。"

我脑子里开始形成一个计划。我眯起眼睛想了一会儿。真希望能有笔和纸,可以把它写下来,这样我就不会在层次上纠缠不清。今晚,如果我被玉人抓住,威洛仍然可以在明天的绞刑架之舞上宣布他爱我。此刻,我只需要离开他,而且不能引起他的怀疑。然后我要把内特、艾什和凯蒂带到安全的地方,自己再向玉人投降。

这样行得通。先前的恐慌变成了兴奋,我感觉我的肾上腺素快要溢出来了。我仍然可以煽动一场革命,仍然可以回家,仍然能救瑕人。希望从一朵小花开始。

我将胳膊缠在威洛的腰上,希望这样可以增加我话语的分量:"我最想要的是和你在一起。但我需要先把我的朋友送到安全的地方。你能帮帮忙?"

"当然可以。"

"带我们通过哨卫,只要知道他们回到城墙里面,我就回到庄园。"

"我和你们一起去。"

我摇了摇头。我想起了那些动用私刑的暴徒。"如果瑕人发现你是玉人,会杀了你的。"然后你就无法完成原作了,我对自己说,接着我又陷入深深的愧疚。

他叹了口气,算是轻易地放弃了。"请小心。"他亲了亲我的嘴。我感觉这不是在接吻,更像两个人在碰撞嘴唇。

我轻轻地抽身。"我会的,我保证。"

"那就快去快回。"他走向舱口。

"威洛?"

他停了一下,转过身,他的手落在一个发亮的绿色按钮上方。

"你父亲是怎么知道突袭肉店的事的?"

他耸了耸肩:"他没说。干吗问这个?"

这是我听到直升机的轰鸣以来一直想问的问题。玉人是怎么知道我们要突袭肉店的呢?在原作里,是威洛促成袭击的。但现在,是我促成的。玉人是不可能知情的,除非我们中间有间谍。

"我只是好奇。"我说着,厌倦地摆了摆手。

他按下按钮,门开了。他大步走到入口那里:"将那两个男孩子送进来。"

艾什和内特走出黑暗。我听到舱门在我们身后"哗"的一声关上了。看过威洛那干净而完美的脸庞,内特和艾什就像两条脏兮兮的半死不活的老鼠，满身污垢和瘀伤。我强烈地想要抱住他们俩。

"他在这里干什么？"艾什问道。

我摇头，示意他保持沉默。

威洛一只胳膊搂着我的肩膀，在我脸颊上亲了一下。"那我就带大家从卫兵那儿通过。"

艾什皱了皱眉，我从没见过他的眉毛皱得这么深。

但我忍不住笑了，我想到了一个主意。我朝内特眨了眨眼。"我们只需要找一个井盖。"

"井盖？"威洛说。

"哦，我的天呐！"内特高兴得叫了起来，"我们要去下水道。"

## 40

井盖里的铁阶梯坚硬而潮湿，我感觉抓住了一把湿沙子，圆柱形的墙壁紧紧围着我们，就像一个有节奏地蠕动着的喉咙。幸好上方还有光线，吹来了一股清新的空气，能让人喘口气。但是艾什将盖子滑到原来的位置时，我开始焦虑。金属在混凝土上研磨，上方的弯月最终变成一片漆黑，仿佛发生了可怕的月食。它让我想到了复制人，现在他们还被关在没有窗户的房间里，只有顶上的天花板被移除了。

当内特从梯子上跳下去的时候，我听到了水溅开的声音。威洛给他的手电还亮着，照亮了砖头上的纹理。随着时间的推移，参差不齐的阶梯已经被染成了红色和橙色。我跟着他走进水里，水浸透了我的靴子，又深又冷。

我观察着周围的环境。一条与原作中相似的隧道从我脚下平坦的地上拱起，不断地往两个方向延伸。隧道上伸出了更小的隧道——就像一排正在瞪着的黑眼睛。我可以站在通道里，但我仍然感到局促，想象着无数吨泥土向我们压过来，只不过现在被一层古老潮湿的砖头挡住了。

内特爬到墙上，用手指抚摸着一个黄色的记号。它看起来像个角，两条线连在一个点上。"还记得吗？那对鸳鸯没有发现这些吧？他们迷路了。"

我点头。几年前，叛军做了这些标记，标识出各道通往出口的梯子的所在之处。但这些都是编码，以防被来到这里的玉人识破。没人告诉罗丝该怎么破译。最终，她发现了叛军的一个避难所——一个旧车库，里面藏着一辆悍马——但她花了好几个小时才找到。他们最终穿越了城市，到达了河边。我们需要那辆悍马，我心想。

我看着那些黄色标记，不禁笑了起来。就好像原作从来没放弃我们，知道我们最终会赶上，就像芭芭说的，故事需要展开。

艾什停下来检查标记，内特则蹚着水走向我这边，不放过任何一个拷问我的机会："威洛在气垫船里干什么？"

"他还是喜欢我，"我低声说，"故事重回正轨了。如果我被玉人抓住，霍华德·斯通伯克会看到我上了绞刑架，接着只需要威洛说出他的台词就行了……万岁！"

"你是认真的吗？"

"内特，我们明天就可以回家了。"

他脸上露出灿烂的笑容，和他荡秋千时我用力推他时的笑容一样。"哦，我的天呐，维奥莱特，这太了不起了。好吧，好吧，那怎么才能让你被抓住呢？"

"嗯，似乎无论我们做了什么，原作都没事。"

"所以我们就去河边吧？罗丝和威洛是在那里被抓住的吧？"

"我就是这么想的。我们将悍马开出避难所,将凯蒂从总部接出来,然后开往河边,接着你和其他人穿过无人区。我等着士兵,向他们投降。"

"我的天呐,姐姐,你的胆量确实不小。"

我咧嘴一笑:"卡特尼斯和特里斯——她们只是两个女童子军。"

内特看上去若有所思:"还有时间吗?也许凯蒂和我应该找到另一个藏身之所?"

"无人区最安全。如果我们赶时间,你们可以很容易地在士兵到达之前过河——我们只需要在下水道里比罗丝更会找路,这样可以争取到更多时间。你还记得她哪里出错了吗?"

"也许是这些隧道看起来都一样吧。"他说。

艾什加入了我们。他激起的波浪轻轻地撞着我的小腿。"是什么计划呢?"他问道。

"我们只是在讨论下一步的行动。"我说。

艾什看着上方的砖头,有意避免了目光的接触。"我还以为那是你刚才和威洛正在干的事呢。"

"得了吧,松鼠,"内特厉声说道,"她不会把唯一能让我们重获自由的人抛弃的。"

艾什吐了口气。我看得出来,他并不相信。

"我们找辆车,"我说,"把凯蒂接来,然后我们过河,去无人区里藏起来。"除了我,我想。我要向玉人士兵投降。

"只有一个问题。"艾什说,即使在黑暗中,我也能感觉到他脸红了,"我不会游泳。"

瑕人都不会游泳,我是从原作中知道的,因为唯一能见到的水里充满了污垢和垃圾。

"别担心,有艘船。"我说。

内特拿着手电筒在第一个标记上挥动着:"如果我们能找出这些标记,就容易多了。"

艾什再次看了看那些标记:"两条线,一条比另一条稍微短一点。都是这样的标记吗?"

"是的,"内特说,"只是角度不同。"

"看起来像是时钟的指针。"艾什说。

他是对的。分针和时针。真不敢相信我竟然从未想到这一点,我想这是生活在数字时代的结果。数一数几分钟,而不是几小时。我最近在哪里听说的?

"童谣。"我对艾什说。

"数一数几分钟。"他回答说,"你认为叛军把答案藏在一首古老的童谣里面了吗?一首只有瑕人知道的童谣?"

我点头:"分针必定是指向正确的隧道。聪明。"

内特咧嘴一笑:"好吧,那我们就争取时间。跟随人类卫星导航系统。"他往通道里走着,靴子激起一片水花,在手电筒的照射下,划出一道道弧线。

"跟上,慢吞吞的大马车们。"他回头喊道。

艾什和我跟了上去。我们离井口越远,空气越潮湿,跑起来越费力,就像在穿过一摊糖浆。内特停下来看着另一对时钟指针,接着沿着另一条通道慢跑。

"那半神想要干什么？"艾什说。墙壁上潮湿的苔藓吸收了他的声音。

"听着，艾什，你看到的气垫船里的事情——"

他打断了我："没关系。"

"我必须坚持下去，这样他才会放我们走。那不是真的。"

"对我来说，那看起来很真实。"

我们绕了个弯，又经过一个标记。通道变窄了。

"右转。"内特喊道。

我们脚下面的地面突然弯曲。这条隧道完全是管状的，我的脚好不容易才适应。如果不是艾什抓住了我，我会摔进漆黑的水里。我站稳，只看见一只老鼠从我靴子旁游过——它油光黑亮，半跑半游。我握住艾什的手，一股暖意穿过我的前臂。那首童谣让我心烦意乱，它来自哪里呢？原作里有时钟标记，所以可能也有编码的童谣。但是，如果莎莉·金没有写过，原作里还会有这首童谣吗？也许没有，毕竟罗丝没有发现过黄色标记。如果童谣存在，那么她一定知道。艾什说得好像所有的瑕人都知道这首童谣。也许它真的是关于我的预言。

希望从一朵小花开始。

内特顺着一架梯子往上看。"已经到达目的地了。"他指着墙上的一道黄色笔迹说，"这是原作中的标记。意味着避难所就在上面。"他的手电光穿透了上方的井盖。

"他在说什么？"艾什说，"你们一直在提到的原作是什么东西？"

"如果告诉你，你也不会相信我们。"我说。

"还有更多秘密是吗？"艾什抽回他的手，开始爬梯子。

我感到一阵孤独。现在，所有的秘密更像是一堵密不透风的荆棘林。一个声音打断了我的思绪。这声音深沉而熟悉，显得遥不可及。公主沉睡了一百年。不过她的脸从来都不像死人，她的脸颊仍然如同她出生那天一样红润而美丽。又是爸爸的声音。

我向上看："爸爸？"

兴奋和关切在内特脸上交织着："你又听到爸爸的声音了吗？"

我停下来，安静地听着水滴声、老鼠的撕扯声，还有艾什的靴子落在阶梯上的叮当声。我摇了摇头。"不，不，我只是听到了一些东西。别理我。"现在，我的脑子里已经没有空间去想别的事情了。

我把一只手放在梯子上，准备往上爬，但内特将手电照在我脸上，低声说："维奥莱特，我一直在琢磨……玉人是怎么知道肉店受到突袭的呢？"

"我不知道，在气垫船里，威洛也没告诉我。"

他皱起鼻子："我就搞不懂了。在原作里，唯一知道这次突袭的玉人是威洛，因为是他促成的。但是现在，威洛甚至还没有被叛军抓住，那他怎么可能知道这次突袭呢。"他将手伸进头发，"啊，我的脑子被这个问题搞糊涂了。"

艾什从上面打断了我们："你们要来吗？"

我抬头看了看他，他的鞋底裂得厉害，我甚至能看到他脚上的水泡。"是的，等一下。"我转向内特，"威洛说，突袭的事是他父亲告诉他的。"

他皱起眉头："真正让我不解的，是玉人知道我们会去大剧场，甚至原作里都没有这么写。"

"我知道。但是肉店距离大剧场只有几条街。如果玉人知道突袭，他们很有可能飞过大剧场，并看到我们。肯定有内奸，也许是个叛军。我们不知道这个人，甚至可能是萨斯基亚或马修。"

"也许吧。或许是知道原作的另一个人呢。"

我们彼此凝视着。想到这里，我的内心突然明了。我伸手去抓住那颗裂开的心，结果却捏住了我光秃秃的喉咙。

"为什么爱丽丝会那么做呢？"我问。一切似乎都慢了下来。水滴，撕扯的老鼠，甚至我自己的心。

因为我已经知道答案了。

如果我死了，我便不能完成原作。

## 41

爱。人们谈论起它的时候,会说它好像是一种精神疾病。

疯狂,沉迷,相思病,神魂颠倒……

也许他们说得对。爱丽丝也爱威洛,爱了两年了。我指的不仅仅是演员拉塞尔·琼斯,我说的是虚构的人物,威洛。这简直是精神错乱,不是吗?如果有人体会过,那个人就是我,因为我也曾陷入过同样的痛苦。

好吧,所以爱丽丝约过已经过气的球员,过气的男孩乐队(没错——是整支乐队)。但她总是回到键盘旁边,敲她的同人小说,这是唯一能安放与威洛有关的幻想的地方……到目前为止,这是事实。但她真的会以爱的名义杀死她最好的朋友吗?也许吧,如果她失去了理智的话。我还甘愿为了艾什让原作冒风险呢。但是我会杀人吗?

"我从小学就认识她了。"我说。

"我从出生就认识她了。"内特说。

"她……很好。"我脑海里浮现出了那四条裹着缎子的古铜色的腿,"嗯,至少她不是怪物。"

内特点了点头:"你说得对。这地方让我有点被害妄想。"

"来吧,你们两个。"艾什喊道。他已经把井盖推到一边,一股微风轻抚着我的脸。我的心脏又开始跳动了。我们从洞里爬出来,在周围的水泥地上留下湿漉漉的痕迹——手、脚和膝盖。即使夜晚又冷又黑,空气的流动和空间感还是让人觉得我们已经钻出坟墓,走进夏日的白天。爱丽丝当然没有告诉玉人关于突袭的事。我甚至有点内疚,我怎么能这么想呢。

我环顾四周。原作中的避难所——又是一条臭烘烘的巷子,带着一扇橙色的车库门。我们把身体贴在墙上。艾什把枪在空中转了几圈,像是在刺探有没有麻烦。但巷子依然静悄悄。我们爬向那道熟悉的门,上面还有剥落的油漆斑点。我拉了一下门闩,它打开了。

"太棒了。"内特说。

在黑暗中,我几乎什么都看不见,但凝滞的空气告诉我这扇门有一阵子没有被打开过了。内特拿手电筒照了照房间里的东西。地面上有一个又一个隆起,上面盖着油布和床单。一座被遗忘的博物馆。这更像是我看小说时的想象。在电影里,房间更大、更亮,没有那么幽闭。我们快速拉下悍马上的布,扬起了灰尘和蜘蛛网。我忍住了咳嗽。艾什发现柜子里有个水瓶,把它递给了我。

直到一股冰冷的液体碰到我的舌头,我才发现我的嘴已经干了,我喉咙里有一层污垢。内特咳嗽的时候,我才想到要停下来。

"抱歉。"我用袖子擦了擦嘴,把瓶子递给他。

艾什爬进悍马,把手放在控制盘上:"我不知道该怎么开车。"

"你也不知道怎么开枪,但你还是射击了。"我说。

艾什咧嘴一笑:"我射偏了。我瞄准的是他的蛋蛋。"他按下一个开关,车前灯照射在巷子的墙壁上,让人想起直升机的探照灯。

幸好知道了那首童谣,我们才及时钻出下水道。我们也应该有足够的时间接到凯蒂,并确保他们都安全到达无人区。只要原作一如既往地纠缠我们,让我们沿着正确的路走。

内特检查了车的前面,笑逐颜开:"依然不是德罗恩,但还可以吧。"他走回巷子,准备查看整个车身。车前灯照在他身上,照亮了他的皮肤,他的头发成了金色,他看上去像是某个天神。似乎有什么东西吸引了他的注意力,那东西隐藏在巷子里,不在我的视线范围内。他的眼睛变暗了。水瓶滑落到了地上。

我听到了他的话,里面充满了恐慌:"他们来了。"

起先,我看到的是阴影,三头野兽爬到了墙上,在车前灯的黄色灯光下,就像一群疯狂的尖背动物。我冲向内特,把他推到我身后。这时我才看到那是士兵的眼睛,在头盔下显得阴森森的。枪口对准了我们的脑袋。在原作中,避难所里并没有士兵。他们怎么知道去哪儿能找到我们?这不可能是巧合。

他们把艾什拖下悍马,把他的胳膊扭在他背后。他的手枪滑过地面,落在了附近的水沟里。我听到了直升机降落在巷子尽头时的轰鸣,地上扬起了一股尘土,我脖子上的汗毛也竖了起来。

艾什从一个卫兵的手中挣脱出来,扑向我。我脑子里迅速地运算着。三名卫兵——全副武装,身材高大魁梧,训练有素。三个瑕人——全都手无寸铁。恐惧让我哭不出来,但我还是能感觉到眼里的泪水。

"跪在地上,否则我们开枪了。"一个卫兵喊道。

我们狼狈地跪下,悍马的灯光刺痛了我们的眼睛。

一个人从直升机上跑了下来。最初,他只是一个轮廓,但随着他越来越近,他的肤色和体形越来越清晰。他和那些卫兵不同。他走起路来更直,更正式,铠甲下面还有细条纹西装。他走近我,那张熟悉的英俊的脸庞还是那么斜视着,金色鬈发从头盔下钻了出来。霍华德·斯通伯克。这绝对不是巧合。霍华德从肉店突袭后就一直在找我,看起来好像有人告诉他去哪儿找我了。

他站在我旁边:"她在那儿,给我们下药的小贱人。"

"该怎么处理他们呢,斯通伯克先生?"一名卫兵问道。

霍华德慢慢地上下打量着我们,似乎是在故意延长折磨我们的时间。接着,他俯下身来,用冰冷干燥的手指轻抚我的脸颊。我的感觉就像当初站在陈列室,正在用颤抖的手指拉我的拉链。

他直起身。"我想看到这个漂亮的玩意儿在绳子上旋转的样子,而且在黄金时间。我刚刚跟总统说了,他已经为她在明天的绞刑架之舞上保留了特别的位置。"

这可能对我有利。我当然希望在被捕前能看到内特、艾什和凯蒂抵达了安全的无人区,但我很快了解到事情并不会总是按照计划发展。

他从枪套里拔出一把手枪。他手上的每一道细纹和他每一根头发都在车灯的强光下投射了出来,但他的五官不过是一堆阴影。他的枪闪闪发光,手指落在扳机上。"但我只要那个贱人。"他看着我,

"下次你惹恼别人的时候,一定要确保他们和总统没关系。"

冰冷的水噎在我食道底部,威胁着要往上涌。我将它咽了下去:"逮捕我吧。但是,请你放了其他人。"

他笑了。"一个瑕人发号施令——有意思。"他又靠近了,他对着我的脸颊呼气,热乎乎的,还夹杂着口水,"这些瑕人对你很重要吗?"

我点头。

"你真贴心。"他得意地笑着,抬起枪口,"人生的重要一课:瑕人无关紧要。"

我看到他的手指在扣扳机。一个声音从我头上呼啸而过,从巷子的墙壁上反弹回来,仿佛上帝在尖叫。有那么一瞬间,我以为我中枪了。我为疼痛做好了准备,向下看了一眼,等待着一片红色在我肚子上蔓延开来。

但我没觉得痛,也没看到红色。

我只看到内特,随着一声尖叫,他的手捂住了腹部。

一摊红色在他工作服上伸展开来。

我伸手去摸他,但他倒向了一侧。卫兵把我推倒在地,我看着内特的鲜血染红了混凝土,向我延伸,就像黏稠的黑水。

我的听觉开始模糊。我可以听到艾什的叫声正在穿透一层薄膜:"混蛋。我要杀了你们,你们这些混蛋。"他的脸上溅着内特的血。卫兵用钢棍把他击倒在地。我看着钢棍在空中划出一道弧线,在悍马的黄色灯光下,几乎是金色的。我的目光转向内特,他身体弯曲,血流不止。我身体里的某种东西在凝固。一个由愤怒和正义铸成的俄罗斯娃娃,一个完全属于瑕人的娃娃。它的表层越来越坚强,让我有了一种使命感。

我看到了自己的机会。我的肌肉因为愤怒而发胀,紧绷成一团,随时准备爆炸。我向霍华德·斯通伯克扑了过去,撞向他的肩膀,令他措手不及。他倒在地上,朝天空开了几枪。我抡起拳头,狠狠地击打他的胸膛、他的脸和任何我能触及的地方。愤怒在我身体里激荡,我尖叫着,抽泣着。但玉人身体强壮,霍华德很快就把我掀倒了。我滑过人行道,拳头还在不停地挥舞,它们就好像不知道怎么停下来。

我仍然可以听到艾什的声音,孱弱的声音:"维奥莱特,不。"

霍华德用枪指着我,完美无瑕的脸上现出难以置信的表情。我知道我现在就要死了。我闭上眼睛,等待子弹穿透我肚子、胳膊和脖子。

连续四枪。"砰砰砰砰。"

我睁开眼,看到霍华德和卫兵像纸片一样纷纷落地。他金色的头发染上了红色,斜睨的眼神不见了。一双有力的手抓住我的胳膊,把我拉了起来,然后我被紧紧地抱进一个肌肉发达的胸膛。是马修。

"你受伤了吗?"他问道。

我不回答。我已经无法呼吸,更何况是说话。

马修把内特扛在肩上,把他背上悍马。

萨斯基亚朝我奔了过来。"维奥莱特,对不起,内特在肉店里跑了。"

我再次不予回应。

"我们得离开这儿。"她帮艾什站起来,"我们回来看看悍马,因为玉人捣毁过我们的设施。幸好我们回来了。"

马修把内特放在我怀里。他的体重把我从昏迷中唤醒了。我把他的脑袋放在我胳膊肘里,像抱刚出生的婴儿一样抱着他,爬到车后面。他还在呼吸,胸膛还在轻轻颤动,唇角流出一抹血。

萨斯基亚和马修爬到悍马的前面。

萨斯基亚转向马修:"很明显,我们中间有个间谍。我们要在玉人找到这里之前把教堂烧了。"她的脸伸到了头枕后面。有那么一刻,我以为内特的血溅到了她额头上,接着我记起来了,那只是她的胎记。"索恩不见了。要么死了,要么被捕了,所以现在看我们的了。"她说。

我以为内特听到这个消息会难过,但我立刻改变了想法。如果索恩死了,至少他现在无法伤害凯特了。艾什试着抬了一下身体,我感觉到了悍马车在动。他帮我往内特这边施加压力。内特的血还是暖和的,渗到了我手指间。

"我需要给他止血。"我有些急促地说。

"伤口在腹部。"萨斯基亚说。她没告诉我内特就要死了,但在我听来,她的每一个词都是那么沉重。

我看着内特的脸,是那么苍白,在星光下几乎看不见。他那金色的睫毛颤动着,喉咙轻轻地翕动。就在这时,我听到了那个遥远和模糊的声音,我梦中那有节奏的嘟嘟声。

我们冲出车库,轮胎发出一声尖叫。马修灭了灯,不知道他是如何知道该往哪条路上开的,但他开出了小巷。嘟嘟……嘟嘟……

嘟嘟。我用手指抚摸着内特的脸。疼痛让他至少老了二十岁，在他脸上刻出一条巨大的沟壑。我不知道未来的他是不是这个样子——他成了男子汉，也许还有自己的孩子，我的侄儿或侄女。泪水从我脸颊滑落，溅在他额头上。

这都是我的错。一定是爱丽丝把避难所透露给玉人的。我怎么能这么愚蠢呢？我根本没有怀疑她，这导致士兵直接找到了我们——找到了我弟弟。负罪感就像黑洞，吞噬了我的一切。希望，快乐，爱，都被拖进一个虚无的坑里。

"嘟嘟……嘟嘟……"

"维奥莱特，"内特低声叫着我的名字。血顺着他的嘴角往下滴，在他苍白的脸颊上留下一抹猩红，"告诉妈妈和爸爸，我爱他们。"

"你自己去告诉他们。"

他的眼睛渐渐失去了焦点，眼皮在闪烁。我听见那嘟嘟的声音在减慢，就像一个不再准确的时钟。

"你害怕吗？"他问道。

"什么？"

"绞刑。"

我放声大哭，眼泪滴在他脸上。"不，"我撒谎说，"当然不会。这只是个故事。我们不可能死在一个故事里，芭芭告诉过我。当你醒来，你会和爸爸妈妈在一起的。"

"还有真正的食物、足球和柔软的枕头。"

"是的。"我的肚子在呻吟，威胁着要将我撕碎。

"嘟嘟……嘟嘟……"

我有一种奇怪的剥离感。我感觉自己走出了身体，看着他的五官慢慢离我远去。我越来越能感受到我上方的空间——无边无际的天空——漆黑而厚重，繁星密布。我看到了下方的我自己。面部扭曲，弓着背，手指扎进了金黄色的头发里。我几乎可以看到我的爱，它是个强大的力场，包围着我和内特的身体，将我们捆绑在一个巨大的泡泡里。如果我愿意，我可以伸出手去摸它，但我担心它会消失。

"嘟嘟……嘟嘟……"我在等待最后的嘟嘟声。我知道这些是什么，是什么意思，我当然知道。刺耳、空洞而恐怖——在医院的房间里回荡着。我擦了擦眼睛，看着我们的身体像一个人一样移动着，随着悍马在没有尽头的街道上摇摆。内特的脸现在看起来完全放松了，"嘟嘟……"最后，他的胸膛不动了。

直线单调的声音冲击着我的耳朵。

我知道他走了。

## 42

自从来到这个世界,我经历了从未想象过的肉体上的痛苦。我被拳打脚踢过,被推过,被捆起来过,更不用说芭芭将手掌放在我太阳穴上时那无法描述的疼痛了。但和失去内特的痛苦相比,这些都不算什么。

而身体上的疼痛让我集中了精神——让我充满了力量,让我膨胀,变得越来越大——失去往往会有相反的效果。它把我揉成一个球,把我折成两半,把我挖出来,直到我不确定自己是否存在——我周围的世界变成了一个模板。也许我就是模板。我再也说不出话了。

我不知道自己在悍马后面坐了多久,只感觉身体左冲右突。我眼睛干裂,大脑麻木,抓着内特已经没有了生命的身体。我脑海里仍然回荡着那条直线的声音,我祈祷着,祈祷着这只是个梦,一个可怕的、扭曲的梦。当我醒来的时候,内特会笑着,模仿着谢尔顿·库珀的声音,向我讲一些乱七八糟的事情。

我们在教堂外停了下来,我都没注意到。

马修看了看我:"死了?"

如此简单，却如此难以说出口。

我点头。

"我很难过。"他停顿了一下，"天上是空的。"

我知道他指的是玉人直升机，但我不禁想到天上的繁星。

"我们没有时间舔舐伤口，"萨斯基亚说，"我们得先把教堂烧掉，再逃往河边。"

无人区。他们和我们的想法不谋而合——这并不奇怪。

马修从悍马上跳了下来："在这儿等着。"

"但我要找到凯蒂。"我说。

他看着内特，两眼噙着泪。"不过要快点。"他把内特从我腿上抱起来，"可以把他留在教堂。他会像真正的英雄一样得到安葬。"

我点点头。我的大脑太麻木了，无法争辩什么。我需要关心活着的人，凯蒂和艾什。我不确定我是否还在意要不要完成原作。没有了内特，哪里还有家呢。我从悍马上溜了下来。我的双腿只能承载自己的体重，它们已经被血浸湿，虚弱无力。

我跟着马修走进教堂。艾什的胳膊紧紧绕着我的腰。我忍不住看着内特的脚，随着马修的步伐上下起伏。上，下，上，下。我还记得他很小的时候——他在秋千上来回飘荡，在海边溅起浪花，在我卧室里随着阿巴乐队的音乐跳舞。那个黑洞又回来了，将我吞噬。

教堂看起来就像刚被蝗虫袭击过，所有的东西，包括之前的一排箱子都消失了。几乎所有的叛军都在大剧场上被捕，夜灯早已熄灭，只有几根蜡烛还在散发着昏暗的光。我看到了索恩，他靠在圣坛上，头部遭受了重创，全是血迹，手里拿着一个黑色的小盒子。

萨斯基亚看到了他,停了下来:"索恩,你还活着。"

他抬起头来。他的眼罩不见了,整张脸都露了出来。他的目光落在我身上,红红的毛细血管在眼白上结成了蜘蛛网:"是你干的,小花。"

我对他的话无动于衷。

马修把内特放在教堂前面的长凳上。他几个小时前睡过的那张。我弯下腰,俯在他身体上方,拂去他脸上的头发,亲吻着他的脸颊。还有点温度。我把绿毯子盖在他腿上,告诉自己他很快就会醒过来。

"玉人是怎么知道会有突袭的?"索恩说。

"别问了,索恩。"萨斯基亚轻声说。她递给我一块湿布,我开始擦内特脸上的泥土和血迹。他看上去年轻了,他的脸再也不用承受任何痛苦。我的喉咙哽咽着。艾什的一只手温柔地搭在我肩膀上,我想都没想,在他指关节上亲了一下。

"这次突袭,小花,他们是怎么知道突袭的?"索恩继续追问。

但他好像是在玻璃后面说话。我不在意他是否认为我是叛徒。他还能怎么伤害我呢?我轻轻地把内特的胳膊放在他胸前,倾身靠近他。"对不起,"我轻声说,"我很抱歉,乔纳森。"我听到自己开始哭了起来,我把头埋在他狭窄的胸膛里,希望他能安慰我。

我感觉索恩站在我身后:"你背叛了我们,现在你弟弟死了。我认为这个惩罚很恰当。"

我转过头,怒视着他:"你的所作所为,不配他视你为英雄。你可以下地狱了。"

"首先你得杀了我。"

所有的愤怒和委屈在我体内爆发了。看着他那张完美的玉人脸，我突然很想伤害他，甚至想杀了他。我朝他冲了过去，踢着他，吐着唾沫。"我恨你，"我尖叫着，"我恨你。"我在朝所有的玉人尖叫，朝这个俘虏了我们并带走了我弟弟的宇宙尖叫。

索恩一把将我抓起来，拖往教堂外。我用力推着，扭打着，但没用。艾什想帮我，但索恩一巴掌将他拍走了。萨斯基亚和马修跟了上来，两个人都是一脸的惊恐。

"不，"我喊道，"让我说声再见。求你了。我只想说声再见。"

索恩哈哈大笑。"好吧，现在你可以跟你的小朋友说声再见了，凯瑟琳。"

"不，不是凯蒂。你不会杀死凯蒂的。"

他把我拖向那辆悍马。"你可以目睹她是怎么被烧死的。还有叛军辛苦数年建立起来的这个总部，都要一把火烧掉。"

我意识到了索恩的仇恨——对我的，对玉人的仇恨——现在压倒了他对露丝的爱。这种爱开始的时候是美丽的，但变得越来越丑陋，只剩下仇恨和复仇，成了一把黑暗的锯。我们太天真，太愚蠢，居然认为他对露丝的爱能在某种程度上保护凯蒂。我的耳朵里响起了警铃声：我要失去凯蒂了。

索恩把我扔到地板上，一只脚踩着我的肚子。艾什跳到他背上，但索恩耸了耸肩，他就掉了下来。我就像河岸上的一条鱼，蠕动着，翻转着，但他力气大，他的靴子纹丝未动。他按下小黑盒子上的按钮。两声爆炸穿透了轰鸣声，碎玻璃雨点般落在人行道上。教堂窗户开始发出橙色的光，就像万圣节南瓜上的眼睛。

"不!"我尖叫着,"不要烧死凯蒂。"内特死了,爱丽丝抛弃了我,更糟糕的是,她出卖了我。想到四个人仅剩我一个,我有一种强烈的孤独感,我想我可能会崩溃,"我不能再失去凯蒂。"我拼命地想侧身起来,大腿拍打着柏油路,继续与他的靴子抗争。

"做些什么吧。"艾什对马修喊道。

"这样不对,索恩。"马修说。

萨斯基亚向我们跑过来:"你不会真的想烧死她的朋友吧?"

索恩将靴子狠狠地往下踩了一脚,我听见我胸膛里有个东西裂开了。"她们陷害了我们。"他说。

他认为凯蒂也背叛了他,所以他想让她死。

"是爱丽丝。"我的声音开始减弱,呼吸和希望都在慢慢消失。"是爱丽丝背叛了你……和我们。我发誓不是凯蒂。"

"编得不错。但爱丽丝并不知道这次突袭。"

"她知道。问芭芭吧,求你了,问一问芭芭。"我说。

索恩又笑了。他的靴子落了下来,我又听到了断裂声,又感觉一阵疼痛。"什么,那个预言师吗?"他说,"她能看到未来,你真的认为她会留下来观看我们的烟火表演吗?"

我感觉空气涌进了我的肺里,肋骨上的压力也减轻了,因为索恩抬起了脚,但这只是短暂的。他把我拉起来,让我跪下,捏着我的脸颊,强迫我望着教堂。红色和金色的火焰穿过窗户,向天空伸展,扭曲着,光和影的形状不断变化着。

他在我耳边低语:"你能闻到吗,小花?给我们一根火柴,我们就都一样了。玉人、瑕人、兄弟、朋友,都像烤猪一样,臭烘烘的,最终都会变成尘土。"

想到在高温下皮肤起泡的内特和凯蒂我就感到一阵恶心。火焰越蹿越高,教堂笼罩在一片红色和金色中,浓烟滚滚。你不能再失去凯蒂,想一想吧,维奥莱特,想一想。我想起了那只金色的鹈鹕,它正在拔掉胸前的羽毛。凯蒂信上的墨水搅动着我的心,那些话出现在我脑海里:整个世界是个舞台,所有的男男女女不过是演员。突然,我知道了该扮演什么角色才能救她。

"你说得对。"我的声音从内心深处的某个地方聚集了力量,"是我出卖了你。我告诉了玉人突袭的事。我发动了伏击。"

"不,"艾什喊道,"维奥莱特,你在干什么?他会杀了你。"

我知道艾什说得没错,但我不管了:"凯蒂什么也不知道。我从来没有告诉过她,因为我担心她已经不再忠诚,担心她会告诉你我叛变了。"

索恩开始大笑。他把我的脸抓得更紧,我几乎无法呼吸,眼睛不得不看着火焰。"我就知道是你,小花。"他猛地甩开我的脸颊,我感觉自己就要摔倒。我的脑袋撞在了柏油路上。他看了我一会儿,是真的在看着我,"你以为凯瑟琳变节了?"

我点了点头,吐了一股又咸又热的东西:"她是彻头彻尾的叛军。"

他凝视着火焰,脸上浮现琥珀色,然后低声说了些什么,我没听见。突然间,他的双腿开始不顾一切地往教堂扑去。我看了一眼艾什。我不能再失去凯蒂。他一定从我脸上看懂了这句话,因为他二话不说,抓住了我的手,我们跟了上去。

我们紧随着索恩推开木门。首先袭来的是浓烟——又厚又浓,刺痛了我的眼睛,烧伤了我的鼻子——然后是一种奇怪的辛辣气味,就像瑕人班车发生火灾或爸爸的威士忌在水晶玻璃杯里停滞不动时的味道。索恩已经成为一个轮廓,宽阔的肩膀看上去像是从雾中升起的墓碑。

我把艾什的手抓得更紧了。我们穿过烟雾,进入教堂的主楼。桌子和圣坛屏风已经被大火烧裂。金色的鹈鹕和天使们跪倒在地上。但我们的路还没有被火焰吞噬。

瞬间,我呆住了。

内特。

一想到火焰吞噬着他小小的身体,我就吓得浑身僵硬。但我的注意力在凯蒂身上——她那柔和的利物浦口音,她那浅绿色的眼睛——我屏住呼吸,强迫我的腿往前移,跟着那个"墓碑",拉着艾什往塔楼走去。

我朝凯蒂的监狱望去。索恩已经站在顶上,拼命地想要开门。他看到了我,喊了一个凄惨的词语:"锁上了。"显然,他没拿到钥匙。

我绝望了,顿时泪如雨下。我想倒在地上哭,这时一声巨响引起了我的注意。门从里面发出声响,门在我们面前震动着,门框嘎嘎作响。我能想象被吓坏了的凯蒂以全身的重量撞击这扇木门。索恩也朝门上撞了过去,在很短一段时间内,他们一呼一应。但那扇门很坚固,没有多少跑步助力的空间,索恩没法利用体重的优势。

艾什拉我上楼,一步两级。"你的刀,"他朝索恩叫道,"把你的刀给我!"

索恩脸上的恐惧被怀疑取代了。但凯蒂仍然在撞门,那声音提醒他她正岌岌可危。他从腰带上拔出匕首,把刀把的那一头递给艾什。

很快,艾什对准门上的铰链,用匕首作螺丝刀,去掉铰链里的螺丝。

"快点。"索恩喊道。

艾什的手指一如既往地灵活准确,就像在庄园里摘苹果和豌豆。不到一分钟,他就去掉了全部六个螺丝。我们三个一起抬着沉重的木门,把它从门框上撬开。我冲了进去,差点撞到了凯蒂。我抓住她的身体,赶紧呼吸着这密闭房间里没有烟雾的空气。

"维奥莱特!索恩!"她的眼泪落在我脖子上,"你们来找我了。"

"我们得离开这儿。"我说。

"马上。"索恩说。

凯蒂看着艾什:"这是谁?"

"没有时间了,凯瑟琳。"索恩喊道。

我猜她看到了他脸上的急迫,因为她没有辩解。我们冲下楼梯,淹没在令人窒息的烟雾里。我以为这不可能,但火焰已经愈烧愈烈,整个大楼成了一个冒烟的钟形罩。灼热,烧得人身上起泡,咄咄逼人。我们奔向门口,用袖子捂着嘴巴,皮肤已经发红、变软。我的舌头和喉咙好像被火焰烤焦。我试着屏住呼吸,但反而咳嗽起来,我越是咳嗽,火焰烧得越是厉害,我的呼吸越是困难。

我们到了出口。我回过头,最后看了一眼。我的小弟弟此刻就躺在那堵火墙后面。

"再见。"我小声对火焰说。

再见,它回答。

## 43

随着一声巨响,整个大楼震动了起来。我把脸遮得严严实实,因为一股热浪和尘土正向我袭来。当然了,叛军安置了更多炸药。教堂的主体是石头,所以一旦烧完木质家具,就没有什么东西可烧的了。我们跟跟跄跄地从门口走了出去,紧紧地抱在一起,不停地干呕。

萨斯基亚和马修突然到了我们身边,用胳膊抱住了我们,带着我们离开浓烟。离它够远时,我感觉皮肤上的空气凉爽了。有那么一会儿,我们都陷入沉默,被火焰笼罩着,就好像在观看一群眼镜蛇随音乐起舞,眼睛里映着橙色的火光。叛军总部永远地消失了。奇怪的是,经过几个世纪的崇拜、战争,最终,它还是被火这种原始的东西撕成了碎片。你不可能视而不见,就像看着狮子把一只瞪羚打倒在地,尽管你感到了前所未有的恐惧和难过,但还是忍不住欣赏野兽的力量。

最后,艾什向我靠了过来:"我们得走了。"

但是他太迟了。我也太迟了。索恩并没有忘记我之前承认过的,就在我试着站起来的时候,他已经抓住了我,把我拖了过去。我又想起了那只狮子。但我现在不再感到羡慕,我是羚羊,我只感到痛苦、屈辱和恐惧。

"不!"萨斯基亚尖叫,"她那么说只是为了救她的朋友。"

"索恩,求你了。"凯蒂喊道。

艾什向他冲了过去,但身材高大的索恩丝毫未动。

索恩转向马修:"抓住她男朋友。我要让他看着。"

马修将艾什的胳膊扭到他背后,对着他的耳朵低声说了些什么。我不知道马修说了什么,但艾什听到后不再挣扎了。

"小花,你准备好了吗?"索恩问道。

冰冷的金属抵着我的太阳穴。我无法呼吸。我的视野中出现了一片白色的斑点,嘴唇渐渐麻木。

凯蒂走到我们面前。她的身体挡住了教堂,看上去她好像着火了,好像她是个可怕的恶魔。她向我们伸开苍白的手掌,看着索恩。"你不必这么做。求你了,放了她吧。"

我听到了他的声音,充满了愤怒和仇恨:"她背叛了我们,凯瑟琳。她向玉人通风报信,让他们去大剧场伏击我们。她把他们带向了我们,她一定是佩戴了某种跟踪装置。他们杀死了我们几十人,其余的也被他们俘虏了。"

凯蒂的声音慎重而坚定,她的头发融入了红色的火焰:"维奥莱特永远不会背叛瑕人。"

"你怎么知道?"

"因为我了解维奥莱特。"她移开了目光,我看出了她平静的举止中最轻微的裂缝,"我们一起在牢房时,你告诉了我一些事情,我思考了很久。"她说。她改变了策略。

他把枪抵在我的皮肤上:"什么事情?"

"你告诉我的关于露丝的事。"

"现在你别提她的事,凯瑟琳。"

但凯蒂继续娓娓道来。"一开始,我还以为我让你想起了她。"

"确实。"

"是的,但还不止如此,不是吗?线索就在时间上面,她大约二十年前被绞死了。"

他没有回答,但手枪在颤抖,我想他可能在哭吧。

"那天,你失去的不仅仅是露丝,不是吗,索恩?"她的注意力落在他身后的一个点上,好像她在观察……在等待。

"停下,"索恩说,"别说了,凯瑟琳,我警告你。"

她向前迈出一步:"你失去了某个同等重要的东西——某个人。"她在拖延,在争取时间。

索恩的枪口撞击着我的头骨。我的呼吸越来越浅,视线越来越模糊。我几乎看不见凯蒂了,火焰烧得我眼睛疼。我的目光落在艾什身上——他那张并不规则的脸——我在等待虚无的平静与安宁。但那双冰蓝色的眼睛里有种我没想到的东西。它们看上去并不害怕,不难过,也不气愤。它们看上去充满了希望,还有兴奋。

凯蒂向我们走近一步。"但真正的线索是你看着我时的样子。"她说。

我强迫自己再看了她一眼。她看起来成竹在胸。我想到了,当我在庄园里拼命想保护我们所有人的安全时,在赭色的房间里,她正做着同样的事情,在奉承敌人,收集情报,寻找盔甲上的缝隙。她向前迈了一步,完全挡住了火焰,我只看到了烟雾,它正喷向天空。

她微笑着,温柔而亲切:"因为你看着我的时候并不像个爱人。你从来都没有。你看着我时的样子,像个父亲。"她最后一个跨步,我们之间已经没有了差距。她稳稳地向索恩伸出一只手,"露丝死的时候怀孕了,不是吗?"

但他没有回答。我听到一声窒息的尖叫。一股带着金属味的湿热液体喷进了我嘴里。枪从我的太阳穴上掉了下来。我转过身去,看见它正在柏油路上弹跳。接着,我看到了索恩。他双手紧握着喉咙,鲜血从他手指间喷涌而出,顺着前臂往下流。他瘫倒在地,看着我,慢慢地眨着眼睛。他的上眼睑与下眼睑合上的时候,我想象着我可以听见潮湿的咔嗒声——一组相机镜头合上了。最后,他倒在我身边,他的血在我膝盖周围汇成一摊。

他不再眨眼了。

萨斯基亚站在他的位置,手里的刀上沾着鲜血。我终于明白凯蒂一直和他说话,是为了让萨斯基亚偷偷靠近。我吸了一大口空气,一个奇怪的颤抖的声音跑进夜空。

萨斯基亚眉毛一扬:"天呐,这坏蛋个子可真大。我差不多要架起梯子才能够到他的喉咙。"但她那起伏的胸膛掩盖了她平静的语气。

凯蒂向我扑了过来,紧紧抱住我的身体:"你没事吧,维奥?天呐,他差点儿杀了你。"

"还好。"我勉强挤出一个词。

艾什和马修帮我站起来。艾什亲吻着我的额头,用胳膊抱住我,眼里噙着欣慰的泪水:"我还以为你死定了。"

我擦了擦嘴,手立刻变红了。

萨斯基亚将刀擦干净,把它插到腰带上:"玉人的血,瑕人的血,味道都一样。"

我发现我能认出她的每一个五官。她鼻子的线条,蓝宝石般的眼睛,她那鲜红色的斑痣像皱纹纸一样微微突起。这只说明了一件事——玉人直升机的探照灯正在靠近。索恩耗费了我们宝贵的时间。我们得快点了。

我们仰望天空,一群直升机陆续抵达。一些黑点朝我们落了下来——一层炸药穿透了教堂的火焰,向我们抛来更多石头和碎片。左边的一声爆炸将柏油路面上的一块碎石撞到了我的肋骨上。又是一声爆炸,悍马汽车突然起火了。我们停了下来,眼睁睁看着我们的逃生路线被火海淹没。

我只能听到噼噼啪啪的火焰声,直升机的轰鸣——没有爆炸,没有停机坪。起初,我想我的耳膜肯定破了,但当我仰望天空,却看到炸弹已经不再往下落。

几根线缆朝地面盘旋下降。

"快,快走!"马修喊道。

我们不会等着看那些"蜘蛛"落地,也不想等着子弹雨点般落在脚后跟。我们转身冲刺——尽可能快地拖着受伤的身体——钻进这个城市里蜿蜒的小巷。

## 44

我们穿过这座城市,弯着腰钻过一条条小巷,挤过狭窄的通道。玉人的脚步和直升机桨叶迟钝了,疲惫了,无法像瑕人那样在城市里穿梭自如。也许我们会及时赶到河边,让我的朋友——他们四个人——全部到达安全地带。

"谢谢你救了我。"我气喘吁吁地说。

"我才不会让他朝你开枪呢。"

"你是怎么知道萨斯基亚要割他喉咙的?"我问她。

"她向我亮出了刀,我就知道了。索恩捅过她一次,他告诉过我,我猜萨斯基亚并不是个不记仇的人。"

我欣然而笑,因为还不仅如此,有父母冲动的人不仅仅是索恩。萨斯基亚和马修的忠诚朝我胸口射入了一道温暖的光芒。

我们爬过一个临时搭建的屋顶,一块波纹铁皮挂在两根石柱之间。泥土从我手指间渗了出来,在我膝盖下面打滑。

"现在发生了什么事?"凯蒂问道。她走进空地,扫视着天空中的直升机,"是这条河吗?"

"是的。"其他人已经跑远了,听不到我们的对话,于是我一边跑一边向她简要叙述情节,"威洛和罗丝想要划船从河上逃走,这就是你和其他人要做的事。你们可以躲在无人区,直到我明天上绞刑架。那里应该是安全的。"

"威洛和罗丝在河面上时没有被抓住吗?"她在一堆破碎的混凝土上跌倒了。

"是的,但我觉得你们有时间在士兵到来之前赶到那儿。"

她稳住身子,猛吸了一口气:"那你呢?"

"我就等着独自去见士兵了。"

"这听起来很危险啊。"

她说得有道理,所以我没有白费口舌与她争论。我现在太需要缓口气了。我的腿开始疼,嗓子干燥难忍。

"爱丽丝在哪儿?还在和威洛鬼混吗?"她问。

我觉得我的嘴很紧,我不想回答这个问题:"不。我们现在这么狼狈,都拜她所赐。"

"你这话是什么意思?"

"她把我们的行动告诉了玉人——她想让我死,这样我就无法完成原作,也不会带她离开所谓的仙境。"

凯蒂差点再次跌倒。她对着夜空骂了句脏话,然后抓住我的手。"你确定吗?爱丽丝可能有点自私,但毫无疑问,她那么做有点过分了。"

"只能这么解释。"

"真的吗?我觉得难以置信。肯定另有隐情。"

我摇摇头,坚持我的看法。

"内特在哪儿?"她问。

这是我一直害怕回答的问题。"死了。"这个词在我大脑里膨胀,令我失去了平衡。

"不!"她更像是在尖叫,而不是在说话。她很大声,其他人都转过身来看着我们,"什么——发生什么事了?"凯蒂问。

"那个玉人干的。"我的声音听起来很生气,充满了仇恨,因为我想起了索恩。凯蒂抽泣着,我只能继续跑,而无法安慰她,因为我内心只剩痛苦和悔恨。我看了看月亮——前几天,它又圆又亮,现在只剩下一小片,就那样挂在天上——我发誓要保护朋友们的安全,先把他们送到无人区,然后独自一人去投降。

我不会让他们也死去的。

就着天空中微弱的光,萨斯基亚和马修在一条条街道上健步如飞。今晚,我再次对他们的帮助深怀感激。我想我不必费劲就能找到船了。

玉人的炸弹还没到达这里,不知道从哪儿冒出来的建筑物挡住了我们的路。我们绕了过去,循着鱼臭味,那时而发光的河水离我们更近了。

"这边。"萨斯基亚喊道。

我们没有说话,但同时开始跳向水边。这就是原作里的那个水湾,一片石头从淤泥里露出头来。我们发现了一支小小的划艇队,划艇都埋在防水油布下的泥土里。这种气味让我想起了和父母以及内特一起露营的时刻。在篝火下,他的脸红扑扑的,下巴上粘着棉花糖。

那个黑洞又要出现了,我眨着眼睛,抑住了眼泪,专注于手头的任务——帮萨斯基亚将手电放在空空的小划艇里。

"诱饵。"萨斯基亚说。

我们把船推进河里。

"谢谢你,"我说,我的呼吸有些沉重,"谢谢你在教堂里做了那些事。"

萨斯基亚摸了摸自己的锁骨。多年前,索恩砍进了她的这个部位。"很久以前我就想收拾他了。这与帮你和你那几个蠢乎乎的小伙伴没有任何关系,你知道吗,嗯?"

"我没有陷害大家。"我说。我看着手电光射向远方,像鬼火,又像南瓜灯。

"你当然没有。你就没什么用。"只剩一艘船了,"你们准备好了吗?"

"是啊。"艾什说。

我没有告诉他们我会留在岸边,我没时间解释或争辩了。只是想到要和艾什告别,我有点受不了。我已经和内特说了再见,已经够伤心了。我们划过浅水。萨斯基亚和凯蒂爬上船,木头船吱吱作响,在他们的靴子下滑动着。凯蒂坐在船尾,朝我笑了笑,不过她那双绿眼睛已经暗淡无光,略显疲惫。

艾什和马修走到船尾时,我松开了绳子。地面远去,小船自由了。艾什和马修爬了过来,将冷水溅到我手上和脸上。艾什俯下身,向我伸出手。我听到了直升机的轰鸣,就像大海在咆哮。它们来早了,不,不早。当索恩要杀了我,悍马车爆炸,我们钻下水道才争取到的一点时间都已经被浪费了。

我没理会他，继续推着船。水淹到我大腿了。

"来吧，维奥莱特。"艾什说。

直升机的轰鸣越来越响，水淹到我的腰了，我继续推着。

"已经够深了。"萨斯基亚说。

水流让我失去了平衡，但我没有停下来。

"祝你好运，维奥。"凯蒂说。在夜空下，她的声音有点颤抖，也很小。

"一定要活着，好吗？"我回答。

她点了点头。

艾什来拉我，他的体重差点把船弄翻了。我抓住他的手，凝视着他的脸，最后看了一眼那双我所见过的最蓝的眼睛："我一直保守了秘密吧？"

他的脸上掠过一阵困惑："什么？"

我笑了："你总是这样。" 随着最后一推，我看着他们漂走了。

## 45

"维奥莱特,维奥莱特。"我听见他们在叫我的名字。船桨摩擦着桨架,木头发出嘎吱嘎吱的声音。他们想调头追我,水花飞溅着。"维奥莱特,等一等。"我不理他们,转身向岸边走去。直升机快到了,我加快了速度,疯了一样甩着胳膊。这条河像一摊柏油一样闪着光——星星的倒影因为我的动作而变得模糊起来。"求你了,维奥莱特,他们会杀了你的。"

我周围出现了巨大的光圈。我抬起头,黑色的天空上出现道道白光。直升机。除非看到,否则我无法确定它们是否已经抵达。也许这个位置是爱丽丝透露的,或者是原作再次缠上我了,要将我拖向绞刑架。

我只需要被逮捕就行了,希望士兵们不要打扰背景中那艘漂浮的小船——他们想要的是我,幸好霍华德·斯通伯克死了。我感到欣慰的是气垫艇还没来。我永远忘不了它们在电影中的样子。一个个光滑的黑色圆盘,像石头一样悬挂在空中,发出低沉的旋转声,那声音穿过沙发,传到了我的腿后面。它们用长长的金属触手抓走了罗丝和威洛——把我吓死了。但我将它们从脑海中推开,一遍又一遍地重复这句话,把它们像救生衣一样紧紧地贴在身上:我不会让他们也死去,我不会让他们也死去,我不会让他们也死去……

我到了岸边。我想我做到了,我救了他们,这值得庆祝。但与面对瑕人士兵时的恐惧相比,刚才的快乐黯然失色。我开始沿着河岸跑,挥舞着胳膊,想吸引玉人的注意。"别开枪,"我大叫,"我投降。"他们想让我活着,至少现在是这样,但看到他们的枪,我还是想呕吐。

我听到了一声枪响。我不知道是谁先开的枪,可能是玉人士兵或者我船上的朋友。没关系。一旦子弹开始飞起来,我就无法控制局势了。我转身去看马修,他已经被子弹击中,像个沙袋一样从船边掉了下来,把船弄翻了。他们落入了水中,沉到水下。我忘记了士兵——我只知道我必须抓住马修。开枪,下沉。但我想起了另一件更可怕的事。瑕人不会游泳。这意味着此刻艾什可能正在溺水。

我跑向那艘翻了的船,扑进水里。就在子弹射进我的头骨之前,我吸了一口气,闭上了眼睛。这条河看起来像柏油,但不可否认的是里面流动的是水——冰冷的水,没有尽头。我踢着腿,强迫屁股扭动起来把自己往上推。我的脸露出水面,我趁机猛吸了一口气。有那么一会儿,我感觉迷失了方向。我什么也看不见——星星,手电,士兵。但我能听见低沉的枪声,我呼吸的回声,潺潺的流水声。我划着手,敲打着某个固体。我发现自己已浮出水面了。

"维奥莱特?"我听到凯蒂在我身边,正气喘吁吁地踏着水。

我的眼睛需要调整适应,但我还是能看见萨斯基亚。她趴在翻倒的座位上，抓着小船，就好像它是个巨大的盾牌。她的脑袋泡在了水里，凯蒂再次拉她起来，用一只胳膊托着她的下巴。

"瑕人不会游泳。"河水从我嘴里喷了出来，"你和萨斯基亚待在一起吧。"

我潜入冰冷的河水，在黑暗中奋力游着。我不知道自己是在往上还是往下，只是急躁地打着圈，伸出胳膊去够我想象中的形状。但是我没够着艾什，也没够着马修。水中只有灰色的幻影。我感觉我的肺快要爆炸了，迫切需要呼吸空气，但是在恐慌的驱使下，我继续旋转着，在黑暗中摸索。

一道强光射入了黑色中的每个角落，就像天使在云层里打了个洞，让天堂开裂了。水下世界再也无法隐藏。我看到了每一块浮木，每一块阴暗的石头，每一条被潮水冲走的海藻，还有我自己的双手，苍白，毫无血色。

我的眼睛先找到了马修。他一动不动地躺着。他那赤褐色的皮肤已经与河床成为一体，死气沉沉的眼睛就像两颗淡水珍珠。一团乌云从他胸口的一个洞里翻腾而出。尽管这不是我想要的，而且是我最不想要的，我还是心存感激。因为我只有一双胳膊，现在，我不用选择该救哪一个了。

接下来，我看到了艾什。他悬浮着，摇摇欲坠，似乎在与一只看不见的海兽扭打。泡沫从他手里旋转而出，黑色的头发围绕着他那苍白、瘀青的脸。我从来没见过他这么害怕，就在那一瞬间，我感觉自己被爱淹没，不到几秒钟我就找到了他。我把双手放在他腋窝下，带着他游向水面。

我们闯入了那片天堂之光,咳嗽着,噼里啪啦划着水。我把他翻了个身,让他仰望天空,用我的手肘托着他的下巴,开始向小船游去。我听到了一个奇怪的声音,很低,嘶嘶地响着,和艾什划水的声音夹杂在一起。我看见河的表面开始起皱,河水几乎是在振动,被往上吸。

"维奥莱特。"艾什用尽全力叫着我的名字。

我想他是想警告我,因为他看到了我看不到的东西。

那道光不是天使送来的,它来自悬挂在我们头顶上方的四颗光滑的石头。

接下来是触手。看小说时看到这里我已经害怕了,电视上面的更可怕,真实的生活中的触手则充满恐怖。一只粗壮的机械手臂像蛇一样穿过天空,动作有力。现在,它以这样的速度移动,我们即使逃跑也没有意义了。一只巨大的金属手铐缠住艾什的腰部,将他捞出水面,动作迅速而残暴,我甚至没机会最后看一眼他的脸。现在,他漂浮在我上方了,变得越来越小,直到消失在气垫船里。

我在水中上下摆动了一会儿。现在只有我一个人了,周围只有水、恐慌和明亮的光。第二只机械手臂不知从何而来,像条金属海蛇一样在河里蜿蜒。恐慌来袭,我的肾上腺素猛增。它紧紧地抓住我,把我肺里的空气压了出来,飞速地把我往上拽,我的脖子都快裂开了。风吹过我的湿衣服,我看着下面的船缩成了孩子的玩具大小。萨斯基亚和凯蒂仍然隐藏在视线之外。至少他们现在是安全的。

这只手臂把我吸进飞船,然后把我扔在地板上。我还没来得及喘气,一队卫兵下来了。他们猛地将我的两只胳膊拉到背后,铐住我的手腕和脚踝。我不想反抗。我只是疯狂地寻找艾什。我的眼睛找到了他。他浑身河泥,瘫倒在地板上,身上的水还在往地板上流。

和原作中的场景一模一样,只不过在金属地板上哆嗦的不是罗丝和威洛——是我和艾什。我听到了对讲机嗡嗡的叫声:"我们抓住了她,先生。她和另一只猿猴都在气垫船里。"

我做到了。原作回到正轨了。明天,我就要上绞刑架。但我没有感到宽慰,也没有成就感。因为就在我感觉到注射针头扎进我脖子之前,就在我失去知觉之前,我听到了对讲机的回答:"干得不错。绞刑架之舞要有双人表演了。"

明天,被吊在绳子上的,将不仅仅是我。

不能是艾什,我试着说,不能是艾什。但我的舌头只是绝望地在嘴巴里扑腾着。

## 46

我独自醒来,嘴里还有泥土的味道。我脑中还有噩梦的残迹:鲜血在水泥地上流淌,两颗淡水珍珠在河床上凝望着,金属蛇在水中游动。我的眼皮在闪动,四周是白色的墙壁,无菌室在我视线的焦点中时近时远。一间牢房,和罗丝醒来时发现的一样。我试着坐起来,但我的胳膊被压在了身下。那些不是噩梦,而是回忆。那些画面继续在我视线里盘旋,透明而又轻盈,就好像印在了最精致的丝绸床单上。

门开了,几个卫兵走了进来。他们将几样东西放在我旁边——一条毛巾,一杯热饮,白色浴袍,一盘食物。他们转身离开房间,锁咔哒一声锁上了。很快,我就要见斯通伯克总统了。那个让索恩看起来像圣诞老人的家伙。我在避难所目睹了他侄子死去。我闭上眼睛,平稳地深吸一口气。

食物闻起来很香,像圣诞晚餐和生日蛋糕裹在了一起,这食物很恰当。我意识到昨天吃过面包后我就没再吃过任何东西,尽管我知道我连面包屑都不应该碰,但我的胃酸开始搅动。于是我跪在托盘前，把食物铲进嘴里，就和在妈婆家的时候一样。

我环顾四周，还不习惯胃里有饱腹感。角落里有间小浴室。干净，闪亮，散发着淡淡的花香。我跌跌撞撞地朝它走去，在地板上坐了一会儿，等待胃里的食物再次涌上来，坚硬的瓷砖能让我觉得舒服了一点儿。但过了一会儿，那种恶心感消退了。自从我醒来，我第一次注意到我的衣服就像一层薄冰，紧贴着我的皮肤，即使我不停地颤抖，即使我思绪混乱不堪、呼吸时起时伏——这是体温过低的先兆——我也没有立刻脱掉衣服。因为我知道我即将奔向高潮，原作即将完成。也许我会回家，也许我会引发一场革命，成为给瑕人带去希望的小花，但艾什也要被绞死。他不会回家。他会死去。泪水在我的眼角流淌，但我知道，如果我想要确保他能活下去，我得好好想一想。因此，我命令自己脱去衣服，把它们放在烘干舱里。

我走进浴室。一开始，水是烫的，就好像有上百个小熨斗烫着我的皮肤。但疼痛消退了，我感觉温暖穿透了我的身体，逐渐到达了我的骨头。慢慢地，我的大脑开始工作了。我花了一点时间来理清困惑。伏击，避难所……爱丽丝的背叛。

我的思绪飞快地转向绞索和活板门。我想知道那会有多疼。我还会注意到艾什吗，那一刻，他的双腿会在我旁边旋转，生命正慢慢离开他的身体。我真的不知道芭芭说得对不对，绞刑是否会真如她所说：上一刻，我断了气，下一刻，我会躺在动漫展上的一堆瓦砾里或者医院里的床上。现在，我站在军事地堡的浴室里，准备上绞刑架，那一切听起来似乎都有点遥不可及。

随着恐慌加剧，问题也越来越多，越来越难以控制。凯蒂和爱丽丝会在我旁边醒来吗？如果爱丽丝想让威洛再次袭击我呢？如果威洛并不承认他爱我，原作无法完成呢？会不会我真的死了，而凯蒂和爱丽丝将永远生活在这里？内特会怎么样？我那个有趣、聪明、古灵精怪的小弟弟，他也会醒过来吗？这些问题在我体内堆积，我感觉皮肤开始紧绷，好像就要裂开。我赶紧冲了个澡，用毛巾把自己擦干净，直到身上每一处瘀伤都开始刺痛，这种分散注意力的方法还不错。

我知道我应该穿上那件白色的干净浴袍，但我皱起了鼻子，穿上了工作服。它散发着这个城市的臭味，僵硬的污垢和已经干了的血——我自己的，艾什的，索恩的，内特的——令我奇痒无比，但它让我感觉更安全。我不知道我在床边坐了多久。我望着白色的天花板，真希望它是充满了泡泡的天空，内特在我身边，喊着：再来些泡泡，维奥莱特，再来些泡泡，求你了。

我开始想象总统会对我说些什么。我记得他和罗丝的对话。他太傲慢，我真想扇他一巴掌。"好吧，好吧，如果不是罗丝，那个长得漂亮、胆子也大的瑕人叛军。那姑娘偷走了威洛·哈珀的心，最终只会把自己葬送掉。"但现在我可以忘记剧本了。它已经毫无意义，因为和我一起被从河里拉出来的是艾什而不是威洛。

最终，卫兵回来了。他们陪着我走过一条长长的无菌走廊，走廊里散发着百合花和清洁剂的清香。我看到一扇大木门，戒备森严，喷成了玉人旗帜的颜色。出于习惯，我擦了擦眼睛，但我没有眼泪。我身上的每一滴水分都被挤干了。我摇摇晃晃地向门口迈了一小步，暗地里期待我的关节能嘎吱响一声，希望我能摔倒。

卫兵打开门，我看到了他——原作里的那个男人，罗丝的对手——玉人总统。他懒洋洋地坐在天鹅绒桶式椅上，正饮着瓷杯里的茶。

他不自然地笑了笑，说："好吧，好吧。如果不是罗丝，那个长得漂亮、胆子也大的瑕人叛军。那姑娘偷走了威洛·哈珀的心，最终只会把自己葬送掉。过来跟我坐吧。"

我张开嘴，但我太困惑了，说不出话来。这是原作里的台词。他见到罗丝时，对她说的就是这几句话。总统是怎么知道威洛的？我不知道该做什么，该说什么。所以，我盲目地遵循原作，说出了我的台词："威洛。他现在在哪儿？"

"在庄园，正在舔自己的伤口。别担心，你会再见到他的。当然，明天他会观看你的绞刑。"

总统再次遵循脚本了。不知怎么回事，他一定是发现了威洛帮我逃过伏击的事。我说了下一句台词，因为我不确定该做什么："求你了，不要。"

总统笑了："现在，维奥莱特，你可以更潇洒地说出你的台词了。"

起先，我以为我一定是听错了。肯定是因为疲劳、焦虑和残留的镇静剂："你说什么？"

"噢，我很抱歉。我是不是出人意料？"他转向士兵，"请给我们的客人倒点茶，中尉。毕竟，她走了很长的路才到我们这儿。"

世界似乎在萎缩。我周围的一切——咖啡桌，相框，百合花瓶——缩成了一系列小摆设。中尉递给我一些茶，我把茶托放在膝盖上。黑色的液体开始颤抖。"我不明白你的意思。"我终于说话了。

"你不需要跟我装蒜,维奥莱特。你是新的主角,不是吗?你是你最喜欢的故事里的巾帼英雄。"他上下打量着我,"而且还挺让人信服。"

我盯着他,目瞪口呆。

他露出奇怪的、不自然的微笑:"我也认识那个没有脸的女士。"

"芭芭。"我说出了她的名字。我突然明白了。

他点了点头:"神奇的预言能力,在你要做什么之前,她已经知道了,维奥莱特。还有什么灵媒力量,一个能到梦里找我的内奸。她能看见,而且是个彻头彻尾的玉人。"

一股黑暗、难堪的情绪涌上我心头。突袭,避难所,我的朋友们要乘船逃走,这些都是芭芭透露给玉人的。芭芭背叛了我们,芭芭杀死了内特。我的茶杯开始在茶托里叮当作响。"但是,在原作中……"

"你是说她站在瑕人那边?"

"是的。"

"你没注意到吗?你所谓的'原作'只是个框架和梗概,我们在上面构建的宇宙更丰富,也更详细。"

我抬起眼睛。现在,思考真的让我脑袋疼,就好像我要把大脑里装的东西都剥离。"关于我们的宇宙,关于那本书,是她告诉你的吗?"

他点了点头:"我很早就知道了。"

我所有的问题都开始涌现。我几乎可以看到我手背和手腕上出现的裂缝,皮肤也紧绷着。"但芭芭是一个星期前才发现的,那时她第一次在教堂里见到了我。"

他哧哧地笑着,喝着茶:"她在装傻呢。她已经出名很多年了。自从《绞刑架之舞》首次出版她就出名了。"

"我……我不明白。"

"是的。我猜你真的不明白。你那小猿猴的大脑很难将所有的事情想通。"他站起身,走向一扇小窗户,上面蒙着一层翠绿色的窗帘。他拉了一根绳子,窗帘收了回去。这不是窗户,而是一幅肖像——莎莉·金。"我凭记忆将她画了出来。芭芭在一个梦中介绍了我们。你知道她是谁,对吗?"

我点头。

"我认为她应该照顾我。毕竟,是她创造了我。"他凝视着那幅肖像,声音里流露出一种罕见的温柔,"我知道是她的宇宙和你们的宇宙,创造了我们的宇宙。'这是集体意识的力量',芭芭是这么称呼它的。"

"集体意识?"

"是的。当一群人拥有相同的信念,相同的想法——"

"你说的是粉丝圈吗?"

"你可以这么叫。实际上,我们就这么叫吧。粉丝圈,它还有个更好的环。嗯,粉丝圈的能量创造了某些东西……真实的东西。"

他靠在桌子上,把手指放进茶里。茶杯还在冒热气,但他没有退缩。他用指尖的茶水在咖啡桌上画了个圈。"芭芭跟你说过吧,一个故事就是一个生命周期,从出生到死亡。"

我点了点头。

他用那双玻璃般的眼睛凝视着我:"嗯,就是这样。一个永无止境的循环,永恒的循环……我知道,因为我被困在里面了。"他又用手指蘸着茶,画了一圈,看上去像个小小的钟面。

这让我想起了下水道里的标记和内特的脸,追踪黄线的时候,他兴奋不已。我的胸口一阵悸动,呼吸困难。但总统仍在继续。他指着最上面的一条——十二点线说:"循环的开始,在这里。我在办公室。我听说绞刑架之舞上有人投了蓟头弹。几个叛军释放了要被处死的瑕人,他们说,没什么可担心的,先生。"他移到三点钟方向,"在这里,他们告诉我,威洛·哈珀不见了。叛军也参与了,没什么好担心的,先生,我们要派出搜索队。他将手指移向圆圈底部,六点钟,"在这里。他们逮捕了一个小叛军,叫罗丝。"他的手指落在九点钟方向,声音越来越急促,"我在办公室见她,她毫无悔意。我觉得她在绳子上跳舞会很可爱。"他把手指移到第一条,十二点钟方向,"我看着那贱人上绞刑架,人群转身把绞刑架推倒在地,然后……砰。"他又把手指戳着圆圈顶端,"我回到办公室,听说有人投了蓟头弹。"

他又在茶里蘸了蘸手指,重新画了画快要褪去的圆圈:"一开始我怀疑自己心理不健康。我是总统,压力大。我吃了些药,然后又重新经历了这些。"他的手指继续绕着桌子转,速度越来越快,"我见到了那个贱人,看着她上绞刑架,绞刑架掉了下来,然后,砰。"他推得太猛,茶水里混杂了丝丝血迹,"办公室,蓟头弹,贱人上绞刑架,绞刑架倒了,砰。"他的手指越来越快,圆圈变成了红色,"办公室,蓟头弹,贱人上绞刑架,绞刑架倒了,砰。"

他沮丧地尖叫，把桌子打翻了，瓷器碎了一地。我呆住了。只有我的胸部在动，一阵浅浅的喘息。他转向我，脸上露出微笑，就好像这没什么大不了的。我很难想象他会这么爆发。

接着，他的声音变软，变低了。"被困在一个循环，一个周期里，无法挣脱。这是个噩梦，维奥莱特。"

中尉默默地把桌子放好，而总统则整了整他的夹克。就在他拉好袖子之前，我注意到了他手腕里侧的一个细小的标记：一颗黑痣，中间的部分没有了，就像个小圆圈。

"所以每当故事结束，就会重新开始吗？"我问道。

他点了点头。我隐隐约约感到了希望，而且那希望有一丝重量，就在我胸口。我鼓起一点勇气，舔了舔手指，在十二点的记号上描了描。"那么，当故事重新开始，死了的人会怎么样呢？"

"他们会重生。"

我嘴里发出颤抖的笑声。艾什会重生，马修会重生。希望突然在我心中迸发了，就像某种有形、温暖的东西。"我弟弟呢？"

他把一根手指放在我的手指上面，向我滑过来。他的血和我的唾液混合在一起，形成一条细线。"你的宇宙并不是循环的，而是线性的。如果你弟弟死于这一现实，《绞刑架之舞》这个现实，他永远不会重生，不论在这个宇宙还是你自己的宇宙。"

我悲从中来，喉咙一紧。

他抬起手指，又坐了下来，坐姿笔直而得体。"我猜你在想，我是怎么记住这个循环的，而我的世界里的其他人对此一无所知，并过得很快乐？"

我一直在想内特,想着他那闪亮的眼睛和迷人的微笑,但我还是点了点头。

"我们玉人当中,有一些人的基因过于强化了。就像你非常喜欢的那个老预言师。她最终有了特异功能,但我们中的一些人增强的是记忆功能。还有最厉害的科学家,最好的工程师,顶级的政治家。我们记得那些回声,那些倒影,所有的一切——每一个该死的循环。我们已经厌倦了。人生应该不断前进才对。"他悲伤地看着这圈血,"我们无法改变这个故事,我们什么也做不了,因为循环如果不完成,后果可能非常可怕。我们不愿承担这个风险。"

我把手指伸进头发里,就好像我能进入大脑里面,解开所有的疑问。"但如果《绞刑架之舞》创造了你,你怎么能有童年和过去呢?这说不通啊。只有故事开始了,你才开始存在。"

"在跨维度量子共振中,存在着许多悖论,我不期望你这猴子的大脑能够理解。也许可以打个比方。另一个永恒的循环——鸡和蛋。"

"先有哪一个。"我说。芭芭用过同样的类比,当时她在嘲笑我。

"是的。说得好。我给你拿根香蕉。是《绞刑架之舞》创造了我们,还是我们创造了《绞刑架之舞》的世界?是书创造了我们,还是我们创造了书?这是一个无法回答的问题。都是真的——我们的宇宙是共生的——玉人有童年,我们有历史,我们甚至与你的宇宙共享历史。但在我们的宇宙中,时间的流动是不同的。"

"我不明白。"我感觉自己太笨。我希望内特在这里,他会做谢尔顿·库珀做的事,他会弄懂的。他是我巨大的损失,我的心已经空了。

"是的,我想你确实不明白。"

我忍住泪水,试着放慢呼吸。"我为什么在这儿?"我终于问道。

"这是一场超级竞赛。只要有足够的时间,我们就能解决大部分问题。我们想出了打破两个世界之间的界限的办法。也就是接近她。"他指了指莎莉·金的画像。

"但是……莎莉·金死了。"

"她现在是死了。但她当时并没死。你还记得她是怎么死的吗?"

"她自杀了。"

"因为她脑袋里有声音吧?"他用一根长长的手指敲了敲自己的太阳穴,"有时候,疯子并不是真的疯了。"

"那是你的声音吗?"

他点了点头:"我想说服金小姐写续集,打破这个循环。"

我看着莎莉的脸,那副大眼镜后面写满了悲伤。"你杀了她?"我对这个男人感到愤怒、仇恨。为莎莉,为内特,为马修,为所有被杀死的瑕人。我把茶杯举到嘴边,忍住了没说话,担心自己会大叫或者尖叫甚至咒骂他。

"那不是故意的。她是我们唯一的希望。问题在于,她开始写《绞刑架之舞》续集时,我们产生了艺术方面的分歧。"他自言自语地笑着,"她希望瑕人占优势,而我不希望。我可能把她逼得太狠了。"

"她是因为保护瑕人的未来而死的?"我又想起了鹈鹕,它用自己的血喂养生命。我的嘴唇闪现一抹微笑。

他没有理会我:"但是,新的希望出现了。一颗冉冉升起的同人小说作家新星。"

我的脑海里出现了清晰的画面。一双古铜色的腿缠绕着另一双古铜色的腿,就像两根绕在一起的枝干,张开了,分成两个独立的树冠。那对睡觉的情侣——两个树冠——几乎形成一颗心的形状。我伸手摸我的项链,然后记起我已经把它弄碎了。我最好的朋友,同人小说作家,这个美丽的瑕人,她爱上了一个玉人。说出她的名字都让我心痛:"爱丽丝。"

总统点了点头:"爱妮美·爱丽丝。多亏了她,一个新的粉丝圈成长起来了,新的故事有了希望,超越这个永恒的循环有了希望。我们可以感觉到他们的存在,这个新的粉丝圈。我们开始注意到原作里细微的改变,出现了什么新人物、小麻烦。可惜,没有什么能改变我们的未来,没有什么能打破这个循环。但想象一下,如果这个爱丽丝回到你的世界,写个续集,出版出来,吸引一批全新的观众,会怎么样呢?我们会有足够强大的粉丝圈来打破这个循环。我们就会有未来。"

"你会有另一本书,另一个循环。"

他缓慢地拍着手:"你一定是那种会签名、会为了吃到花生而耍把戏的聪明猴子。不,我们将拥有的其实是机会。谁知道一旦我们自由了会发生什么呢。你那 A 加 B 等于 C 的逻辑太过时了。"

我感觉我的眉毛拧在了一起。我的双腿继续颤抖,茶杯继续在茶托上嘎吱响着。"那我为什么在这儿?"

"当莎莉·金去世时,我们意识到了自己的错误。当然,莎莉是支持瑕人的。在你们的宇宙中，她，你们，都是瑕人。跟她说让她支持玉人根本行不通。我们需要爱丽丝，一个在生活中像个玉人的爱丽丝，需要让她变成玉人，让她了解瑕人到底是怎样的动物。所以现在，当她回到你们的世界写我们的续集，她不会记得这段冒险，但她会成为彻彻底底的玉人。她会创造一个我们玉人喜欢的未来。"

我开始感到恶心。"是你吗？是你把我们从动漫展带到这儿来的？"茶杯的颤抖声越来越大，杯子终于倒了下来。热茶渗到我大腿上，但我几乎没感觉到疼。

总统只是笑了笑："是的。就像我说的，我们有杰出的科学家。如果你愿意，我可以带一个过来。他会解释量子物理学里的跨维度掘进，但我担心的是你这灵长类动物的大脑可能会爆炸。"

我看了看地板上碎了的杯子。它刚好被摔成两半。"爱丽丝也知道这档子事吗？"

"不。爱丽丝一无所知。在她看来，她正和玉人度过美好的时光。她仍然认为只要你不完成原作，她就会继续待在这里。如果她知道真相，她会感觉……她被操纵了。"

"但为什么要把我带过来？还有凯蒂？"我咽了一下口水才说出弟弟的名字，"还有内特。"

"我们只想把爱丽丝带进来。但事情从来不会按计划进行。当你们都来了，我保证，这件事变得有意思了。芭芭一直在向我报信。"

"罗丝不会是故意死的吧？"

他铲起我的茶杯，将两半接到一起，杯子又完整了。"不，不。明天，她本应该在绞刑架之舞上被绞死，引发一场革命，完成这个周期,再送爱丽丝回家。"他那惯有的蔑视中还带着一丝骄傲,"我必须承认,维奥莱特,作为替补,你超出了我的预期。芭芭告诉我你会。"

"我要代替罗丝上绞刑架。"

他咧嘴一笑,他的牙让我想起小时候喜欢吃的泡沫糖。"没错。只有这样,你们四个才能在你的世界醒来。"

"所以我们现在没有知觉?"

他又露出傲慢的笑容。"是的,在你的世界。如果你和你的朋友们想要醒来,你要在绞刑架上跳舞。"他大笑起来,"你发现自己陷入了困境。你害怕你最需要的东西——刽子手的绞索。别担心,所有的巾帼英雄都会陷入两难境地。这增加了紧张气氛。"

我想起了那些倒下的瑕人,那抓挠的手,那些复制人,那新月一样的弯刀,那肉店里的瑕人。我想起了内特的尸体倒在水泥地上。我怒不可遏。然后我想到了爸爸妈妈、麦提莎牛奶巧克力和网飞神剧,还有 A 级成绩单和不眠之夜。总统是对的,我现在进退两难,只是他找错了人。

"我不会这么做的。"我厉声说。

"你说什么?"

"我不会这么做。我不会配合。当威洛在绞刑架之舞上喊出他爱我,我会喊回去,说我恨他,我利用了他。我不会完成原作,然后爱丽丝也不会醒来写她支持玉人的续集。玉人永远不会占优势。"

"真有意思。爱丽丝把自己当成了玉人,你却认同了瑕人。"

"我本来就是瑕人。"

他冷笑:"正如我之前说过的,不完成循环的后果是我们无法预料的,可能会很可怕。你可能不仅不能穿越,而且这个宇宙可能不再存在。"

"也许我愿意承担这个风险。"

"放过他们吧,维奥莱特。放过你自己,你男朋友,以及所有你深爱的瑕人。也许你可以赌上自己的命,但我真的怀疑你会以他们的生命作为赌注。"

他拿捏住我了。我知道,他也知道。我被他打败了,泄气地摇了摇头。

"所以当威洛·哈珀在绞刑架之舞上挺身而出,喊道——"他从椅子上跳起来,夸张地捂住他的胸口——"'我爱你,罗丝',你会说什么?"

"我也爱你。"

"玉人推倒绞刑架,一场革命由此开始,故事就完成了,你可以回家了。"他低头看了看我,一声冷笑掠过他那张不自然的脸,"小乖猴。"

## 47

我躺在牢房的床上,看着门口。我知道,下次它打开的时候,我会被带到绞刑架之舞上去。我挣扎着处理所有的新信息,脑袋有点疼。童话故事,嘟嘟声,直线。在我的世界,现实的世界,我已经失去知觉了。而我同时也在这里。两个宇宙。两个维奥莱特。这完全说不通。我想,也许斯通伯克是对的——我只有猿猴的大脑。泪水从我脸上滑落,流过我的鼻梁,滴进枕头里。我做了这么多事情,失去了这么多,就是赢不了。赢的是玉人,是芭芭。

我把手伸进口袋,发现了我的心形项链。我和爱丽丝争吵之后,我一定是把它塞在那儿了。我太重情,无法把它扔进土里了事。它缠绕着我的手指,像一只纤细的丝线,当我张开手,那颗破碎的心在我眼前晃动着。

我最好的朋友被玉人吸收了。至少她的背叛仅限于与威洛睡觉,至少她不用对内特的死负责。但她最后会毁灭瑕人,而我不经意间在帮她完成原作。我感觉自己破碎了,就好像我是蛋壳做的,即便倾尽一国之力,也无法让我完整。我把链子塞回口袋里。

"自我牺牲和爱。"我低声对着墙壁说。但是听起来是那么愚蠢。不知何故，汤普森小姐的形象跃入我的脑海。她靠在福米加桌子上，向我们讲述文学作品中的黑暗时刻，似乎所有的希望都破灭了的时刻。我的嘴只有一边在笑。现在，一切看起来都是那么地黑暗。

门开了。我以为进来的又是一个穿卡其制服的，但我看到的是芭芭。她向前移动着，悬在半空中，双脚一动不动。起初，我认为她是鬼，后来注意到她干瘪的手握着杠杆。她坐的是奇怪的气垫椅。我端详着她那张皱巴巴的老脸，此刻她是那么放松。我想起了内特，他靠着我的大腿，鲜血直流。是她告诉玉人我们去了避难所。愤怒在我身体里蔓延，填满我的血管，收缩着我的肌肉，直到我感觉它们就像玩偶匣，随时会爆炸。我想我可能会杀了她。只是她的脆弱拦住了我。

那椅子停在我的床边。我不敢看她，但我能闻到百合的味道，听到她温和而慎重的声音。"我能感觉到你的愤怒。"她说。

我跳了起来，握紧拳头，摇晃着："你怎么能这样背叛我们？"

她的眼睛在眼皮底下飞快地眨着："你忘了我是玉人。"

"但几百年来，是瑕人保护了你！"

她拉了拉那根小杠杆，椅子浮了起来，她的脸和我的一样高了。她皮肤上的软毛像银白色的绒毛，眼皮后面有一丝绿色，她说话的时候，小小的牙蕾紧贴着牙龈："这就是我永远不会背叛他们的原因，也不会背叛你。"

"可是总统——"

"他是个白痴。不，等等，他是个卑鄙小人，是的，我最喜欢这么叫他。"她把杠杆推回原位，椅子又回到了地板上，"来，跟我跪下，孩子。"

我怀疑地看着她，不知道她是否会说实话。我还能向她敞开心扉吗？

她笑了："你又有什么损失呢？"

慢慢地，我张开了拳头。可能是好奇，可能是绝望，我不知道，但有什么东西把我拉到了地上。她将手掌放在我的太阳穴，我感到一股疼痛从我肚子里开始，穿过我的身体，集中在我两眼之间。它消除了内特的形象，松开了我喉咙上那悲伤的枷锁。当疼痛解除时，我难过起来——这是他留给我的全部。当我睁开眼睛，我正站在自己的客厅里。

"没有比家更好的地方了。"芭芭说。

它看起来很普通，一片米色。我慢慢旋转着，把一切都印刻在脑海中。棕色的皮沙发，右臂上有咖啡的污渍，我和内特的照片歪斜着挂在浅褐色的墙上，破旧的咖啡桌是爸爸从我们之前租来的房子里搬出来的。我能感觉到脚下的地毯，能闻到烤箱里的菜味，能听到身后熟悉的电视的嗡嗡声。爸爸妈妈正并排着坐在沙发上，妈妈的膝盖上放着遥控器。我知道那是《绞刑架之舞》里的音乐。我笑了——爸爸总说它是"反乌托邦的胡说八道"。我端详他们的脸，他们五官上的每一条皱纹和曲线，我的心在胸腔里膨胀。

芭芭悄悄靠近我，她的气垫椅早就不见了。"他们看上去很开心。"

我点头，但我的心突然泄气了："他们一定还不知道内特的事吧？"

"这些人并不是你真正的妈妈和爸爸,维奥莱特。他们是你的投影。"她将一只柔软的手放在我肩上,"这些才是你想完成原作的原因——那一线曙光,不是吗?"

"是的。"我看着爸爸妈妈的手指温柔地交叉在一起,两个人的拖鞋你碰我我碰你。

"当你救没有手的女孩,当你去大剧场阻止索恩绞死玉人,当你把船推到河里,自己回到岸边,当你潜入水里救你的朋友……你做这些真的是为了回家吗?"

"我……我不明白。"我的注意力没有离开过爸爸妈妈,我担心他们会不见了。

"你见过这么多,经历过这么多,你真的会为了回家而上绞刑架吗?"

我使劲地摇头。

她让我旋转,让我面对电视。电影的最后一幕上演了:罗丝站在舞台上,脖子上套着绞索。我的手下意识地摸着我的喉咙。

她动了动手,刚好放在我的心脏上方。"为什么,维奥莱特?你为什么做那些事情?"

我毫不犹豫地说:"帮助瑕人。"

"是的!"她喊道,"你已经远远超越了罗丝。你关心的是正义。这就是我背叛你的原因。所以我才告诉总统你会去哪儿。你需要看到暴行,亲身体验玉人的野蛮,才能变成真正的瑕人——会站起来、为人民而战的瑕人。因为只有出于真爱的举动、真正的牺牲之举才可以完成原作。这一直是个有爱的故事,维奥莱特。但对你来说,这是一种比你们俩之间的爱情更伟大的爱。"

我的目光从屏幕上移开,看着她。在米色客厅的映衬下,她虹膜里的瞳仁更绿了。"内特死了,我才能成为真正的瑕人吗?"

一滴泪从她的脸上流了下来,滑过层层皱纹。"我很抱歉。我的能力有时不够精确,有些事,我看不清楚。"

一阵始料未及的同情掠过我心头。毕竟,我知道失败是什么感觉。我把话题从内特身上转移,为了我们两个好。"但当我上了绞刑架,爱丽丝会回到我们的世界,写有利于玉人的续集。不论如何,瑕人要输。"

"也许吧。"

"我能阻止她吗?有什么办法吗?"

"当爱丽丝回到你的世界,她不会记得过去一周的事。你们都不会记得。也许只有奇怪的回声,这里或那里的碎片,更像是个梦。但是你的经历会一直伴随你。爱丽丝写的续集将由她的经历造就。"

"我什么都做不了吗?"

"一切都不曾失去,维奥莱特。你们俩都还有时间找到自己的路。也许你并不是唯一能自我牺牲、能爱人的人。"

"这到底是什么意思?"

她看上去若有所思:"自我牺牲、爱,对爱丽丝来说,它们的意思会有所不同,我肯定。但在每一个精彩的故事中,它们仍然是核心,她的故事亦然。"

我疑问重重,不知道该相信什么,脑子里嗡嗡作响,但她闭上眼睛,开始唱歌了。

"数蓟花，1，2，3，瑕人很快就要自由了。"

那首瑕人跳绳时唱的歌。我正要开口问她我和这首歌有什么关系，但客厅的颜色开始模糊，脚下的地面似乎消失了。

"数蓟花，4，5，6，拿起你的枪、石头和棍棒。"

她握住我的手。电视的声音成了静音。菜的味道变成了消毒剂和洗衣粉的味道。

"榛树从绿变红，春天已经走了，夏天也逝去。"

"等一下。"我哭着，想最后看一眼我的父母。但他们已经不见了。我只能看到黑暗，只能听见最后几句话。

"数一数几分钟，而不是几小时，因为希望从一朵小花开始。"

## 48

今天,我要上绞刑架了。

我要上绞刑架了,为了我的朋友,我的家人,和最重要的——爱。但不是为了爱一个男人。不,我上绞刑架的原因远不止如此。我是为了我的人民,为了瑕人,为了艾什、萨斯基亚和马修,为了凯蒂和内特……甚至爱丽丝。为了大自然里每一个不完美的偶然,他们有权利说自己是人类。

一群光鲜亮丽、头发修剪整齐的造型师到了我的牢房。他们用粉和胭脂以及各种颜料在我脸上一通涂抹,刷着我的睫毛,涂着我的指甲,把我的皮肤扑得发光。他们怀疑地上下打量着我,我感觉浑身不自在。

一个抹了红唇膏的造型师笑了笑:"嗯,她看起来确实不那么像猿猴了。"

我想,如果我的样子就像街上的一只老鼠,斯通伯克是不相信威洛会宣布他爱我的。他们往我手中塞进一件内衣,看着我比划了一下然后将它伸进浴袍。我刚将它固定好,他们就脱下我的浴袍,将一根金属腰带缠在我腰上。它似乎自动收缩了,把我的胃往上提。他们把我的乳房挤进这个神奇的胸罩,尺寸增加了两个罩杯。罗丝绝对没遇到这样的事。虽然我快死了,但我还是有点懊恼自己的身材。我穿上工作服,照了照镜子,几乎认不出我自己。

两个卫兵到了。我记得他们。他们用粗糙的手抓住我的肩膀,把我推过一个巨大的混凝土空间,朝气垫船走去。太阳已经升到了天空的最高点,气垫船上的金属和路障上带刺的铁丝网被照射得闪闪发光。我疯狂地寻找着艾什,他却不见了。

他们把我推到舷梯上。

"死人在走路。"一个卫兵说。

"死猴子在走路,更确切地说。"另一个回答。

飞船看上去和原作中的一样。空气有点冷,夹杂着消毒剂和火药的味道。他们把我带到飞船后面的拘留室,然后将门拉上。这时我看到了他,他脖子上的绳索,在他的黑头发和白皮肤交会的地方。艾什。他的胳膊高高举起,手腕固定在一根金属栏杆上,在那一瞬间,他让我想起了一只张开翅膀的小小鸟儿。

卫兵用相同的方式把我铐起来,强迫我踮起脚,手铐划破了我的皮肤。门拉上了,我们一起随着气垫船的节奏摇摆。

造型师似乎完全忽略了他。他头发上沾满污垢和鲜血,脸上的淤青开始显露出来;他的左眼被一圈紫色和黄色包围着,就像一只怪异的单片眼镜。我紧紧依偎在他的脖子上;他的皮肤和工作服上还散发着河水的恶臭,他潮湿温热的皮肤紧贴着我的额头。但当我抬头看到他的脸时,他的眼睛仍然是最酷的浅蓝色。我感觉到了片刻的安宁，依偎在他身上。我想了想罗丝，她独自站在这个牢房，无人陪伴，独自赴死。我不禁为她感到难过。

他轻轻吻了吻我的太阳穴，我几乎感觉不到。"我很抱歉，维奥莱特。如果我没有跟着你，你就不会将肉店告诉索恩……这一切便都不会发生。"

"这不是你的错。"

他突然呼出一口气，我闻到了一股酸味，从这点可以判断出：自从我们被捕，他便没吃过或喝过任何东西。想到自己洗了个澡，还吃了一盘热腾腾的食物，我感到了一阵内疚。

我的手腕顺着栏杆向他移过去，用手指抚摸他的手背。"别担心。我保证不会有什么事的。"

他还是歪嘴一笑，嘴唇中间的皮肤裂开了。"谁说我担心来着。"他想表现得勇敢一点，为了我的缘故，但他的声音听起来是那么脆弱，睫毛上挂着一颗泪。那泪珠看上去像一滴油，折射出他脸上的淤青。

我只想让他感觉好一点，试着缓解他的痛苦。我吻了吻他，贴着他嘴唇上那裂开的皮肤。"我希望我能解释清楚，但这真的并不是我们的末日。"

"没想到你是灵性生物。"

"很快就会结束的，然后……"

"然后呢？"

我的嘴唇紧贴着他那苍白卷曲、好似一只海螺的耳朵："如果我告诉你，你会认为我疯掉了，但事实并非如此。"

他转向我，鼻子撞在我的脸颊上。"你已经告诉过我，你是穿越时空的刺客，还有什么能比这个更离奇呢？"

我的嘴巴又找到了他。我能感觉到他嘴唇上的每个凹痕，那是他唯一有皱纹的地方，就像指尖上的螺旋。我想我可能又会哭起来，于是我抽身避开了他。

他笑了："希望从一朵小花开始。"

这句诗在我脑海中翻来覆去。我觉得我在回想什么东西，真正重要的东西，但是每次当我快要想起来的时候，它便消失不见。

他看到了我脸上的困惑，于是说："我的意思是，当我遇见你的时候，整个世界都生动起来了。"

悲伤的枷锁又一次紧扣我的喉咙——提醒我还会有更多失落。我的话语恳切，因为绝望而生动："你曾有过似曾相识的感觉吗？有没有什么回音或映像，就好像你已经生活过了一样？"

他皱起眉头："你的灵性又回来了是吗？"

我掩饰着自己的失望。但我的胸口就好像被某个又尖又长的东西刺穿了。当我死去，当原作重启，他不会记得我的。

"那是什么？"他问道。

"没关系。"我仔细看着他脸上的每一个毛孔，那冰蓝色眼睛里的每一个斑点。我想把他的样子烙进我的视网膜，因为我想到了一件更令人心碎的事情。

我也不会记得他。

## 49

气垫船开始下落,我们听见了奇怪的呼喊。那声音越来越大,最后成为愤怒的轰鸣。

"那是人群。"艾什说。

我竟然已经忘了人群。他们高喊着,大呼大叫,推挤着——一群嗜血的玉人,渴望看到瑕人的血,我和艾什的血。气垫船降落了,我们似乎被人包围,他们透过黑色的窗户大喊大叫,用拳头击打着金属板。

一个卫兵走近我们。他直视着艾什:"你很幸运,小猴子。总统今天只想观看单人绞刑——他说单人绞刑影响力更大,我不知道那是什么意思。"

我松了口气。总统当然只想让我上台了。在原作里也只有罗丝。斯通伯克想让那两根线尽可能紧密相连,确保循环完成,并让爱丽丝回家。我知道艾什不会真的死去——故事再开始时,他会醒来,在妈婆的厨房里搅着汤——但我仍然很高兴他不用经历疼痛。因为会很疼。我想我可能会吐出来。

"不，等一等，"艾什说，"你只想绞死一个人，那就绞死我吧。"卫兵根本没听，而是解开他的手铐。

"等一等，求你了，"他喊道，"绞死我吧，放了维奥莱特。"

"别担心。"卫兵笑了，"你会从瑕人监狱看见你女朋友的。"

"不，求你了，不。"艾什抓住卫兵，但他那体格根本不是玉人的对手。他直视我的眼睛，"我爱你，维奥莱特。"

我大脑里的情感区域就像拼图一样移了出来。我发现我知道些什么，却感觉不出来。艾什在说他爱我。我的艾什。然而我感到空虚……迷茫。不到一小时，我们就不再认识彼此了。我们将被谎言筑成的一堵墙或荆棘林分开，我们将被整个宇宙分开，随着时间变迁，记忆将完全丧失。我们的爱情故事将成为悲剧，就像罗丝和威洛的。我庆幸有这样的讽刺，即便我现在独自一人。

艾什被卫兵从气垫船上拖走了。他反复重复着那句话："我爱你，维奥莱特。我爱你。"他们渐渐消失在吼声中，直到我再也听不见他的声音。

他走了。

想到这里，我不再迟钝。我大脑里被移开的区域重新回到了原来的位置，我不再犹豫。我认清了现实的形势：我永远不会见到艾什了。

"我也爱你。"我喊了回去。

但我太迟了。

## 50

一个卫兵解开我的手铐。因为焦虑,我觉得他面目模糊,但我还是看到了他眼中尖锐而清晰的仇恨。他把我拖到门口,我为人群做好了准备,但当门滑开时,我只看到了灰色。飞船降落在了市里,就在大剧场旁边。他们想让我穿过瑕人之门,有罪者之门,就像原作里一样。

我从飞船上走下来,鸟儿腐烂的恶臭扑面而来。有那么一瞬间,我的心猛地一跳。我要花点时间了解周围的环境。大剧场的墙大约有百米远。但我没看见艾什。他一定已经在监狱里了。我没看到其他瑕人。我猜他们已经挤进了小屋,用捡来的电视机观看整个过程。我寻找着城门,但一群武装起来的卫兵挡住了我的视线——他们撞到我身上,把我带走,我成了他们那卡其色的一部分。

墙的另一边传来一阵响亮的号角。十分钟后,我要上绞刑架了。我的腿不动了,卫兵不得不拉着我,我的脚拖在身后,像猴子的两只手,我好像真的是只猿猴了。我走到门口,他们把我推着,让我直立。一个光鲜亮丽的造型师出现了。他用棉球在我眼睛下面擦着,在我嘴唇上擦了点油,给我梳了梳头发。

我听到斯通伯克总统又高又尖的声音在大剧场的墙壁上方响起。他说的正是原作中的话。只是这次,他在说我。

"欢迎来到绞刑架之舞,玉人同胞们。我们即将见证第753811号瑕人的死亡。这个上夜班的奴隶以肉欲为手段,勾引了一个正直的玉人青年,让他以为自己对她有感情。这个上夜班的奴隶谎话连篇,骗取了玉人青年的信任,目的是获取政府的秘密。这是个卑鄙的小间谍。她试图推翻玉人,试图摧毁我们的生活方式。"

人群怒吼。

他们都退了下去——造型师,卫兵。我在那里摇摆着,穿着工作服,瑟瑟发抖地盯着那密不透风的金属门。我开始不由自主地颤抖,比他们把我从河里拉上来时还要抖得厉害,我想我的心脏可能要爆炸了。

总统的声音又响起了:"我们来见见这个妖妇,这个间谍。"

大门打开。人群沉默下来。我看着五颜六色的玉人世界扩大,再扩大,直到整个世界只有他们。尽管恐怖在我全身蔓延,在我自己的黑暗时刻,周围却充斥着玉人的颜色。密密麻麻的翡翠色和猩红色套装,光滑的头发,从瓷白色到乌木色的各种颜色的皮肤。然而每张脸看起来都一样。对称,完美,渴望复仇。

沉默在继续。我一动不动地站着,只是呼吸,眨着眼睛,盯着他们看。我知道我有多恨他们。让我惊讶的是这种情绪是如此强烈——比爱更强烈,它以波的形式从我身上散发出来。那个涂了漆的俄罗斯娃娃外壳又回来了,把我包裹得像盔甲一样,让我挺直,给我的腿、我的胳膊和我的全身都带来了力量。

他们想看绞刑是吗？我就给他们看好了。

"女士们，先生们，她就在这里。两项罪名成立。串通玉人罪，叛国罪。我们不能把她绞死两次，真是太遗憾了。"

人群大笑。在仇恨的驱使下，我开始坚定地走向行刑台。我脑海里响起了内特的声音。我笑了。钢铁般的胆量。钢铁般的胆量。

我不看绞索，也不看瑕人监狱里的艾什。我不能冒险打破我的盔甲或让我的目（目）模糊。我尽量不去想那架直升机，不去想昨天晚上，那熊熊烈火照亮了叛军的脸，还有我身边的内特，他一脸的兴奋。我继续盯着那些明亮、对称的眼睛。

我看到了人群中的威洛，他靠近前排，面容紧蹙，笼罩着一种我不知道的，游移在恐惧和爱之间的情绪。他旁边的是爱丽丝，她的手紧张地举到了脖子周围。我意识到我也恨她。

刽子手站在那里——宛如一根黑色的柱子——他的手握着操纵杆。我知道我的盔甲不会让我失望的。我不会摔成碎片。我在内心深处下定决心，平静了下来。我爬上台阶，来到木头行刑台上，站在活动门上面，让刽子手把绞索套在我脖子上。我不知道是为什么，也许抓住什么能给我安慰、能让我度过接下来的五分钟吧。我的手落在了口袋里的链子上。我尽可能地捏着它。没有比家更好的地方了。

总统再次讲话："瑕人。你的罪行可判处死刑。"

我看着爱丽丝。她眼里充满了泪水，人中上还有鼻涕。她只是不能看到原作完成，不能离开这片不毛之地罢了。她不知道，当她回到家，她会被总统用来为玉人谋事——写支持玉人的续集，创造一个粉丝圈。我咬紧牙关,胸口的空虚感让我几乎无法忍受。我把目光移开,这时我看到了站在瑕人监狱里的他们。不仅仅是艾什,还有萨斯基亚和凯蒂。

凯蒂看上去非常焦虑,她的手指穿过红色的头发,指关节发白,手指上的皮肤似乎要被头发割破。我们四目相对,她眨着眼睛,就好像正在教室里听我演讲。萨斯基亚看起来很低落。她的五官因为悲伤而紧蹙,眼泪从下巴上滴了下来。转眼间,我觉得她怒气冲冲的脸看上去是那么漂亮。

接着,我看了看艾什。我希望能告诉他真相,不管那听起来有多疯狂。我希望能告诉他动漫展、平行宇宙、威洛和爱丽丝……告诉他一切。但最重要的是,我希望告诉他我爱他。即使我们在余生里都将对彼此的存在浑然不觉,但至少有那么一点点时间,我还能看到那双美丽的眼睛,看到真相在我脑海中浮现。

鼓声开始了。和原作里一样。我转向威洛。现在,他随时会越过障碍站到舞台上,宣布他爱我。鼓声越来越大。随时都有可能……但他一动不动地站着,双手颤抖,双目紧闭。

我的胃塌了,心也碎了。我从来没有想到威洛会一动不动。如果他不说台词,如果原作不能完成,谁知道会发生什么。我可能会死在这个宇宙里的这根绳子上,还有艾什、萨斯基亚、凯蒂,甚至爱丽丝——都将不再存在。

那隆隆的鼓声越来越大,但威洛仍然丝毫不动。他的眼睛紧紧地闭着,嘴唇微微颤动,就像在喃喃祈祷。也许在另外的时间线里,他都在和罗丝一起逃离这个城市,逃离的经历巩固了他对她的爱。

也许现在他身边的人是爱丽丝——一个美丽而有趣的替代者——削弱了他的决心。也许因为现在的威洛——我的威洛——真的没有原作中的威洛那么坚决。不管什么原因，我都失败了。热泪从我脸上流下。我感到挫败而失落。所有这些，这一切，都是徒劳。

来吧，我在心里尖叫。来吧，威洛。你必须这么做。

鼓声现在充斥着我的大脑，比枪决行刑队的声音还要大。我向爱丽丝看去。我希望她能介入，希望她能打一下威洛的脑袋或者什么的。但我知道，她心里想的是如果原作不完成我就会死，那样的话她就可以留在这个世界。要是她知道真相就好了，多希望我能向她解释这一切。

鼓声达到了高潮。然而，威洛还是不动，双目紧闭，甚至不敢看我。我又看着爱丽丝。她慢慢地朝我眨着眼睛，神情茫然，就等着我的身体挂起来。

她选择了他们，而不是我。

项链从我指尖滑落，就在这一刻，鼓声停止了。沉默。只有那颗破碎的心在地板上发出轻柔的叮当声。

那一刻就要来了。

我屏住呼吸，等待活板门打开，等着我脖子上的绳子"啪"的一声。但是，我听到了一个声音。那声音响亮而有力，充满了愤怒。

"住手！"

我抬头看她。她跨过栏杆，跳上舞台，暗淡的头发垂在脸周围。爱丽丝。她站在舞台上，双手颤抖，胸脯上下起伏，喘着粗气。她盯着我看了会儿。她的样子变了，美丽的脸上写满了恐惧，脸颊上的蜂蜜色已经褪去。这时我看到了它——就在她锁骨上方的倾斜处——那条心形项链的锯齿状边缘正在闪闪发光。此刻，我为对她的怀疑感到内疚。

她朝我慢慢地点头。此刻，我们互相理解了。然后，她转身面向人群。

"我名叫爱丽丝。你们要绞死的瑕人也有名字。维奥莱特。她是我认识的人当中最勇敢、最善良的。不管是瑕人还是玉人，总之她是人。"她几乎是逐字逐句地引用原作，这是她第一次这么坚持剧本。她的声音在大剧场上空回荡，挑战着任何反对者，"她不是妓女或罪犯。她是我最好的朋友。我全心全意爱她。"她那深蓝色的目光注视着我，"我爱你，维奥莱特。"

我听到了背后屏幕上总统的喘息声。他知道他输了。爱丽丝是曾经渴望过玉人的生活，渴望留在这个世界，但为了我，她要放弃这一切。我突然明白了芭芭的意思。这是爱丽丝的牺牲和爱。现在她不会写有利于玉人的续集了。我对她微笑着。这是我最会心的微笑。

我曾以为我会很难说出最后一句台词，因为知道接下来等着我的是什么——绳子勒紧了，一阵剧痛——但我现在感觉没什么不对劲，很自然。

所以没等仪式继续进行，我就撒满了大剧场——不是用蓟花，而是用我的声音。

"我也爱你。"

最后，活动门打开了。

## 51

在我的想象中,绞刑的痛苦无所不包——那种痛将蔓延到我身体的每一个部分,直到成为我的全部。但实际上,绞刑相当精确。绳索牵引着我的脖子,衣领所在的部位火辣辣地疼,身体的重量把我往下拉,我的肺喘不过气来,我的脚拼命地打着转,寻找着坚实的地面。我听到人群的尖叫声从喜悦变成愤怒,一阵一阵向我传来。光线变暗了,我的视野里满是爆炸的星星。

内特死时,我曾有过奇怪的剥离感,现在,那种感觉又来了。我从那疼痛、衣领和星星中走了出来,就好像这些只不过是件奇怪的戏服。我在自己的身体上方盘旋,看着这现场,就像真的在看一场电影。

我听到了爱丽丝有力而响亮的声音:"难道我们要继续进行这种政府批准的针对无辜瑕人的谋杀吗?"

我听到了另一个声音,熟悉的声音。是妈妈。就是这样,维奥莱特。就是这样。

不,妈妈,我想说。我飘向远方,飞了上去,进入云端,看到了下面的爱丽丝和凯蒂,她们正伸长脖子往上看,就好像可以看见我的灵魂正向太阳飞去。在我鼻孔里,腐烂鸟儿的臭味和花粉的味道越来越淡,取而代之的是一种更清洁的人造物品的味道。

就这样,亲爱的。就是这样。你能做到。

我看着人群开始转向。爱丽丝的话打动了他们,我的死激怒了他们。他们一起喊着,向空中挥舞着拳头。艾什爬上行刑台,抱着我的尸体走向人群,满脸泪花。

"现在,到底谁才是动物?"爱丽丝撕心裂肺地喊道,"现在,到底谁才是动物?"

然后我看到瑕人爬上大剧场的围墙,加入了玉人。我的死让他们几百年来第一次团结在一起。

就是这样,维奥莱特,你能做到。睁开你的眼睛。

药味、消毒剂和刚洗过的亚麻布的味道充满了我的鼻子。我听到了嘟嘟嘟的声音,还有金属的碰撞声。

不,妈妈。我只需要完成这个循环就可以了。

"嘟嘟。嘟嘟。嘟嘟。"我看见人群吞没绞刑架,撕裂支撑梁,掀开木板。行刑台的插扣和绞刑架像沉船的桅杆一样倒塌。每个人都站着不动,不论玉人还是瑕人。木头的碎片和一股股灰尘飞向天空,旋转着,飞舞着,在阳光下清晰可见。

这个循环完成了。

"嘟嘟。嘟嘟。嘟嘟。"

最后,我睁开了眼睛。

## 52

爱丽丝身上裹着一件仿皮草外套。"外面太冷了。"

她是对的。这种冷似乎来自地面,它穿越你脚底的靴子,在你脚上蔓延,甚至爬上你的身体,直到你感觉连牙齿都暴露在外。我把羊毛帽子往下拉了拉,把身体缩了缩,好像这样就能躲避严寒。

"别哆嗦了,南方妞,"凯蒂说,"才五分钟的路程而已。"

爱丽丝皱起眉:"五分钟后我的胸就会掉下来了。"

我们每走一步,外观僵硬的医院似乎越来越大,从一个乐高块变成一座壮观的塔,由砖头砌成,还有闪着寒光的玻璃窗。不知道我能否看见我们那扇窗户呢?大约六个月前,我在那个房间里醒过来,紧紧抓住脖子,大口喘着粗气,两条腿往下坠,身上盖着白床单,周围是护士。不知道我的朋友们此刻和我想的是不是一样的——她们是否在默不作声地寻找线索,那线索可能是窗台上一只熟悉的花瓶。

我醒过来没几分钟,爱丽丝和凯蒂也醒来了。动漫展四人组,媒体是这么称呼我们的——一群孩子在伦敦动漫展上失去知觉,地面稍微震动了一下之后,他们陷入了昏迷。我们身上没有可以察觉到的伤。这是个医学之谜。一个星期后,我们中的三个苏醒了,至少在一天里,我们成了小明星,直到卡戴珊三姐们中的一个又做了臀部整形手术。

我们穿过马路,风越来越大了,扬起路上、车顶上和商店砖块缝隙里的雪粒,让它们旋转起来,在空中飞舞。这让我想起脑海中一个熟悉的画面。蓟花。成百上千的种子将我们围成雪球。或者是白色和棕色的羽毛在我周围飞舞,飘落到地板上,伴随着笑声和鸟儿的尖叫。

这些画面经常出现在我脑海里。有时它们突然在我意识里爆炸,其余的时间里它们是慢慢钻进来的,一步一步地揭开自己的面目。图片、气味和噪声的碎片。起初,它们是模糊的,就像在梦中;现在,这些细节在我的感官中越来越清晰。但它们仍然是没有完工的拼贴画。无论我多么努力,都不能把它们缝成有意义的东西。至少目前还没有。一个陌生的老妇人来梦里看我,她很奇怪,长着一双绿色的眼睛。她想帮我,说她远道而来。

"你没事吧,维奥?"凯蒂问。

"没事。"我说——我显而易见是在撒谎。我的朋友们一人抓住我一只胳膊,用暖和的身体围着我,我们连走带滑地穿过停车场,走向医院的主要入口。我忍不住凝视着冬天的天空。它是一片神奇的淡蓝色,看起来像我们头顶上方悬挂的一片玻璃,反射出冬日伦敦那柔软、温和的颜色。这一刹那,我真的想起了一些东西,或者更确切地说,一个人。虽然我不知道他是谁。

我们蹒跚着跨上台阶,幸好医院大厅里有暖气等着我们。不知道那股味道——药物和不自然的味道——会不会让我的朋友们也感到不自在。我们分开，脱下帽子，梳理好头发。我不禁觉得我们很搞笑，因为我们周围的护士都还戴着手术帽，病人们则穿着医院里的病人袍。

接待员看见了我，向我招手。我知道所有的行政人员，不是因为知道她们的名字，而是我脑子里已经存储了对她们的描述片段——也许这标志着我正在成为真正的作家吧。这就是那个眼神看上去总是疲惫不堪但头发永远一丝不乱、似乎从没睡过觉的女士。我也朝她挥了挥手，她笑了笑，但笑得有点勉强——好像她可以看到我身上携带着她看不见的东西，但她不知道那是什么，也不知道怎么才能拿走。也许她知道躺在医院病床上、嘴里插着管子的应该是我，而不是内特。也许她可以看到黑色的光环正环绕着我，快要把我埋葬——那是因为深深的内疚感。我知道，如果我能更聪明、更坚强、更优秀一点，内特便会醒过来。但现在说这些已经没有意义了，我知道。

我走在主走廊上，橡胶鞋底在乙烯地板上吱吱叫着。走这一段时，爱丽丝、凯蒂和我总是走得很快，这是我们之间心照不宣的共识。和我一样，她们也不喜欢看到医务人员——没有什么私人恩怨，只是要避免与可能更换你身上的导管的人进行目光接触。

"你今天给他带来了什么？"到达电梯口时，凯蒂问，"还和往常一样带的是童话故事吗？"

"不是。"我按下按钮，手指伸进一道玉石色的光。"今天给他带来了一样更私密的东西。"

我们头顶上方的数字连续闪烁，电梯在混凝土筒中徐徐下落。

"哦,好奇。"凯蒂说。

爱丽丝笑了:"更有未来感,更有反乌托邦的意味——"

"哦,我的天呐,"凯蒂尖叫,"不要告诉我你们已经完成了。"

电梯到了,我们走了进去。它向上倾斜着,我没再去想那盘旋在我们头顶的机械。电梯把我们拉得越来越高,离地面和安全越来越远。在昏迷前,我会在脑海里唱阿巴乐队的歌曲。但昏迷改变了我。内疚感已经被我抛开,我更自信、更胸有成竹了。你可以认为是昏迷起到了遗忘的作用。我不会不懂装懂,但这真的很不错,不至于让我每次做演讲时都害怕弄脏裤子。

爱丽丝从手提包里取出电子书阅读器:"好吧,我们已经完成了初稿,不是吗,维奥莱特?"

我点头:"是的,但我相信编辑会改一下的。"

"哦,是的,亲爱的,我们的编辑。"凯蒂故意发出尖声,听起来她更像是女王,而不是利物浦人。

"滚蛋。"爱丽丝说着,大笑起来。

"真的,太棒了,"凯蒂说,"真为你们俩感到高兴。你们达成了著作合约,写了一本合适的书,而不只是随便写一本——是《绞刑架之舞》的续集。"

爱丽丝看起来有点腼腆。"嗯,我们得到了一些帮助。"她说的是拉塞尔·琼斯。五月份,他发布那张照片后,同人小说作家爱丽丝的名气急剧上升。她谈成了一笔著作合约,即便是与毫无名气的闺蜜合著,也还是很容易便达成了合约。但写续集的想法来自我,而不是爱丽丝。在我恢复知觉后不久,一位长着苹果绿眼睛的老太太给了这个想法。我还记得这个梦,就好像它发生在昨晚。

我站在一座果园里,鸟儿鸣叫着,阳光灿烂,果香四溢。

然后老太太出现了。她将一个东西塞进我拳头里。她那几乎看不见的双唇张开了,声音很熟悉:"你和爱丽丝来到我们的世界,这并非偶然。是我带你们来的。总统有他的计划,我也有我的计划。"

我不知道她是什么意思,但我觉得,不管怎样我都应该问问:"你的计划是什么?"

"拯救瑕人行动的结局并不是推倒绞刑架,我的孩子。"

"那是什么?"

她笑了:"没有比家更好的地方了,小花。"

我摊开手掌,看到一朵小小的紫百合花依偎在我的掌纹中间。我恍然大悟:"你把我带进了你的世界,让我成了真正的瑕人。你是想让我来写续集吗?"

她点了点头:"你和爱丽丝。你们写一个有利于瑕人的续集,让粉丝们去看。打破这个循环,小花。让我们获得自由。"

那天早上我醒来时,满脑子都是跟爱丽丝一起写续集的冲动。我感觉这件事生死攸关——好像瑕人的未来就指望这件事了。我喝了一壶橙汁,吃了几片面包,提醒自己瑕人只不过是我最喜爱的小说中的人物。

一开始跟爱丽丝建议一起写续集的时候,我还有点紧张:她对自己的作品总是有点小心翼翼。好吧,就当她对自己写的东西视若珍宝吧。但我想,也许昏迷也改变了她。她还是爱丽丝,但她似乎……更柔和了。她离开家时不再化妆,你夸奖她时她会脸红,还有一天,她和我一起参加了凯蒂的大提琴独奏会，那个伴奏的钢琴师其实并没有名气。总之不管怎么样，她伸手搂着我，说："这是有史以来最好的主意。"

这个过程并非完全顺利，但爱丽丝变了，我也更有信心，我们似乎中和了。其间发生过几次争吵。例如她现在还有点迷恋威洛，希望让他占据舞台中心，但我倾向于完全把他删除。我不知道这是为什么，但他的性格真的让我受不了，他是那么软弱、自私——我想是最近的经历让我成长了，让我更看重男人的品格而不是腹肌。我们最终同意主角与《绞刑架之舞》中的完全不同。主角应该是真正有成长潜力的人。我立刻知道他必须是小狗——艾什。因为小狗只会成长、长大。

但有个角色，我们一开始就完全达成了一致。

电梯门开了，药品的气味越来越浓，我的心怦怦直跳。我们沿着走廊走着，看着标识牌，尽管我们已经看了一千遍。走近病房时，我们加快了步伐。

我们走到白色的门前，我停了下来，在手上抹了些酒精。我从窗户往里看了一会儿。内特躺在床上，伸开四肢，抬起头，这样他一眼就能看到电视或听他的随身播放器。这是我去医院看望他时最喜欢的一段时间，站在一块用木头框着的玻璃后面看着他。就好像他在另一个世界，在照片或电视屏幕里。或者好像他正漂浮在气泡里。不真实感，距离，让人觉得一切都有可能发生——就好像他可以醒过来。

"你准备好了吗？"凯蒂问。

我推开门，进入病房。医院里特有的微弱噪声充斥着我的脑袋，监视器的嘟嘟声，通风口的嗡嗡声，消毒剂和尿液的气味，那种仿佛置身于另一个世界的神秘感瞬间消失了。现实就在眼前。内特昏迷了。已经六个月了。随着时间一分一秒地过去，他已经不太可能醒过来了。我眼里充满泪水，黑暗的愧疚感似乎让病房笼罩着阴影。

爱丽丝坐在他旁边的椅子上，搓着自己的手。"嘿，水獭。"她说。

我想象他睁开眼睛、叫她走开。我记得几周前他已经十五岁——我把他最喜欢的巧克力蛋糕放在他鼻子底下，这样他就可以闻到巧克力蛋糕的味道——我的眼泪开始流了下来。

凯蒂拉来一张舒适的椅子，这样我就能坐在他旁边，床对面的是爱丽丝。"医院里的家具太棒了。"她一边说一边把椅子拉了过来。我会心一笑，凯蒂还是那么可靠。昏迷也不能改变她。

我向前倾身，吻了吻他的前额，然后坐了下来。他身上散发着汗水和婴儿湿巾的味道，我发誓，在我呼吸的搅动下，他那金色的睫毛微微颤抖了一下。

我还记得第一次见到他时的情景。我只醒了一小会儿，尽管医生向我保证他还活着，躺在我旁边的床上，但我只能辨认出他沙色的锥形头发，简直不敢相信那是他。因为我很清楚地知道他已经死了，就好像我看着他死去了一样。

所以，当医护人员和父母离开病房，去进行私密的大人之间的谈话时，我拔掉身上的管子，跌跌撞撞来到他床边。爱丽丝和凯蒂疯了一样按着报警器，试图让护士来帮忙，一边以沙哑的声音祈求我回到床上、不要摔倒。但我还是找到了他。

他看起来像是用蜡做的，浑身绑着线缆、管子和胶带。但那只小监控器在不停地跳动着，我终于可以亲眼看到我无法相信的一幕。

医生是对的。

他还活着。

在罪恶感、悲伤和愤怒来临之前（弟弟，它们曾经来过），我只觉得松了口气。我想吻他，想抱着他，想大笑，但我做了件奇怪的事。我拉开他的被子，掀开他的睡衣。我看到它了，它不过一枚硬币那么大——他肚子上有个红色的圆形伤疤。子弹的伤口愈合了。最奇怪的是什么呢？我居然一点也不惊讶。我看了看爱丽丝，看了看凯蒂，她们看起来也不吃惊。我知道我们都在思考同样的事情——我有责任找到他，叫醒他，并带他回家。

后来，妈妈告诉我，内特在我醒来的前一天差点死了。医生设法挽救他，直到平线持续了三分钟。三分钟。我甚至连两分钟的呼吸都憋不了。我还记得妈妈的脸，她的脸已经没有任何颜色。她小声说：我永远不会忘记那平线的声音，维奥莱特。我记得我在想：我也不会。

爱丽丝将电子阅读器递给我，我终于坐到他旁边的椅子上。我把一只手搁在他胳膊上——那只胳膊出奇地温暖——另一只手则打开我们手稿的第一页。《绞刑架之舞》续集——《唱歌的绞刑架》。

爱丽丝在床对面看着屏幕。"不，"她脱口而出，"直接翻到更好的部分，他会喜欢的部分。"

"是的，别让他听前面的铺垫，"凯蒂说着，坐在床上，"这可怜的家伙在树上一定会感到无聊透顶的。"

我们从不谈论这事，我的朋友们和我——为什么我们会陷入昏迷，为什么我们醒过来的时间相隔几分钟，为什么内特身上有神秘的枪伤——但我有时会想，她们是否也做过奇怪的梦呢？是否也拼凑过记忆的碎片？因为她们好像知道内特能听到我们的声音，关于参加动漫展的四个孩子，她们好像知道有些东西已经不同了——有点特别。

我的手指敲打着翻页按钮，跳过电子单词，找到合适的位置。男孩入场。这是唯一一个爱丽丝和我从一开始就百分百达成了一致的角色。

然后我摸着内特温暖的身体，开始读了起来：

索恩绕着这个男孩转了一圈，上下打量着他："你觉得你能帮我们，为什么？"

男孩笑了——他脸上充满天真和淘气——他推开前额上的头发。"我看上去可能像个愚蠢的瑕人小孩，但我和一般的玉人一样聪明。这使我成了一块当间谍的好料子，你不觉得吗？"

"好吧，你认为你很聪明……证明给我看。"

"你是玉人。"男孩说。

索恩皱了皱眉。"这没什么难的。我个子高大，五官对称。"

"不是因为这一点。瑕人也可以高大、有魅力。你的声音泄露了你的秘密——你压平了你的元音，压得太狠。"

索恩调了调眼罩，假装他并没有慌乱："嗯，你肯定比一般的玉人更勇敢了。你叫什么名字，瑕人？"

男孩咧嘴笑了笑："内特。"

## 致 谢

首先,感谢我的父母。我是在一栋满是故事和爱、科幻小说和音乐、笑声和友善,还有新鲜蛋糕的房子里长大的。我把这些记在了心里,永远记着。你们给了我无尽的爱和支持。你们造就了我。

感谢我的读者:露西·费舍尔、利亚姆·葛姆雷、詹妮·哈格里夫斯、史蒂夫·李、海伦·斯宾塞希瑟·汤普森、莱恩和吉尔·沃特沃思(妈妈和爸爸)、伊莎贝尔·耶茨,还有海伦·耶茨。你们是我最亲爱的家人和朋友,我的长者智囊团和啦啦队。谢谢你们!

感谢我的好朋友们。你们擦干了我的眼泪,帮我走出烦恼,把我逗笑。过去几年里,你们给了我所需的力量,我爱你们。

感谢《泰晤士报》和奇肯豪斯图书公司每年举行的泰晤士报/奇肯豪斯儿童小说大赛,给不出名的作者(像我这样的)提供了出版作品的绝佳机会。

感谢奇肯豪斯图书公司的每个人——你们是个非常有支持力的团队。感谢巴里·坎宁安和雷切尔·莱申给了我慷慨的鼓励、指导和创意,你们不断地坚定了我当作家的信念。感谢爵仕·巴特利特坚持让巴里看我最初的手稿,感谢她绝妙的宣传创意。感谢埃丽诺·巴格纳尔将这本书销往世界各地,你的工作很出色。当然了,感谢我的编辑克斯亚·卢波,和他一起工作一直很愉快。老实说,我都不知道遇到你之前我是怎么写作的,克斯亚。你提出了无数的想法,帮我理清了思路,确定了界限。谢谢你劝我不要"杀"了那个人,你知道他是谁!

感谢创意大赛,因为我正是在比赛中认识到了安吉拉创意的潜力,当然还要感谢安吉拉·麦凯恩,一开始你就有这么棒的创意。在你参加比赛的那天,所有的明星都跌落了。谢谢你!

最后,感谢阿贾达·维库切维奇,感谢她的帮助,让我的第一份手稿引起了奇肯豪斯图书公司的注意。在写作之初,她对我的鼓励和信任给了我继续写作的信心,我将永远感激她。

再次感谢大家。我知道再也没有比你们更好的粉丝了!